SANDRA
BROWN

Verruchte Begierde

ROMAN

Aus dem Amerikanischen
von Uta Hege

Weltbild

Die amerikanische Originalausgabe erschien 1985 unter dem Titel
Sweet Anger bei Warner Books, Inc., New York.

Besuchen Sie uns im Internet:
www.weltbild.de

Genehmigte Lizenzausgabe für Verlagsgruppe Weltbild GmbH,
Steinerne Furt, 86167 Augsburg

Übersetzung: Uta Hege
Umschlaggestaltung: Atelier Seidel – Verlagsgrafik, Teising
Umschlagmotiv: Trevillion Images, Brighton, UK
Gesamtherstellung: GGP Media GmbH, Pößneck
Printed in the EU
ISBN 978-3-86800-610-0

2013 2012 2011 2010
Die letzte Jahreszahl gibt die aktuelle Lizenzausgabe an.

Liebe Leserin,

bevor ich anfing, Thriller zu schreiben, habe ich jahrelang Romanzen verfasst. *Verruchte Begierde* wurde zum ersten Mal vor über zehn Jahren veröffentlicht.

Die Geschichte spiegelt die damals modernen Trends und Einstellungen wider, das Thema aber hat allzeit universelle Gültigkeit. Wie in allen Romanzen geht es auch in diesem Werk um zwei Menschen, deren Liebe unter einem schlechten Stern zu stehen scheint. Es gibt Augenblicke der Leidenschaft, des Schmerzes und der Zärtlichkeit – sie alle gehören dazu, wenn man sich in jemanden verliebt.

Das Schreiben von Romanzen hat mir großen Spaß gemacht. Sie haben eine optimistische Ausrichtung und einen ganz eigenen Charme. Falls Sie zum ersten Mal ein Buch dieser Gattung lesen, wünsche ich Ihnen dabei viel Spaß.

Sandra Brown

1

»Wir haben ein Feuer südlich der Sechsten in der Clermont Avenue. 42H auf eurer Karte. Seht zu, dass ihr dort schleunigst hinkommt. Ich will ein paar gute Aufnahmen.«

Die zweieinhalb Zentimeter lange Aschespitze von Pinkie Lewis' Zigarette rieselte unbemerkt auf seine verkratzte, mit Papieren übersäte, zugemüllte Schreibtischplatte. Der gestresste Nachrichtenredakteur legte eine kurze Pause ein und begrüßte die junge Frau, die gerade ein zwei Tage altes Weberli, eine Rolle Abdeckband und zwei Becher kalten, grauen Kaffees an die Seite geschoben und dann auf der Kante seines Schreibtischs mit einem knappen »Hallo, Schatz!« Platz genommen hatte.

»Wenn ihr mit dem Feuer fertig seid«, lenkte er seine Aufmerksamkeit wieder auf die beiden Männer, die vor seinem Schreibtisch lungerten, »fahrt noch bei der Grundschule vorbei, in der die Drittklässler Briefe an die Russen schreiben. Falls wir noch eine Lücke in den Sechs-Uhr-Nachrichten haben, gibt das eine nette Human-Interest-Story ab. Habt ihr irgendwas von Jack gehört? Er sollte die Festnahme der Drogendealer filmen und ist schon seit vier Stunden unterwegs.«

»Vielleicht hofft er ja, dass sie ihn das Zeug probieren lassen, und hängt deshalb noch ein bisschen länger da herum.« Grinsend schulterte der Kameramann sein Gerät. Der Reporter, der gerade sein Jackett anzog, fand die Bemerkung seines Kollegen offenkundig witzig, denn er lachte brüllend auf.

»Dafür kriege ich den Kerl am Arsch«, stieß Pinkie knurrend aus. »Also, worauf wartet ihr beiden faulen Säcke noch?« Das Grinsen der beiden Männer war wie weggewischt. Wenn Pinkie mit dieser Stimme sprach, gingen in den meisten Menschen wundersame Veränderungen vor. »Bis ihr endlich vor Ort seid, ist das verdammte Feuer wahrscheinlich längst gelöscht. Aber ich will Flammen, Rauch, Tragödien sehen«, brüllte er und schwenkte, um seine Worte zu untermalen, seine Arme durch die Luft. »Also haut endlich ab!«

Der Reporter und der Kameramann stolperten eilig los. Pinkie starrte ihnen böse hinterher und raufte sich das Haar. Oder hätte sich das Haar gerauft, hätte er noch mehr gehabt. So strich er sich mit der Hand über den sich immer weiter ausdehnenden kahlen Fleck oberhalb seiner fleischigen Stirn. Den Spitznamen Pinkie trug er wegen seines hellen Haars und dem stets geröteten Gesicht.

»Eines Tages kriegst du sicher einen Herzinfarkt«, bemerkte die junge Frau und drückte angewidert drei vergessene Kippen in dem überfüllten Aschenbecher aus. Er hatte sie nicht richtig ausgemacht, und so schickten sie Schwaden stinkenden Rauchs in die bereits verseuchte Luft des Redaktionsraumes.

»Nee. Dafür trinke ich zu viel Whiskey. Da traut sich

keine Krankheit mehr an mich heran.« Pinkie griff nach einem Styroporbecher, trank einen Schluck und verzog angewidert das Gesicht. »Los, ich lade dich auf einen Kaffee ein«, erklärte er, nahm die junge Frau am Arm und führte sie durch den Flur in Richtung der verschiedenen Süßigkeiten- und Getränkeautomaten, die extra in einer Nische standen, damit sie den beständigen Fußgängerverkehr zwischen den Büros nicht behinderten.

Wie gewöhnlich klopfte er sich auf die Tasche, ohne dass er das erforderliche Kleingeld darin fand. »Lass mich dieses Mal bezahlen«, schlug ihm Kari Stewart lächelnd vor. Der Kaffee war zu schwarz und viel zu bitter, doch zumindest war er heiß. Sie lehnte sich gegen die Wand, stellte ihre Beine voreinander und nahm einen vorsichtigen Schluck.

Das Lächeln, mit dem Pinkie sie bedachte, verriet väterliche Zuneigung. »Schön, dass du vorbeigekommen bist. Bisher war es einfach ein grauenhafter Tag. Eine der Videokameras hat den Geist aufgegeben. Die Reparatur wird ein Vermögen kosten, und dann machen sie mir die Hölle heiß, weil ich das Budget mal wieder überzogen habe. Außerdem sind zwei zwar wenig pfiffige, aber zuverlässige Leute mit Grippe ausgefallen«, bellte er. »Ich brauche einen Drink.«

»Du brauchst eine anständige warme Mahlzeit, deutlich weniger Zigaretten, deutlich weniger Whiskey …«

»Ja, Mutter …«

»… und eine gute Frau, die dich ordentlich versorgt.«

»Ach ja?«, fragte Pinkie kämpferisch. Das Thema war ihm hinlänglich vertraut. »Schwebt dir da vielleicht jemand Spezielles vor?«

»Bonnie.«

»Diese vertrocknete, alte Schachtel! Die ist doch viel zu alt für mich.«

Kari lachte unbekümmert auf. Die Telefonistin, die sämtliche Anrufe bei dem Sender mit erstaunlicher Effizienz und endloser Geduld entgegennahm, hatte schon seit Jahren eine Schwäche für den bärbeißigen Redakteur. »Du wirst dich niemals ändern, Pinkie. Du bist voreingenommen, stur, knurrig und berechenbar. Genau das ist es, was ich an dir liebe.« Sie pikste fröhlich in den Rettungsring, der über seinem Gürtel hing.

»Wie ist das Interview gelaufen?«

»Er war genauso ätzend wie sein Ruf.« Kari hatte morgens einen alternden Schauspieler besucht, der bisher vor allem in Comedy-Serien aufgetreten war, jetzt aber zum »richtigen Theater« gewechselt hatte und mit einer Truppe bei sogenannten Theater-Dinnern seine Kunst zum Besten gab. »Ich kann verstehen, warum seine diversen Serien derart den Bach runtergegangen sind. Er war unhöflich, widerlich und herablassend. Aber wie heißt es doch so schön? Wer zuletzt lacht, lacht am besten. Ich habe mir die Probe gestern Abend angesehen. Es war einfach grauenhaft. Ich hätte nicht gedacht, dass jemand ein tolles Neil-Simon-Stück derart ruinieren kann.«

Pinkie zerknüllte seinen leeren Becher, warf ihn Richtung Mülleimer und merkte nicht, dass er daneben traf. »Mach den alten Knacker ohne Rücksicht auf Verluste fertig, ja? Ich will Biss in meiner Sendung haben, selbst in deinem Unterhaltungsteil.«

Kari salutierte. »Zu Befehl, Herr General.«

Er verzog sein leuchtendes Gesicht zu einem Grinsen und zündete sich eine neue filterlose Zigarette an. »Das ist es, was ich an *dir* liebe. Du machst mir niemals irgendwelche Scherereien.« Er schlenderte in Richtung des Redaktionsraumes davon und rief ihr über die Schulter zu: »Außerdem hast du phänomenale Beine.«

Kari nahm das Kompliment als die neckische Geste zwischen Freunden, die es war. Pinkie war ihr Freund und ihr Verbündeter, seit sie fünf Jahre zuvor von WBTV unter Vertrag genommen worden war. Während andere sich von dem knurrigen Redakteur einschüchtern ließen, hatte sie als grüne Praktikantin ohne jedwede Erfahrung seinen Bluff nach ein paar Monaten durchschaut und sich dadurch seinen ewigen Respekt verdient. Sie sprach mit ihm, wie es kein anderer jemals wagen würde, und kam, weil sie sich gegenseitig wirklich mochten, damit durch. Sie wusste, dass er nicht mal annähernd so bissig war, wie er immer tat.

Pinkie sah in ihr eine engagierte, eifrige und gründliche Reporterin, bei der er sich darauf verlassen konnte, dass sie keinen »Bockmist« fabrizierte wie die meisten anderen, wenn man ihnen nicht andauernd auf die Finger sah. Er mochte auch ihre warme, herzliche Persönlichkeit und ihre ausgeprägte Weiblichkeit, und seine Hoffnung hatte sich bestätigt, dass die Zuschauer des Senders von ihr ebenso begeistert wären wie er selbst.

Als Kari zwei Jahre zuvor die Frau von Thomas Wynne geworden war, hatte Pinkie Angst gehabt, er würde sie verlieren. Doch sie hatte ihm versichert, dass sie ihre Arbeit weiterführen würde und dass Thomas damit ein-

verstanden war. »Bis wir beschließen, eine Familie zu gründen, will er, dass ich weiter tue und lasse, was ich will. Und ich will weiter für dich arbeiten«, hatte sie ihm erklärt.

»Vielleicht gerätst du dabei in einen Interessenkonflikt, Kari«, hatte Pinkie düster festgestellt. »Wie kannst du unvoreingenommen über die Politik in unserer Stadt berichten, wenn dein eigener Mann im Stadtrat sitzt?«

»Darüber habe ich auch schon nachgedacht. Und auch wenn ich es schrecklich finde, mich aus dem Bereich zurückzuziehen, habe ich wahrscheinlich keine andere Wahl.«

»Und was willst du stattdessen tun?«

»Ich habe bereits eine Idee. Wir wäre es, wenn die Nachrichtensendung einen Unterhaltungsteil bekäme?«

Seine weißen Augenbrauen waren hochgeschossen, dann aber hatte er nachdenklich die Stirn in Falten gelegt. »Was stellst du dir genau darunter vor?«

Er hatte auf ihre Urteilskraft und ihre Fähigkeit, ihre Idee erfolgreich umzusetzen, vertraut. Kari Stewarts Kritiken waren ein Highlight jeder Sendung. Sie war scharfsinnig und amüsant, ohne jemals bösartig oder beleidigend zu sein, und die Zuschauer beteten sie an.

Jetzt ging Kari in den Schneideraum, machte die Tür hinter sich zu, setzte sich auf einen Stuhl und fischte die Videokassette aus der überdimensionalen Tasche, die sie immer bei sich trug. Dann schob sie sich ihre blonde Lockenmähne aus dem Gesicht, steckte die Kassette in

den dafür vorgesehenen Schlitz des Schneidegeräts und sah sich das Interview, das sie vor kaum einer Stunde geführt hatte, noch einmal an.

Sie griff nach dem Telefon und wählte eine Nummer. »Sam, hi. Kari hier. Kannst du den Film, den du gestern Abend bei der Probe gedreht hast, bitte in Schneideraum drei bringen? Danke.«

Ein paar Momente später ging die Tür hinter ihr auf. »Danke, Sam. Leg die Kassette einfach auf den Tisch. Ich füge Ausschnitte daraus in meinen Beitrag ein.«

Sie drückte ein paar Knöpfe, sah sich abwechselnd den ungeschnittenen Film und die Zusammenschnitte an, und da sie derart in die Arbeit vertieft war, bemerkte sie gar nicht, dass die Tür nicht wieder zugegangen war.

»Kari.«

Pinkies Stimme und der ungewohnte Ton, in dem er sprach, brachten sie dazu, die Arbeit kurz zu unterbrechen und den Kopf zu drehen. Sie hatte ihn bereits erlebt, wenn er total begeistert war, weil sie mit einer Story alle Konkurrenten ausgestochen hatten, oder wenn er melancholisch seinen Whiskey trank, da er mit den Einschaltquoten einer Sendung nicht zufrieden war. So wie in diesem Augenblick jedoch hatte sie ihren Freund noch nie gesehen: todernst, mit herabhängenden Schultern, niedergeschlagen, und – was am untypischsten war – kreidebleich.

Sie erhob sich halb von ihrem Stuhl. »Pinkie, was ist los?«

Er legte eine Hand auf ihre Schulter und drückte sie sanft zurück auf ihren Platz.

»Vor ein paar Minuten kam über Polizeifunk eine Unfallmeldung rein.«

»Und?« Sie bekam Angst. »Was für eine Unfallmeldung?«

Er strich sich mit der Hand über den Kopf, fuhr sich dann durch das Gesicht und verzerrte dadurch seine Züge. »Ein Fahrzeug hat einen Fußgänger erwischt. Nur ein paar Blocks von hier entfernt, mitten in der City. Ich habe einen Kameramann hingeschickt. Er hat gerade angerufen.«

Sie schob seine Hände fort, als er versuchte, sie an ihrem Platz zu halten, und stand wieder auf. »Thomas? Ist etwas mit Thomas?« Es gab sonst niemanden in ihrem Leben. Pinkie würde sich nicht so verhalten, wenn es nicht um Thomas ginge, wusste sie.

Sie stürzte zur Tür, doch Pinkie hielt sie fest. »Ja, Kari.«

»Ist er verletzt? Was ist mit ihm? Was ist passiert?«

»Er wurde von einem Laster angefahren.«

»Oh, mein Gott.«

Pinkie sah auf ihre Brust, die für ihn ungefähr auf Augenhöhe war. »Er … er war auf der Stelle tot. Es tut mir leid, Schätzchen.«

Während eines Augenblicks brachte sie keinen Ton heraus und stand völlig reglos da. Vor Entsetzen war sie wie gelähmt. Dann wollte sie mit leiser Stimme wissen: »Du sagst, Thomas ist tot?«

Sie packte Pinkies Hemd und fing an, ihn zu schütteln. »Ein Laster hat ihn überfahren? Hat ihn einfach überfahren?«, schrie sie ihn verzweifelt an.

Inzwischen drängten sich mehrere Angestellte des Senders in der Tür des Schneideraums. Die Frauen

schluchzten leise vor sich hin, und den Männern war ihr Unbehagen deutlich anzusehen.

»Kari, Kari.« Pinkie tätschelte ihr begütigend den Rücken.

»Das muss ein Irrtum sein. Es kann ganz unmöglich …«

»Ich habe es mir von dem Reporter ein Dutzend Mal bestätigen lassen, bevor ich hierhergekommen bin.«

Sie war kreidebleich, starrte ihn mit großen Augen an und bewegte ihre Lippen, brachte aber keinen Ton heraus.

»Komm«, bat Pinkie sanft. »Sie haben ihn ins Krankenhaus gebracht. Ich fahre dich hin.«

Zuallererst fiel ihr die Kälte auf. Sie war nie zuvor in einem derart kalten Raum gewesen, dachte sie. Die doppelte Schwingtür hinter ihr ging lautlos zu, als sie an Pinkies Arm den Raum betrat. Sie drängte sich an ihren Freund, denn dieser nüchterne, klinische Ort war ihr sofort verhasst.

Die Neonlichter taten in den Augen weh, und sie empfand die Helligkeit beinahe als Beleidigung. Sollte dieser Raum nicht dunkel sein, um dem Tod eine gewisse Würde zu verleihen? Hier aber galt der Tod nur als physikalisches Phänomen. Der ganze Raum war unglaublich steril. Und entsetzlich kalt.

Sie hätte am liebsten auf dem Absatz kehrtgemacht, aber Pinkie hielt sie fest.

An einem Schreibtisch saß ein Mann in einem weißen Kittel. Als er sie entdeckte, stand er sofort auf. »Mrs Wynne?«

»Ja.«

Er führte sie zu einem großen Tisch, auf dem die Gestalt eines Mannes unter einem weißen Laken lag. Kari stieß ein leises Wimmern aus und warf sich die Hand vor den Mund.

Wie sollte sie es ertragen, sich Thomas' verstümmelten, blutigen Leichnam anzusehen? Würde sie ihm und auch sich selbst Schande machen mit ihrer Reaktion? Würde sie in Ohnmacht fallen? Einen hysterischen Anfall bekommen? Anfangen zu schreien?

Der Pathologe schlug das Laken auf.

Vielleicht hatte sich ja irgendwer einen geschmacklosen Schmerz mit ihr erlaubt? Oder vielleicht war dies alles nur ein grässliches Versehen?

Sie starrte auf den Mann, der das Laken hielt, und er sah die unausgesprochene Frage und den Unglauben in ihrem Blick.

»Der Aufprall hat ihn getötet«, erklärte er ihr sanft. »Der Laster hat ihn von hinten erwischt, und das Trauma hat sich über sein Rückgrat bis in seinen Schädel ausgedehnt. Er hat eine Schwellung am Rücken. Davon abgesehen …«

Er sprach den Satz nicht zu Ende aus.

Kari starrte auf den Körper ihres Mannes. Er sah aus, als schliefe er. Sein Gesicht war vollkommen entspannt. Das silbergraue Haar, das sie bei ihrer ersten Begegnung so attraktiv gefunden hatte, war ordentlich frisiert. Die Hand, die neben seinem Körper lag, sah aus, als ruhe sie sich nur ein wenig aus, wäre aber jederzeit bereit, sich einen Tennisschläger zu schnappen oder ihr über das Haar zu streichen, wie er es so gerne tat.

Sein hochgewachsener Körper wirkte noch genauso stark wie am Vormittag, als er sie zum Abschied in den Arm genommen hatte. Er hatte geradezu fanatisch in einem Fitness-Studio trainiert, um seine straffen Muskeln zu erhalten und damit er nicht wie viele andere Männer seines Alters auseinanderging.

»Thomas, Thomas, Liebling.« Die Wände des kalten Raumes warfen ihre geflüsterten Worte laut zurück. Fast hätte sie erwartet, dass er die Augen öffnen würde, um sie lächelnd anzusehen. Dass sie wieder das wunderbare Blitzen seiner leuchtend blauen Augen sehen und hören würde, wie er ihr mit seiner volltönenden Stimme eine Antwort gab.

Sie hatte gedacht, es würde unerträglich, seinen malträtierten Leib zu sehen. Doch es war beinahe noch schlimmer, dass er so normal erschien. Sein unberührter Zustand machte alles nur noch irrealer und absurder. So, als wäre all das nicht geschehen.

Doch es war geschehen. Weshalb er schrecklich still auf diesem Stahltisch lag.

»Wo sollen wir ihn hinschicken?«

»Ihn hinschicken?«

»Ich werde Sie nachher anrufen«, wandte sich Pinkie an den Mann. »Mrs Wynne hatte noch keine Zeit, um irgendwas zu arrangieren.«

»Verstehe.« Der Pathologe wollte Thomas wieder zudecken.

»Warten Sie!«, schrie sie. Ihre Worte prallten gespenstisch von den Wänden ab. Sie konnte Thomas nicht alleine lassen. Nicht an diesem grauenhaften Ort. Nicht in diesem kalten, kalten Raum. Wenn sie ihn hier liegen

ließe, mit dem Laken über dem Gesicht, wäre es offiziell. Damit käme sie noch nicht zurecht. Sie konnte sich ganz einfach noch nicht eingestehen, dass Thomas, dass ihr Ehemann nicht mehr am Leben war.

Pinkie legte ihr sanft die Hände auf die Schultern. »Komm, Kari, wir müssen wieder gehen.«

»Thomas.« Ein dichter Strom von Tränen rann ihr über das Gesicht. Zögernd streckte sie die Finger nach ihm aus. Berührte sein Haar und seine Stirn.

Dann brach sie wild schluchzend in Pinkies Armen zusammen, und er führte sie hinaus.

Der Zusammenstoß war völlig unerwartet, einmalig, bizarr gewesen, sagten alle Zeugen aus. Es war ein schöner Tag gewesen, doch aus irgendeinem Grund hatte der Fahrer des Lieferwagens plötzlich die Kontrolle über das Fahrzeug verloren, als er um eine Ecke gebogen war. Der Laster war ins Schwanken geraten, auf den Bürgersteig gekracht und hatte Denver einer seiner angesehensten Bürger sowie Kari Stewart Wynne ihres Ehemanns beraubt. Er war nach einer Verabredung zum Mittagessen auf dem Weg zurück in Richtung des Gerichts gewesen. Hatte sich dabei wahrscheinlich in der trügerischen Sicherheit gewiegt, die die meisten Menschen den Gedanken daran, dass sie einmal sterben müssen, erfolgreich verdrängen ließ.

Doch der Aufprall auf den Gehweg hatte ihn sofort getötet.

Kari starrte auf den blumengeschmückten Sarg. Konnte es tatsächlich sein, dass ihr dynamischer, vitaler Ehemann leblos in dieser Kiste lag?

Sie packte Pinkies Hand. Er war ihr in den letzten beiden Tagen eine große Stütze gewesen und hatte unzählige Details geklärt, während sie selber wie in Trance herumgelaufen war. Sie war dankbar für dieses mentale Niemandsland, in dem sie sich bewegte. Denn es schützte sie vor der Realität. Ohne diesen Rückzugsort käme sie mit alldem sicher nicht zurecht.

Sie hatte keine Eltern mehr, die ihr hätten beistehen können. Ihre Mutter war gestorben, als sie noch ein Kind gewesen war, und ihr Vater, den sie angebetet und bewundert hatte, hatte das Zeitliche gesegnet, kurz bevor sie mit ihrem Abschluss in Kommunikationswissenschaft vom College abgegangen war.

Und jetzt hatte das Schicksal ihr auch noch Thomas genommen.

Sie vollzog die Rituale der Beerdigung, fühlte sich dabei aber vollkommen leer.

Erst, als sie zusammen mit Bonnie in Pinkies Wagen saß und er sie nach Hause fuhr, brach sie in Tränen aus. Bonnie hielt ihr schweigend eine Packung Taschentücher hin.

»Wisst ihr noch, als wir geheiratet haben?«, wollte Kari von den beiden wissen. »Die Leute waren damals vollkommen schockiert.« Ihre Stimme hatte einen rauen Klang. Vielleicht hatte sie mehr geweint, als ihr bewusst gewesen war.

»Die Leute sind immer geschockt, wenn ein Paar nicht der Norm entspricht. Und du warst über dreißig Jahre jünger als dein Mann«, stellte Bonnie fest.

»Zweiunddreißig, um genau zu sein. Doch für mich hat es sich nie so angefühlt.«

»Thomas hat auch nicht so alt ausgesehen, wie er war. Und er hat ganz sicher nicht wie die meisten anderen Männer Anfang sechzig gelebt.«

Kari lächelte Bonnie an. »Nein, das hat er nicht.« Dann blickte sie aus dem Fenster und war überrascht, als sie das Treiben auf der Straße sah. Aber schließlich war dies für die meisten Menschen ein normaler Wochentag. Für sie alle ging das Leben einfach weiter, wie wenn nichts geschehen wäre.

»Der Tod meines Vaters hat mich fertiggemacht«, meinte sie nachdenklich. »Ich kann mich noch daran erinnern, dass ich, als ich zum Sender kam, nur das einzige Ziel im Leben hatte, beruflich erfolgreich zu sein. Ich wollte damals nur noch für meine Arbeit leben. Doch dann habe ich Thomas kennengelernt. Er hat meinem Leben wieder einen Sinn gegeben. Ich weiß nicht, was ich ohne ihn gemacht hätte. Wir waren so glücklich.« Sie stieß einen Seufzer aus. »Ist das Schicksal eifersüchtig, wenn man glücklich ist?«

»Manchmal denke ich, dass es so ist«, pflichtete ihr Bonnie freundlich bei. »Du bist wunderschön und ungeheuer talentiert. Thomas Wynne war reich und ungemein erfolgreich. Es hat immer so gewirkt, als ob ihr beiden alles hättet, was man sich nur wünschen kann.«

»Das hatten wir tatsächlich«, bestätigte Kari, während Pinkie seinen Wagen in die Einfahrt des Hauses lenkte, das ihr und Thomas' Heim gewesen war. »Bitte kommt doch noch mit rein.«

»Bist du sicher?«, fragte Pinkie sie. »Wir wollen uns bestimmt nicht aufdrängen, aber ich könnte einen Schluck von irgendetwas Alkoholischem vertragen.«

»Ich habe noch eine Flasche deines Lieblingsbrandys«, sagte Kari, zog den Schlüssel aus der Tasche und machte die Haustür auf. Sie hatte den Angestellten heute freigegeben, damit sie die Beerdigung besuchen konnten und weil ihr bewusst gewesen war, dass sie nur die engsten Freunde um sich haben wollen würde, wenn sie nach der Trauerfeier nach Hause kam. »Und außer dir würde kein Mensch jemals diesen Fusel trinken.«

Pinkie wusste es zu schätzen, dass sie sich bemühte, einen kleinen Scherz zu machen. Denn ihm war bewusst, dass sie innerlich völlig gebrochen war. Sie hatte Thomas angebetet und noch nicht mal einen Hauch von Kritik vertragen, wenn sie gegen ihren Mann gelenkt gewesen war. Er hatte insgeheim immer gedacht, dass diese Beziehung nicht gesund für Kari war, hätte das ihr gegenüber aber niemals laut gesagt.

Trotz des fahlen Sonnenlichts, das durch die Sprossenfenster fiel, war es im Inneren des Hauses düster und empfindlich kühl. Kari drehte den Thermostat ein wenig höher, als sie das Wohnzimmer betrat, nahm ihren Hut ab und zog ihren Mantel aus, schien nicht zu wissen, was sie damit machen sollte, und warf schließlich beides einfach achtlos über einen Stuhl.

»Ich werde die Drinks besorgen«, bot sich Pinkie an und trat bereits vor die antike Bar. »Was möchtest du, Bonnie?«

»Whiskey, ohne alles.«

»So ist's recht. Kari?«

»Oh … egal«, murmelte sie, während sie sich ermattet auf das Sofa sinken ließ.

Bonnie Strand beugte sich leicht in ihrem Sessel vor

und nahm Karis Hand. Pinkie hatte sie wenig schmeichelhaft als alte Schachtel tituliert. Doch das war sie ganz sicher nicht. Die silbrig grauen Strähnen in den braunen Haaren machten ihre Züge weich, und durch die Falten, die sie hatte, wurde ihr ausdrucksvolles Mienenspiel nicht geschmälert, sondern durchaus vorteilhaft betont.

Sie war eine noch immer attraktive Frau von Mitte vierzig, die von ihrem Mann nach der Geburt des dritten Sohns verlassen worden war. Über zwanzig Jahre hatte sie sich abgerackert, um ihre Familie durchzubringen, jetzt aber war auch der jüngste ihrer Söhne mit dem College fertig und hatte sich mit einigem Erfolg ein eigenes Leben aufgebaut. Bonnie war zäh, doch weichherzig und Karis Meinung nach einer der »normalsten« Menschen, denen sie jemals begegnet war.

»Ich werde hier ausziehen müssen«, durchbrach Kari die Stille in dem Raum.

»Warum?«, fragte Bonnie verständnislos.

»Schätzchen«, meinte Pinkie, als er mit den Gläsern vor die beiden Frauen trat. »Du bist nicht in der Verfassung, um eine solche Entscheidung zu treffen.«

»Wenn ich mich nicht konzentriere, wenn ich nicht nachdenke, wird mein Hirn noch mehr verkümmern, und ich werde ins Koma sinken oder so.« Sie musste sich zwingen weiterzuleben, sahen sie das nicht? Am liebsten hätte sie einfach die Augen zugemacht und gar nichts mehr getan, vor allem nicht über die Zukunft nachgedacht, aber ihr war klar, dass sie keine andere Wahl hatte. »Sobald meine Sachen gepackt sind, ziehe ich hier aus.«

»Bist du sicher, dass es das ist, was du willst?« Pinkie

sah sie forschend an und drückte ihr eins der Gläser in die Hand.

Er hatte Brandy für sie ausgesucht. Sie nahm einen vorsichtigen Schluck und spürte, wie die Flüssigkeit durch ihren Hals in ihren Magen rann. »Ja. Thomas hat dieses Haus mit seiner ersten Familie gebaut. Seinen Sohn und seine Tochter habt ihr vorhin gesehen. Sie hätten mich ablehnen können, als wir geheiratet haben. Aber das haben sie nicht getan. Ihre Mutter hat aus diesem Haus das Heim gemacht, in dem sie aufgewachsen sind. Ich hätte nie gewollt, dass sie das Gefühl haben, ich würde mir etwas nehmen, was mir nicht gehört.« Sie nippte erneut an ihrem Drink. »Als Thomas nach unserer Hochzeit sein Testament geändert hat, habe ich deshalb darauf bestanden, dass er dieses Haus seinen Kindern hinterlässt.«

»Was ein ziemlich großes Zugeständnis war«, stellte Pinkie fest. »Schließlich ist der Schuppen mindestens eine Million wert.«

Das in Cherry Hills, Denvers exklusivster Wohngegend, gelegene Grundstück war weit über einen Hektar groß. Eine von Blautannen gesäumte Einfahrt führte zu einem Herrenhaus im Tudorstil mit fünfzehn Räumen und zu einem Garten mit Swimmingpool, beleuchtetem Tennisplatz und modernen Stallungen. Das Grundstück war also mindestens so spektakulär wie das Gebäude selbst.

Sie breitete die Arme aus und zwang sich zu einem Lächeln, als sie von den beiden anderen wissen wollte: »Was sollte ein Mädchen aus der Arbeiterklasse denn mit all dem Raum?«

Ihre Freunde sahen sie zweifelnd an.

»Ich werde nicht mehr so viele Gäste einladen, wie Thomas und ich es getan haben. Die meisten unserer Freunde kannte ich sowieso durch ihn. Ich werde also meine Sachen packen und mir eine kleinere Bleibe suchen.« Sie blickte in die Flüssigkeit in ihrem Glas, die im Licht der nachmittäglichen Sonne einen warmen Bernsteinton annahm. »Außerdem will ich hier nicht mehr leben ohne …«

Sie kämpfte mit dem nächsten Tränenstrom, und als sie sich wieder gefasst hatte, blickte sie Pinkie fragend an. »Ich habe doch wohl noch einen Job, oder?«

»Mach dir darüber keine Gedanken«, knurrte er, kehrte zurück zur Bar und schenkte sich noch einmal nach.

»Obwohl Sally Jenkins darauf brennt, endlich meinen Platz zu übernehmen? Nein, Sir. Spätestens in einer Woche bin ich wieder da.«

»Also bitte, Kari«, schnauzte Pinkie und wirbelte zu ihr herum. »Lass dir Zeit. Lass die Wunde heilen. Vergiss das kleine Fräulein Hot Pants. Sie springt vorübergehend für dich ein, aber wenn du wiederkommst, wartet dein alter Job auf dich. Das ist dir doch wohl klar. Da kann die kleine Jenkins heiß sein, wie sie will.«

»Was soll das heißen?«, fragte Bonnie plötzlich argwöhnisch und richtete sich kerzengerade auf.

»Was soll was heißen?«

»Dass die kleine Jenkins heiß ist.«

»Das soll heißen, dass sie beinahe alles täte, nur damit sie einen Platz in der Sendung bekommt.«

»Wie zum Beispiel mit jemandem ins Bett zu gehen,

der ihr diesen Platz besorgen könnte?«, stieß Bonnie zwischen zusammengebissenen Zähnen aus.

»Ja, genau.«

»Hat sie dir ein Angebot gemacht?«

Pinkie stemmte seine fleischigen Fäuste in die Hüften und baute sich vor ihr auf. »Ja. Na und?«

»Und was hast du getan?«, fragte Bonnie kühl.

»Nichts. Ich stelle Leute nicht im Bett, sondern im Sender ein.«

Bonnie setzte ein zufriedenes Lächeln auf und lehnte sich wieder bequem zurück. »Und was tust du im Bett?«

Bellend wie ein wütender Hund wandte sich Pinkie wieder Kari zu. »Du weißt, dass dein Job sicher ist.«

Kari hatte den Schlagabtausch zwischen ihren Freunden gebannt mit verfolgt. »Danke, Pinkie. Aber ich will trotzdem nicht allzu lange freimachen. Sobald ich hier ausgezogen bin, komme ich zurück. Das würde auch Thomas wollen«, fügte sie leise hinzu, senkte den Kopf und zog mit ihrem Finger einen endlosen Kreis auf dem Rand von ihrem Glas.

Bonnie bedachte Pinkie mit einem vielsagenden Blick und stand entschlossen auf. »Wir werden dich jetzt alleine lassen, Kari. Oder können wir noch etwas für dich tun?«

Die junge Frau erhob sich ebenfalls. »Nein, danke. Ich komme schon zurecht. Ich brauche erst mal etwas Zeit für mich selbst.«

An der Haustür drückte Pinkie ihr die Hand. »Komm wieder zur Arbeit, wenn du willst, doch sei dir gegenüber nicht zu hart.«

»Das bin ich nicht.«

»Das ist es, was mir so an dir gefällt. Du hast wirklich Mumm.«

Sie sah ihn mit einem zärtlichen Lächeln an. Selbst in seinem dunklen Anzug und mit der Krawatte wirkte er zerzaust und ungepflegt. »Vergiss nicht meine phänomenalen Beine«, stichelte sie sanft.

Er küsste sie auf die Wange und wandte sich unbeholfen ab. Bonnie wartete darauf, dass er ihr die Tür des Wagens öffnete. »Willst du hier vielleicht Wurzeln schlagen?«, fauchte er sie an. »Nun steig schon endlich ein.«

Er quetschte sich hinter das Lenkrad, und die arme Bonnie hatte keine andere Wahl, als die Beifahrertür selber aufzumachen und neben ihm Platz zu nehmen, bevor er sie womöglich einfach stehen ließ. Nachdem sie eingestiegen war, zog sie die Tür geräuschvoll wieder zu, und sie fuhren davon.

Ein Lächeln umspielte Karis Lippen, das jedoch sofort wieder verflog, als sie die Haustür schloss und sich der Leere dieses großen Hauses und der Leere ihres zukünftigen Lebens gegenübersah.

Das Bier war kalt und bitter, aber ohne es zu schmecken, stellte er die Dose wieder fort.

Er lungerte in seinem Lieblingssessel, der sich an sein Rückgrat schmiegte, als hätte der Designer seine Form extra an seinen Körper angepasst, stellte die Fingerkuppen aneinander und starrte über das auf diese Art geformte Zelt auf den Bildschirm seines Fernsehers. Die Kiste war auf Stumm geschaltet, denn den gesprochenen Teil des Nachrichtenbeitrags hatte er inzwischen prak-

tisch auswendig gelernt. Die Bilder aber zogen ihn auch weiterhin in ihren Bann.

Wahrscheinlich war er in der ganzen Stadt der Einzige gewesen, der nicht zu der Beerdigung gegangen war. Die Kirche war bis auf den letzten Platz besetzt gewesen, und die Menschen, die nicht mehr hineingekommen waren, hatten sich vor dem Portal gedrängt. Beinahe alle, die erschienen waren, hatten sich im Anschluss an den Gottesdienst dem Autokorso angeschlossen, von dem der berühmte Tote bis zu seinem Grab begleitet worden war.

Sämtliche Fernsehsender Denvers hatten von der Beerdigung berichtet.

Weil der Immobilienmakler und der Diener des Gemeinwohls Thomas Wynne schließlich ein angesehener Bürger ihrer Stadt gewesen war. Außerdem hatte er einen intelligenten, wunderschönen Star eines Lokalsenders zur Frau gehabt.

Zusammen hatten sie den amerikanischen Traum verkörpert.

Und er, Hunter McKee, müsste dafür sorgen, dass aus diesem Traum, der so jäh geendet hatte, für die junge Witwe nachträglich ein Albtraum werden würde. Ein Gedanke, der ihm schwer im Magen lag.

In diesem Augenblick klingelte sein Telefon. Er schob sich die Schildpattbrille auf die Stirn, beugte sich nach vorn, schaltete den Videorekorder aus, griff nach dem Hörer und sagte knapp: »McKee.«

»Hunter, hier spricht Silas Barnes.«

»Hallo, Silas. Wie war die erste Woche im Ruhestand?«

»Unruhig.«

Hunter lachte. »Nach über zwanzig Jahren als Bezirksstaatsanwalt von Denver muss man sich an so viel Ruhe und Frieden sicher erst einmal gewöhnen.«

»Ich nehme an, Sie haben die Nachrichten gesehen.« Der ehemalige Staatsanwalt ersparte sich jeden Smalltalk und sprach direkt den Grund seines Anrufs an.

Hunter wusste diese verbale Sparsamkeit durchaus zu schätzen. »Ja«, erwiderte er ernst. »Sie haben mir da ein ganz schönes Chaos hinterlassen, Silas.«

»Tut mir leid. Es war von Anfang an ein fürchterliches Chaos. Aber jetzt …«

»Ja, jetzt.« Passend zu seinem abgrundtiefen Seufzer fuhr sich Hunter mit der Hand durch das mahagonibraune Haar. »Jetzt wird die Witwe von den Sünden ihres Mannes heimgesucht.«

»Sie scheint eine nette junge Frau zu sein.«

»Eine ziemlich lahme Beschreibung, Silas.«

Der Ältere lachte auf. »Ich versuche nur, Sie etwas aufzumuntern. Glauben Sie, dass sie mit Ihnen kooperieren wird?«

»Mir graut es schon davor, sie darum zu bitten.«

»Vielleicht können Sie sich den Luxus gar nicht leisten, sie darum zu bitten. Vielleicht müssen Sie sie dazu zwingen.«

»Davor graut es mir noch viel mehr.«

»Nun, falls ich Ihnen auf irgendeine Weise helfen kann …«

»Sie hätten Ihre Pensionierung noch ein paar Monate verschieben und diese verfluchte Sache selber klären können.«

»Das hat meine Krankheit leider nicht zugelassen. Ich habe Ihnen diesen Fall wirklich nicht gerne aufs Auge gedrückt. Ich fürchte, es wird nicht mehr lange dauern, und Ihnen steht das Wasser bis zum Hals, Hunter.«

»Tja, das ist eben eins der Risiken dieses Berufs, nicht wahr?«

»Ich fürchte, ja. Und wenn ich nicht denken würde, dass Sie mit diesen Schwierigkeiten fertig werden, hätte ich Sie nicht als kommissarischen Leiter dieses Amtes vorgeschlagen. Aller Wahrscheinlichkeit nach werden Sie bei der anstehenden Wahl offiziell zu meinem Nachfolger gewählt.«

»Ich weiß Ihr Vertrauen zu schätzen. Danke, dass Sie angerufen haben.«

»Gern geschehen. Auf Wiederhören.«

Hunter legte wieder auf und trank einen Schluck von seinem Bier. Dann spulte er den Film zurück, schob sich die Brille wieder vor die Augen, spielte die Aufnahme noch einmal ab und dachte, er hätte sie inzwischen mindestens ein Dutzend Mal gesehen, seit der Beitrag in den Sechs-Uhr-Nachrichten gekommen war.

Sie stieg aus der Limousine. In dem schwarzen Futteralkleid sah sie so verdammt zerbrechlich aus wie ein Püppchen aus feinstem Porzellan. Sie hielt sich kerzengerade, wandte allerdings den Kopf von der Menge und den Kameras der Journalisten ab.

Es war sicher nicht leicht, berühmt und die Hauptperson in einer Tragödie zu sein. Da sie die war, die sie war, waren alle Augen auf sie gerichtet, und ihr war selbst in ihrer Trauer keinerlei Privatsphäre vergönnt.

Trotzdem kam ihm Mrs Wynne wie der Inbegriff von Würde und Gefasstheit vor.

Dort. Die Kamera ging nah an ihr Gesicht heran. Was für ein Gesicht! Obwohl es hinter dem durchsichtigen schwarzen Schleier ihres Huts nicht deutlich zu erkennen war, zog es ihn in seinen Bann. Es war ganz bestimmt nicht das Gesicht des Feindes, dachte er. Die klar definierten Ebenen und Kanten waren sicher einer der Gründe, aus denen sie so telegen war, nahm er an. Sie war kaum geschminkt, doch das nahm ihr nichts von ihrem Liebreiz, sondern zeigte nur, wie weich, wie jung und wie verletzlich diese Witwe war.

Er fing leise an zu fluchen. Warum sah sie nicht zäh wie Leder, hart wie Stahl aus? Warum sah sie nicht weltläufig, verschlagen, abgebrüht, durchtrieben, raffiniert und hinterlistig aus? Es würde seinen Job erheblich leichter machen, sähe sie nicht so verdammt heldenhaft und tragisch aus, wie die vom Schicksal gebeutelte Prinzessin in einem der Märchen der Gebrüder Grimm.

Ihr Kiefer wirkte zart, doch fest. Sie hatte eine schmale Nase, und ihr Mund war weich und … verdammt! … wie sollte er es formulieren? … feminin. Es gab keine direkte Aufnahme der Augen, was wahrscheinlich besser war. Er wäre sicher besser dran, wenn er keine Ahnung hatte, welche Form und Farbe ihre Augen hatten, überlegte er. Die blonden Haare hatte sie sich im Genick zu einem straffen Knoten aufgesteckt.

Jetzt kam der Teil, der ihn immer ganz besonders rührte. Ganz egal, wie oft er sich den Film inzwischen angesehen hatte, formte sich auch dieses Mal in dem

Moment, in dem sie nach der weißen Rose griff, ein Kloß in seinem Hals. Durch den Schleier hindurch küssten ihre Lippen die perfekte weiße Knospe, und dann legte sie die Blume auf den Sarg. Ihre Finger – klein und zart wie die von einem Kind – schienen dabei kurz zu zögern, schließlich aber rang sie sich dazu durch.

Wütend auf sich selbst, weil er so masochistisch war, sich den Film so häufig anzusehen, stellte er den Videorekorder aus. Genug. Er sähe sich den Film bestimmt nicht noch mal an. Er warf seine Brille auf den Couchtisch, stapfte in die Küche und holte sich ein frisches Bier.

Er handelte sich dadurch ganz bestimmt nur unnötigen Ärger ein. Vielleicht würde es nie nötig sein, diese junge Witwe zu befragen. Aber wenn es nötig wäre, würde er es tun, und er würde mit geladener Waffe in diese Vernehmung gehen. Er musste seine Arbeit tun und würde sich von nichts und niemand daran hindern lassen, sie so gut zu machen, wie es möglich war.

Bis zur offiziellen Wahl des Nachfolgers von Silas Barnes war er der oberste geschäftsführende Staatsanwalt der Stadt und des Bezirks. Und er musste glänzen, wenn er diesen Job auf Dauer haben wollte, denn die Steuerzahler würden ganz genau verfolgen, was er tat. Vor allem galt es, außer seinem eigenen Ehrgeiz immer auch dem Recht zu dienen. Richtig? Ganz genau.

Weshalb fühlte er sich dann so hundeelend? Weshalb hatte er nicht den gewohnten Drang, der Wahrheit auf den Grund zu gehen? Was war mit seinem Eifer, die Leben der Wynnes auseinanderzunehmen, bis nichts da-

von mehr im Verborgenen lag? Weshalb hatte er stattdessen das Verlangen, Kari Stewart Wynne vor allen zu beschützen? Sogar vor ihm selbst?

Er trat ans Fenster seiner Wohnung, zog die Jalousien hoch und starrte auf die nächtliche Skyline der Stadt. Was machte sie wohl heute Abend? Trug sie noch immer das schwarze Kleid? Waren ihre blonden Haare noch immer in dem straffen Knoten eingezwängt? Ob jemand bei ihr war? Jemand, der sie tröstete und in den Armen hielt?

Das Gefühl, das er herunterschlucken musste, war so bitter wie sein Bier. Es war reine Eifersucht.

Der erste Tag wäre der Schlimmste, wusste sie. Also würde sie am besten die Zähne zusammenbeißen und ihn hinter sich bringen. Wenn sie die anderen doch nicht nur so voller Mitleid ansehen würden. Sie am besten überhaupt nicht ansehen würden. Die unpersönlichen Augen der Video- und Studiokameras würde sie aushalten. Es waren die Augen der Menschen, deren Blicke sie ganz einfach nicht ertrug.

Bonnie winkte ihr von ihrem Platz aus zu und reckte die Daumen in die Luft. Kari ging den Flur hinab in das Rückgebäude und ließ sich davon trösten, wie vertraut ihr die Umgebung war.

Abgesehen vom Personal änderte sich im Redaktionsraum nie etwas. Die Reihe von Monitoren, die unter der Decke hingen, damit man sie von überall aus sah, strahlten verschiedene Programme aus. Die drei größten nationalen Sender boten momentan ein erhitztes Paar, das sich in einer Seifenoper stritt, den aufgewühlten

Gewinner einer Spielshow sowie eine gereizte Hausfrau, die über die Flecken in ihrer Wäsche lamentierte, an. Zwei private Lokalsender brachten dreißig Jahre alte Situationskomödien, auf einem anderen Monitor lief der Börsenbericht, und der letzte Bildschirm, der im Augenblick nicht eingeschaltet war, übertrug aus ihrem eigenen Studio.

Eine Wolke aus Zigarettenrauch hing über den Schreibtischen. In einer Ecke fand gerade ein Wettbewerb im Papierkügelchen-Schießen statt. Die Konkurrenten waren gelangweilte Cutter, die darauf warteten, dass die Reporter mit Videos und Skripten zurückkamen und es Arbeit für sie gab. Der Produzent der Sechs-Uhr-Nachrichten ließ sich einem mitfühlenden Zuhörer gegenüber lautstark über seine Ex-Frau aus. Ständig klingelten irgendwelche Telefone, und Nachrichtendienste schickten ihnen Geschichten aus aller Welt ins Haus.

Da Pinkie nicht an seinem Schreibtisch saß, bahnte sich Kari einen Weg zu ihrem eigenen Tisch, der hinter zwei Meter hohen Stellwänden verborgen war. Auf dem Schreibtisch lag ein großer Haufen Post. Sie sah sie eilig durch, zog Geschäftsbriefe hervor, legte einen extra Stapel mit den Beileidsschreiben an, und eine Stunde später hatte sie von all den Danksagungen, die sie hatte schreiben müssen, einen Krampf in ihrer rechten Hand.

Gerade, als die letzte Karte fertig war, hörte sie, wie Pinkie eine seiner typischen Beleidigungen schrie. Sie stand auf und sah, dass er vor seinen Schreibtisch trat und einen ganzen Schwall von Schimpfworten auf Sally

Jenkins und den Studioleiter, die ihm zögernd folgten, niedergehen ließ. Seine Zigarette war heruntergebrannt, doch das nahm er gar nicht wahr, als er sie von einer Seite seines Mundes auf die andere wandern ließ. Sein schütteres Haar stand wirr in alle Richtungen um seinen Kopf.

Dann entdeckte er plötzlich Kari, brach seine Tirade ab, schob die anderen unsanft an die Seite und stürzte auf sie zu. »Gott sei Dank, dass du wieder da bist. Ich verliere hier allmählich den Verstand.« Er umarmte sie und wandte sich den anderen beiden zu. »Also, habt ihr nichts zu tun?«, brüllte er sie an. »Macht euch gefälligst wieder an die Arbeit, ja?«

Sally Jenkins legte tröstend eine Hand auf Karis Arm. »Sie sind aber früh zurück.«

Die junge rothaarige Frau bedachte sie mit einem unschuldigen Blick. Doch Kari wusste, er war ganz sicher nicht echt. Einer der Kameramänner hatte ihr gegen ihren Willen sämtliche Details seines Dates mit ihr erzählt. Ihr Busen hatte die komischen Dimensionen wie bei einer Barbie-Puppe, hatte er erklärt. Und nicht der liebe Gott, sondern ein plastischer Chirurg hatte ihn ihr geschenkt. Kari mochte Sally nicht, denn sie nutzte ihre körperlichen Vorzüge, um in einem Metier voranzukommen, in dem vor allem harte Arbeit unerlässlich war.

»Sie sind wirklich unglaublich tapfer«, säuselte sie noch und glitt lautlos aus dem Raum.

»Ein Hirn wie eine Seifenblase«, murmelte Pinkie abfällig und zündete sich schlecht gelaunt die nächste Zigarette an. »Gestern Abend hat sie ihre Einleitung

vermasselt, und der Studioleiter hat zu schnell mit der Aufnahme begonnen. Sie konnte den Fehler nicht mehr korrigieren und …«

»Ich habe es gesehen«, fiel Kari ihm ins Wort.

»Dann hast du auch gesehen, was für eine Katastrophe dieser Beitrag war. Gott, ich bin wirklich froh, dass du wieder da bist. Noch ein Tag länger mit dem Weib und … sie hat einen wirklich tollen Busen, das gestehe ich ihr zu. Aber ich glaube, sie bewahrt ihr Hirn in ihren Brüsten auf, denn im Kopf hat sie es ganz eindeutig nicht.«

Es fühlte sich gut an, wieder einmal laut zu lachen, stellte Kari fest. Pinkie aber unterzog sie einer eingehenden Musterung und stellte rüde fest: »Du siehst nicht gerade wie das blühende Leben aus, allerdings habe ich auch schon Schlimmeres gesehen.«

»Danke, das ist wirklich nett.«

»Bist du inzwischen umgezogen?«

Kari nickte kurz. »In eine Wohnung draußen beim Stausee. Sie ist ziemlich klein, aber ganz neu und bestens ausgestattet. Man kann den Swimmingpool und den Tennisplatz der Anlage benutzen, und vor allem ist das Grundstück rund um die Uhr bewacht.«

»Klingt, als hättest du die Absicht, dich dort zum Winterschlaf zurückzuziehen.«

»Wie soll ich das wohl tun, wenn mich jeden Abend Tausende von Menschen sehen?«

Trotzdem war Pinkie noch nicht ganz zufrieden und fuchtelte mit einem seiner kurzen, dicken Zeigefinger vor ihrem Gesicht herum. »Ich werde nicht zulassen, dass du dich in dein Schneckenhaus zurückziehst, also

denk am besten gar nicht erst daran. Thomas ist tot, aber du bist noch am Leben, und ich werde bestimmt nicht tatenlos mit ansehen, dass du so tust, als wärst du ebenfalls gestorben. Daher« – er klemmte seine Zigarette zwischen seine Lippen und klatschte in die Hände – »Ende der Moralpredigt. Reiß dich zusammen und denk dir einen anständigen Beitrag für die Sendung heute Abend aus, oder unser Busenwunder behält weiter deinen Job.«

Kari ging zurück zu ihrem eigenen Schreibtisch. Ja, sie hatte recht gehabt, als sie zurückgekommen war. Pinkies Frechheiten, die Fristen, die ständig einzuhalten waren, der Trubel in der Redaktion waren genau das, was sie brauchte.

Ach, wenn sie all das doch mit nach Hause nehmen könnte und die Nächte nicht allein verbringen müsste, dachte sie.

2

Sie trat in den hellen, warmen Sonnenschein hinaus. Tränen benetzten ihre Wimpern, aber es waren Tränen der Freude und des Glücks. Um sie herum wogte der mittägliche Fußgängerverkehr, doch sie nahm ihn gar nicht wahr. Sie lachte wie verrückt und schlang sich selbst die Arme um den Bauch.

Weil sie schwanger war.

Während der zwei Monate seit Thomas' Tod hatte sie nur so getan, als würde sie noch leben. Sie war ihrer gewohnten Routine nachgegangen, ohne jedoch mit dem Herzen dabei zu sein, hatte sich lethargisch ein ums andere Mal durch den Tag gequält. Als die lästigen körperlichen Beschwerden angefangen hatten, hatte sie sie auf die Mattigkeit geschoben, von der ihr Geist befallen war. Doch auf Dauer war ihr Unwohlsein nicht unbemerkt geblieben, weshalb sie auf Pinkies Drängen hin zum Arzt gegangen war. Und erst vor ein paar Minuten hatte ihr der Mann eröffnet, dass ihre Symptome kein Hinweis auf eine ernsthafte Erkrankung, sondern eher ein Grund zum Feiern waren.

»Sie sind in der zehnten Woche.« Sie hatte angefangen zu strahlen, der Doktor aber hatte stirnrunzelnd hinzugefügt: »Sie sind sowohl emotional als auch kör-

perlich total erschöpft und vor allem viel zu dünn. Essen Sie. Trinken Sie Milchshakes. Nehmen Sie ein bisschen zu, bevor Sie wiederkommen. Außerdem leiden Sie an einem Eisenmangel, deshalb schreibe ich Ihnen ein paar Tabletten auf. Und ruhen Sie sich möglichst aus.«

Sie hatte den Anweisungen des Arztes ehrfürchtig gelauscht, und er hatte sie mitfühlend angesehen. »Ich hoffe, dass die Nachricht von Ihrer Schwangerschaft Sie unter den gegebenen Umständen nicht in Bedrängnis bringt.«

»Dass sie mich nicht in Bedrängnis bringt? Ganz im Gegenteil, Doktor. Ich könnte nicht glücklicher sein.«

Er hatte ihr Lächeln erleichtert erwidert und die Liste all der Dinge, die sie tun und lassen sollte, fortgesetzt.

Als sie jetzt draußen vor der Praxis stand, wurde sie noch immer von einem heißen Glücksgefühl durchströmt. Sie erwartete Thomas' Kind! In ihr wuchs ein lebender Teil von ihm heran.

Sie tänzelte zu ihrem Wagen, fuhr zurück zum Sender, und als sie vor Pinkies Schreibtisch trat, hob er den Kopf von der Morgenzeitung und sah sie stirnrunzelnd an. »Und?«

Kari zögerte. Sollte sie es ihm sofort erzählen? Oder war das Geheimnis zu kostbar, um ihn jetzt schon einzuweihen? Sollte sie sich vielleicht erst noch eine Weile ganz allein darüber freuen? Und vor allem nähme Pinkie diese Nachricht vielleicht nicht so gut auf wie erhofft. Wie ging die Geschäftsführung des Senders mit schwangeren Angestellten um? Vor allem mit Frauen, die man jeden Abend auf dem Bildschirm sah?

»Der Arzt hat mir ein Stärkungsmittel verschrieben«, klärte sie ihn mit blitzenden Augen auf.

»Du hättest einfach öfter Gin Tonic trinken sollen. Vor allem die Zitronenscheibe hätte dir wahrscheinlich gutgetan.«

»Mit den Vitaminen hast du recht«, pflichtete sie ihm lachend bei. »Aber dazu kommen statt Alkohol noch Eisen und jede Menge anderes Zeug. Bald bin ich bestimmt wieder topfit. Wahrscheinlich geht's mir bald sogar wieder wunderbar. Hast du ein bisschen Zeit? Dann lass uns zusammen Mittag essen gehen.«

»Ich habe mir gerade einen Hamburger bestellt.«

Sie packte ihn am Arm und zerrte ihn von seinem Stuhl. »Aus diesem schmierigen Laden gegenüber? Damit handelst du dir nur eine Lebensmittelvergiftung ein. Ich soll mich gesund ernähren, und du musst mir dabei helfen. Also lass uns irgendwo was essen gehen, wo es Salate und Gemüse gibt.«

Obwohl Pinkie angewidert das Gesicht verzog, nahm er ihre Einladung zum Essen an. Zum ersten Mal, seit sie verwitwet war, wirkte Kari wieder wie sie selbst, und er würde diesen positiven Trend bestimmt nicht umkehren, indem er sie abblitzen ließ.

»Ich habe gerade einen interessanten Anruf erhalten.« Es war drei Wochen her, seit sie erfahren hatte, dass sie schwanger war. Sie hatte sich die Haare schneiden lassen, hatte dank der Masken, die sie sich inzwischen wieder einmal in der Woche gönnte, einen strahlenden, gesunden Teint, etwas vollere Wangen, ein Funkeln in den Augen und Farbe im Gesicht.

Seit sie wieder ein Ziel vor Augen hatte, war ihr Leben wieder schön.

Auch wenn Pinkie keine Ahnung hatte, was der Grund für die Verwandlung war, registrierte er sie voller Dankbarkeit. Die Zombierolle, die sie nach dem Tod von Thomas angenommen hatte, hatte ihm eine Heidenangst eingejagt. Sie hatte sich in ihre eigene Welt des Leids zurückgezogen, und er hatte langsam befürchtet, sie kehre niemals mehr von dort zurück. Aber Gott sei Dank war sie inzwischen wieder aufgetaucht.

»Was für einen Anruf? Oder wird das ein Quiz?«, fragte er schlecht gelaunt, während er seine Füße von der Schreibtischplatte schwang. Er behandelte sie nicht mehr wie ein rohes Ei. Sie hatten ihre alte, behagliche Beziehung wieder aufgenommen und trugen ständig irgendwelche verbalen Scharmützel miteinander aus.

Sein zur Schau gestellter Ärger schreckte sie nicht ab. »Hunter McKee, unser kommissarischer Bezirksstaatsanwalt.«

Vor dem Wechsel zum Fernsehjournalismus hatte Pinkie über fünfzehn Jahre lang für eine einheimische Zeitung die lokale Politik verfolgt. Es gab kaum noch was, was ihn schockierte, denn, wie er gern zum Besten gab, hatte er von der Ermordung irgendwelcher Staatschefs bis zu der Geburt von Fünflingen in einem Taxi bereits alles erlebt. Nichts konnte ihn so leicht noch überraschen. Jetzt aber riss er verblüfft die Augen auf. Nach allem, was er gehört hatte, schien dieser McKee nicht gerade ein Warmduscher zu sein. »Ach ja? Und was wollte er? Hat er sich vielleicht über deine letzte Filmkritik beschwert?«

Sie runzelte verwirrt die Stirn. »Genau das ist das Problem. Er hat es nicht gesagt. Er hat mich nur gebeten, morgen in sein Büro zu kommen.«

»Das wird ja immer seltsamer. Vielleicht denkt er, du bist noch immer im Politikressort. Vielleicht hat er ja eine Story, die du bringen sollst.«

Sie schüttelte den Kopf. »Das glaube ich nicht. So hat es zumindest nicht geklungen. Er hat noch gar nicht hier gelebt, als ich für Politik zuständig war. Falls er mich also aus dem Fernsehen kennt, dann nur aus dem Unterhaltungsbereich, in dem ich inzwischen bin.«

»Und du bist ihm noch nie begegnet? In den Kreisen, in denen du und Thomas euch bewegt habt, hätte ich angenommen, dass ihr euch schon einmal irgendwo über den Weg gelaufen seid.«

Sie konnte sich nicht daran erinnern, dass sie diesen Mann schon einmal irgendwo getroffen hätte. »Nein. Nicht, dass ich wüsste. Was weißt du über ihn?«

»Nur, was ich gelesen und gehört habe. Gilt als echter Heißsporn. Hochintelligent. Ehrgeizig. Gerissen. Fähig. Der alte Silas Barnes hat ihn in den höchsten Tönen gelobt, und er war nicht so einfach zu beeindrucken. Er war schon immer Staatsanwalt, nie Verteidiger. Will dauerhaft Bezirksstaatsanwalt von Denver werden und wird die Wahl wahrscheinlich auch gewinnen, wenn man den Gerüchten glauben darf.«

»Was ist mit seinem Privatleben?« Ihre journalistischen Instinkte wurden wach. »Gibt es eine Mrs McKee?«

»Nicht, dass ich wüsste. Ich glaube, er ist der Typ, der nur für seine Arbeit lebt. Vielleicht bist du ihm deshalb

nie auf einer Cocktailparty begegnet.« Pinkie drückte seine Zigarette aus. »Wann findet dieses Treffen statt?«

»Morgen früh um zehn.«

»Erzähl mir hinterher, worum es ging.«

Lächelnd wandte sie sich ab und lief zurück in Richtung ihres eigenen Tischs. »Erwarte lieber nicht zu viel. Vielleicht ist es ja gar nichts Wichtiges.«

Hemdsärmel oder Jackett? Säße er in Hemdsärmeln am Tisch, wäre sie vielleicht entspannter. Dann wäre der erste Eindruck, den sie von ihm hätte, der eines vertrauten Freunds. Aber vielleicht empfände sie eine solche Lässigkeit ja auch als beleidigend?

Verdammt! War das nicht vollkommen egal? Sie würde auf jeden Fall beleidigt sein. Also wäre es wohl am besten, das Jackett des dreiteiligen Anzugs anzuziehen und das Gespräch auf diese Weise von Beginn an offiziell zu machen.

Nachdem er die Jacke angezogen hatte, nahm er hinter seinem Schreibtisch Platz und befingerte den Ordner, der unübersehbar mitten auf der blank polierten Platte lag. Er ging ein paar der Dokumente in dem Ordner durch, fluchte und stieß leise einen bösen Nachruf auf den toten Stadtrat aus. Was hatte sich der Bastard nur dabei gedacht? Er hatte doch bereits alles gehabt, öffentliche Bewunderung, Geld, eine gute Position … und sie. Weshalb hatte er all das riskiert? Oder hatten ihn gerade das Risiko und der damit verbundene Kick gelockt? Das auf diese Art verdiente Geld war für jemanden mit seinem finanziellen Hintergrund doch kaum der Rede wert. Weshalb also hatte er…?

Die Gegensprechanlage unterbrach seinen Gedankengang. »Mrs Stewart ist jetzt hier, Mr McKee.«

»Schicken Sie sie rein.«

Er stand auf und wischte sich die feuchten Hände an den Hosenbeinen ab. Er, Hunter McKee, von dem es hieß, dass er Nerven wie Drahtseile besaß und Straftäter vor Furcht zittern ließ, kam sich wie ein achtzig Kilo schwerer Wackelpudding vor.

Was war nur mit ihm los? Er hatte es bereits des Öfteren mit gemeingefährlichen Mördern zu tun gehabt, die ihm das Schlimmste angedroht hatten für den Fall, falls sie je wieder aus dem Gefängnis kämen, in dem sie dank seiner Mitwirkung gelandet waren, und es hatte ihn nicht im Geringsten aus dem Gleichgewicht gebracht. Und jetzt hatte er einen Kloß im Hals, weil ihm gleich eine Frau entgegenträte, die nicht gefährlicher als ein Schmetterling aussah? Wovor hatte er Angst?

Sie kam durch die hohe Tür marschiert. Das Sonnenlicht, das durch die Fenster strömte, fiel auf ihre Haare, ihr Gesicht und das hellblaue Kleid, das wie eine zweite Haut an ihrem makellosen Körper lag.

Sein Unterleib zog sich schmerzlich zusammen, als sie plötzlich vor ihm stand.

Ein Rätsel war gelöst. Ihre Augen waren grün. Hellgrün inmitten eines dunklen Wimpernwalds.

Sie trug ihr Haar nicht so wie während der Beerdigung, sondern wie in ihren Sendungen als blonde Lockenmähne, die auf ihre Schultern fiel. Das wilde Durcheinander wies, angefangen von fahlem Weiß bis hin zu einem reichen Gold, zahllose verschiedene Schattierungen auf.

Bezüglich ihres Teints gingen ihm all die geschmacksorientierten Worte durch den Kopf, mit denen man die Haut gerne beschrieb. Pfirsich-, creme- und honigfarben. Wobei keines dieser Worte wirklich passte, weil ihr Teint wie eine herrliche Verbindung aller dieser Dinge schien. Dazu kam noch der Hauch von Aprikose, der auf ihrem Mund und ihren Wangen lag und das Verlangen in ihm wachrief, sanft in sie hineinzubeißen und den herrlichen Geschmack endlos lange auf der Zunge zu bewahren, weil er einfach allzu köstlich war.

Ein Blick auf sie genügte, und er wusste, was der Grund für seine Angst gewesen war. Er hatte es bereits befürchtet, seit er sie im Fernsehen bei der Beerdigung von ihrem Mann gesehen hatte. Da es schon in jenem Augenblick um seine Objektivität geschehen gewesen war.

»Mr McKee?«

Die große, athletische Gestalt schien aus einer Trance zu erwachen, trat dann aber auf sie zu. »Danke, dass Sie gekommen sind. Wie soll ich Sie nennen? Ms Stewart oder Mrs Wynne?«

Sie reichte ihm die Hand. »Wie wäre es mit Kari?«

Er ergriff die angebotene Hand und übte einen warmen Druck auf ihre Finger aus. Er hatte einen angenehmen Händedruck, fest und stark, ohne ihr weh zu tun. Er dauerte vielleicht etwas zu lange, während er ihr forschend in die Augen sah, schließlich aber zog er seine Hand zurück, legte sie sanft unter ihren Ellenbogen und geleitete sie zu dem Stuhl, der vor seinem Schreibtisch stand.

»Ist Ihnen zu warm?«

»Nein.«

»Zu kalt?«

»Nein«, sagte sie und lächelte. »Es geht mir gut.«

Inzwischen war sie eine derart übertriebene Fürsorge gewohnt. Seit Thomas gestorben war, schlichen die Leute wie auf Zehenspitzen um sie herum. Was ihr langsam, aber sicher furchtbar auf die Nerven ging. Selbst die Fotografen, die mit ihr zu irgendwelchen Filmaufnahmen fuhren, gingen mit ihr um, als wäre sie eine zerbrechliche alte Jungfer, und erst letzte Woche hatte einer der Kollegen wegen irgendeiner Sache laut geflucht, sie dann erschrocken angesehen und gestammelt: »Tut mir leid, Kari.«

»Um Himmels willen«, hatte sie ihn angefahren. »Würdet ihr endlich alle aufhören, so furchtbar nett zu mir zu sein? Ich bin weder geistig noch körperlich behindert, seit Thomas gestorben ist!« Was sich offenbar herumgesprochen hatte. Denn inzwischen schienen sich die anderen wieder etwas zu entspannen und behandelten sie wieder wie den guten Kumpel, der sie stets gewesen war.

Die übertriebende Fürsorge des Staatsanwalts hingegen amüsierte sie. Er trat vor die Jalousien hinter seinem Schreibtisch und zog sie etwas herunter, nur damit sie nicht direkt in die Sonne sah.

»Möchten Sie vielleicht einen Kaffee?«

»Nein, danke.«

»Ein Glas Wasser?«

»Nein. Ich möchte nichts, Mr McKee. Ich bin nur neugierig. Weshalb wollten Sie mich sehen?«

Ohne auf ihre Frage einzugehen, sah er sie an. »Sie

sind …« Er machte eine hilflose Bewegung. »… *schlanker* als im Fernsehen.«

Diese Bemerkung hatte sie bereits des Öfteren gehört. »Vor der Kamera wiegt man mindestens sieben Pfund mehr. Sie sind noch sehr jung.« Seine Brauen schossen hoch, und sie fügte hinzu: »Ich meine, für das Amt, das Sie bekleiden. Ich hätte jemand Älteren erwartet.«

»Jemanden wie Silas?«

»Ja.«

»Und, sind Sie jetzt enttäuscht?«

»Eher überrascht.« Sie legte ihren Kopf ein wenig schräg. »Woher kommen Sie?«

»Meinen letzten Posten hatte ich in St. Louis.«

»Und warum sind Sie dort weggegangen?«

»Ist das wichtig?«

Sie besaß den Anstand, ein wenig verlegen auszusehen. »Ich war früher im Politikressort. Ich schätze, deshalb ist es für mich einfach normal, den Bezirksstaatsanwalt mit Fragen zu bombardieren.«

Er sah sie ebenfalls mit einem leisen Lächeln an. »Dann sollte ich am besten ehrlich antworten. In St. Louis war ich in der Hierarchie zu weit unten angesiedelt. Der Weg nach oben war mir dort versperrt.«

Sie nickte verständnisvoll. »Ich frage mich, weshalb wir uns noch nie begegnet sind.«

»Hätten wir das sollen?«

»Ich war regelmäßig am Gericht. Weil mein verstorbener Mann Mitglied des Stadtrats war.«

»Ich weiß.«

»Haben Sie ihn persönlich gekannt?«

»Ich bin ihm ein paarmal begegnet.«

Er trat hinter seinen Schreibtisch, nahm in einem tiefen Ledersessel Platz und setzte eine Brille auf. Was seiner Attraktivität nicht den geringsten Abbruch tat. Falls er weiterhin ein öffentliches Amt bekleiden wollte, brächte er es sicher ziemlich weit. Und seine äußere Erscheinung wäre dabei ganz bestimmt kein Hindernis.

Er war über einen Meter achtzig groß, und selbst in dem tadellos geschnittenen dunkelgrauen Anzug konnte sie erkennen, dass sein Körper muskulös und ausnehmend geschmeidig war. Sein Haar war gut geschnitten, gleichzeitig aber auf eine jungenhafte Art zerzaust, die sicher vielen Frauen gefiel. Es war dunkelbraun und wies rötliche Strähnen auf.

Seine breite, hohe Stirn zeugte von Intelligenz. Die geschwungenen Brauen waren dicht, und die Augen waren weder grau noch grün, sondern wiesen einen Farbton irgendwo dazwischen auf. Eine aristokratische Nase teilte hohe Wangenknochen, und mit seinem breiten Mund und der sinnlich vollen Unterlippe sah er, wenn er lächelte, wahrscheinlich ungeheuer sexy aus.

Er blickte sie über seinen Schreibtisch hinweg an. »Das mit Ihrem Gatten tut mir leid.«

»Danke.« Hatte er sie deshalb einbestellt? Aber warum hatte er ihr dann nicht einfach während ihres Telefongesprächs am Vortag kondoliert?

Sie hatte diese Worte im Verlauf der letzten Monate fast jeden Tag gehört, doch seine Stimme hatte einen seltsam eindringlichen Klang. Als täte es ihm nicht nur leid, dass ihr Mann gestorben war. Und auch sein durchdringender Blick rief ein Gefühl des Unbehagens

in ihr wach, wie wenn er ihre Reaktion auf alles, was er sagte, abwägen würde.

»Ich habe Sie im Fernsehen gesehen«, erklärte er in nonchalantem Ton. Doch auch diesen Satz sagte er ganz bestimmt nicht ohne Grund. Kari wagte zu bezweifeln, dass er jemals etwas sagte, ohne vorher überlegt zu haben, was er sprach.

»Das klingt wie ›Ich habe Ihr Baby gesehen‹. Wie habe ich Ihnen gefallen?«

Er fing an zu grinsen, und sie sah, dass sie recht gehabt hatte. Er war attraktiv und sexy, und ihr fielen sofort ein Dutzend junger Damen ein, die sich glücklich schätzen würden, gäbe er den Single-Status für sie auf.

»Früher habe ich den Fernseher immer sofort nach den eigentlichen Nachrichten ausgeschaltet.« Er wandte sich ab, zog unnötigerweise eine Schublade des Schreibtischs auf und schob sie wieder zu. »Doch in letzter Zeit habe ich mir auch Ihre Beiträge noch angesehen. Sie sind wirklich gut.«

»Danke.« Sie nickte förmlich mit dem Kopf, sah ihn aber gleichzeitig mit einem breiten Lächeln an.

»Sie können sich gut artikulieren und sehen immer … bezaubernd aus«, fügte er nach einer kurzen, beinahe unmerklichen Pause sanft hinzu.

Karis Herz vollführte einen kleinen Freudentanz. So etwas hatte sie nie zuvor erlebt. Ein seltsames, aber aufregendes Gefühl drang hinter die beherrschte Fassade und breitete sich in ihrer Brust und ihrem Magen aus. Sie hielt den Atem an und unterdrückte mühsam den Impuls, die Hand auf ihren Bauch zu legen. Hatte ihr Baby sich bewegt? Nein. Dafür war es noch zu früh.

Aber was war es dann? Sie reagierte doch ganz sicher nicht wie ein unbedarfter Teenager auf dieses Kompliment?

»Sie hätten sich die Einladung hierher ersparen und mir einfach einen Fanbrief schreiben können«, stellte sie mit einem etwas unsicheren Lächeln fest.

»Ich bin tatsächlich ein Fan von Ihnen, und das wollte ich Ihnen auch sagen.« Dann legte er allerdings die Stirn in Falten und fügte hinzu: »Aber ich fürchte, dass noch etwas anderes hinter dieser Verabredung steckt.«

»Das hatte ich mir schon gedacht. Falls es um eine Story geht, rufen Sie am besten den entsprechenden Ressortleiter des Senders an. Er wird dann die richtigen Leute …«

»Nein, es geht nicht um eine Story. Oder zumindest jetzt noch nicht. Heute Nachmittag sieht es wahrscheinlich anders aus.«

Sie schlug ihre Beine übereinander und rutschte ungeduldig auf dem Stuhl herum. Wann käme er endlich auf den Punkt? »Warum sagen Sie mir nicht einfach, worum es geht, Mr McKee?«

»Es geht um Ihren verstorbenen Mann«, erklärte er geradeheraus.

Dadurch wurde ihre zunehmende Ungeduld gedämpft. Sie blinzelte verwirrt, als Hunter McKee nach dem vor ihm liegenden Ordner griff. Seine Bewegungen waren methodisch und irgendwie offiziell. Er wirkte nicht mehr wie ein zuvorkommender Gastgeber oder ein begeisterter Fan, sondern wie ein Diener des Staats, der zur Erfüllung einer unangenehmen Pflicht gezwungen war. »Thomas? Was ist mit ihm?«

Er atmete tief ein. »Seit mehreren Monaten führt diese Dienststelle Ermittlungen durch, bei denen es um das Verschwinden großer Geldsummen geht. Geldsummen, die aus der Stadtkasse entnommen worden sind. Zwar weisen die Bücher entsprechende Posten für jeden Dollar aus, aber nur auf dem Papier. Die Gelder, die für verschiedene Projekte vorgesehen waren, sind niemals dort aufgetaucht.«

»Ich verstehe nicht, was das …«

»Bitte«, bat er sie mit ruhiger Stimme und hob beide Hände hoch. »Die Gelder wurden unterschlagen. Inzwischen haben wir ausreichende Beweise, um mit dieser Sache vor Gericht zu gehen. Noch heute Nachmittag werden wir zwei Mitglieder des Stadtrats wegen Betrugs und der Veruntreuung von öffentlichen Geldern festnehmen. Ich wollte mit Ihnen sprechen, bevor die Öffentlichkeit von der Angelegenheit erfährt.«

Sie befeuchtete sich die Lippen mit der Zungenspitze. »Und warum?«

Sein Blick schien sie zu durchbohren. »Weil Thomas Wynne anscheinend an diesen Straftaten beteiligt war.«

Während eines langen Augenblicks saßen sie beide völlig reglos da. Stille hatte sich über den Raum gesenkt. Das Klappern von Schreibmaschinen und das Klingen von Telefonen hallten durch die Flure und die Wände, in McKees Büro jedoch war es vollkommen still.

Dann sprang Kari plötzlich auf und stürzte Richtung Tür. Eilig lief ihr Hunter hinterher, holte sie gerade noch rechtzeitig ein und legte seine starken, schlanken Finger fest um ihren Oberarm.

»Es tut mir leid, Kari …«

»Mrs Wynne«, fuhr sie ihn an. »Und bitte lassen Sie mich los.«

»Ich möchte es Ihnen erklären.«

»Es gibt nichts zu erklären.« Sie sah ihn zornentbrannt an. »Thomas hat dieser Stadt länger gedient, als Sie mit Ihrem Studium fertig sind. Er war ein gewissenhafter, pflichtbewusster Geschäftsmann und Politiker. Er hätte niemals ...« Als ihr die Luft ausging, machte sie eine kurze Pause und atmete tief ein. »Es wird sich herausstellen, dass Ihre Anschuldigungen gegen meinen Mann vollkommen haltlos sind. Und jetzt lassen Sie mich gehen.«

Sie entzog ihm ihren Arm, aber er legte die flache Hand gegen die Tür. Sein Arm war durchgedrückt und wurde vom Gewicht seines harten Körpers unterstützt. Gegen seinen Willen bekäme sie die Tür unmöglich auf. Wütend starrte sie ihn an.

»Setzen Sie sich wieder hin«, wies er sie mit ruhiger Stimme an. »Ich muss Ihnen ein paar Fragen stellen. Wenn Sie möchten, können Sie einen Anwalt zu dem Gespräch hinzuziehen.«

Sie reckte stolz das Kinn. »Auf keinen Fall. Ich habe nichts zu verbergen, und das hatte Thomas auch nicht.«

»Dann haben Sie sicher nichts dagegen, mir ein paar Fragen zu beantworten«, gab er aalglatt zurück.

Sie hatte sich ins Abseits manövriert, und der einzige Weg, das Gesicht nicht völlig zu verlieren, war, die Unterhaltung durchzustehen. Sie zwang sich zu einer entspannteren Haltung, behielt allerdings ihre feindselige Miene bei. »Was wollen Sie wissen?«

»Würden Sie sich bitte wieder setzen?« Er war wieder ganz der wohlerzogene, zuvorkommende Gentleman und legte seine Hand unter ihren Ellenbogen, aber sie riss ihren Arm zurück, kehrte allein zu ihrem Stuhl zurück und nahm kerzengerade auf der Kante Platz.

Auch er ließ sich wieder in seinen Schreibtischsessel sinken und schlug den Ordner auf. »War Mr Wynne jemals in San Francisco?«

»Ich kann mich nicht erinnern«, gab sie flapsig zurück.

Er runzelte die Stirn, spähte sie durch seine Brille hindurch an und rief dadurch zum ersten Mal, seit sie hierhergekommen war, ein Gefühl der Angst in Kari wach. Er meinte es tatsächlich ernst.

»War er jemals in San Francisco?«, wiederholte er.

Sie musste schlucken. »Ja. Gelegentlich.«

»Wie oft?«

»Das ist schwer zu sagen.«

Er bedachte sie erneut mit einem durchdringenden, argwöhnischen Blick. »Warum?«

»Wie oft ist oft?«, schrie sie ihn an. Da seine ausdruckslose Miene deutlich machte, dass er auch mit dieser Antwort nicht zufrieden war, stieß sie einen abgrundtiefen Seufzer aus, fügte dann aber hinzu: »Er war ziemlich regelmäßig dort.«

»Können Sie mir irgendwelche Daten nennen?«

»Selbstverständlich nicht! Thomas hatte zahlreiche geschäftliche Interessen. Ich habe nicht darüber Buch geführt.«

»Er war also häufig unterwegs?«

Sie warf hilflos die Hände in die Luft. »Ich nehme an,

das kann man sagen. Er war zwei-, dreimal im Monat auf Geschäftsreise. Ist das oft?«

Er gab ihr keine Antwort, sondern feuerte direkt die nächste Frage ab. »Wohin haben diese Reisen ihn geführt? San Francisco, New Orleans, New York, Puerto Rico?«

»Ja, vielleicht, ich schätze schon. Wie gesagt, ich habe nicht darüber Buch geführt.«

»Sie wussten also nie, wo Ihr Mann sich aufhielt, wenn er nicht in Denver war?«

Sie presste zornig die Lippen aufeinander und sah ihn mit blitzenden Augen an. »Doch, natürlich. Schließlich hat er jeden Abend angerufen, wenn er nicht zu Hause war.«

Es klang, als murmelte McKee eine Obszönität, aber sicher war sich Kari nicht. Dann blätterte er wieder die Papiere in dem Ordner durch. »Haben Sie eine Vorstellung davon, wie viel Ihr Mann im Jahr verdient hat?«

»Nein.«

Er hob den Kopf. »Nicht mal eine *ungefähre* Vorstellung?«

»Es hat uns an nichts gefehlt. Wir haben gut gelebt. Doch ich hatte immer mein eigenes Bankkonto.«

»Geld, das er Ihnen gegeben hat?«

»Geld, das ich verdient habe«, fuhr sie ihn an. »Sind Sie fertig, Mr McKee?«

»Mit Ihnen, ja. Ich wollte nur wissen, ob Sie in die schmutzigen Geschäfte Ihres Mannes eingeweiht waren.«

Eine heiße Röte stieg ihr ins Gesicht, und wütend

sprang sie abermals von ihrem Stuhl. »Er hat keine schmutzigen Geschäfte betrieben.«

Auch er stand wieder auf, beugte sich über den Schreibtisch und sah ihr direkt ins Gesicht. »Ich habe die entsprechenden Beweise, und ich werde die beiden anderen verurteilen lassen, ob Sie mir dabei helfen oder nicht. Allerdings würde ich es zu schätzen wissen, wenn Sie mir behilflich wären. Falls Ihnen noch irgendwelche Daten oder Namen einfallen …«

»Fahren Sie doch zur Hölle«, schnauzte sie, machte auf dem Absatz kehrt und stürmte erneut in Richtung Tür.

Wieder eilte er ihr nach, und dieses Mal gelang es ihm, sich zwischen seinem Gast und der Zimmertür aufzubauen und ihr auf diese Art den Fluchtweg zu versperren.

Sie zitterte vor Zorn. Wie konnte er es wagen, einen Mann wie Thomas Wynne einer so verabscheuungswürdigen Tat wie der Veruntreuung von öffentlichen Geldern zu bezichtigen?

»Lassen Sie mich einen Gerichtsschreiber rufen, um Ihre Aussage zu protokollieren«, erklärte er. »Wenn es so ist, wie Sie sagen, und Sie nichts von diesen Dingen wussten, war es das für Sie.«

»Ich will nicht Teil Ihrer schäbigen Ermittlungen sein, Mr McKee.«

»Ob Sie wollen oder nicht, sind Sie das als Witwe eines Hauptverdächtigen auf jeden Fall.«

»Eine Ehefrau kann nicht gezwungen werden, gegen ihren Mann auszusagen.«

»Nicht Ihr Mann wird vor Gericht gestellt, sondern

die Mittäter. Sagen Sie mir, was Sie wissen, und ich werde Sie nicht noch mal belästigen.«

»Ich weiß nichts.«

»Dann geben Sie das zu Protokoll. Wie auch immer, Sie wissen möglicherweise mehr, als Ihnen bewusst ist, irgendwelche kleinen Details, die Ihnen bisher unwichtig erschienen sind. Lassen Sie mich Ihnen noch ein paar Fragen stellen.«

»Vergessen Sie's. Ich werde jetzt gehen.« Sie griff nach der Türklinke, doch er packte ihr Handgelenk und riss ihre Hand an seine Brust.

»Dann werde ich Sie schriftlich vorladen, und Sie werden vor Gericht aussagen müssen.«

»Ich bin sicher, dass Sie Ihre Pflicht tun werden, Mr McKee.« Sie zerrte ergebnislos an ihrem gefangenen Handgelenk.

»Ich will Ihnen nicht weh tun!«

Sie hatten sich gegenseitig lautstark angebrüllt, bei diesem letzten Satz jedoch hob sie den Kopf und starrte ihn reglos an. Er sprach mit sanftem Nachdruck, und er meinte es anscheinend wirklich ernst.

Er beugte sich dicht über sie. Er hatte seine Brille auf dem Schreibtisch liegen lassen und sah sie aus plötzlich dunklen Augen an. Sein Gesicht verriet Entschlossenheit und Härte, gleichzeitig jedoch …

Etwas wie Mitgefühl? Sie schüttelte den Kopf. Nein. Bestimmt kein Mitgefühl. Das war vollkommen unmöglich. Weshalb sollte er ihr Mitgefühl entgegenbringen, während er doch gleichzeitig die Absicht hatte, Thomas' Namen in den Schmutz zu ziehen? Das war eine persönliche Beleidigung für sie.

Sie gewann die Kontrolle über ihre Stimme wieder und meinte in ruhigem Ton: »Mir wurde bereits weh getan, Mr McKee. Es hat mir weh getan, den Leichnam meines Mannes zu identifizieren, der einem unnötigen, vollkommen grotesken Unfall zum Opfer gefallen ist. Er war ein wunderbarer Mensch, und jetzt wollen Sie … Oh Gott«, entfuhr es ihr, als plötzlich ihre Augen anfingen zu brennen. »Lassen Sie mich einfach gehen.«

Sie wollte vor keinem Menschen weinen. Und ganz sicher nicht vor diesem Mann. Eilig senkte sie den Kopf, damit er nicht die Tränen des Schmerzes und des Zorns in ihren Augen sah.

Er ertrug es einfach nicht. Er hatte die ganze Zeit gewusst, dass es kein Spaziergang werden würde, aber er ertrug es nicht, der Schurke in dem Stück zu sein. Weshalb musste ausgerechnet er es sein, der ihr zusätzlichen Schmerz bereitete, obwohl sie bereits derart litt? Sie sah völlig hilflos und verloren aus.

Dieser verdammte Wynne! Weshalb war dieser verfluchte Hurensohn einfach gestorben und ließ diese junge Frau zurück, damit sie die Folgen seines Handelns trug? Wenn er noch am Leben wäre, hätte Hunter ihn nicht mehr verachten können als in diesem Augenblick, in dem er auf den Heiligenschein über der blonden Lockenmähne der Witwe sah.

Es alarmierte ihn, als er entdeckte, dass er ihren Arm so fest umfasste, dass das Weiß der Knöchel seiner Finger deutlich unter seiner Haut zutage trat. Doch obwohl er seinen Griff umgehend lockerte, hielt er sie weiter fest. Unter dem abnehmenden Druck spreizte sie die Finger ihrer eigenen geballten, winzig kleinen Hand.

Es hätte nicht viel gefehlt, und er hätte die Innenseite ihres Handgelenks an seinen Mund gepresst und sanft geküsst, bis ihr Puls wieder in einem ruhigen Rhythmus ging. Hätte ihre Hand geöffnet und die Lippen sanft auf ihren Handballen gedrückt.

Ohne nachzudenken, streckte er die andere Hand nach einer ihrer blonden Locken aus. Er wickelte sie vorsichtig um seinen Finger und bemerkte ihre seidige Beschaffenheit. Am liebsten hätte er ihren gesamten Schopf in seiner Hand zerdrückt, sein Gesicht darin vergraben und gespürt, wie die weiche Masse über seine Lippen strich.

Stattdessen zog er seine Hand wieder zurück, ohne dass ihr die Berührung auch nur aufgefallen war. Wahrscheinlich wäre sie zusammengezuckt und hätte ihn feindselig angestarrt, hätte sie etwas davon bemerkt. Denn, ganz egal, was für ein Mensch ihr Mann gewesen war, hatte sie ihn ganz eindeutig idealisiert.

Und er, Hunter McKee, würde derjenige sein, der dieses Idol von seinem Sockel stieß. Und was für eine Meinung hätte Kari dann von ihm? Es war allgemein bekannt, was mit dem Überbringer schlechter Nachrichten geschah.

»Ich wollte Ihnen nicht weh tun.« Unbewusst strich er mit seinem Daumen über die Innenseite ihres Handgelenks. Er hatte diesen Satz nicht wiederholen wollen, vor allem nicht in einem derart unglücklichen Ton.

Doch sie hatte ihn gehört, hob den Kopf und sah ihn böse an. Der Blick aus ihren grünen Augen drückte die Verachtung, die sie ihm entgegenbrachte, stärker aus, wie wenn sie ihn lautstark angeschrien hätte.

»Leben Sie wohl, Mr McKee.« Ihre Stimme war eiskalt, und da sie ihm erneut die Hand entzog, hatte er keine andere Wahl, als auch seine Hand zurückzuziehen.

Mit grimmig zusammengepressten Lippen trat er einen Schritt zur Seite und hielt die Bürotür für sie auf. Sie warf ihre blonden Locken über ihre Schulter, straffte stolz die Schultern und marschierte, ohne ihn auch nur eines letzten Blickes zu würdigen, an ihm vorbei.

Er folgte ihr in den Flur und sah ihr hinterher.

Sie war einfach rundherum perfekt. Hatte genau die richtige Größe, war schlank, doch zugleich feminin, hatte ein sanft gerundetes Hinterteil, das unter ihrem Rock vorteilhaft zur Geltung kam, und einen vollen Busen, an den sich das Oberteil von ihrem Kleid sanft anzuschmiegen schien. Oh ja, das hatte er bemerkt, und er hatte sich dafür verflucht, dass er ein solcher Lüstling war. Denn der Anblick ihrer Brüste hatte gegen seinen Willen verbotene Gedanken über Form und Farbe und Geschmack in ihm geweckt.

Ihre Beine in den hochhackigen Schuhen und den Seidenstrümpfen waren lang und wohlgeformt. Er *wusste* einfach, dass sie Seidenstrümpfe trug. Und mit ein wenig Fantasie spürte er sogar ihre Textur, während er gedanklich seine Hand über ihre wie dafür geschaffene Wade gleiten ließ.

Auch die Haare, das Gesicht und die ausdrucksvollen Züge waren genau das, was er sich immer schon gewünscht hatte bei einer Frau. Genau wie ihr Geruch, die Augen und der Mund. *Gott! Denk am besten gar nicht erst an ihren Mund.* Schließlich tat ihm bereits alles weh, seit sie vorhin hereingekommen war.

Als sie das Gebäude durch die Vordertür verließ, schloss er die Tür seines Büros, nahm mit einem geseufzten »Verdammt und zugenäht« wieder hinter seinem Schreibtisch Platz und raufte sich die Haare.

Sie war seit drei Monaten verwitwet. Und selbst wenn sie es schon seit drei Jahren wäre, würde sie ihn bis ans Lebensende dafür hassen, dass er die Erinnerung an diesen Menschen in den Dreck zu ziehen gezwungen war.

Doch wie kam man gegen ein Verlangen an, das alles, was man je zuvor empfunden hatte, übertraf? Schließlich hatte er dieses Gefühl nicht absichtlich in sich geweckt. Hatte sie nicht vorsätzlich aus einer Menge attraktiver Frauen ausgesucht. In der Situation, in der er sich befand, hätte er sie wahrscheinlich eher als Allerletzte ausgewählt. Er hatte nicht darum gebeten, dieser jungen Witwe zu verfallen, es war einfach so passiert. Was zum Teufel könnte er dagegen tun?

Es war einfach der totale Wahnsinn und kam einem politischen und auch professionellen Selbstmord gleich, aber trotzdem war es nun einmal passiert.

Er hatte sich in den Feind verliebt.

3

Als Kari zurück zum Sender kam, herrschte aufgeregtes Treiben in der Redaktion. Irgendeine große Sache war hereingekommen, und sie konnte sich auch vorstellen, was das war. Kaum ging sie an den Gruppen von Leuten vorbei den Flur hinunter, brachen die Gespräche ab. Alle warfen ihr verstohlene, nachdenkliche Blicke zu. Sie wussten also alle längst Bescheid.

Sie ging zu ihrem Schreibtisch und fuhr mit der Arbeit fort, wie wenn nichts geschehen wäre. Sollten sie doch reden, dachte sie. In seinem Bemühen, die Zustimmung der Öffentlichkeit zu gewinnen, würde Hunter McKee einen Riesennarren aus sich machen. Davon war sie überzeugt. Die Behauptung, Thomas Wynne hätte öffentliche Gelder unterschlagen, war einfach absurd. Die Anschuldigungen, die McKee gegen ihren toten Ehemann erhob, waren völlig unbegründet, und er würde sich damit vor aller Welt blamieren wie eben schon vor ihr.

»Hi, Baby.«

Sie setzte ein, wenn auch etwas starres Lächeln auf. »Hi.«

Pinkie blickte über seine Schulter. Privatgespräche waren hier in diesem Bienenstock so gut wie ausge-

schlossen, wusste er. »Es ist kein Geheimnis mehr, weshalb McKee dich sehen wollte.«

Sie reckte stolz das Kinn. »Anscheinend nicht.«

»Wir haben es eben gerade erfahren. Sie haben Parker bei sich zu Hause und Haynes auf dem Golfplatz festgenommen. Natürlich werden die beiden gegen Kaution innerhalb von wenigen Minuten wieder draußen sein. Trotzdem steckt der Stadtrat ziemlich in der Klemme.« Er legte tröstend eine Hand auf ihre Schulter und fügte ruhig hinzu: »Genau wie du.«

»Warum?«, fragte sie ihn gereizt. »Falls wirklich Geld veruntreut worden ist, hatte Thomas ganz eindeutig nichts damit zu tun.«

»Hat dir das McKee gesagt? Dass Thomas nicht an diesen Unterschlagungen beteiligt war?«

Pinkies Augen waren so hell wie alles andere an ihm, von einem blassen, beinahe durchsichtigen Blau. Sie konnten einen bezwingen. Und das taten sie auch jetzt. Deshalb wandte sie sich ab. »Nein. Er denkt, Thomas hätte etwas damit zu tun gehabt. Der Mann ist einfach ein Narr.«

»Vielleicht, aber gleichzeitig erstaunlich ritterlich. Ich habe noch nie gehört, dass ein Staatsanwalt die Verwandten vorher warnt, wenn einer aus der Familie hochgenommen werden soll.«

»Das hat er auch nicht getan. Er wollte, dass ich ihm Informationen gebe.« Sie stand auf und stapfte durch den kleinen Raum, der kaum groß genug für ihren Stuhl und ihren Schreibtisch war. »Er hat sich allen Ernstes eingebildet, ich würde ihm dabei helfen, eine Verurteilung der anderen zu erreichen. Kannst du dir

das vorstellen? Was für ein dreister Kerl! Er wollte, dass ein Gerichtsschreiber meine Aussage protokolliert, damit er mich nicht vorzuladen braucht.«

Pinkie fächelte das Streichholz, mit dem er sich gerade eine Zigarette angezündet hatte, aus und ließ es in den Papierkorb fallen, ohne dass er Kari dabei aus den Augen ließ. »Dann wollte er dir also wirklich einen Dienst erweisen.«

»Den Teufel wollte er«, stellte sie bissig fest. »Wahrscheinlich hat er sich eingebildet, als emotional geschwächte Witwe würde ich zusammenbrechen und sämtliche dunklen Geheimnisse meines Mannes ausplaudern. Was er nicht begreift, ist, dass Thomas keine Geheimnisse hatte, weder dunkle noch andere. Aber das wird er bald herausfinden, und dann steht er wie ein Trottel da.«

»Bist du dir da sicher?«

»Dass er wie ein Trottel dastehen wird?«

»Nein. Dass Thomas keine Geheimnisse hatte«, sagte Pinkie ruhig.

Kampfbereit wirbelte Kari auf dem Absatz herum und starrte ihn während einiger angespannter Sekunden herausfordernd an. Schließlich lenkte Pinkie seinen Blick woanders hin, und sie ließ sich in ihren Schreibtischsessel fallen und wandte ihm den Rücken zu.

»Es tut mir leid, Schätzchen. Wir sind alle völlig durcheinander. Es ist wirklich ätzend, dass dir das passieren muss, so kurz, nachdem …« Er legte ihr die Hände auf die Schultern und massierte sie. Ihre Muskeln waren vor lauter Anspannung steinhart. Kaum, dass sie ihr Leben langsam wieder in den Griff bekam, brach

das nächste Unglück über sie herein. Er hatte keine Ahnung, wem er lieber an die Gurgel gehen würde, Wynne für was auch immer er verbrochen hatte oder diesem McKee, der die Witwe dafür zahlen ließ. »Warum fährst du nicht nach Hause? Wir füllen deine Sendezeit einfach mit irgendeinem Stück, das schon im Kasten ist.«

»Nie im Leben«, erklärte sie gepresst, sprang plötzlich wieder auf, schüttelte seine tröstenden Hände ab und sah ihn mit vor Zorn funkelnden Augen an. »Dieser Kerl braucht nicht zu denken, er hätte mir mit seinem Auftritt Angst gemacht. Er wird heute Abend die Nachrichten sehen, und dann wird mein lächelndes Gesicht auf dem Bildschirm sein. Ich habe mir nichts zuschulden kommen lassen, und Thomas auch nicht. Und falls dieser McKee sich einbildet, ich würde von jetzt an durch die Gegend schleichen und so tun, als ob wir irgendwas verbrochen hätten, hat er sich geirrt!«

Sie hatte sich allen Ernstes eingeredet, wenn sie die Geschichte einfach ignorieren würde, löse sie sich irgendwann in Wohlgefallen auf. Doch einen Skandal von diesem Ausmaß hatte Denver kaum jemals zuvor erlebt. Es erschütterte die Bevölkerung in den Grundfesten und ließ das Dachgebälk des Rathauses erbeben, als die *Denver Post* am selben Abend die geschätzte Summe nannte, die nach Angaben des Staatsanwalts veruntreut worden war.

Anscheinend hatte Pinkie sämtliche Reporter ihres eigenen Senders eindringlich davor gewarnt, Kari auf das Thema anzusprechen, doch für die Vertreter anderer Medien galt diese Beschränkung nicht. Deshalb fielen

die Kollegen von den Zeitungen und anderen Fernsehsendern gnadenlos über sie her, als sie aus dem Gebäude kam.

Wortlos ging sie zu ihrem Wagen und stieg ein. In ihrem Inneren rangen Zorn und Furcht, und mit zitternden Händen und wild klopfendem Herzen fuhr sie heim.

Als sie sicher in ihrem Apartment war, zwang sie sich zur Ruhe. Diese Art der Aufregung konnte nicht gut für das Baby sein. Sie durfte jetzt nicht panisch werden, sondern musste einfach darauf warten, dass die allgemeine Aufregung sich legte, denn das wäre sicher bald der Fall.

Doch auch diese Hoffnung trog.

Sie hatte McKees Eifer unterschätzt. Die Geschichte tauchte weiter täglich auf den Titelseiten auf, und die Beiträge sämtlicher Fernsehsender schürten noch das Feuer des Skandals. McKee brachte die Geschworenen dazu, Anklage gegen Haynes und Parker zu erheben, und es wurde ein Termin für die Verhandlung festgesetzt.

McKees Bekanntheit nahm mit jeder Stunde zu. Kari sah und las sämtliche Interviews mit ihm und hasste ihn täglich mehr. Sie sah in ihm nicht mehr den aggressiven Staatsanwalt, sondern nur noch einen Feind, der, zöge er Thomas' Namen in den Dreck, eine Gefahr auch für sie selbst und für die Zukunft ihres Kindes war.

Tagsüber schuftete sie wie eine Besessene, denn dadurch ließ sich der Gedanke an ihr Unglück wenigstens vorübergehend verdrängen. Nachts aber bekam sie

kaum ein Auge zu, wälzte sich in ihrem Bett und versuchte, irgendwas zu finden, womit sich der Name ihres toten Ehemanns reinwaschen ließ.

Sie war überzeugt, dass er, wenn überhaupt, höchstens ein Mitwisser gewesen war. Besaß sie vielleicht irgendwas, womit sich der gegen ihn erhobene Vorwurf ein für alle Mal entkräften ließ? Eine Akte, einen Brief, eine Notiz? Gab es irgendwas, woran sie sich erinnern sollte, weil es der Beweis für seine Unschuld war?

Falls es eine solche Sache gäbe oder sie sich plötzlich doch an irgendwas erinnerte, was bei der Verteidigung von Thomas half, würde sie ihren Stolz bereitwillig herunterschlucken und mit diesem Beweis zur Staatsanwaltschaft gehen. Doch ihre Suche blieb ergebnislos, und sie kam sich völlig hilflos vor.

Sie hoffte nur, sie sähe nicht so elend aus, wie sie sich fühlte, doch allmählich war der Stress ihr deutlich anzusehen. Nun, zumindest brauchte sie nicht zu befürchten, dass man ihr die Schwangerschaft ansähe, ehe sie bereit war, sie bekannt zu geben. Denn sie war noch immer gertenschlank.

Pinkie fand sie in der kleinen Garderobe neben dem Studio, in dem sie ihren Beitrag zu den Nachrichten aufnahm. Sie kleisterte sich gerade sorgfältig die dicken schwarzen Ringe unter ihren Augen zu, als er über ihre Schulter auf ihr Bild in dem Theaterspiegel sah.

»Warum machst du nach dieser Sendung nicht erst mal eine Pause?«, fragte er. »Schließlich hast du in den drei Wochen, seit die Story publik geworden ist, die Hölle durchgemacht.«

»Mir geht es gut.« Sie bürstete ihr blondes Haar und

trug zusätzliches Puderrouge auf ihre eingefallenen Wangen auf.

»Dir geht es alles andere als gut«, fuhr Pinkie sie ungeduldig an. »Die ganze Situation ist alles andere als gut. Du siehst wie eine wandelnde Leiche aus. Ich habe schon gequirlte Scheiße gesehen, die besser ausgesehen hat als du. Also spiel nicht die verdammte Heldin und mach ein paar Tage frei.«

Sie stand auf und griff nach ihrem Skript. »Sie warten am Set auf mich.«

Sie wollte an ihm vorbeigehen, doch Pinkie packte sie am Arm, und als sie seine besorgte Miene sah, legte sie zärtlich eine Hand an seine Wange und blickte ihn beinahe flehend an.

»Ich werde von allen Seiten unter Druck gesetzt, Pinkie. Vom Staatsanwalt und von den Medien. Sie sind seit Wochen hinter mir her. Bitte, lass wenigstens du mich in Ruhe, ja?« Sie küsste seinen kahlen Kopf, ging weiter ins Studio, und er stieß eine Reihe derber Flüche aus.

Er empfand Bewunderung für ihren Mut, war sich aber nicht sicher, ob ihr Vorgehen vernünftig war.

Als Kari ihre Wohnungstür aufsperrte, klingelte ihr Telefon. Sie lief eilig in den Flur, riss den Hörer an ihr Ohr und sagte atemlos: »Hallo.«

»Ms Stewart?«

Sie erkannte die Stimme sofort. »Ja«, meinte sie kühl.

»Hier spricht Hunter McKee.«

Ich weiß, verdammt noch mal, hätte sie ihn am liebs-

ten angebrüllt. Wartete aber stattdessen einfach schweigend ab.

»Wie geht es Ihnen?«

Sie knirschte mit den Zähnen. »Spielt das eine Rolle?«

»Das tut es, ob Sie es glauben oder nicht.«

»Ich glaube Ihnen nicht, Mr McKee. Wenn Sie in Sorge um mein Wohlergehen wären, würden Sie diese Kampagne, mit der Sie versuchen, meinen verstorbenen Mann in Misskredit zu bringen, endlich einstellen.«

»Es ist keine Kampagne. Ich erfülle meine Pflicht.«

»Sie versuchen, Thomas' Namen in den Dreck zu ziehen.«

Ohne auf den Vorwurf einzugehen, fuhr er fort. »Das Ziel der Ermittlungen war nicht, irgendwen in Misskredit zu bringen, vor allem nicht Ihren verstorbenen Mann.«

»So interpretiere ich die Schlagzeilen aber nicht.«

»Dann interpretieren Sie sie falsch.«

Sie lachte kurz. »Ihr Name ist in aller Munde. Wollen Sie etwa leugnen, dass Sie diesen Prozess dazu benutzen, die Aufmerksamkeit der Öffentlichkeit zu gewinnen? Und wie kann man die Wähler wohl besser für sich einnehmen als durch die Enttarnung diebischer Beamter, die den Menschen ihre schwer verdienten Steuergelder klauen? Dadurch zementieren Sie Ihre Position als Bezirksstaatsanwalt von Denver, oder etwa nicht?«

»Ich gebe zu, dass ich diesen Posten gerne dauerhaft bekleiden würde, ja.«

»Und dafür sind Sie bereit, einen unschuldigen Menschen zu verurteilen.« Sie fing an zu keuchen, umklam-

merte mit einer Hand das Telefon und ballte die andere zur Faust.

»Wenn Sie derart von Wynnes Unschuld überzeugt sind, warum helfen Sie mir dann nicht? Falls Sie sich erinnern, habe ich Ihnen schon vor Wochen die Gelegenheit dazu gegeben.«

»Ich kann Ihnen nicht helfen. Das habe ich Ihnen damals schon gesagt.«

»Sie können nicht?«, fragte er ruhig, und sie fragte argwöhnisch zurück: »Was wollen Sie damit sagen?«

»Befinden sich irgendwelche Dokumente oder Aufzeichnungen Ihres Mannes in Ihrem Besitz, die Aufschluss über diese Sache geben und mit denen sich seine Unschuld beweisen lässt?«

Sie sank auf einen Stuhl und rieb sich mit drei Fingern die Stirn. War es das? Dachte er, sie hielte Beweismittel zurück? Meinte er, selbst wenn sie irgendwas gefunden hätte, hielte sie damit hinter dem Berg? Aber er brauchte nicht zu wissen, dass sie auf die Suche nach Beweisen für die Unschuld ihres Ehemanns gegangen war. Denn das wäre praktisch ein Eingeständnis, dass sie es für möglich hielt, Thomas könnte doch in die Veruntreuung der Gelder involviert gewesen sein. Sie kämpfte gegen die Depression und die Erschöpfung, die sie niederdrückten, denn sie gäbe diesem Typen gegenüber nicht die allerkleinste Schwäche zu.

»Ich soll Sie in Thomas' persönlichen Unterlagen wühlen lassen, ist es das?«

Er stieß einen Seufzer aus. »So würde ich es nicht formulieren.«

»Aber das ist es, was Sie wollen?«

»Etwas in der Art.«

»Ich kann Ihnen nicht helfen, Mr McKee. Als ich aus dem Haus ausgezogen bin, habe ich nur ein paar Gegenstände mitgenommen, die eine besondere Bedeutung für mich hatten, und den Rest für seine Kinder dort gelassen, damit sie damit machen, was sie wollen.«

»Die Dinge habe ich mir bereits angesehen. In Gegenwart des Anwalts der Familie, falls ich das hinzufügen darf. Ich habe nichts gefunden, was ihn belastet hätte.«

»Na, sehen Sie!«

»Allerdings habe ich auch nichts gefunden, was ihn entlastet hätte«, fügte er hinzu. »Und Sie wissen ebenso gut wie ich, dass ein Mann, der so viele Eisen im Feuer hat wie Ihr verstorbener Gatte, mehrere Sätze Geschäftsbücher hat. Haben Sie diese Bücher, Ms Stewart?«

»Nein!« Was die Wahrheit war. Thomas hatte niemals etwas aufgeschrieben, weder Telefonnummern noch Adressen noch Einkaufs- oder Packlisten. Er hatte immer alles im Kopf gehabt. Verzweifelt fragte sie: »Glauben Sie, ich enthielte Ihnen irgendetwas vor? Wie nennt man so etwas?«

»Strafvereitelung.«

»Denken Sie, ich würde Strafvereitelung begehen?«

»Tun Sie das?«

»Nein.«

»Wären Sie bereit, einen Eid darauf zu schwören?«

»Ja.«

Nach einem Augenblick der Stille stieß er nochmals einen abgrundtiefen Seufzer aus. »Dann werden Sie das

tun müssen, Ms Stewart. Ich hätte Ihnen einen Auftritt vor Gericht gerne erspart, aber Sie zwingen mich dazu, Sie in den Zeugenstand zu rufen.«

»Ich habe nichts zu verbergen.«

Warum beendete der Kerl nicht endlich das Gespräch? Die angespannte Stille zwischen ihnen war beinahe mit Händen greifbar. Aus irgendeinem Grund gab er ihr das Gefühl, als wäre vieles unausgesprochen geblieben, doch war im Grunde nicht alles gesagt? Endlich murmelte er »Gute Nacht« und legte auf.

Auch sie legte den Hörer wieder auf die Gabel. Dafür brauchte sie ihre gesamte Energie.

Sie versuchte aufzustehen. Und in diesem Augenblick spürte sie den ersten Krampf.

Pinkie saß mit einer Flasche Scotch in seinem Wohnzimmer und sah sich im Fernsehen einen alten Western an. Während sich John Wayne in den Sattel seines Pferdes schwang, klingelte das Telefon.

»Ja?«

»Pinkie?«, fragte sie mit schwacher Stimme, aber er erkannte sie sofort. Die Schale mit den Chips fiel um, als er abrupt die Füße vom Couchtisch zog.

»Kari, was ist los?« Er ersparte sich die Frage, ob mit ihr alles in Ordnung war. Irgendetwas war passiert. Er wollte nur noch wissen, was.

»Ich blute.« Ihre Stimme brach. »Ich glaube, ich verliere mein Baby.«

»Dein *Baby?«*, brüllte er und schickte eine Reihe wilder Flüche hinterher. »Bin schon unterwegs.«

Zwanzig Minuten später kam er in der Wohnung an.

Bonnie, die noch pinkfarbene Lockenwickler in den Haaren hatte, folgte ihm. Er hatte sie von zu Hause abgeholt.

Kari machte ihnen auf und lehnte sich mit vom Weinen roten Augen schwach gegen die Tür.

»Danke, dass ihr gekommen seid«, stellte sie unnötigerweise fest. »Ich habe schon mit meinem Arzt telefoniert. Er meint, ich sollte in die Klinik kommen, nur … um … uh … sicherzugehen.« Dann warf sie sich Bonnie an die Brust und brach in herzzerreißendes Schluchzen aus. »Ich habe mein Baby verloren. Thomas' Baby. Es ist nicht mehr da. Oh Gott. Mein Baby, mein Baby.«

»Noch ein bisschen Suppe?«

Kari setzte ein müdes Lächeln auf. »Nein, danke, aber sie war wirklich lecker. Ich kann mich nicht daran erinnern, dass schon einmal jemand extra Hühnersuppe für mich gekocht hat.«

Bonnie nahm das Tablett von Karis Schoß und tätschelte ihr die Hand. »Möchtest du noch irgendwas anderes? Eine Cola? Einen Saft? Schließlich hat der Arzt gesagt, dass du deinen Blutzuckerspiegel erhöhen musst.«

»Danke, im Moment möchte ich nichts. Ihr beide seid einfach wunderbar. Ich weiß nicht, was ich ohne euch gemacht hätte. Erst Thomas' … Unfall. Dann der Skandal. Und jetzt das hier.« Sie brach ab und blickte auf die Satinbordüre ihrer Decke, die sie zwischen ihren Fingern knetete.

Sie hatte die Nacht im Krankenhaus verbracht, und

vor weniger als einer Stunde hatten ihre beiden Freunde sie dort abgeholt und heimgebracht. Sie führten sich wie zwei Glucken auf, richteten ein Bett für sie auf dem Sofa, brachten ihr etwas zu essen und zu trinken und sprachen mit leisen Stimmen auf sie ein. Das erinnerte sie an die Tage nach Thomas' Beerdigung. Was wahrscheinlich durchaus passend war. Weil schließlich auch ihr Kind gestorben war.

Pinkie saß am anderen Ende des Wohnzimmers am offenen Fenster. Bonnie hatte ihm befohlen, sich dorthin zu setzen, wenn er rauchen musste, und mit ungewohnter Sanftmut hatte er diesen Befehl befolgt. Allerdings nicht, da er Bonnie eine Freude machen wollte, sondern einzig und allein aus Rücksicht auf die junge Frau, die für ihn wie eine Tochter war. »Wie fühlst du dich, Schätzchen?«

»Leer.« Sie strich mit einer ihrer zarten Hände über ihren hohlen Bauch.

»Um Gottes willen, warum hast du uns nichts von der Schwangerschaft erzählt? Warum hast du …«

»Pinkie!«

Er starrte Bonnie böse an, bevor er abermals an seiner Zigarette zog. »Ich wollte nur sagen, wenn wir etwas davon gewusst hätten, hätten wir, verdammt noch mal, dafür gesorgt, dass sie besser auf sich aufpasst und sich schont.«

»Mach dir keine Vorwürfe«, bat Kari ihn. »Dich trifft nicht die geringste Schuld.« Die Schuld traf jemand anderen, wusste sie. *Hunter McKee, Hunter McKee, Hunter McKee*. Oh, sie hasste diesen Mann.

Plötzlich klingelte es an der Tür, und Pinkie stürzte los und machte auf.

»Ich möchte zu Mrs Kari Stewart Wynne«, sagte der uniformierte Polizist.

»Sie ist nicht zu sprechen«, antwortete Pinkie und wollte die Tür schon wieder schließen, als Kari mit schwacher Stimme rief: »Schon gut, Pinkie. Ich habe diesen Besuch bereits erwartet. Es ist eine Vorladung, nicht wahr?«, wollte sie von dem Beamten wissen, der an Pinkie vorbei den Raum betrat.

»Richtig, Ma'am.« Er legte das Dokument in ihre ausgestreckte Hand und verschwand so schnell, wie er gekommen war. Pinkie murmelte noch eine Beleidigung und knallte die Tür hinter ihm zu.

»Ich soll am Siebzehnten vor Gericht erscheinen«, las sie von der Vorladung ab.

»Am Siebzehnten? Aber das ist schon …«

»Übermorgen!«, beendete Pinkie Bonnies Satz. »Das ist völlig ausgeschlossen. Ich werde McKee persönlich anrufen, ihm erklären, was passiert ist, und ihm sagen …«

»Du wirst nichts dergleichen tun.« Kari richtete sich kerzengerade auf, doch die plötzliche Bewegung strengte sie so an, dass sie wieder zurück in die Kissen fiel. »Ich werde hingehen.«

»Aber das kannst du nicht«, protestierte ihr väterlicher Freund. »Du schaffst es kaum vom Bett bis in den nächsten Sessel. Mein Gott, Kari, Sie haben dir die Eingeweide ausgeschabt …«

»Halt die Klappe, Pinkie«, fuhr ihn Bonnie an. »Du hast so viel Takt wie eine Dampfwalze. Also sei am besten ruhig.«

Ordnungsgemäß zusammengestaucht hockte er sich wieder auf seinen Stuhl.

Bonnie kniete sich neben Kari und nahm ihre Hand. »Schätzchen, bist du sicher, dass du dir das augenblicklich antun solltest? Es wäre auch zu jeder anderen Zeit eine fürchterliche Qual, aber jetzt … lass ihn uns anrufen und sagen, dass du krank bist. Wir werden die Fehlgeburt mit keinem Wort erwähnen, wenn du das nicht willst. Wir werden einfach sagen, du fühlst dich nicht wohl.«

»Nein«, erklärte Kari ihr entschieden. »Dann würde er nur denken, das wäre eine Ausrede, damit ich ihm nicht gegenübertreten muss. Doch ich werde nicht zulassen, dass dieser Mann sich einbildet, ich wäre ein Feigling. Er hat diese Sache angefangen, aber vor Gericht werde ich dafür sorgen, dass er alt aussieht.«

Er entdeckte sie sofort, als sie in den Gerichtssaal kam. Sie trug ein zweiteiliges schwarzes Kostüm mit einem eng geschnittenen Rock und einer Jacke, die wie angegossen saß. Von der cremefarbenen Bluse lugten nur die Schleife unter ihrem Kinn und zwei Zentimeter Bündchen an den Handgelenken hervor. Ihre Haare hatte sie mit einem Band aus schwarzem Samt zu einem kurzen, weich gelockten Pferdeschwanz gebunden, in den Ohren steckten kleine Perlen, und die grünen Augen wirkten in dem blassen Gesicht ungewöhnlich groß.

Als ihre Blicke sich begegneten, starrte sie ihn reglos an und wandte sich dann ab.

Sie sah wie ein geopferter Engel aus. In seinem ganzen Leben hatte er sich nie zuvor derart gemein gefühlt.

Guy Brady, einer seiner Assistenten, pfiff leise durch die Zähne. »Himmel, sie sieht wirklich fantastisch aus. Live noch besser als im Fernsehen.«

Hunter fuhr zu ihm herum und starrte ihn derart böse an, dass der junge Staatsanwalt eilig die Unterlagen, die er vor sich ausgebreitet hatte, zu einem ordentlichen Stoß zusammenschob.

Hunter selbst versuchte, Kari möglichst unauffällig weiterzubeobachten.

Sie nahm in der zweiten Reihe Platz. Begleitet wurde sie von einem untersetzten blonden Mann mit rötlichem Gesicht, der sie wie ein Leibwächter gegen ihre Umwelt abzuschirmen schien.

Das Erscheinen des Richters wurde angekündigt, die Anwesenden zur Ordnung gerufen, und Hunter nahm die Arbeit auf. Er hatte in den letzten Tagen zahllose Beweise gegen die Angeklagten zusammengetragen und rief jetzt die nächsten beiden Zeugen auf. Die Aussagen waren kurz und wiederholten nur, was schon von anderen Zeugen vorgetragen worden war. Auch das Kreuzverhör war sterbenslangweilig.

Als nächste Zeugin käme Kari Stewart Wynne.

Er blickte grübelnd auf den Namen, der auf seiner Liste stand. *Ja oder nein?* Riefe er sie doch nicht in den Zeugenstand, hätte er vielleicht die Chance, ihr Vertrauen zu gewinnen, danach ihre Freundschaft und am Ende … ja, vielleicht, doch ihm war klar, dass das ein Wunschtraum war.

Riefe er sie aber auf, würden seine Chancen auf eine Vertiefung der Beziehung ein für alle Mal zerstört.

Doch es war seine Pflicht, der Gerechtigkeit zu die-

nen. Und es war schließlich nicht seine Schuld, dass ihr Mann ein Schuft gewesen war. Wenn er nicht tat, was er tun sollte, machte er sich dann nicht genauso einer Pflichtverletzung schuldig wie die beiden Angeklagten vorne auf der Bank?

»Euer Ehren, ich rufe Mrs Kari Stewart Wynne in den Zeugenstand.«

In den Zuschauerreihen brach Gemurmel aus. Jeder hatte sie schon mal im Fernsehen gesehen, und wenn die Leute in den letzten Wochen nicht hinterm Mond gelebt hatten, wussten sie auch über die Verbindung zwischen ihr und diesem Fall Bescheid.

»Glauben Sie, dass sie kooperieren wird?«, raunte Guy ihm zu.

»Nein«, antwortete Hunter, während er verfolgte, wie sie den Zeugenstand betrat.

»Warum rufen Sie sie dann auf?«

»Wenn sie nicht kooperiert, werden sich die Geschworenen fragen, warum sie das nicht tut. Dann gehen sie automatisch davon aus, dass sie etwas zu verbergen hat.«

»Aber sie steht nicht vor Gericht.«

»Nein, doch selbst wenn ihr das wahrscheinlich nicht gefällt, geht es in diesem Verfahren auch um ihren toten Mann.«

Guy nickte respektvoll, Hunter nahm es allerdings gar nicht wahr. Er verfolgte wie gebannt, wie Kari vereidigt wurde, und blickte auf die Hand, die auf der großen schwarzen Bibel lag. Sie wirkte zart wie Porzellan. Er konnte die dünnen blauen Venen und jeden zerbrechlichen Knochen sehen. Als sie in seinem Büro gewesen

war, hatte er diese Hand an seine Brust gezogen, und obwohl sie fast nichts wog, hatte sich ihm die Berührung praktisch in die Haut gebrannt.

Sie nahm Platz und wandte sich ihm zu. Sein Herz schlug einen Purzelbaum. Warum musste sie, verdammt noch mal, so wunderschön aussehen? Und warum musste gerade er es sein, der sie in der Luft zerriss? Frustriert setzte er seine Brille auf. »Bitte nennen Sie uns Ihren vollständigen Namen.«

»Kari Elizabeth Stewart Wynne.«

»Sie waren mit Thomas Wynne verheiratet?«

»Ja.«

»Wie lange?«

Sie zeigte einen Anflug von Gefühl. Anscheinend war sie von der Frage überrascht, antwortete aber in ruhigem Ton. »Zwei Jahre.«

Natürlich hatte diese Frage keine wirkliche Bedeutung für den Fall. Hunter hatte einen persönlichen Grund dafür gehabt. »Kennen Sie Mr Parker und Mr Haynes?«

»Ja.«

»Wie gut?«

»Sie waren Mitglieder des Stadtrats, genau wie mein … verstorbener … Mann.«

Sie war wirklich clever. Jetzt stand er da, als mache es ihm Spaß, eine arme junge Witwe durch den Wolf zu drehen. Und genauso kam er sich auch vor. Wenn sie es nicht längst schon taten, fräßen die Geschworenen ihr spätestens in fünf Minuten aus der Hand. Er durfte ihr solche Tricks nicht durchgehen lassen, denn eventuell erläge er sonst selbst am Ende ihrem Charme.

»Während Ihr Mann Mitglied im Stadtrat war, war er da öfter unterwegs?«

»Ja.«

»Waren das eher Geschäfts- oder Vergnügungsreisen, Mrs Wynne?«

»Mein Mann ist tot. Wie kann er da noch vor Gericht stehen?«

Zwei zu null für sie. Hunter sah den Richter an. »Euer Ehren, würden Sie die Zeugin bitte auffordern, die Frage zu beantworten?«

»Ihr Mann steht nicht vor Gericht, Mr McKee«, rief ihm auch der Richter in Erinnerung.

»Nein, Euer Ehren, das tut er nicht. Aber wenn er noch am Leben wäre, stünde er das ganz bestimmt. Auch wenn das jetzt natürlich keine Rolle spielt. Allerdings gehe ich davon aus, dass die Antwort der Zeugin einen wichtigen Hinweis darauf liefern kann, dass Mr Parker und Mr Haynes an der ihnen zur Last gelegten Veruntreuung von öffentlichen Geldern beteiligt gewesen sind.«

»Also gut. Fahren Sie fort. Mrs Wynne, würden Sie die Frage bitte beantworten?«

Sie befeuchtete kurz ihre Lippen. »Er war oft geschäftlich unterwegs.«

»Allein?«

»Ich glaube, ja.«

»Aber sicher wissen Sie es nicht?«

»Ja, allein«, erklärte sie mit einer Überzeugung, von der Hunter wusste, dass sie nur geheuchelt war. Und das wussten die Geschworenen auch.

»Sie haben ihn nie begleitet?«

»Nicht auf Geschäftsreisen, nein.«

»Nie?«

»Nicht auf Geschäftsreisen.«

Er kehrte ihr abrupt den Rücken zu und trat vor den Tisch, hinter dem sein Assistent mit einem Ordner saß. Er schlug den Ordner auf und wühlte in einem Haufen Quittungen herum. »Doch Sie waren mit ihm im Urlaub, nehme ich an.«

»Natürlich.«

»Was man als Vergnügungsreisen bezeichnen kann.«

»Ja. Urlaubsreisen, Vergnügungsreisen, nennen Sie es, wie Sie wollen.«

Die Art, wie sie auf ihrem Stuhl herumrutschte, verriet, dass ihr die Befragung lästig wurde, weil sie nirgends hinzuführen schien. Aber immer, wenn sie auf den Ordner blickte, den er konsultierte, drückten ihre leicht zusammengekniffenen Augen ein gewisses widerstrebendes Interesse aus.

»Würden Sie sagen, dass es sich beim Chartern eines Privatflugzeugs um die Art von Luxus handelt, die man eher mit einer Vergnügungs- als einer Geschäftsreise verbindet?«

Die Frage zielte darauf ab, sie zu verwirren, und wie erwartet war sie völlig unvorbereitet darauf, sie zu beantworten. Sie wog die möglichen Antworten kurz in Gedanken ab und stammelte: »Ich glaube, ich verstehe nicht …«

Sofort hakte er nach. »Falls es einen kommerziellen Flug von A nach B gibt, würden Sie es dann als Luxus erachten, wenn jemand stattdessen einen Privatjet nimmt? Mir genügt ein einfaches Ja oder Nein, Mrs Wynne.«

»Ich …«

»Ja oder nein?«

»Ja!«, schrie sie.

Er zog sich ein wenig zurück. Ihre plötzlich geröteten Wangen gefielen ihm ganz und gar nicht, denn durch sie sah ihr Gesicht noch bleicher aus. Und auch ihre Finger, die sie fest im Schoß verschränkt hielt, sahen völlig blutleer aus. Hatte sie ein paar Pfunde abgenommen, seit sie bei ihm im Büro gewesen war?

Er zwang seine Gedanken zurück zu dem Verhör. *Du willst doch, dass die Kerle verurteilt werden, oder nicht? Du willst doch nicht, dass diese beiden Schweine damit durchkommen, über Jahre Steuergelder veruntreut zu haben, oder? Also mach mit der Befragung weiter und hör endlich auf, sie als Frau zu sehen. Hör auf, daran zu denken, dass du sie lieber beschützen und in deinen Armen halten würdest, statt sie rüde anzugehen. Und starr ihr, um Himmels willen, nicht ins Gesicht wie ein liebeskrankes Kalb.*

Ungeduldig schob er seine Brille etwas höher. Guy bedachte ihn bereits mit einem neugierigen Blick. War ihm sein Unbehagen etwa derart deutlich anzusehen? »Und würden Sie sagen, dass gemietete Boote, Limousinen und so weiter ebenfalls eher als Luxus anzusehen sind, den man sich höchstens auf einer Vergnügungsreise gönnt?«

»Ich nehme es an.«

Er bedachte sie mit einem kämpferischen Blick, um sich zu beweisen, dass er dazu in der Lage war. »Und warum, nehmen Sie an, hat Mr Wynne sich derart luxuriöse Transportmittel geleistet, wenn er als Vertreter der Stadt Denver auf Reisen war?«

»Das hat er nicht getan!«

»Einspruch«, sagte der Verteidiger. »Mr McKee fordert die Zeugin zu Mutmaßungen auf.«

»Stattgegeben.«

Wenn Hunter sich ein Lächeln gestattet hätte, hätte es wahrscheinlich selbstgefällig ausgesehen. Die Geschworenen hatten seine Vorhaltung und auch Karis vehementen Widerspruch gehört. »Ist das hier die Unterschrift von Ihrem Mann?« Er hielt ihr eine Quittung vors Gesicht.

Sie sah sie sich an. »Es … es sieht so aus. Aber das kann nicht sein …«

»Und das hier?« Er hielt ihr einen zweiten und dann einen dritten Zettel hin. »Und das?«

Der Verteidiger sprang auf. »Euer Ehren, Mr McKee bedrängt die Zeugin. Sie kann nicht beschwören, dass die Unterschriften auf den Quittungen von ihrem Mann stammen. Das kann nur ein Experte.«

»Stattgegeben. Mr McKee, ich glaube, wir haben verstanden, worauf Sie hinauswollen.«

»Ja, Euer Ehren.« Er wandte sich wieder Kari zu und war alarmiert, als er ihren keuchenden Atem hörte und die feinen Schweißperlen auf ihrer Oberlippe sah. Er beugte sich ein wenig vor und flüsterte ihr zu: »Alles in Ordnung? Möchten Sie vielleicht ein Glas Wasser?« Er verspürte das fast übermächtige Verlangen, ihre Hände zu ergreifen und zu reiben, bis sie wieder warm wurden. Er wusste instinktiv, sie waren kalt wie Eis.

»Nein, danke«, erwiderte sie steif, ohne ihm ins Gesicht zu sehen.

Statt sie weiter zu bedrängen, trat er einen Schritt zu-

rück. Es war nicht zu übersehen, dass sie ihn verachtete. Dabei hatten sie den wirklichen schlimmen Teil ihrer Befragung noch gar nicht erreicht. Um ihr etwas Zeit zu geben, sah er grundlos seine Unterlagen durch, und erst, als sich die Unterbrechung nicht länger begründen ließ, trat er wieder auf sie zu.

»Hat Ihr verstorbener Mann auf diesen Geschäftsreisen Gäste gehabt, Mrs Wynne?«

»Wie ich bereits sagte, ich habe ihn auf diesen Reisen nicht begleitet. Ich kann also nicht sagen, ob er Gäste hatte oder nicht.«

»Raten Sie doch einfach mal.«

Wieder erhob sich der Verteidiger. »Einspruch, Euer Eh –«

»Ich ziehe die Frage zurück«, fiel Hunter ihm ins Wort, schlenderte in Richtung Zeugenstand und legte entspannt den Arm auf dem Geländer ab, wie wenn sein Gespräch mit Kari einfach eine nette Plauderei am Gartenzaun wäre. »Zu Lebzeiten Ihres Mannes, haben Sie da oft Gäste bei sich zu Hause empfangen?«

»Ja. Thomas hatte viele Freunde, und er hat gerne Menschen zu sich eingeladen.«

Er zog seine rechte Braue hoch. »Sie nicht?«

»Das wollte ich damit nicht sagen«, schnauzte sie ihn an. »Doch, ich habe auch gern Leute eingeladen, sehr sogar.«

»Sie sagen also, Mr Wynne hätte gern Gäste gehabt?«

»Ja.«

»Dann kann man doch bestimmt davon ausgehen, dass Mr Wynne auch, wenn er unterwegs war, Gäste eingeladen hat.«

»Euer Ehren, die Verteidigung legt …«

Der Richter hob die Hand. »Ich glaube, ich weiß, worauf Mr McKee mit der Frage hinauswill, und ich würde gerne Mrs Wynnes Antwort hören.«

»Aber er zwingt die Zeugin abermals zu bloßen Mutmaßungen«, beharrte der Verteidiger auf seinem Widerspruch.

»Dann werde ich die Frage anders formulieren«, kam Hunter ihm entgegen. »Wissen Sie von irgendwelchen konkreten Anlässen, bei denen Ihr Mann Gäste hatte, während er auf Reisen war?«

Sie bedachte ihn mit einem unsicheren Blick. Sie hatte keine Ahnung, wie sie reagieren sollte, und suchte nach einer ausweichenden Antwort. Die sie allerdings nicht fand.

»Nein.«

Hunter spürte, dass sie ihm die Wahrheit sagte, fragte aber trotzdem unbarmherzig: »Er hat also nie erwähnt, dass er eine Party gegeben oder irgendwen zum Essen eingeladen hat?«

»Vielleicht. Ich kann mich nicht erinnern.«

»Sie können sich nicht erinnern? Wollten Sie denn nie wissen, was er tat, wenn er nicht zu Hause war?«

Ihm war klar, dass diese Frage beinahe eine Unverschämtheit war. Und sie war schlau genug, das ebenfalls zu wissen, denn sie blickte ihn durchdringend an und erklärte ihm in ruhigem Ton: »Ich habe meinem Mann vertraut.«

Er starrte ihr weiter in die Augen, während die Eifersucht auf Thomas Wynne an seinen Eingeweiden riss. Wynne hatte die uneingeschränkte Liebe und das völ-

lige Vertrauen dieser Frau genossen und beides auf das Schändlichste missbraucht. Bei Gott, wenn Hunter diesen Kerl in diesem Augenblick hätte erwürgen können, hätte er's getan.

Er wandte sich ab, um seine Fassung wiederzugewinnen, und fragte über seine Schulter: »Ausgehend vom Charisma und der Persönlichkeit Ihres verstorbenen Mannes und ausgehend von seinem Spaß an der Rolle des Gastgebers kann man doch sicher annehmen, dass er auch, wenn er geschäftlich unterwegs war, Gäste eingeladen hat.«

Er bedachte den Verteidiger mit einem herausfordernden Blick. Der andere Mann blieb stumm, und Kari antwortete in nachdenklichem Ton: »Ja. Das kann man sicher annehmen.«

»Und da wir bereits geklärt haben, dass alle Reisen, die Ihr Mann alleine unternommen hat, Geschäftsreisen gewesen sind, waren sicher auch die Einladungen, die er während dieser Reisen ausgesprochen hatte, immer geschäftlicher Natur. Richtig?«

Sie wandte sich flehend an den Verteidiger, doch der notierte gerade irgendwas auf seinem Block. »Wahrscheinlich«, krächzte sie. »Obwohl ich das nicht sicher sagen kann. Und Sie dürfen nicht vergessen, dass Thomas auch noch andere geschäftliche Interessen hatte als die als Vertreter dieser Stadt.«

Jetzt würde es wirklich hässlich werden. Doch er hatte einfach keine andere Wahl. Hatte keine andere Wahl, als ihr eine Tonne Backsteine auf den Kopf fallen zu lassen und sie vor den Augen aller zu erniedrigen. Er atmete tief ein, warf noch einen Blick in seine Akte, legte

sie an ihren Platz zurück und trat mit festen Schritten wieder vor den Zeugenstand.

Als er so dicht vor ihr stand, dass die Spitzen seiner Schuhe die Absperrung berührten, fragte er: »Hat Ihr Mann Ihnen gegenüber jemals eine Geschäftspartnerin mit Namen Gloria Patten erwähnt?«

»Nein.«

»Gloria Patten aus San Francisco?«

»Nein.«

»Was ist mit einer Serena Holly aus New Orleans?«

Sie musste schlucken, sah ihn aber weiter reglos an. »Nein.«

»Eine Miss Divine aus New York City oder eine Miss Ortega aus San Juan in Puerto Rico?«

»Nein.«

»Aber es sind lauter Frauen, mit denen Ihr Mann geschäftlich zu tun gehabt haben muss. Und zwar in seiner Funktion als Vertreter dieser Stadt. Weil er sie auf Kosten der Stadt regelmäßig eingeladen hat.«

Sie rang nach Luft, presste die geballte Faust an ihre Brust und wisperte erstickt: »Hören Sie auf.«

»Was für Geschäfte hat Ihr Mann Ihrer Meinung nach mit diesen Frauen getätigt, Mrs Wynne?«

»Ich weiß es nicht.«

Die Zuschauer fingen an zu murmeln, der Richter schlug mit seinem Hammer auf den Tisch, und Hunter trat neben den Zeugenstand und baute sich direkt neben Kari auf. Sie folgte seinen Bewegungen mit weit aufgerissenen Augen, doch er wiederholte gnadenlos: »Sie wissen also nicht, was für Geschäfte Ihr Mann mit diesen Frauen betrieben hat?«

»Nein.«

»Müssen ziemlich große Geschäfte gewesen sein. Denken Sie noch mal nach …«

»Euer Ehren, das ist einfach empörend. Die Zeugin …«

»Mr McKee …«

»Bitten, hören Sie auf«, stieß Kari verzweifelt aus.

Er stellte einen Fuß auf die Stufe des Zeugenstands. »Er hat sie regelmäßig eingeladen. Immer, wenn er in diesen Städten war.«

»Nein!«

»In seine Hotelsuite.«

»Sie lügen!«

»Euer Ehren …«

»Mr McKee, bitte beschränken Sie sich bei Ihrer Befragung auf …«

»In sein Schlafzimmer. Die ganze Nacht.«

»Nein!«, schrie sie.

Sprang auf, geriet ins Schwanken, kniff die Augen zu … und fiel dann einfach um.

4

Hunter fing sie auf, zog sie an seine Brust und stellte voller Sorge fest, dass sie nicht mehr wog als ein Kind. Ihr Kopf fiel schlaff auf seinen Arm. Ihre vor Erschöpfung violetten Lider lagen völlig still, die farblosen Lippen waren leicht geöffnet, und sie war erschreckend bleich.

Im Gerichtssaal war inzwischen vollkommenes Chaos ausgebrochen, erst wegen Hunters unorthodoxer Fragen, dann wegen Karis dramatischer Reaktion darauf. Reporter und Fotografen stolperten auf der Suche nach den besten Plätzen durch den Raum. Zuschauer sprangen auf und liefen hin und her. Die Gerichtsdiener bemühten sich vergeblich, die Ordnung wiederherzustellen. Der Richter schlug mit seinem Hammer auf den Tisch, während er brüllend um Ruhe bat. Und der Verteidiger verlangte mit hochrotem Kopf nach Aufmerksamkeit.

Im Schutz des allgemeinen Durcheinanders trug Hunter Kari zu einem Seitenausgang des Saals. »Gehen Sie aus dem Weg«, schnauzte er den Gerichtsdiener an, der ihm todesmutig in den Weg getreten war. Also riss der arme Mann die Tür für Hunter auf und machte eilig einen Schritt zurück.

Am Ende des Korridors gab es einen kleinen Raum, der Hunter zugewiesen worden war, weil sich sein eigenes Büro in einem Gebäude mehrere Blocks vom Gericht entfernt befand. Es war ein Raum, in den er sich während der Verhandlungspausen zurückziehen konnte und in dem er ab und zu mit irgendwelchen Zeugen sprach. Jetzt lief er eilig darauf zu. Er wollte verhindern, dass ihm irgendjemand folgte oder merkte, wohin er sie brachte. Weil sich niemand besser um sie kümmern würde als er selbst.

Er ging in das Büro, trat die Tür hinter sich zu und legte sie auf einem alten, abgewetzten Ledersofa ab.

Dann riss er sich die Brille von der Nase, warf sie achtlos auf den Boden und kniete sich neben sie. »Kari? Kari?«, raunte er mit angsterfüllter Stimme. Gott, was hatte er ihr angetan?

»Bitte wach auf«, wisperte er und berührte ihre Wange. Sie war kühl. Also rieb er sanft daran herum. »Es tut mir leid. Gott, das alles tut mir furchtbar leid.«

Ihre Atmung war so schwach, dass die Bewegung ihrer Brust kaum zu erkennen war. Mit zitternden Fingern öffnete er ihre Jacke und richtete sie auf. Schlaff wie eine Stoffpuppe sank sie an seine Brust.

Er zog ihr die Jacke aus und warf sie achtlos fort. Dann zog er sie eng an seine Brust, massierte ihr den Rücken und versuchte, sie auf diese Art aus ihrer Ohnmacht zu befreien.

Ihr ordentlicher Pferdeschwanz hatte sich aufgelöst. Er drückte sein Gesicht in ihre blonden Haare und atmete den süßen Blumenduft, von dem er die ganze Zeit gewusst hatte, dass sie ihn trug, so tief wie möglich ein.

Sein Mund kam dabei ihrem Ohr so nah, dass es ihn beinahe in den Wahnsinn trieb.

Langsam legte er sie wieder auf dem aufgesprungenen Leder ab und sah ihr in der Hoffnung auf ein Zeichen, dass sie langsam wieder zu sich käme, forschend ins Gesicht. Sie lag völlig reglos da und atmete erschreckend flach.

Er knabberte an seiner Unterlippe und sah auf die Schleife unter ihrem Kinn. Seine Hände fingen an zu schwitzen. Die Hölle bräche los, wenn sie wieder wach würde und ihre Bluse …

Aber sie war ohnmächtig, und nichts wies darauf hin, dass sie wieder zu sich kam. Also packte er die Enden ihrer Schleife und zog vorsichtig daran, bis sie geöffnet war. Der Puls an ihrem Hals war schwach. Er konnte das kaum wahrnehmbare Flattern in dem kleinen Dreieck an der Seite ihres Halses sehen.

Automatisch griffen seine Hände nach dem ersten Blusenknopf. Er war aus Perlmutt und glitt problemlos durch das Loch. Doch seine Hände zitterten so sehr, dass es alles andere als einfach war. Er machte nur drei Knöpfe auf und klappte die beiden Hälften ihrer Bluse so, dass frische Luft an ihren Hals und in ihren Ausschnitt kam. Sie bewegte sich noch immer nicht.

Sie hatte offenbar nicht vorgehabt, die Jacke auszuziehen. Sonst hätte sie einen BH getragen oder etwas Dickeres als das hauchdünne durchsichtige Hemd.

Er versuchte, nichts zu sehen, speicherte aber bereits jede noch so kleine Kleinigkeit des wunderbaren Körpers ab. Schließlich war er auch nur ein Mensch, nicht wahr? Und noch dazu ein Mann. Und welcher hetero-

sexuelle Mann würde nicht den Blick über die rauchig dunklen Schatten wandern lassen, wo das dünne Hemd auf ihren Nippeln lag?

Himmel, sie war wirklich wunderschön.

Er machte kurz die Augen zu und kämpfte gegen das Verlangen, das ihn wie ein Pfeil durchbohrte, an. Dann schlug er die Augen wieder auf, und sein Blick fiel abermals auf die kleine Vertiefung an ihrem Hals. Inzwischen flatterte ihr Puls nicht einmal mehr. Oder wollte er es vielleicht nur nicht sehen? Suchte er nach einem Grund, um seine Hand auf ihre Brust zu legen und zu fühlen, ob ihr Herz noch schlug?

Zumindest war es das, was er als Nächstes tat. Erst ganz vorsichtig und gerade einmal stark genug, dass seine Handfläche über der Rundung lag. Sie war weich und voll und warm. Das Fleisch einer Frau. Ihr Fleisch. Und es lag in seiner Hand.

Sie stieß ein leises Wimmern aus, das ihn durchzuckte wie ein Blitz. Sofort beugte er sich über ihr Gesicht. »Pst. Es ist alles gut, Kari.« Er strich ihr sanft über das Haar. »Ich wollte dir nicht weh tun. Ich schwöre, ich wollte dir nie weh tun. Bitte verzeih.«

Er zog sie erneut an seine Brust und schmiegte sein Gesicht an ihren Hals. »Es ist alles gut. Es ist alles gut.«

Als sie langsam wieder zu sich kam, fühlte sie sich so gut wie schon lange nicht mehr. Sie wurde von starken Armen festgehalten, die sie wunderbar beschützten. Warme, weiche Lippen glitten über ihren Hals, ihr Ohr und ihren Kiefer bis zu ihrem Mundwinkel und gaben ihr einen vorsichtigen Kuss.

Oh, was für ein herrliches Gefühl. Sie drehte ihren

Kopf in Richtung des männlichen Gesichts und spürte raue, nach Rasierwasser duftende Haut. Ihre Lippen suchten seinen Mund.

Er reagierte instinktiv, spannte sich an und zog den Kopf etwas zurück. Würde er sie etwa abermals verlassen? Nein!, schrie ihr Gehirn, während sie ihm die Arme um den Nacken schlang. Sie wollte an diesem großen, harten Körper liegen, denn er gab ihr ein Gefühl von Sicherheit. *Los, berühr mich weiter, küss mich,* hätte sie am liebsten laut gerufen, aber ihr Gehirn hatte die Herrschaft über ihre Stimme offenbar noch nicht zurückerlangt.

Endlich kehrte das Gesicht zurück. Seine Lippen strichen zärtlich über ihren Mund und raunten ihr Worte der Liebe, des Trostes, der Beruhigung zu. Sie öffnete stöhnend ihren Mund, und seine feuchte Zunge drang begierig in sie ein.

Seltsam. So hatte er sie noch nie geküsst. Nie auf diese beinahe verruchte Art. Sie spürte diesen Kuss am ganzen Körper. Ihre Brüste fingen an zu kribbeln, und sie presste sie an seinen muskulösen Leib. Und vom Zentrum ihrer Weiblichkeit gingen solche Hitzewellen aus, dass sie die Befürchtung hatte, jeden Augenblick vor lauter Glück zu explodieren. Oder vielleicht auch vor Schmerz. Sie sehnte sich danach, dass er sie dort berührte, streichelte und anfüllte.

Sie fand Büschel seines dichten Haars, zog ihn noch näher an sich heran und hielt seine Zunge mit den Lippen fest. Sie wollte mehr und mehr. Flehentlich stieß sie den Namen ihres bisher einzigen Geliebten aus. »Thomas, ich will, dass du mich liebst. Thomas, Thomas.«

Doch auf einmal zog er sich zurück, schüttelte ihre Hände ab und machte seinen wunderbaren Mund von ihren Lippen los.

Widerstrebend machte sie die Augen auf.

Alles in ihr erstarrte.

Sie sah nicht in das Gesicht ihres geliebten Ehemanns, sondern in das des verhassten Staatsanwalts.

Es war so schrecklich, dass es kaum zu glauben war. Sie wagte nicht, sich zu bewegen. Wenn sie sich bewegte, wenn sie irgendetwas spürte, würde sie erkennen, dass all dies kein bloßer Albtraum war. Doch es musste einfach einer sein. Das konnte nicht geschehen sein.

Aber es war eindeutig passiert.

Er stand auf, wobei sein schuldbewusster Blick auf ihre aufgeknöpfte Bluse fiel und ihn verriet. »Ich habe sie aufgemacht, als ich versucht habe, Sie wiederzubeleben«, meinte er entschuldigend.

Sie sah an sich herab, kreischte leise auf und blickte wieder zu ihm auf. Nachdem sie zuvor ganz flach geatmet hatte, holte sie jetzt keuchend Luft.

Er raufte sich das Haar und wandte sich fluchend ab.

Sie schwang ihre Beine auf den Boden und setzte sich schwankend auf. »Sie … Sie …« Ihr fiel einfach keine Bezeichnung für ihn ein, die schrecklich genug war. Eilig machte sie die Knöpfe ihrer Bluse wieder zu.

Er sah sie wieder an. »Hören Sie zu, Kari. Es tut mir leid. Das alles tut mir leid. Sie sind im Zeugenstand ohnmächtig geworden. Ich habe Sie hierhergebracht. Ich … Sie …« Er zuckte hilflos mit den Schultern und brach ab.

Sie versuchte aufzustehen, allerdings gaben ihre Bei-

ne sofort nach. Er machte einen Satz nach vorn, um sie aufzufangen, doch sie wich vor ihm zurück. »Rühren Sie mich nicht an«, zischte sie erbost. »Falls Sie mich je wieder berühren …«

»Kari, bitte. Ich weiß, Sie dachten, ich wäre jemand anderes. Ich weiß, ich habe die Situation ausgenutzt.«

»Oh ja, das haben Sie.« Inzwischen bebte ihre Brust vor Zorn. »Müssen Sie mich immer weitererniedrigen? Sie sind ein …«

In diesem Augenblick wurde die Bürotür aufgerissen, und wie ein Racheengel oder der gehörnte Ehemann in einer billigen Komödie kam Pinkie in den Raum gestürzt. Seine Haare standen wie ein elektrischer Heiligenschein um seinen Kopf. »Kari, Gott sei Dank!«, schrie er. »Ich habe dich überall gesucht.«

»Machen Sie die Tür zu«, forderte ihn Hunter mit bemerkenswerter Ruhe auf. »Weiß sonst noch jemand, wo wir sind?«

»Nein. Im Gerichtssaal ist die Hölle los. Der Verteidiger wird davon absehen, Kari ins Kreuzverhör zu nehmen, also stehen Sie jetzt wie das Oberarschloch da, Herr Bezirksstaatsanwalt«, erklärte er in einem Ton, der seine Genugtuung verriet. »Der Richter hat die Verhandlung vertagt. Wie geht es dir, Baby?« Er beugte sich über Kari, sah ihr forschend ins Gesicht und tastete ihre Arme und die Schultern wie auf der Suche nach Verletzungen vorsichtig mit seinen Händen ab.

»Bring mich nur hier weg. Bitte, Pinkie.« Sie lehnte sich schwach gegen ihn, als er ihr beim Aufstehen half.

»Ist das ein Freund von Ihnen?«, wollte Hunter wissen, aber sie sah ihn nur böse an, während sie nach ihrer

Jacke griff. Also sprach er direkt Pinkie an. »Es geht Ms Stewart noch immer nicht wieder gut.«

Pinkie blickte zwischen beiden hin und her. Irgendetwas stimmte nicht. Das konnte er riechen. Die Vorgehensweise des Staatsanwalts während der Vernehmung hatte ihm nicht zugesagt. In der Tat hätte er ihn am liebsten umgebracht, als er mit seinen Fragen angedeutet hatte, dass der tote Thomas Wynne ein Mann mit zweifelhafter Moral gewesen war.

Zugleich jedoch hatte der Mann alles – sogar seinen eigenen Ruf – aufs Spiel gesetzt und Kari aus dem Raum und in Sicherheit gebracht. So schlimm konnte McKee also nicht sein.

»Pinkie Lewis«, sagte er. »Ich bin Nachrichtenredakteur bei WBTV. Und Karis Freund. Obwohl ich mir in letzter Zeit eher wie ihr Wächter vorgekommen bin.«

»Ich denke, sie sollte zu einem Arzt. Sie war ziemlich lange ohnmächtig.«

»Lass uns gehen, Pinkie«, murmelte sie.

»Ja. Ich werde dafür sorgen, dass sie ihren Arzt anruft«, wandte sich Pinkie nochmals Hunter zu. »Ich habe sie davor gewarnt, als Zeugin aufzutreten, so kurz nachdem …«

»Pinkie!«, wiederholte Kari scharf und zeigte dadurch wieder einen Funken Leben, obwohl sie kurz vor dem Zusammenbrechen war.

»So kurz nachdem …?« Hunter folgte ihnen durch den Raum.

Pinkie öffnete die Tür und bedachte ihn mit einem letzten nachdenklichen Blick. Der Kerl hatte Kari durch die Hölle gehen lassen. Trotzdem sah er wie ein anstän-

diger Mann aus. Vielleicht würde es sich lohnen, ihm ein paar Gewissensbisse zu verursachen. »So kurz nach ihrer Fehlgeburt«, erklärte er über Karis Protest hinweg. »Sie hat vor drei Tagen ihr und Thomas Wynnes Kind verloren.«

Sprachlos blickte Hunter ihnen hinterher und wurde von Pinkie mit einem wissenden Blick bedacht, bevor er die Bürotür schloss. Er bohrte sich die Handballen in die Augenhöhlen, belegte sich selbst mit einem üblen Kraftausdruck, wiederholte ihn noch einmal lauter und schlug, während er vor Wut über das Schicksal brüllte, mit der Faust gegen die nächste Wand.

Pinkie trottete auf Socken – eine mit einem riesengroßen Loch am großen Zeh – zur Wohnungstür. Sein Hemd hing über seiner Hose, in seinem Mundwinkel steckte eine Zigarette, und er hielt ein Glas Whiskey in der Hand.

Er öffnete die Tür, starrte den Besucher an und stellte schließlich fest: »Eins muss man Ihnen lassen. Sie haben wirklich Mumm.«

»Darf ich hereinkommen?«

»Das ist nicht meine Wohnung.«

»Darf ich trotzdem reinkommen?«

Pinkie stärkte sich mit einem weiteren Schluck Scotch und starrte sein Gegenüber weiter an. Vielleicht lag es an dem Strauß gelber Rosen, den er in den Händen hielt. Oder vielleicht an den unübersehbaren Zeichen der Erschöpfung in seinem Gesicht oder an den tiefen Furchen links und rechts von seinem Mund. Aus welchem Grund auch immer hatte Pinkie plötzlich

Mitleid mit dem armen Kerl. Deshalb trat er zur Seite und lud Hunter McKee in Karis Wohnung ein.

Der Staatsanwalt drehte sich zu ihm um und fragte ohne große Vorrede: »Wie geht es ihr?«

»Nicht wirklich super, aber es wird sicher wieder werden. Der Arzt hat ihr erklärt, entweder sie bliebe zwei Wochen daheim im Bett oder einen Monat im Krankenhaus.«

Hunter musste sichtlich schlucken. »Geht es ihr so schlecht?«

»Sie leidet an geistiger und körperlicher Erschöpfung, Anämie und Unterzuckerung.«

Ohne dass ihn Pinkie dazu aufgefordert hätte, ließ sich Hunter in den nächsten Sessel fallen und starrte reumütig den Boden zwischen seinen Füßen an. Es dauerte eine halbe Ewigkeit, bis er wieder aufblickte und sagte: »Ich hatte ja keine Ahnung von der … Krankheit. Ich schwöre, ich wollte ihr nicht weh tun.«

Noch am Morgen hätte Pinkie diesen Mann am liebsten umgebracht. Aber jetzt … verdammt, er glaubte ihm. Im Gerichtssaal mochte er ein Teufel sein, doch er hatte Kari sicher nicht absichtlich weh getan. Trotzdem galt Pinkies Loyalität in erster Linie ihr, und er ließe diesen Kerl ganz sicher nicht so leicht davonkommen. »Wollen Sie was trinken?«, knurrte er.

Hunter blickte ihn mit einem etwas schiefen Grinsen an. »Ja, bitte.« Dann legte er die gelben Rosen auf dem Couchtisch ab und knöpfte seine Jacke auf.

Pinkie füllte ein Glas mit Scotch, verzichtete auf Wasser oder Eis und hielt es Hunter hin.

Der Mann leerte das Glas mit einem Zug, ohne dass

er wusste, dass er dadurch ungemein an Ansehen gewann. Typen, die an ihren Gläsern nippten, hatte Pinkie jedenfalls noch nie gemocht.

»Wohnen Sie … uh … mit ihr zusammen?« Hunter drehte das leere Glas in seiner Hand.

Pinkie ließ sich von dem gleichmütigen Ton nicht täuschen. Man könnte beinahe meinen, der Mann wäre eifersüchtig, dachte er. Verdammt. Er war eindeutig eifersüchtig, eine andere Erklärung gab es nicht.

Jetzt trat er mit der Flasche vor den ungebetenen Gast und schenkte Hunter noch mal nach. »Nein, ich wohne nicht mit ihr zusammen. Bonnie und ich sind nach der Arbeit hergekommen, um ihr was zu essen vorbeizubringen und zu sehen, wie es ihr geht.«

»Ist Bonnie Ihre Frau?«, fragte Hunter ihn in hoffnungsvollem Ton.

Pinkie verschluckte sich an seinem Drink. »Gott bewahre. Sie arbeitet beim Sender, und wir hängen ab und zu zusammen rum. Kari mag sie und vertraut ihr. Sie ist gerade bei ihr und hilft ihr, sich bettfertig zu machen.«

»Verstehe.« Hunter war das Unbehagen deutlich anzusehen. Er hatte den ganzen Nachmittag lang überlegt, ob er sie besuchen kommen sollte oder nicht. Schließlich hatte er sich dazu überredet, wusste aber noch immer nicht, ob die Entscheidung richtig war. Schließlich hatte er ihren Kollaps verursacht. Und selbst wenn er daran unschuldig gewesen wäre, war das, was *nach* ihrem Zusammenbruch geschehen war, eindeutig seine Schuld, und das würde sie ganz sicher nicht auf wundersame Art vergessen oder gar verzeihen.

Und ihr Freund oder Wachhund oder was zum Teufel dieser Pinkie Lewis für sie war, musterte ihn wie ein unter einer Glasglocke gefangenes Insekt. Er fühlte sich wie ein Teenager bei seinem ersten Date, der dem Vater seiner Freundin ganz allein in dessen Wohnzimmer gegenübersaß.

»Woher hätte ich das von ihrem Baby wissen sollen?«, rechtfertigte er sich. Der Gedanke daran, dass sie gerade erst ihr Kind verloren hatte, erfüllte ihn mit Übelkeit. »Warum hat sie nicht angerufen und erklärt, dass sie nicht zu der Verhandlung kommen kann? Das hätte ich verstanden und sie von der Zeugenaussage entbunden«, fügte er hinzu.

»Wirklich?«

»Hören Sie, Mr Lewis, ich weiß, was Sie von mir denken müssen, aber …«

»Nennen Sie mich Pinkie. Ich kann es nicht ausstehen, wenn jemand Mr Lewis zu mir sagt.«

Hunter blinzelte verwirrt. Er mochte die Ehrlichkeit und die Direktheit dieses Kerls. Man wusste immer ganz genau, woran man bei ihm war. »Also gut, Pinkie. Sie stehen Kari … Ms Stewart … offenbar sehr nahe.«

»Sehr.«

»Also, sagen Sie mir, weshalb wurde ich nicht über ihre Krankheit informiert? Warum hat sie mich gezwungen, sie in den Zeugenstand zu rufen?«

Pinkie seufzte. »Wir haben es versucht. Bonnie und ich haben ihr angeboten, bei Ihnen anzurufen und Ihnen zu erklären, weswegen sie nicht kommen kann.« Er wies in Richtung ihres Schlafzimmers. »Aber das Mädchen ist sturer als ein Maulesel. Sie hält sich offenbar für

Superwoman oder so. Sie wollte nichts davon hören, sie zu entschuldigen.«

»Das ist doch lächerlich.«

»Ach ja?«

»Natürlich ist es das. Ich hätte sicher nicht darauf bestanden, dass sie vor Gericht erscheint. Warum also hat sie sich das angetan?«

»Sie wollte nicht ihr Gesicht vor Ihnen verlieren«, gab Pinkie unumwunden zu und wartete auf Hunters Reaktion.

Der starrte ihn ungläubig an. »Und warum nicht?«

»Weil Sie Wynne angegriffen haben und weil sie verrückt nach diesem Typen war.«

Hunter sah aus, als hätte ihm Pinkie einen Schlag verpasst. Er zog leicht den Kopf zurück, während er noch tiefer in den Sessel sank. »Verstehe«, murmelte er, sah aber nicht mehr Pinkie an, sondern starrte mit ausdrucksloser Miene auf die Rosen auf dem Tisch. »Dann hätte ich es also nicht vermeiden können, ihr weh zu tun.«

Abermals nahm Pinkie das beunruhigende Jucken zwischen seinen Schulterblättern wahr. Inzwischen saß er in der Redaktion, doch er verfügte noch immer über den sechsten Sinn, den er entwickelt hatte, als er selbst hinter Storys her gewesen war, den untrüglichen Instinkt, der ihm verriet, wenn irgendwas nicht stimmte oder nicht so war, wie es auf den ersten Blick erschien.

Und bei aller Angst um Kari, als er sie am Vormittag allein mit diesem Mann in dem Büro gefunden hatte, hatte es ihn seit dem Augenblick, in dem er den Raum betreten hatte, zwischen den Schulterblättern gejuckt.

Keine Macht der Welt hätte Kari entlocken können, was in diesem Raum geschehen war. Und auch Hunter wirkte nicht wie jemand, der damit hausieren ging, wenn etwas zwischen ihm und einer Frau vorgefallen war.

Wahrscheinlich würde Pinkie nie erfahren, was sich in dem Zimmer abgespielt hatte, bevor er selber auf der Bildfläche erschienen war. Aber so sicher, wie der liebe Gott kleine grüne Äpfel wachsen ließ, war *irgendwas* passiert. Wenn seine Vermutung richtig war, hatte es nichts mit dem Geschehen im Verhandlungssaal zu tun. Und, was es auch immer war, es hatte die beiden völlig aus dem Gleichgewicht gebracht.

Weshalb hätte Kari sich wohl sonst derart in sich zurückgezogen und stundenlang kein Wort gesprochen, als sie heimgekommen war? Und weshalb käme wohl sonst ein Staatsanwalt mit einem Blumenstrauß zu einer Zeugin, die zuvor von ihm derart in die Mangel genommen worden war?

Seiner Meinung nach war Hunter hoffnungslos verliebt.

Pinkie stützte seine Ellenbogen auf den Knien ab und beugte sich ein wenig vor. »Warum sind Sie heute Abend hierhergekommen, McKee?«

»Ich möchte sie sehen und mich bei ihr entschuldigen.«

»Völlig ausgeschlossen, Mr McKee.«

Als er seinen Namen hörte, sprang er eilig auf, stieß dabei mit seinem Schienbein hart gegen den Rand des Tischs und verschüttete etwas von seinem Drink. Falls er angenommen hatte, Pinkie Lewis wäre furchteinflö-

ßend, brachte ihn der säuerliche Blick, mit dem ihn Bonnie Strand bedachte, vollends aus der Balance. Sie sah aus, wie wenn ihr der Gestank von Müll entgegenschlagen würde.

Pinkie stellte sie einander vor, und sie nickte kühl. »Sie sind der Letzte, den sie sehen will, Mr McKee.«

Pinkie fand, dass selbst für diesen Mann der Satz »Im Zweifel für den Angeklagten« galt. Außerdem ging ihm das herrische Gebaren dieser alten Schachtel langsam wirklich auf den Geist. »Woher weißt du, was Kari will?«, fuhr er sie deshalb an.

»Ich weiß es eben«, gab sie ungerührt zurück.

»Nun, vielleicht solltest du dich, verdammt noch mal, lieber um deine eigenen Angelegenheiten kümmern«, schnauzte er.

Bonnie warf den Kopf zurück und sah Hunter an. »Haben Sie die Rosen mitgebracht?«

»Ja.«

Sie unterzog ihn einer eingehenden Musterung. »Sie hält nicht allzu viel von Ihnen, und ich, ehrlich gesagt, auch nicht. Nicht, wenn stimmt, was mir von heute Vormittag berichtet worden ist.«

Hunter fragte sich, ob sie möglicherweise wusste, was in dem Büro geschehen war, kam dann aber zu dem Schluss, dass sie wahrscheinlich nur von der Szene im Gerichtssaal sprach. Kari hatte sicher niemandem von ihrem Kuss erzählt. »Ich fürchte, es ist wahr, obwohl ich, als ich Ms Stewart als Zeugin aufgerufen habe, nichts von ihrem Zustand wusste. Ich hoffe, Ihnen und ihr beweisen zu können, dass ich nicht nur ein Monster bin.«

Der Hauch eines Lächelns, der seinen Mund umspielte, reichte bereits aus, dass Bonnies Herz anfing zu flattern. Schließlich war sie eine Frau, und das erste Wort, das ihr bei einer genaueren Betrachtung des charmanten, gutaussehenden Staatsanwalts einfiel, war »Prachtbursche«. Bei einem derart starken Mann war Bescheidenheit eine ausnehmend reizvolle Eigenschaft. Aber Bonnie war zu abgebrüht, um sich von breiten Schultern, strahlend weißen Zähnen und zurückhaltendem Benehmen einwickeln zu lassen. »Ich will nicht, dass sie sich noch mal aufregt«, warnte sie ihn deshalb.

»Ich verspreche Ihnen, falls ich auch nur das geringste Zeichen von Aufregung an ihr bemerke, werde ich sofort gehen.«

Bonnie warf einen Blick auf Pinkie, und als der mit den Schultern zuckte, gab sie den Durchgang zum Schlafzimmer frei. »Zweite Tür rechts.«

»Danke«, sagte Hunter, nahm den Strauß vom Tisch und ging zur Tür. Dann blickte er erneut zurück auf Bonnie. »Ist es in Ordnung, wenn ich einfach …?«

»Ja, gehen Sie nur rein. Sie liegt im Bett, ist aber noch wach.«

Er nahm seinen ganzen Mut zusammen und öffnete die Tür. In dem Zimmer war es dunkel. Nur eine kleine Lampe brannte auf dem mit einer Glasplatte versehenen Rattantisch neben dem Bett. Auch das Kopfteil ihrer Schlafstatt war aus Rattangeflecht. Die Wände des Raums waren in einer dunklen Cremefarbe gestrichen. Die bedruckte Bettwäsche, der Korb mit getrockneten Blumen und der orientalische Läufer auf dem Boden

hoben sich wie marineblaue und zimtfarbene Tupfer von der jungfräulichen Umgebung ab. In einer Ecke vor einem Paravent aus Weidengeflecht, an dem Gürtel, Schals und ein riesiger Strohhut hingen, waren überdimensionale ungebleichte Baumwollkissen aufgetürmt. Ein Ventilator mit Bambusblättern hing direkt über ihrem Bett. Der Raum sah genauso aus wie sie, auf den ersten Blick wirkte er ordentlich und aufgeräumt, dahinter jedoch deutete sich ein faszinierendes Geheimnis an.

Er machte die Tür leise hinter sich zu, und sie drehte den Kopf, öffnete die Augen und richtete sich eilig auf. »Was machen Sie hier? Wie sind Sie hereingekommen? Verschwinden Sie.«

Ihre Stimme war ein raues Wispern, wofür er von Herzen dankbar war. So, wie sie ihn ansah, hätte sie ebenso gut Zeter und Mordio schreien können. Und dann wären bestimmt sofort die beiden anderen aufgetaucht.

Er machte eine beschwichtigende Geste. »Bitte, Kari. Pinkie und Bonnie haben gesagt, dass ich Sie besuchen darf. Ich möchte mich bei Ihnen entschuldigen.«

»Ich brauche keine Entschuldigung von Ihnen. Ich lege keinerlei Wert darauf. Sie könnten sich bei mir bis zum Sankt-Nimmerleins-Tag entschuldigen, und trotzdem würde sich meine Einstellung zu Ihnen nicht im Geringsten ändern. Und jetzt lassen Sie mich bitte wieder allein.«

Er schüttelte den Kopf, und sie sah, dass es völlig sinnlos wäre, weiter zu argumentieren. Also verstummte sie, als er den Raum durchquerte und direkt neben ihr

stehen blieb. »Die hier sind für Sie.« Er legte die Rosen auf ihr Bett und dachte, dass er einfach ein Idiot war, ihr Blumen mitzubringen, obwohl ihr ihre Abneigung so deutlich anzusehen war.

»Danke«, sagte sie und dachte, dass sie einfach eine Idiotin war, sich Blumen von einem Kerl schenken zu lassen, den sie verabscheute.

Er suchte ihren Blick und ließ ihn nicht mehr los. »Das mit Ihrem Baby tut mir leid.«

Die leise gesprochenen Worte hatten auf sie dieselbe Wirkung, wie wenn man mit einer Nadel in einen Luftballon gestochen hätte, weshalb sie sich wieder in die Kissen fallen ließ. »Sie wissen doch gar nicht, was echte Trauer ist, Mr McKee.«

»Ich weiß nicht, wie Ihre Trauer aussieht, nein. Aber es tut mir sehr leid, dass ich nichts von der Fehlgeburt wusste, als ich Sie heute Morgen in den Zeugenstand gerufen habe.«

Jetzt sah sie ihn an, und ihre Augen bildeten einen erstaunlichen Kontrast zu ihrer bleichen Haut. Das Feuer, das in ihnen loderte, hatte eine völlig eigene Energie. »Hätte es einen Unterschied gemacht, wenn Sie etwas davon gewusst hätten?«

»Dann hätte ich Sie nicht als Zeugin aufgerufen.«

»Allerdings hätte dann Ihre Anklage vielleicht gelitten, Mr McKee«, stellte sie mit sarkastisch süßer Stimme fest.

Er blickte zu Boden. »Vielleicht. Aber nur unwesentlich.«

»Sie glauben also noch immer, dass Sie eine Verurteilung erreichen?«

Jetzt sah er sie wieder an. »Auf jeden Fall.« Ein Satz, der keinen Raum für Zweifel ließ.

Sie fing an zu keuchen, doch obwohl er sich daran erinnerte, was er Bonnie Strand versprochen hatte, hätte ihn nichts und niemand dazu bringen können, jetzt wieder zu gehen.

»Wenn Sie sich dessen so sicher sind, weshalb war es dann überhaupt erforderlich, Thomas und mich anzugreifen?«

»Ich habe Sie nicht angegriffen. Sie nicht. Ich habe Ihnen von Anfang an gesagt, dass ich Ihnen nicht weh tun will. Das war ernst gemeint.«

Sie warf den Kopf zurück und lachte verbittert auf. »Glauben Sie nicht, dass Ihre Lügen über Thomas mich verletzt haben?«

Das waren keine Lügen!, hätte er sie am liebsten angeschrien. Doch er beherrschte sich. Wynne war als ihr Held gestorben und bliebe allezeit ihr Held. Deshalb konnte er den Kerl nicht hängen, ohne gleichzeitig Selbstmord zu begehen. »Ich habe Sie in der Öffentlichkeit erniedrigt. Das ist mir inzwischen klar. Es tut mir leid, dass ich das tun musste, aber ich hatte keine andere Wahl.«

Als die Erinnerung an die Geschehnisse des Morgens in ihr aufstieg, biss sie sich auf die Lippe, und Hunter bedachte sie mit einem sorgenvollen Blick. »Haben Sie Schmerzen?«, fragte er.

»Nein, nein.« Sie schüttelte unglücklich den Kopf. »Lassen Sie mich einfach in Ruhe. Ich will Sie hier nicht haben.«

Selbst schmerzverzerrt war ihr Gesicht das schönste,

was er je gesehen hatte, dachte er. Er sehnte sich danach, ihre Wangen zu berühren und all ihr Elend zu vertreiben. Sehnte sich danach, sie noch einmal zu küssen. Gott, weshalb in aller Welt hatte er sie morgens in seinem Büro geküsst? Nicht zu wissen, wie sie schmeckte, war bereits die Hölle für ihn gewesen, aber es zu wissen und sie nicht noch mal kosten zu können, war eindeutig mehr, als er ertrug.

Er richtete sich auf, trat einen Schritt zurück und stopfte die Hände in die Jackentaschen, denn sonst hätte er sie garantiert berührt. Sie roch süß nach Talkumpuder, und im warmen Licht der Lampe verströmte ihre Haut einen seidig weichen Glanz. Ihr Haar wirkte lebendig und gesund genug, dass er meinte zu hören, wie es leise knisterte, sobald Bewegung in die Locken kam. Sie hatte sich die Decke bis zum Bauch gezogen, und darunter nahm er schwach die Konturen ihrer Schenkel und die dazwischenliegende Vertiefung wahr. Das Nachthemd, das sie trug, war hochgeschlossen, schmiegte sich aber so weich an ihren Körper an, dass ihre Figur deutlich zutage trat. Ihre Brüste konnte er nicht sehen, doch er stellte sie sich vor.

Und seine Fantasie rief größtes Unbehagen in ihm wach.

Verdammt. Er schämte sich dafür, dass sie ihn derart erregte. Schließlich hatte sie einem anderen gehört und tat es praktisch noch immer. Es war einfach hoffnungslos. Er war in einer Sackgasse gelandet. Es war offensichtlich, dass sie ihn nicht ausstehen konnte, dass sie ihn verabscheute.

Was zum Teufel tat er hier? Mit jeder Sekunde, die

verging, machte er sie sich noch mehr zur Feindin und setzte sich selber unnötigen Qualen aus. Aber er könnte nicht gehen, bevor er sie nicht auch noch wegen einer anderen Sache um Verzeihung bat.

Um klarer denken zu können, vergrößerte er den Abstand zwischen ihnen, baute sich vor ihrer Kommode auf und sah sich die Gegenstände, die sie täglich benutzte und gedankenlos berührte, an. Eine Bürste, eine goldene Armbanduhr, eine Flasche Parfüm. Am liebsten hätte er den Kristallflakon an seine Nase gehalten und den Duft tief eingeatmet, aber das wagte er nicht.

»Ich schulde Ihnen eine weitere Entschuldigung.« Seine ruhige Stimme hallte durch den Raum.

Sie atmete scharf ein, als hätte er nicht nur mit ihr gesprochen, sondern sie berührt. Sie wusste, was als Nächstes käme, doch es war undenkbar, dass er davon sprach. »Ich will nichts mehr hören«, flüsterte sie erstickt. »Gehen Sie.«

»Es tut mir leid, dass ich Sie geküsst habe.«

Ihr entfuhr ein Stöhnen, und eilig warf sie eine Hand vor ihren Mund. »Gehen Sie. Lassen Sie mich in Ruhe.«

»Oder vielmehr tut es mir leid, dass ich es getan habe, als Sie völlig wehrlos waren. Dass ich Sie geküsst habe, tut mir bestimmt nicht leid.«

Sie hob den Kopf und blickte auf sein Spiegelbild. »Hat es Ihnen nicht gereicht, den Ruf meines Mannes zu zerstören? Hat es Ihnen nicht gereicht, mich der Lächerlichkeit preiszugeben und dafür zu sorgen, dass ich mein Kind verliere?« Sie ballte ihre kleinen Fäuste, drosch wütend auf ihre Matratze ein, und ein Strom von Tränen rann ihr über das Gesicht. »Aber davon ab-

gesehen hatten Sie kein Recht, mich zu berühren, vor allem nicht … auf diese Art.«

Er schloss schuldbewusst die Augen. »Ich weiß.«

»Wie konnten Sie mich dann küssen?«, fragte sie erbost.

Er fuhr zu ihr herum. Er war nicht alleine schuld daran gewesen, dass es zu dem Kuss gekommen war. Sie hatte ihren Teil zu der Liebkosung beigetragen, und, bei Gott, er weigerte sich rundheraus, als der Alleinschuldige dazustehen. »Ich werde Ihnen sagen, wie.« Der Ton, den er bei diesen Worten anschlug, führte dazu, dass ihr Tränenstrom versiegte und sie erschrocken die Luft anhielt. »Ich wollte Sie schon küssen, als ich Sie zum ersten Mal gesehen habe. Sie können um sich treten und schreien, einen Tobsuchtsanfall bekommen und nach Ihren Wachhunden rufen, damit sie mich rauswerfen, aber so ist es nun einmal. Ich *wollte* Sie ganz einfach küssen. Und es hat nicht so gewirkt, als hätten Sie etwas dagegen. Tatsächlich haben Sie noch nicht mal zugelassen, dass ich mich von Ihnen löse, als ich merkte, was ich tat.«

»Ich habe … Sie sind mindestens dreißig Kilo schwerer als ich!«

Er wirkte ordnungsgemäß zerknirscht. Es war vollkommen absurd zu behaupten, er hätte sich nicht gegen sie wehren können. Trotzdem trat er abermals entschlossen ans Fußende des Betts. »Sie haben mich umarmt. Sie haben mich gestreichelt. Sie haben mich geküsst. Sie …«

»Hören Sie auf!«

»… haben den Mund geöffnet und …«

»Aufhören, habe ich gesagt!«

»… Sie haben mich zurückgeküsst.«

Sie fing an zu keuchen. »Ich war praktisch bewusstlos und habe geträumt. Ich habe ganz bestimmt nicht *Sie* geküsst. Ich dachte, Sie wären mein Mann!«

Hunter riss sich frustriert die Brille von der Nase, beugte sich vor und stützte sich links und rechts von ihren Beinen auf ihrer Matratze ab. »Nun, ich will Ihnen was sagen, Kari Stewart. Wenn ich Ihr Mann wäre, wäre ich ganz sicher nicht so dumm, etwas zu tun, wodurch ich Sie verlieren könnte.«

Die Bedeutung seiner Worte war unmissverständlich. Nämlich, dass ihr Mann so dumm gewesen war.

»Raus«, stieß sie zwischen zusammengebissenen Zähnen aus.

»Und Sie können es so lange leugnen, wie Sie wollen, aber Sie haben mich aktiv zurückgeküsst und diesen Kuss genossen.«

»Habe ich nicht!«

Er sah sie unter halb geschlossenen Lidern hervor an, beugte sich noch dichter über sie und erklärte nachdrücklich: »Sie sind eine Lügnerin!«

»Verschwinden Sie!«

Bei ihrem lauten Schrei kamen sofort ihre beiden Freunde angestürzt. Sie tauchten gerade rechtzeitig im Zimmer auf, um zu sehen, wie sich Hunter seelenruhig die Brille auf die Nase schob. Es schien ihn nicht zu stören, dass der Strauß mit gelben Rosen seinen Rücken traf, als er mit einem gemurmelten »Entschuldigung« an ihnen vorbei den Raum verließ, und einen Moment später fiel geräuschvoll die Wohnungstür ins Schloss.

5

Die Genesungszeit kam ihr wie eine Strafe vor, aber irgendwie stand sie sie durch, und als sie endlich die ärztliche Musterung bestand und wieder arbeiten gehen durfte, musste sie sich eingestehen, dass die Zeit der völligen Ruhe durchaus gut für sie gewesen war.

Sie fühlte sich fast wie ein neuer Mensch. Seit Thomas' Tod waren fast fünf Monate vergangen. Es war Zeit, mit ihrem Leben fortzufahren. Vor ihrer Fehlgeburt hatte sie das Gefühl gehabt, sich in einer Art Schwebezustand zu befinden, jetzt aber hatte sie ein echtes Ziel – dafür zu sorgen, dass der kommissarische Bezirksstaatsanwalt von Denver seine wohlverdiente Strafe bekam.

Hunter McKee hatte die Verurteilung der Stadträte Parker und Haynes erreicht. Und obwohl Thomas tot und deshalb nicht mehr in der Lage war, sich zu verteidigen, hatte er ihn zusammen mit den beiden anderen dazu verurteilt, dass sein Name für alle Zeit mit Schande verbunden war. Das würde ihm Kari Stewart Wynne nicht vergessen und niemals verzeihen.

Sie war seit drei Wochen zurück am Sender, als sie ein Gerücht vernahm, das sie aus dem Schneideraum direkt zu Pinkie laufen ließ.

»Ich habe gerade gehört, dass Dick Johnson uns verlassen und bei KABC anfangen wird.«

Pinkie blies eine Wolke Zigarettenrauch in Richtung Decke. »Die Gerüchte machen hier schneller die Runde als die Zeiger der Uhren in einem Stundenhotel«, stieß er übellaunig aus. »Ich habe es selber erst vor einer Viertelstunde erfahren.«

»Ich will seinen Job.«

Pinkie runzelte die Stirn und sah sie reglos an, während er einem vorbeilaufenden Kameramann hinterherschrie, dass er sich seine Kamera schnappen und einen Reporter auf dem Hubschrauberlandeplatz treffen sollte. »Eine Explosion in einem Chemiewerk, also nimm genug Kassetten mit«, rief er ihm noch nach und wandte sich dann wieder Kari zu. »Lass uns reden.«

Sie folgte ihm in sein Büro, in dem er nur sehr selten war. Der von Glaswänden umgebene Raum lag direkt neben der Redaktion, damit er immer sehen konnte, was passierte und wer frei und wer beschäftigt war. Wenn Pinkie jemanden in dieses Zimmer bat, ging es meistens um ein ernsthaftes Gespräch. Er machte die Tür hinter sich zu, setzte sich hinter seinen Schreibtisch, und Kari nahm ihm gegenüber Platz.

»Warum?«, fragte er ohne Umschweife.

Sie blinzelte verwirrt. »Warum was?«

»Warum willst du wieder ins Politikressort?«

»Da war ich auch schon, bevor ich Thomas geheiratet habe. Du weißt, weshalb ich den Posten damals aufgegeben habe, und du weißt auch, dass das Ressort immer meine große Liebe war.«

»Uh-huh.« Pinkie klang nicht überzeugt. Er zünde-

te sich die nächste Zigarette an und sah ihr durch den aufsteigenden Rauch hindurch reglos ins Gesicht. »Du hast dir im Unterhaltungssektor eine hübsche Nische eingerichtet.«

»Aber sie langweilt mich, Pinkie. Mir fehlt die Politik. Und ich habe im Rathaus noch immer wirklich gute Quellen.«

»Das hast du echt schön gesagt, Kari, aber ich bin nicht auf den Kopf gefallen.« Er stützte seine kurzen, dicken Arme auf der Schreibtischplatte ab und beugte sich ein wenig vor. »Du willst diesen Job, damit du Hunter McKee fertigmachen kannst.«

Sie blickte schuldbewusst auf ihre Hände. »Ich bin eine gute Journalistin, Pinkie. Ich würde meine journalistische Urteilskraft nicht durch meine persönlichen Gefühle trüben lassen.«

Er starrte sie durchdringend an, und sie erklärte nachdrücklich: »Ganz sicher nicht!«

Er lehnte sich auf seinem Stuhl zurück und stellte einen Fuß auf dem Rand des Schreibtischs ab. »Und was wird aus deinem bisherigen Job? Rein hypothetisch. Ich habe nämlich nicht gesagt, dass du den anderen Job bekommst.«

»Gib den Sally Jenkins. Als sie mich vertreten hat, hat sie ihre Sache doch ganz gut gemacht.«

»Du kennst dieses Metier, Kari. Die Regeln sind knallhart. Manchmal kommt man aus dem Urlaub zurück und muss erfahren, dass man keinen Job mehr hat. Wenn du den Job an Miss T. und A. abtrittst und den anderen Job vermasselst, gibt es für dich kein Zurück mehr. Bist du bereit, dieses Wagnis einzugehen?«

»Ich werde ihn nicht vermasseln. Glaubst du etwa nicht mehr an meine Fähigkeiten?«

»Doch. Aber ich glaube auch, dass du entsetzlich stur und leidenschaftlich bist. Du hegst diesen Groll gegen den Staatsanwalt und …«

»Ich hege keinen Groll!«

»Red doch keinen Unsinn«, fuhr Pinkie sie rüde an. »Spiel keine Wortspiele mit mir. Wahrscheinlich ist das Gefühl, das du dem Mann entgegenbringst, mit dem Wort Groll noch viel zu milde ausgedrückt.« Er legte seinen Zeigefinger an die Nase. »Ich will nicht, dass sich diese Redaktion in Kämpfe mit McKee verstrickt.«

»Das würde ich nie zulassen.«

»Ich kann nur für dich hoffen, dass das stimmt.« Krachend stellte er den Fuß wieder auf dem Boden ab.

Ihre Augen fingen an zu leuchten. »Dann habe ich den Job?«

»Du hast ihn.«

»Danke, Pinkie.« Sie sprang glücklich auf. »Ab wann?«

»Dick verlässt uns Ende dieser Woche. Sagen wir, ab Montag?«

»Ab Montag.« Sie wirbelte herum, um wieder in den Schneideraum zurückzugehen, blieb dann aber noch einmal stehen. »Kann ich Mike Gonzales als Kameramann behalten?«

»Verlangst du auch mehr Geld?«

»Das hatte ich eigentlich nicht vor.«

»Dann kannst du Mike behalten.« Er lächelte sie an, und sie lachte und hätte am liebsten einen Freuden-

tanz vollführt. Dann stand Pinkie auf, zog an seiner Zigarette und sah alles andere als glücklich aus. »Ich liebe dich wie eine Tochter, Kari, also werde ich dir etwas sagen. Rache ist ein zweischneidiges Schwert. Meistens schneidet man sich dabei auch ins eigene Fleisch.«

Sie zuckte zusammen. »Ich werde es mir merken.«

Ein Satz, den Pinkie keinen Augenblick für bare Münze nahm.

»Diese Sache gefällt mir nicht, Kari.«

»Los, du Riesenfeigling. Wo bleibt deine Abenteuerlust? Außerdem, was können sie uns schon anhaben, wenn sie uns erwischen?«

Stöhnend hievte Mike Gonzales seine schwere Ausrüstung die Treppe hinauf. Eine Videokamera in einem Aufzug wäre einfach zu auffällig gewesen. Und genau das wollten sie um jeden Preis vermeiden. »Es sind nicht die Angestellten des Krankenhauses, derentwegen ich mir Sorgen mache, sondern Pinkie.«

Kari lachte leise auf. »Wenn wir ihm eine anrührende Geschichte für die Sechs-Uhr-Nachrichten liefern, wird ihn nicht interessieren, wie wir darangekommen sind.«

»Aber der Staatsanwalt wird einen Riesenaufstand machen. Schließlich hat er den Aufenthaltsort des Mannes nicht umsonst geheim gehalten.«

»Genau das macht die Sache ja so interessant. Warum diese Geheimnistuerei? Warum hat keiner von uns diesen Mann gesehen, seit er wegen Mordes an seiner Frau verhaftet worden ist? Was führt McKee im Schilde?«

»Woher weißt du überhaupt, dass dieser Typ in seiner Zelle einen Herzinfarkt bekommen hat?«

»Ich habe es zufällig vor einem der Kaffeeautomaten am Gericht gehört.« Mike kicherte. »Meine unfreiwilligen Informanten haben darüber gesprochen, dass er ins Krankenhaus verfrachtet worden ist.«

»Und von wem hast du die Zimmernummer?«, fragte er.

Sie sah ihn lächelnd an. »Das bleibt mein Geheimnis.«

Schließlich erreichten sie das gesuchte Stockwerk, Kari zog die Tür des Treppenhauses auf und spähte in den Flur. »Ich hoffe, der illustre Mr McKee hat keinen Beamten vor der Tür postiert.«

Es war niemand zu sehen. Lautlos glitten sie den Gang hinab und in das Zimmer des Patienten, eines Mannes mittleren Alters, der nervös die Bettdecke zwischen den Fingern knetete.

»Wer sind Sie?« Er sah wie ein verängstigtes Kaninchen aus, als er die beiden näher kommen sah.

»Ich bin Kari Stewart, Mr Hopkins. Wie fühlen Sie sich?«, fragte sie in mitfühlendem Ton.

Sein ängstlicher Blick wanderte von Kari über Mike zu der Kamera und dann wieder zurück zu ihr. Dann schien ihm zu dämmern, wer sie war. »Sind Sie das Mädchen aus dem Fernsehen?«, fragte er, wobei seine Furcht einer gewissen Neugier wich.

Kari wusste schon seit langer Zeit, dass die Menschen, wenn sie einen jeden Abend in ihren Wohnzimmern im Fernsehen sahen, das Gefühl hatten, als wären sie persönlich mit einem bekannt. Was in Situationen wie dieser durchaus praktisch war.

»Ja.« Sie setzte sich auf den Stuhl neben dem Bett

und schaltete unauffällig den kleinen Kassettenrekorder an, den sie bei sich trug. Dann nickte sie Mike zu und hörte sofort das Summen seiner Videokamera. »Sie haben mich im Fernsehen gesehen?«

»Sicher, Emma und ich …« Als seine Lippen anfingen zu zittern und seine Augen sich mit Tränen füllten, brach er ab. »Sie ist nicht mehr da.«

»Das habe ich in der Zeitung gelesen. Möchten Sie darüber reden?«

»Ich wollte sie nicht umbringen. Ich kann mich noch nicht einmal daran erinnern, dass ich das getan habe.« Er fing richtig an zu weinen, und Mike zoomte sich möglichst nah an sein Gesicht heran.

»Du musst zugeben, es ist wirklich eindrucksvoll.«

»Ja. Genau wie die Menge an Kacke, die bald dampfen wird. Denn das wird passieren, wenn wir mit dem Stück auf Sendung gehen.«

Kari stieß einen Seufzer aus, wandte Pinkie den Rücken zu und stapfte auf und ab, während er sich ihr Interview mit dem Mordverdächtigen Hopkins noch mal ansah. »Es ist gut, Pinkie.«

»Ich habe nicht gesagt, dass es nicht gut ist.« Er stand wieder auf. »Ich weiß nur nicht, ob man es auch journalistisch als gut bezeichnen kann.«

»Was soll das heißen?«

»Du hast nur eine Seite präsentiert.«

»Die andere Seite wurde schon ausführlich dargestellt. Du hast McKees Statement in der Zeitung gelesen. Er will eine Verurteilung und die Todesstrafe für den Mann.«

»Er will eine Verurteilung. Davon, dass er die Todesstrafe will, hat er nichts gesagt.«

»Das wird auf jeden Fall noch kommen.« Sie legte die gefalteten Hände unters Kinn, als flehe sie ihn an. »Denk an all die Male, in denen eine schlechte Presse jemanden verurteilt hat, bevor er auch nur vor Gericht gestanden hat.«

»Und das willst du wiedergutmachen, indem du es zu deinem persönlichen Anliegen machst, dafür zu sorgen, dass Hopkins vom Strick geschnitten wird?«

»Nein. Ich gebe ihm nur die Möglichkeit, sich zu erklären.«

»Die hat er auch vor Gericht.«

Sie unterdrückte mühsam ihren Zorn. »Pinkie, ich mache diesen Job seit fast zwei Monaten. Habe ich Mr McKee in der Zeit auch nur ein einziges Mal verunglimpft oder so?«

»Du warst mehr als einmal kurz davor«, rief er ihr in Erinnerung.

»Was den Leuten durchaus zu gefallen scheint. Unsere Einschaltquoten waren kaum jemals so gut.«

Das musste er zugeben, und am Ende waren die Quoten das, was von Bedeutung war. Auch wenn er ihre Methoden nicht immer billigte, gestaltete Kari ihre Reportagen aus dem Rathaus und vor allem über den Staatsanwalt so farbenfroh und anregend wie zuvor ihre Kritiken aus dem Unterhaltungsbereich.

»Also gut«, gab er sich geschlagen. »Wider besseres Wissen bin ich damit einverstanden, dass das Stück heute Abend in die Sendung aufgenommen wird.«

»Danke, Pinkie.« Sie küsste ihn überschwänglich auf

die Wange, doch er wischte ihren Kuss mit gereizter Miene wieder ab.

»Ich möchte nur nicht in der Nähe sein, wenn McKee auf diesen Beitrag reagiert.«

Tatsächlich kam McKee in die Redaktion gestürmt, als Kari ganz alleine war. Sie war ein bisschen früher zur Arbeit aufgebrochen, denn die Wirkung ihres Interviews mit Hopkins hatte ihre Erwartungen sogar noch übertroffen, und jetzt überlegte sie, wie in der Sache fortzufahren war.

Um diese frühe Zeit waren erst eine Handvoll Journalisten und Kameraleute da. Sie standen alle noch um die Kaffeemaschinen herum, weshalb sie ganz allein im Zimmer war, als McKee drohend vor ihren Schreibtisch trat.

»Oh, guten Morgen, Mr McKee. Welchem Umstand verdanke ich diesen unerwarteten Besuch?«

»Ersparen Sie sich das Geschwätz. Ich habe Ihre Story gestern Abend in den Spätnachrichten gesehen.«

»Oh?«

»Und ich kann Ihnen gar nicht sagen, wie wütend ich deswegen bin.«

»Ist das nicht schlecht fürs Image?«

Seine Lippen bildeten einen schmalen, harten Strich. »Wie sind Sie in Hopkins' Krankenzimmer gekommen?«

»Zu Fuß.«

Er trat bedrohlich näher, und seine hochgewachsene Gestalt füllte den kleinen Raum beinahe zur Gänze aus. Um nicht das Gefühl zu haben, im Nachteil zu sein, er-

hob sie sich ebenfalls. Aber als sie zu ihm aufsah, wurde ihr bewusst, wie winzig ihre Arbeitsecke war. Er war ihr viel zu nah.

»Zu all den versteckten Anspielungen, die Sie in Ihre Berichte über mich haben einfließen lassen, habe ich kein Wort gesagt. Oh ja, ich habe sie gehört, aber ich habe sie Ihnen kommentarlos durchgehen lassen.«

»Das ist wirklich anerkennenswert.«

»Weil ich dachte, dass ein echter Profi dieses kleinen Spielchens irgendwann mal überdrüssig würde und dann anfinge, ehrlich und unvoreingenommen zu berichten, wie es andere Journalisten tun.«

Das saß.

Sie sah ihn zornentbrannt an. »Ich *bin* ein echter Profi. Ich gebe in meinen Berichten wieder, was ich sehe.«

»Nachdem Sie es durch die Brille der Gehässigkeit betrachtet haben, die anscheinend ein fester Bestandteil Ihres Outfits ist«, erklärte er ihr laut. »Was haben Sie sich von der Ausstrahlung dieses rührenden Interviews mit Hopkins erhofft?«

»Nichts. Es war ein gutes Interview. Ich dachte, die Öffentlichkeit sollte den gebrochenen, schuldbeladenen Menschen sehen, den der Staat für Sie ermorden soll.«

Er sah aus, als nähme er die Angelegenheit des Staats gleich in die eigenen Hände und brächte sie an Ort und Stelle um. »Sie wollten, dass die Leute Mitleid mit ihm kriegen und ich, nur, weil ich Anklage gegen ihn erhoben habe, wie Adolf Hitlers Vetter zweiten Grades dastehe.«

»Er hatte einen Herzinfarkt!«

»Sie hätten seine Krankenakte besser etwas gründlicher studiert. Er hat Angina. Und zwar schon seit Jahren. Im Gefängnis litt er plötzlich unter Schmerzen in der Brust, deshalb habe ich ihn vorsichtshalber ins Krankenhaus verlegen lassen, weiter nichts. Können wir inoffiziell miteinander reden?«

Sie biss stur die Zähne aufeinander und erweckte dadurch den Eindruck, dass sie damit nicht einverstanden war. Deshalb fragte er: »Oder sind Sie dafür vielleicht nicht vertrauenswürdig genug?«

»Natürlich bin ich das.«

»Also gut.« Er streckte seine Hand aus. »Dann ist es ab jetzt inoffiziell.«

Sie blickte auf seine ausgestreckte Hand und zögerte, sie zu berühren. Ein Gefühl der Angst, dessen Ursprung sie nicht kannte, warnte sie davor, dass eine Berührung Folgen haben würde. Trotzdem nahm sie seine Hand, schüttelte sie zweimal und ließ sie eilig wieder los. »Inoffiziell«, erwiderte sie brüsk.

»Egal, wie bedauernswert er aussieht und sich gibt, hat Hopkins seine Frau ermordet. Es hat zwei Wochen gedauert, bis er die Leiche entsorgt hat – Ihnen ist doch wohl bekannt, wie er das gemacht hat, oder nicht?«

Sie kämpfte gegen ein Gefühl der Übelkeit und nickte mit dem Kopf. »Wenn die Zeitungsberichte stimmen.«

»Das tun sie. Ich war dort, als sie die sechsundzwanzig Löcher in seinem Garten gegraben haben.«

Sie zuckte zusammen, und er nahm die Brille ab und schob sie in die Brusttasche seines Jacketts. Seine Augen

waren wirklich ungewöhnlich, merkte sie. Und während des Bruchteils einer Sekunde schien er seinerseits von ihren Augen ebenfalls gebannt zu sein. Genau wie an dem Tag in seinem Büro, als er ihr erklärt hatte, sie wäre im Fernsehen immer wunderschön, schlug ihr Herz vor Freude einen Purzelbaum.

»Wo war ich stehen geblieben?«, fragte er mit geistesabwesender Stimme.

»Es hat zwei Wochen gedauert …«

»Oh ja. Es hat zwei Wochen gedauert, bis irgendwer gemerkt hat, dass die Frau verschwunden war. Wenn er von der Tat derart erschüttert war, warum ist er dann nicht gleich, nachdem er sie mit einer Axt erschlagen hat, weinend zu uns gekommen und hat ein Geständnis abgelegt?«

Kari verzog das Gesicht. »Ich weiß es nicht, Mr McKee. Wahrscheinlich hat ihn das, was er getan hat, völlig überwältigt. Er stand unter einem ungeheuren Druck. Er hat mir erzählt, dass sie über dreißig Jahre lang immer nur an ihm herumgenörgelt hat.«

Hunter lachte auf. »Dann meinen Sie also, wir sollten einfach wegsehen, wenn ein Mann seine Frau ermordet, weil sie ein Quälgeist ist?«

»Machen Sie sich nicht über mich lustig«, fauchte sie ihn an.

Sofort wurde seine Miene wieder ernst. »Ich mache mich nicht über Sie lustig. Das, was Sie gestern getan haben, ist schließlich alles andere als amüsant. Es geht nicht darum, ob Hopkins seine Frau ermordet hat oder ob er vielleicht nicht zurechnungsfähig ist. Es geht um den Boulevardjournalismus, den Sie betreiben. Warum

tun Sie das, Kari? Wollen Sie die Öffentlichkeit gegen mich aufhetzen?«

»Das wäre sicher nicht verkehrt.«

»Warum? Ich tue meine Pflicht. Es ist mein Job, Straftäter zu verfolgen und dazu beizutragen, dass Recht und Ordnung aufrechterhalten werden. Warum verpassen Sie mir ständig irgendwelche Seitenhiebe dafür, dass ich tue, was die Steuerzahler von mir erwarten?«

»Ich mag Ihre Methoden nicht.« Sie kehrte ihm den Rücken zu, aber er packte sie am Arm und drehte sie unsanft wieder zu sich um.

»Und ich mag Ihre Methoden nicht. Ich mag es nicht, wenn meine Anweisungen nicht befolgt werden, und ich hatte den ausdrücklichen Befehl erteilt, dass niemand zu Hopkins darf. Wer hat Sie in das Zimmer gelassen?«

»Niemand! Und lassen Sie mich los. Sie tun mir weh.«

Was nicht ganz die Wahrheit war. Er tat ihr nicht im Geringsten weh. Doch sie standen Brust an Brust, und sie stellte fest, dass sie die körperliche Nähe als zutiefst beunruhigend empfand und sich seltsam verletzlich fühlte, wenn der warme Atem dieses Kerls auf ihren Mund und ihre Wangen traf.

Er blickte auf seine Hand und löste sie von ihrem Arm. Er schämte sich dafür, dass sein Temperament schon wieder mit ihm durchgegangen war. Um ihre eigene Verlegenheit zu überspielen, rieb sie sich den Arm, damit er dächte, er hätte sie tatsächlich zu hart angefasst.

Sie nahm das Gespräch mit herablassender Stimme

wieder auf, als spräche sie mit einem Rohling, der von ihr in seine Schranken verwiesen worden war. »Es stand kein Bewacher vor der Tür, und ich bin einfach reinmarschiert.«

Sie hatte ihn noch lange nicht in seine Schranken verwiesen, merkte sie. Denn er hakte unbarmherzig nach. »Jemand hat Ihnen die Zimmernummer gegeben. Wer?«

»Ist das Gespräch noch immer inoffiziell?«

»Ganz sicher nicht! Ich werde mich von hier aus auf direktem Weg ins Krankenhaus begeben und den Angestellten die Leviten lesen«, knurrte er.

»Dann tut es mir leid, Mr McKee. Ich enthülle meine Quellen *nie*. Das ist, wie Sie wissen sollten, bei Journalisten, denen ihre Glaubwürdigkeit am Herzen liegt, ein ungeschriebenes Gesetz.«

Er zitterte vor Wut, und Kari empfand die Euphorie eines Triumphs. Sie hatte ihn genau dorthin gebracht, wo sie ihn haben wollte. Er war erniedrigt und frustriert und konnte nichts dagegen tun. Hatte sie nicht auf genau dieselbe Art gelitten, als Thomas von ihm schwerer Vergehen bezichtigt worden war?

Doch sie sollte bald erfahren, dass Hunter McKee sich nicht so schnell geschlagen gab. Zumindest jetzt noch nicht. Er trat so dicht vor sie, dass seine Jacke über ihre Bluse strich. Näher konnte er nicht kommen, ohne sie tatsächlich zu berühren. Er lenkte den Blick seiner phänomenalen Augen auf ihren lächelnden Mund und stellte leise fest: »Sie fordern die Probleme geradezu heraus.«

Er sah noch immer auf ihren Mund, allerdings hielt

sie seinem Blick entschlossen stand. Oh nein, sie würde ihn nicht merken lassen, dass sie diese eingehende Musterung als höchst beunruhigend empfand. Schließlich aber hielt sie es nicht länger aus, fuhr sich mit der Zungenspitze über die trockenen Lippen und stieß mit rauer Stimme aus: »Ich habe keine Angst vor Ihnen.«

Das Zucken seiner Mundwinkel verriet seinen Wunsch zu grinsen. Langsam wanderte sein Blick an ihr herauf, und als er ihr in die Augen sah, sank ihr der Magen in die Kniekehlen.

»Ich glaube, doch.«

Ohne ein weiteres Wort machte er auf dem Absatz kehrt und ging.

»Diesmal haben Sie es wirklich schwer.«

Hunter, der mit hochgelegten Füßen hinter seinem Schreibtisch saß, nahm seine Brille ab und rieb sich die Augen. »Das ist mir klar. Bereits die Auswahl der Geschworenen war ein echter Knochenjob.«

Guy Brady und er hatten stundenlang Akten und juristische Fachbücher gewälzt. Es war spät, und er war hundemüde. Schließlich stellte er die Füße wieder auf dem Boden ab, stand auf, streckte sich, bog seinen Rücken durch und bohrte sich die Fäuste in das schmerzende Kreuz.

»Wobei die Entscheidung des Richters ein erster Durchbruch für uns war. Jetzt können wir den Jungen wenigstens nach Erwachsenenrecht verurteilen.«

Das Interview mit Hopkins lag inzwischen vier Wochen zurück. Hopkins war nie vor Gericht erschienen, denn den ausführlichen psychiatrischen Gutach-

ten verschiedener Ärzte zufolge war er mental nicht in der Lage, eine Verhandlung durchzustehen. Er war in eine psychiatrische Klinik eingewiesen worden unter der Bedingung, dass er noch für den Mord an seiner Frau zur Rechenschaft gezogen werden könnte, falls man ihn je wieder entließ.

Der aktuelle Fall war ebenso brisant. Wollte Hunter nicht einen Mörder wieder in die Gesellschaft entlassen, hatte er keine andere Wahl, als bis an die Grenzen des Möglichen zu gehen.

Guy blickte stirnrunzelnd auf seine handschriftlichen Notizen. »Bestimmt werden irgendwelche Gutmenschen einen Riesenaufstand veranstalten. Warum muss er erst sechzehn sein?«

»Auch wenn er dem Pass nach sechzehn ist«, spielte Hunter den Advokat des Teufels, »hat er bereits weit mehr auf dem Kerbholz als viele erwachsene Straftäter. Haben Sie sein Vorstrafenregister gesehen? Es ist länger als mein Arm. Dieb, Einbruch, Raub, tätlicher Angriff, Vandalismus, Drogen- und Waffenbesitz. Er ist also ganz eindeutig kein durchschnittlicher Teenie. Seit seinem neunten Lebensjahr hat er uns nur Scherereien gemacht. Es war klar, dass er irgendwann auch einen Mord begehen würde. Und jetzt ist es passiert.«

»Er plädiert auf Notwehr. Was verdammt schwer zu beweisen ist.«

»Das ist Sache der Verteidigung. Ich denke, der Bericht des Pathologen spricht für unsere Theorie. Oder können Sie sich vorstellen, dass er dreiundvierzig Mal auf seinen Vater eingestochen hat, ohne ihn umbringen zu wollen?« Auf dem Tisch lag eine ganze Auswahl

Junk-Food aus dem Süßigkeitenautomaten, und Hunter griff nach einer cremegefüllten Biskuitschnitte, wickelte sie aus, sah sie argwöhnisch von allen Seiten an, biss dann aber hinein. »Mein Urteil steht fest. Ich habe den Jungen vernommen und die Berichte gelesen. Er ist ein durch und durch gewissenloses Subjekt.«

»Aber die Verteidigung wird das niedrige sozioökonomische Niveau der Familie, die engen Wohnverhältnisse, die verantwortungslose Mutter, den Missbrauch des Jungen durch den alkoholabhängigen Vater und …«

»Sie sollten in Kari Stewarts Lager wechseln«, warf Hunter trocken ein. »Genauso redet sie auch immer.«

»Sie hat Sie ganz schön auf dem Kieker«, stellte Guy mit einem leisen Lachen fest.

»Allerdings, und dieses Verfahren ist bestimmt ganz nach ihrem Geschmack. Es wird ihr die Munition geben, die sie braucht, um mich erneut als Oberschurken dastehen zu lassen, und ich kann nur hoffen, dass die Leute ihr nicht glauben, es würde mir Freude machen, dafür zu sorgen, dass der Junge die Höchststrafe bekommt. Aber ich muss es nun mal tun. Dafür werde ich bezahlt.«

Er stopfte die Hände in die Hosentaschen, trat ans Fenster und blickte in den spätabendlichen Regen, der gegen die Scheibe schlug. Die Lichter der Scheinwerfer der Wagen, die sich in den nassen Straßen spiegelten, sahen wie verschwommene rote und weiße Bänder aus. Inzwischen hatte sich in den Regen Schnee gemischt, und Hunters Blick wanderte über die Skyline, bis er den WBTV-Turm sah.

Ob sie noch am Sender war? Wahrscheinlich nicht.

Schließlich war es schon spät. Er hoffte, dass sie nicht mehr hinter ihrem Schreibtisch saß. Denn schließlich wäre es gefährlich, führe sie so spät alleine heim.

Weshalb, zum Teufel, ging ihm das jetzt durch den Kopf?

Es war eindeutig, dass sie ihn verachtete. Sie hatte es sich zum Ziel gesetzt, dafür zu sorgen, dass die Öffentlichkeit ihn im besten Fall als fürchterlichen Stümper und im schlimmsten Fall als politischen Manipulator sah. Und trotzdem stand er hier wie ein Idiot und machte sich Gedanken darüber, dass sie vielleicht allein auf glatten Straßen unterwegs wäre und ihr etwas geschah.

Gib's zu, Kumpel, du denkst die ganze Zeit an sie.

Genau das war das Problem. Er verfolgte wütend ihre Berichte im Fernsehen, und dann ging er ins Bett und hatte erotische Träume von ihr, sobald er die Augen schloss. Was für einen Mann, der für gewöhnlich durch und durch pragmatisch war, nicht den geringsten Sinn ergab.

Er war sogar so weit gegangen, seine Motive für sein Vorgehen im Fall der unterschlagenen öffentlichen Gelder eingehend zu hinterfragen. Hatte er auch Wynne als Täter präsentieren wollen, weil er dessen Witwe hoffnungslos verfallen war? Er stellte kaum eine Entscheidung je in Frage, nachdem sie einmal von ihm getroffen worden war. Hatte sich bisher noch nie so gründlich selbst analysiert.

Doch egal, wie oft er diese Frage in Gedanken durchging, wusste er, er hatte eindeutig das Richtige getan. Er hatte sich die ganze Zeit im Rahmen der Gesetze be-

wegt und nur seine Pflicht erfüllt. Dass es dieser Frau gelungen war, Zweifel an sich selbst in ihm zu wecken, zeigte nur, wie groß ihr Einfluss auf ihn war.

»Dieses Mal werde ich ihr das Maul stopfen«, erklärte er im Ton größter Entschlossenheit.

Guy verschluckte sich an der lauwarmen Cola, die er gerade trank. »Sie wollen Kari Stewart einen Maulkorb verpassen? Wie?«

»Indem ich den Richter dazu bringe, Kameras aus dem Gerichtssaal zu verbannen. Und ohne passenden Film zu ihrem Bericht kann sie kaum was ausrichten. Dieser Fall ist wirklich heiß. Er hat es bereits landesweit in die Nachrichten geschafft. Und unsere Arbeit wird schon schwer genug, ohne dass der Prozess in eine Zirkusaufführung verwandelt wird.«

»Dieser Richter liebt seine Publicity, Hunter. Glauben Sie, er wird dem Antrag stattgeben?«

Hunter kehrte hinter seinen Schreibtisch zurück, ließ sich wieder in seinen Sessel sinken, setzte seine Brille auf und schlug den nächsten Aktenordner auf. »Ich werde alles in meiner Macht Stehende dafür tun.«

Doch es genügte nicht. Der Richter wies den Antrag ab. »Lassen Sie uns ein, zwei Tage abwarten und sehen, wie es läuft. Wenn es so chaotisch wird, wie Sie vorhersagen, denke ich noch mal darüber nach.«

Fluchend kehrte Hunter zurück in sein Büro, und auch am nächsten Tag besserte sich seine Laune nicht, denn als die Verhandlung eröffnet wurde, war die erste Journalistin, die ihm beim Betreten des Gerichtssaals eine Frage zurief, sie.

»Stimmt es, dass Sie versucht haben, Kameraleuten und Zeichnern den Zutritt zum Gerichtssaal verbieten zu lassen?«, wollte Kari von ihm wissen.

Wer in aller Welt waren ihre Quellen? Wenn er solche Informanten hätte, liefe kein einziger Krimineller mehr frei in dieser Stadt herum. »Ja.« Gott, sie sah einfach fantastisch aus. Der rote Pullover mit dem losen Rollkragen ließ ihren Teint erstrahlen und ihr Haar wie eine goldene Flamme lodern.

»Warum, Mr McKee?«

»Ich habe zum jetzigen Zeitpunkt nichts weiter zu sagen. Wenn Sie mich also bitte entschuldigen.«

Er schob sich an einem Pulk Reporter vorbei, und sie folgten ihm in den großen Saal und kämpften um die besten Plätze, bis der Richter auf der Bildfläche erschien und die Verhandlung begann.

In Kari Stewarts Bericht in den Abendnachrichten wurde der Angeklagte als Opfer seiner Umgebung dargestellt. Die Zuschauer sahen, wie er an der Schulter seiner Mutter weinte, und er wurde mit dem Satz zitiert, er bereue, seinen Vater getötet zu haben, hätte aber einfach keine andere Wahl gehabt. Hunter wusste, dass das dreist gelogen war. Der Bericht jedoch ging weiter auf die wirtschaftliche und soziale Armut ein, in der der Angeklagte aufgewachsen war.

Als er am nächsten Vormittag in den Gerichtssaal kam, sah Kari ihn mit einem derart strahlenden und unschuldsvollen Lächeln an, dass er grimmig das Gesicht verzog.

Zu ihrer Überraschung ging er direkt auf sie zu. »Ms

Stewart, würden Sie sich nach Ende der heutigen Sitzung wohl mit mir auf einen Kaffee treffen?«

Die Einladung machte sie richtiggehend sprachlos. Der neben ihr sitzende Mike sah ebenfalls verwundert auf. »Nein, danke«, erwiderte sie höflich. »Ich muss sofort zurück zum Sender, um meinen Beitrag für die Abendnachrichten zu schneiden.«

»Ich verspreche, es wird nicht lange dauern.«

Sein Ton war herausfordernd genug, dass sie es sich noch einmal überlegte. Kneifen würde sie vor diesem Kerl auf keinen Fall. »Also gut. Wo?«

»In der Schiffstaverne im Brown Palace?«

Wieder war sie überrascht, hoffte aber, es wäre ihr nicht anzusehen. »Ich werde eine Viertelstunde nach Verhandlungsende dort sein.«

Er nickte ihr kurz zu, wandte sich ab und ging an seinen Platz.

»Was hat das zu bedeuten?«, fragte Mike sie flüsternd, als der Richter den Verhandlungssaal betrat.

»Ich habe keinen blassen Schimmer«, gab sie ebenfalls im Flüsterton zurück. »Aber ich werde auf jeden Fall zu diesem Treffen gehen.«

6

Die Lobby des Brown Palace Hotel, eines Wahrzeichens von Denver, war einer von Karis Lieblingsorten in der Stadt. Sie schmiegte sich um die Gäste wie ein kuscheliger, warmer Schal. Durch das mehrere Stockwerke höher in die Decke eingelassene Buntglas-Oberlicht fiel weiches Licht und verstärkte das Gefühl, dass man in einem überdimensionalen viktorianischen Salon geladen war. Die Holzvertäfelungen an den Wänden hatten im Verlauf der Jahre schimmernde Patina angesetzt. Die Messingarmaturen funkelten. Die Topfpalmen gediehen. Die Möbel luden die Besucher zum Verweilen ein. Alles wirkte unaufdringlich und gedämpft und weckte in einem den Wunsch, sich höchstens im Flüsterton zu unterhalten, damit die erholsame Atmosphäre in dem Raum erhalten blieb.

Die am Ende des Foyers gelegene, im maritimen Stil gehaltene Schiffstaverne war keine gewöhnliche Bar, sondern ebenso behaglich, elegant und gleichzeitig intim wie das prachtvolle Foyer.

Um diese Tageszeit herrschte in der Bar nur wenig Publikumsverkehr. Das mittägliche Gedränge war bereits verebbt, und Kari kam sich etwas seltsam vor, als sie am helllichten Tag die schummrige Bar betrat.

Nur ein paar Männer – wahrscheinlich auswärtige Geschäftsleute – lungerten noch an der langen, blank polierten Theke herum, und an einem der vereinzelten Tische saß Hunter McKee. Sie versuchte, die wissenden Blicke, die die anderen Gäste miteinander austauschten, zu ignorieren, und lief schnurstracks auf Hunter zu.

Er stand höflich auf und nahm erst wieder Platz, als sie ihm gegenübersaß. »Danke, dass Sie gekommen sind. Möchten Sie etwas essen?«

»Nein. Nur etwas trinken, bitte.«

»Was hätten Sie denn gern?«

Aus dem Nichts war ein Ober in einem strengen schwarzen Anzug aufgetaucht, und Kari lächelte ihn an. »Bitte ein Perrier mit einer Scheibe Zitrone.«

»Guten Tag, Ms Stewart«, grüßte er sie förmlich.

»Sie kennen mich?«

»Aus dem Fernsehen. Es ist mir eine Ehre, Ihnen zu Diensten zu sein. Darf ich mir die Bemerkung erlauben, dass Sie in natura noch attraktiver als im Fernsehen sind?«

»Das dürfen Sie, und vielen Dank.«

Offenbar in der Erwartung, dass auch er eine Berühmtheit war, wandte sich der Ober Hunter zu. »Ich bin niemand«, stellte der mit einem breiten Grinsen fest. »Aber ich hätte gern einen schwarzen Kaffee.«

»Sehr wohl, Sir.«

Als Hunter wieder Kari ansah, lächelte er noch immer. Er trug seine Brille nicht, und gegen ihren Willen bemerkte sie die feinen Fältchen, die wie Sonnenstrahlen um seine Augen lagen, wenn er sie zusammenkniff.

Er war also attraktiv. Na und? »Warum haben Sie diesen Ort für unser Treffen ausgesucht?«

»Weil er mir gefällt.«

»Mir gefällt er auch, nur ist er nicht unbedingt … ach, egal.«

»Nur ist er nicht unbedingt …?«

»Nur ist er nicht unbedingt die passende Umgebung für das, was wir uns eventuell zu sagen haben. Wissen Sie, was die Männer drüben an der Theke denken?«

Er blickte über seine Schulter, wandte sich ihr wieder zu und beugte sich über den Tisch, da ihr Flüstern nur mit Mühe zu verstehen war. »Gedankenlesen ist nicht gerade eine meiner Stärken. Also, was denken sie?«

Seine verschmitzte, leicht spöttische Art gefiel ihr nicht. »Sie denken, dass ich entweder Ihre heimliche Geliebte oder ein Callgirl bin, das gerade den geschäftlichen Teil unseres Abkommens bespricht.«

Hunter sah erst sie und dann noch mal die Männer an. »Ach ja? Dann sollten sie sich schämen.«

»Ich werde wieder gehen.«

»Warten Sie.« Seine Hand schoss quer über den Tisch und hielt sie fest.

Er war charmant und amüsant und umgänglich. Dabei sollte er ihr gegenüber keins davon sein. Sie wollte nicht, dass er so tat, wie wenn er jemand anderes als der berechnende Opportunist wäre, als der er ihr gegenüber bisher immer aufgetreten war. »Ich habe noch zu tun, Mr McKee.«

»Glauben Sie etwa, ich hätte diesen Treffpunkt absichtlich gewählt, damit Sie sich unwohl fühlen?«

»Der Gedanke ging mir durch den Kopf«, erklärte sie gepresst.

»Verdammt!« Er zog seine Hand auf eine Art zurück, die den Eindruck erweckte, als stoße er sie von sich fort. »Ihnen gegenüber kann man einfach nur verlieren, stimmt's? Ich habe Sie gebeten, sich hier mit mir zu treffen, weil man hier ungestört miteinander reden kann. Ich hätte nicht gedacht, dass Sie mit mir in einem der näher am Gericht gelegenen Cafés hätten gesehen werden wollen. Dort sind schließlich immer jede Menge Leute, die wir beide kennen.«

Sie hätte aufstehen und gehen können, aber sie blieb sitzen und starrte ihn über die karierte Tischdecke hinweg durchdringend an. Ihm war deutlich anzusehen, wie genervt er von ihr war.

Der Ober wählte diesen Augenblick der Anspannung, um ihre Getränke zu servieren, und nachdem er sich wortlos wieder zurückgezogen hatte, nippte sie an ihrem Mineralwasser und wünschte sich, sie hätte auf ihren Instinkt gehört und das Thema ihres Treffpunkts nie zur Sprache gebracht. Jetzt war er beleidigt, und sie stand wie eine launische Göre da. Anscheinend gab es zwischen ihnen einfach keine Basis für ein friedliches Gespräch. Deshalb brächte sie das Treffen am besten so schnell wie möglich hinter sich.

»Weshalb wollten Sie sich mit mir treffen?«

Er hatte das Thema so lange wie möglich vermeiden wollen. Wann hätte er wohl noch einmal die Gelegenheit, allein mit dieser Frau irgendwo zu sitzen und sie anzusehen? Er hatte sie erneut in die Defensive gedrängt, und jetzt musste er die Taktik ändern, damit sie

ihn nicht sitzen ließ, ohne sich anzuhören, was ihm auf dem Herzen lag. »Geht es Ihnen gut?«

Sie stieß ein leises, überraschtes Lachen aus. »Natürlich geht's mir gut. Was meinen Sie?«

»Ich kann einfach nicht vergessen, wie krank Sie an dem Abend aussahen, als ich bei Ihnen zu Hause war. Haben Sie sich vollständig von Ihrer …«

»… Fehlgeburt erholt?« Es war nicht zu überhören, dass sie verbittert war. »Ja. Physisch habe ich mich vollständig erholt. Allerdings wird es wahrscheinlich noch sehr lange dauern, bis ich auch psychisch davon genesen bin.«

Weshalb sollte sie Rücksicht auf seine Gefühle nehmen? Schließlich hatte er zu ihrem schlechten körperlichen und emotionalen Zustand beigetragen, obwohl sie nicht hätte beschwören können, dass er ganz allein der Grund für den Verlust ihres Babys war.

Hunter fluchte in Gedanken. Ob sich seine Schuldgefühle jemals legen würden? Natürlich war ihm klar, dass nichts, was er getan hatte, für den Verlust des Babys verantwortlich war. Zumindest nicht direkt. Aber immer, wenn er daran dachte, empfand er ein Gefühl der Übelkeit. Er sollte einfach nicht mehr daran denken, doch wie bei einem schmerzenden Zahn kehrte er immer wieder dorthin zurück und stocherte daran herum, um zu sehen, ob der Schmerz schwächer geworden war.

»Wusste Ihr Mann, dass Sie schwanger waren?«

»Nein, ich habe es selbst erst mehrere Wochen später erfahren, nachdem Thomas … gestorben war.«

Dann musste sie das Kind in einer ihrer letzten ge-

meinsamen Nächte empfangen haben. Die Eifersucht, die dieser Gedanke in ihm weckte, breitete sich wie ein Gift in seinem Innern aus. Es war völlig irrational und einfach dumm. Doch er konnte die Vorstellung ganz einfach nicht ertragen, dass sie sich von einem anderen hatte lieben lassen, nicht einmal von ihrem Ehemann.

Sie sollte sich nicht mit einem Fremden über dieses Thema unterhalten, ging es Kari durch den Kopf. Nur kam ihr McKee nicht wirklich wie ein Fremder vor. Weshalb hatte sie nur immer das Gefühl, dass er wusste, was sie dachte?

Sicher lag es an der durchdringenden Art, wie er sie manchmal ansah. Wie in diesem Augenblick. Sie rief ein gewisses Unbehagen in ihr wach, und deshalb stellte sie ihr noch fast volles Glas auf den Tisch zurück. »Mr McKee, ich weiß es zu schätzen, dass Sie sich Gedanken über meine Gesundheit machen, aber ich kann nicht glauben, dass Sie mich hier treffen wollten, um sich bei mir nach meinem Befinden zu erkundigen.«

Ihr Sarkasmus irritierte ihn. Wie konnte sie nur so verdammt feindselig sein, während er an kaum was anderes denken konnte als daran, wie gut sie ihm gefiel? Was, wenn sie beide ein Verhältnis miteinander und sich hier auf einen Drink getroffen hätten, bevor sie hinauf in eins der Zimmer gingen und sich für den Rest des Nachmittags und den ganzen Abend lang liebten?

Ah, das wäre etwas völlig anderes. Dann bedächte sie ihn nicht mit einem derart bösen Blick, sondern sähe ihn mit einem weichen Lächeln an, da sie wüsste, dass er es kaum noch erwarten konnte, endlich ganz allein mit

ihr zu sein. Dann säße sie dicht neben ihm, sie tauschten kleine, zarte Küsse aus und vielleicht – eventuell – glitte sie mit ihrer Hand an seinem Bein herauf. Vielleicht – eventuell – berührte er absichtlich unabsichtlich mit den Fingerspitzen ihre Brust, und sie täte überrascht, schlüge ihm spielerisch auf die verruchte Hand, sähe ihn aber gleichzeitig begehrlich an.

Verflixt, was tat er da? Wollte er sich selber in den Wahnsinn treiben? Aber, Gott, er sehnte sich danach, mit ihr zusammen zu sein, und fragte sich, was sie wohl täte, zöge er sie einfach in die Arme und bedeckte ihre zusammengekniffenen Lippen so lange mit seinem Mund, bis sie den Kuss voller Leidenschaft erwiderte.

Wahrscheinlich würde sie ihn standrechtlich erschießen, sagte er sich grimmig und zwang seine Gedanken auf den eigentlichen Grund ihres Zusammenseins zurück.

»Sie haben recht. Ich habe Sie nicht auf einen Kaffee eingeladen, um über Ihre Gesundheit zu diskutieren, sondern um Sie zu bitten, das Kriegsbeil zu begraben.«

Sie blinzelte verwirrt. »Was?«

»Sie wissen, wovon ich rede.«

»Ich fürchte, das weiß ich nicht«, erwiderte sie kühl.

»Verdammt, natürlich tun Sie das.« Er faltete die Hände auf dem Tisch und beugte sich ein wenig vor. »Ich weiß, warum Sie mich nicht mögen. Und auch wenn ich das bedauere, kann ich es akzeptieren. Nur gehen Sie dieses Mal zu weit. Sie blockieren die Mühlen der Justiz.«

»Die Mühlen der Justiz!«, rief sie spöttisch aus. »Wo

haben Sie denn diesen Ausdruck her? Sind Sie vielleicht ein Perry-Mason-Fan?«

Statt sie einzuschüchtern, hatte er sich wieder mal total vor ihr blamiert. Am besten appellierte er vielleicht an ihre Vernunft. »Sie behaupten, dass Ihre Berichte immer ausgewogen sind.«

»Das sind sie auch.«

»Nennen Sie ein tränenreiches Interview mit der Mutter des Angeklagten in einem Mordfall etwa ausgewogen?«

»Ich habe keine Schlüsse aus dem Interview gezogen.«

»Das brauchten Sie auch nicht. Das haben die Zuschauer allein getan. Allerdings haben Sie vergessen zu erwähnen, dass die Frau über Jahre hinweg tatenlos mit angesehen hat, wie ihr Mann den Jungen verprügelt hat, bis der zum Mörder geworden ist. Und Sie haben sie auch nicht gefragt, weshalb sie keine psychologische Hilfe für den Jungen in Anspruch genommen hat, als er wegen versuchter Vergewaltigung festgenommen wurde. Damals war er gerade zwölf.«

Ihr war klar, er hatte recht, aber das gestünde sie noch nicht einmal sich selber jemals ein. »Davon habe ich nichts gewusst.«

»Und Sie haben es sich auch nicht zur Aufgabe gemacht, es herauszufinden.«

»Sie brauchen mir nicht zu sagen, wie ich meine Arbeit machen soll!«

»Da haben Sie vollkommen recht. Ich bin nicht Ihr Kritiker, also hören Sie auch bitte auf, sich als meine Kritikerin aufzuspielen, ja?«

Ihnen wurde gleichzeitig bewusst, dass sie ziemlich laut geworden waren. Sie sahen besorgt in Richtung der Männer an der Theke, und einer von den Kerlen zwinkerte und prostete Hunter fröhlich zu.

Hunter blickte wieder Kari an. Das Letzte, was er wollte, war ein Streit mit ihr. Viel lieber wäre er mit einer Hand durch ihre blonde Lockenmähne gefahren, hätte an ihrem Perlenohrstecker geknabbert und sie lächelnd angesehen.

»Ihre Kollegen werden sicher ziemlich sauer sein, wenn wir während der weiteren Verhandlung keine Kameras mehr im Gerichtssaal zulassen«, fuhr er leise fort.

»Und was werden Sie tun, falls ich Sie nicht in Zukunft als edlen Ritter darstelle?«

Er stieß einen Seufzer aus. So viel zu seinem Versuch, an ihre Vernunft zu appellieren und sie freundlich dazu zu bewegen, dass sie ihn endlich in Ruhe ließ. »Das werde ich tun, falls Sie weiter direkt oder indirekt den Beschuldigten als unschuldiges Opfer darstellen.«

»Ihnen ist natürlich klar, dass das Fernsehen ein visuelles Medium ist und es ohne Filmaufnahmen keine Story für mich gibt.«

Er sah sie mit einem charmanten Lächeln an. »Natürlich.«

Genervt wandte sich Kari ab. Er räumte unumwunden ein, dass er alles in seiner Macht Stehende unternehmen würde, um sie zukünftig daran zu hindern, ihm die Arbeit zu erschweren. »Sie haben schon mal versucht, Kameras verbieten zu lassen, ohne dass der Richter diesem Antrag stattgegeben hat.«

»Ich glaube, dieses Mal wird er es tun. Falls nämlich

die Presse zu stark in eine Richtung schwenkt, könnte die Verteidigung wegen fehlerhafter Prozessführung Zeter und Mordio schreien, und ich glaube nicht, dass der Richter einen Mörder wegen eines Verfahrensfehlers laufen lassen müssen will.«

Sie griff nach ihrer Handtasche. »Auch mir liegt nichts daran, dass ein Killer freigelassen wird, Mr McKee.« Sie glitt von ihrem Stuhl, und er machte es ihr nach.

»Dann versprechen Sie also, mich während der Verhandlung nicht mehr derart abzulenken?«

»Ach, lenke ich Sie ab?«

Sie legte ihren Kopf zurück und blickte zu ihm auf. Sie hatte flapsig klingen wollen, nicht flirtbereit. Doch so, wie er ihr in die Augen sah, bekam ihre Frage plötzlich einen völlig anderen Sinn. Sie hätte alles dafür gegeben, sie zurücknehmen zu können. Aber dafür war es eindeutig zu spät.

»Ja. Sie lenken mich ab.«

Noch beunruhigender als sein Blick war der leise, krächzende, intime Ton, in dem er sprach. Obwohl sie einander nicht berührten, kam es ihr so vor, als dränge seine Stimme durch den Stoff von ihrer Kleidung und lege sich weich auf ihre Haut.

»Ich muss zurück zum Sender«, meinte sie und fragte sich, weshalb sie plötzlich nur noch mühsam Luft bekam. »Ich verspreche Ihnen nichts, aber vielen Dank für das Getränk.«

Hunter sah ihr hinterher und überlegte, ob er zu ihr durchgedrungen war. Sie war verdammt nervös.

Und verdammt begehrenswert.

Eine Stunde später saß Kari am Schneidetisch und erforschte ihr Gewissen. Sie hatte sich Mikes Aufnahmen inzwischen zweimal angesehen. Sie waren vollkommen neutral. Von dem, was sie erzählte, oder eher davon, *wie* sie es erzählte, hinge ab, welches Bild das Publikum von dem jungen Angeklagten und der ihm zur Last gelegten Tat bekam.

Hunter McKee hatte sie tatsächlich zum Nachdenken gebracht. Ihre persönlichen Gefühle für den Mann sollten in ihrem Job nicht die geringste Rolle spielen. Sollten keinen Einfluss darauf haben, welche Richtung ihre Story nahm.

Wohin würde ihr Feldzug sie auf Dauer führen? Was würde sie dadurch gewinnen? Sicher zöge sie sich nur den Zorn der anderen Reporter zu. Bisher war sie bei den Kollegen äußerst angesehen. War ihre Vendetta gegen diesen Typen es tatsächlich wert, dafür ihren Ruf als gute Journalistin zu riskieren?

Und vor allem, wozu machte dieser Rachefeldzug sie als Mensch? Ihr war klar, ihr Vater hätte nicht gebilligt, was sie tat. Und auch Pinkie war nicht gerade glücklich über ihre Einstellung und machte keinen Hehl daraus, wie unzufrieden er mit ihrem Vorgehen war. Hatten alle anderen recht und sie alleine unrecht? Hatte sie sich in dem Mann geirrt?

Ungeachtet der persönlichen Gefühle, die sie für ihn hegte, tat McKee wahrscheinlich nur, was sein Beruf von ihm verlangte. Trotzdem hielt sie ihn für einen Schuft. Trotzdem fand sie es noch immer unmöglich, wie er die Beweise gegen Thomas präsentiert hatte und wie er mit ihr selber im Gerichtssaal umgesprun-

gen war. Am wenigsten gefiel ihr, wie er mit ihr sprach, wie er sie ansah und was sie empfand, wenn sie in seiner Nähe war.

Aber – und das war das Allerwichtigste – sie schrieb keine Leitartikel oder Kommentare, sondern machte Nachrichtenberichte, und es ging bei dieser Angelegenheit nicht nur um seinen, sondern auch um ihren eigenen Ruf. Deshalb hatte sie ganz einfach keine andere Wahl, als bei ihren Berichten möglichst objektiv zu sein.

Eine Stunde später war der Beitrag fertig, und sie fühlte sich fantastisch. Leichten Schrittes verließ sie das Gebäude, stieg in ihren Wagen und fuhr heim. Es gab nur einen Namen für das herrliche Gefühl: Erleichterung.

McKee würde sich ohne Zweifel freuen, weil sie ihn endlich in Ruhe ließ, aber sie selber war genauso froh darüber, dass ihr zwanghaftes Verlangen, ihn zu ruinieren, endlich abgeklungen war.

Hunter saß in seiner Wohnung, sah die Abendnachrichten und hielt gespannt den Atem an, als Karis Beitrag begann. Nachdem er geendet hatte, atmete er auf. Sie hatte nur die Fakten aufgezählt und ihm anders als seit Wochen keinen Seitenhieb verpasst.

Gott sei Dank. Diese Hürde hatten sie genommen, und er bräuchte sich in Zukunft keinerlei Gedanken mehr zu machen über diese Frau.

Als er früh am nächsten Morgen den Verhandlungssaal betrat, sah er sich suchend um, bis er sie fand. Bisher hatte sie immer ihren Kameramann durch den Raum

gescheucht und dadurch für Unruhe im Zuschauerraum gesorgt. Heute aber saß sie ruhig auf ihrem Platz und unterhielt sich einfach leise mit dem Mann. Offenbar machte er einen Scherz, denn sie warf den Kopf zurück und lachte auf.

Hunter wurde hart, als das kehlige Geräusch an seine Ohren drang. Während er an ihrer Sitzreihe vorüberging, senkte er den Kopf und erhaschte einen kurzen Blick auf ihr in einen weich glänzenden Seidenstrumpf gehülltes Bein und ihr dunkelgrünes Kleid, das ihm gerade wegen seines braven Schnitts unglaublich verführerisch erschien. Jetzt lehnte sie sich kurz auf ihrem Stuhl zurück und sprach über ihre Schulter mit einem Kollegen, wobei die Silhouette ihrer straffen Brust deutlich zu erkennen war.

Er setzte sich auf seinen Platz und blickte auf die Uhr an der rückwärtigen Wand. Er trug auch eine Armbanduhr, doch die offizielle Uhr über der Tür erlaubte ihm, sich noch mal nach ihr umzudrehen.

Wie aufs Stichwort drehte auch sie selbst in diesem Augenblick den Kopf und sah ihn an.

Ihr erwartungsvoller Blick verriet, dass sie von ihm wissen wollte, ob ihr gestriger Bericht für ihn okay gewesen war. Er nickte ihr kurz zu und drehte sich wieder nach vorne um.

Verdammt! Er musste in einem höchst schwierigen Fall beweisen, dass der Angeklagte ein eiskalter Killer war, und dachte an nichts anderes als das Ziehen in seinem Unterleib.

Diese jugendliche Schwärmerei musste endlich ein Ende haben. Da sie nicht nur unbequem und furcht-

bar peinlich, sondern obendrein auch noch gefährlich war. Solange Kari Stewart seine Gegnerin gewesen war, hatten die Gefühle, die er für sie hegte, keinerlei Gefahr für ihn und seine Karriere dargestellt. Diese zahme Kari aber, die ihn lächelnd ansah, war eine Bedrohung. Wenn sie ihn so ansah, konnte er sich nicht auf seine Arbeit konzentrieren, und von dieser Arbeit hing seine professionelle Zukunft ab.

Deshalb stand er auf, kaum dass der Richter in den Saal gekommen war, und bat in ruhigem Ton: »Euer Ehren, ich beantrage, nichts im Gerichtssaal zuzulassen, was von der Verhandlung ablenken könnte, vor allem keine Kameras.«

Kari rang ungläubig nach Luft. »Dieses *Schwein!«* Er hatte sie mit seinen Lügen eingewickelt, jetzt aber erneut unter Beweis gestellt, dass er ein eiskalter Manipulator war.

Nachdem er ihren Bericht auf einem der Monitore in der Redaktion gesehen hatte, kniff sich Pinkie in die Nase und stellte mit müder Stimme fest: »Jetzt hast du es geschafft, Schätzchen.«

Der Richter hatte McKees Antrag wirklich stattgegeben und zum Ärger aller Fernsehjournalisten Kameras aus dem Verhandlungssaal verbannt. Einzig Zeichner hatten bleiben dürfen, damit es wenigstens ein paar Bilder zu den Berichten gab.

Kari deutete in ihrem Beitrag mehrfach an, dass McKee die Kameras hatte verbieten lassen, damit die Öffentlichkeit möglichst wenig von seinen politischen Machenschaften mitbekam.

»Das ist keine Verleumdung und auch keine Beleidigung.«

»Aber es ist kurz davor.« Pinkie zupfte an seinem fleckigen Polyester-Sportsakko. »Und ich bin es langsam leid.«

»Was bist du langsam leid?«

»Dieses kindische Spiel, das du da treibst.«

»Es ist kein Spiel.«

»Nenn es, wie du willst. Es ist unprofessionell und riecht nach dem schäbigen Journalismus, der mir immer schon ein Dorn im Auge war.«

Aus dem Mund von Pinkie, ihrem treuesten Verbündeten und Freund, taten diese Worte ganz besonders weh. »Tut mir leid, dass du das so siehst.«

»Mir auch.« Er wandte sich zum Gehen. »Ich fühle mich derart beschissen, dass ich vielleicht Bonnie frage, ob sie sich mit mir betrinken will.« Ohne sich noch einmal zu ihr umzudrehen, schlurfte er aus dem Raum.

Nie zuvor in ihrem Leben hatte sich Kari derart allein gefühlt. Auf der Fahrt nach Hause überlegte sie, warum sie plötzlich deprimiert statt voller Freude war. Sie hatte McKee erneut geschlagen, aber da niemand den Sieg mit ihr zusammen hätte feiern wollen, hatte sie auch selber keinen Spaß daran.

Sie schloss die Tür ihres Apartments auf, betrat den Flur, warf ihre Handtasche auf einen Stuhl, betätigte den Lichtschalter. Und blieb plötzlich stocksteif stehen.

In einem der Sessel in ihrem Wohnzimmer lungerte Hunter McKee. Das Blitzen seiner graugrünen Augen

machte deutlich, wie sehr es ihn befriedigte, dass sein Opfer derart arglos in die Falle gelaufen war.

Sein Mantel lag über der Rückenlehne ihrer Couch. Die Weste und die obersten beiden Knöpfe seines Hemds hatte er aufgemacht, den Knoten der Krawatte gelockert und die Ärmel bis zu seinen Ellenbogen hochgerollt. Die bequeme Pose machte deutlich, dass er schon seit einer ganzen Weile hier in ihrer Wohnung war. Sein Haar war noch zerzauster als gewöhnlich, und in einer Hand hielt er ein halb geleertes Glas.

Ohne den Blick von ihr zu lösen, stand er auf, trank den Rest von seinem Drink und stellte das Glas auf dem Couchtisch ab. Dann trat er hinter dem Tisch hervor und auf sie zu.

»Wie sind Sie hier hereingekommen?«, fragte sie ihn atemlos. Auf einmal empfand sie seinen entschlossenen Gesichtsausdruck und die einschüchternde Kraft seines muskulösen Körpers als beängstigend. Sie hatte seinen maskulinen Zorn geweckt und würde ihn ganz sicher nicht so leicht beschwichtigen.

»Ich habe meinen Abschluss in Kriminologie gemacht.«

»Aber die Alarmanlage …«

»Habe ich ausgeschaltet.«

»Ist sie so leicht zu manipulieren?«

»Es ist sogar ein sehr ausgeklügeltes System.«

»Doch Sie haben es trotzdem geschafft, sie lahmzulegen.«

»Ja. Aber jetzt ist sie wieder angestellt.«

Inzwischen war er ihr sehr nahe. Viel zu nahe, dachte sie. Sie spürte die Hitze seines Körpers, schmeckte sei-

nen Whiskey-Atem, der auf ihr Gesicht und in den Ausschnitt ihres Kleides traf, roch den leichten Zitrusduft seines Rasierwassers.

Ihr Herz fing an zu rasen.

»Was wollen Sie, Mr McKee?«

»Sie sind ganz schön förmlich. Glauben Sie nicht auch, dass Sie mich duzen sollten, wenn Sie mich schon mit einer solchen Inbrunst hassen? Los, nennen Sie mich bei meinem Vornamen«, stieß er so wütend aus, dass sie erschreckt zusammenfuhr.

In ihrem ganzen Leben hatte sie noch nie einen derart erbosten Mann gesehen. An seiner Schläfe pochte eine Ader. Er hatte gesagt, er hätte seinen Abschluss in Kriminologie gemacht. Vielleicht wusste er ja auch, wie man den perfekten Mord beging.

Allerdings hatte sie nicht wirklich Angst, dass er sie körperlich angreifen würde. Die Art der Gefahr, die von ihm ausging, hatte sie bisher noch nie erlebt.

»Sagen Sie meinen Namen, Kari«, raunte er ihr zu, während er noch näher trat.

»Nein.«

Er umfasste ihr Gesicht unsanft mit beiden Händen und zwang sie, ihn anzusehen, während er mit einem Daumen über ihre Unterlippe strich. »Sagen Sie meinen Namen«, wiederholte er.

Obwohl er leise sprach, verrieten seine Stimme, das Glitzern seiner Augen und der Druck von seinem Daumen stählerne Entschlossenheit.

»Hunter«, wisperte sie ängstlich.

»Noch einmal und ein bisschen lauter.«

»Hunter«, wiederholte sie. Er beobachtete, wie ihr

Mund die beiden Silben formte, und hielt ihr Gesicht beunruhigend lange fest, bevor er seine Hände endlich wieder sinken ließ und einen Schritt nach hinten tat.

Kari wurde schwindelig. Sie hasste sich dafür, dass sie sich ihm einfach unterworfen hatte, und gab sich die größte Mühe, sich nicht anmerken zu lassen, wie groß seine Wirkung auf sie war. »Also gut, ich habe Sie beim Vornamen genannt. War das alles, was Sie wollten?«

»Nein. Außerdem wollte ich Ihnen noch den Allerwertesten versohlen.« Er stemmte seine Hände in die Hüften. »Das war eine Wahnsinnsstory, die Sie heute Abend gebracht haben. Sind Sie stolz auf sich?«

»Und wie. Vor allem, nachdem ich Ihnen vorher derart auf den Leim gegangen war.«

»Auf den Leim gegangen? Inwiefern?«

Seine gespielte Unschuld machte sie nur noch wütender. »Sie haben mich glauben lassen, dass Sie die Kameras im Gerichtssaal lassen würden, wenn ich mich bei meinen Berichten etwas mehr zurückhalte.«

»Mein Antrag auf Ausschluss von Kameras hatte nichts mit unserem Gespräch von gestern Nachmittag zu tun.«

»Ach nein? Haben Sie den Antrag etwa nicht meinetwegen gestellt?«

»Doch, aber nicht aus dem Grund, aus dem Sie denken.«

»Was für einen anderen Grund könnte es wohl geben?«

Den, dass du mich geil machst!, hätte er sie am liebsten angeschrien. Stattdessen schob er ihr die Schuld an diesem ganzen Durcheinander zu. »Lassen Sie uns das ein

für alle Male klären. Sie zahlen es mir bereits seit Monaten zurück, dass ich Ihrem Mann nachweisen konnte, ein Dieb gewesen zu sein. Aber ich kann nichts dafür, dass er Gelder unterschlagen hat.«

»Er war unschuldig.«

»Er war schuldig wie die Hölle«, klärte er sie auf.

Sie kniff die Augen zu und atmete tief ein. »Ich weiß, warum Sie ihn zusammen mit den anderen in Verruf gebracht haben.«

»Das hat er selbst getan.«

»Weil er mit Ihrer Ernennung nicht einverstanden war.«

Diese Information kam derart überraschend, dass er den Mund aufmachte, um etwas zu sagen, ohne dass auch nur ein Wort über seine Lippen kam. Schließlich aber fragte er. »Wer hat Ihnen das erzählt?«

»Silas Barnes«, erklärte sie ihm triumphierend.

Sie hatte mit seinem Vorgänger über ihn gesprochen? »Wann?«

»Ich habe ihn kurz nach unserem ersten Treffen angerufen. Ich konnte einfach nicht glauben, was Sie Thomas vorwarfen, und habe Ihren Motiven misstraut. Sie haben mir selbst erzählt, Sie wären aus St. Louis hergekommen, weil Sie dort nicht schnell genug hätten Karriere machen können. Deshalb dachte ich, Sie würden vielleicht versuchen, Thomas als Sprungbrett zu benutzen, damit es hier auf alle Fälle klappt. Also habe ich Mr Barnes angerufen und gefragt, was er von Ihnen hält.«

»Und was hat er gesagt?«

»Keine Angst, Sie sind sein eindeutiger Liebling. Er

hat mir erklärt, selbst aus einer ganzen Armee junger Juristen hätte er Sie als Nachfolger ausgewählt. *Aber*« – als er etwas sagen wollte, hob sie abwehrend die Hand – »er hat auch gesagt, dass Thomas mit Ihrer Ernennung nicht einverstanden war. Natürlich nicht offiziell. Doch Thomas hat im Stadtrat anklingen lassen, dass er Ihren Ehrgeiz für gefährlich hielt.«

Hunter schüttelte den Kopf und fuhr sich mit der Hand durchs Haar. »Nun, Sie irren sich, falls Sie sich einbilden, ich hätte mich an Wynne dafür gerächt, dass ich ihm nicht sympathisch war. Ich wusste nicht einmal, dass er mit meiner Ernennung nicht einverstanden war.«

Sie schnaubte verächtlich auf. »Sie erwarten doch wohl nicht, dass ich das glaube.«

»Nein«, erwiderte er scharf. »Sie denken, Thomas Wynne wäre ein Heiliger gewesen, und laufen lieber mit Scheuklappen herum, als den Tatsachen ins Auge zu sehen. Als Sie mit Barnes gesprochen haben, haben Sie ihn auch nach den von mir gegenüber Wynne erhobenen Vorwürfen gefragt?«

Sie warf hochmütig den Kopf zurück. »Natürlich hat er Ihre Partei ergriffen.«

»Gott im Himmel«, brüllte er frustriert, während er sich auf die Oberschenkel schlug. »Sie wollen die Wahrheit einfach nicht erkennen. Nicht ich war kriminell, sondern Ihr Mann.«

Glühend heißer Zorn breitete sich in Kari aus. »Oh, ich verachte Sie. Sie sind durchtrieben …«

»Intelligent.«

»Und manipulativ.«

»Ich nutze es nur aus, wenn eine Situation für mich von Vorteil ist.«

»Und ehrgeizig.«

»Was kein Verbrechen ist.«

»Sie sind ein blutrünstiger Staatsanwalt.«

»Und Sie ein rachsüchtiges Weib!«

»Ich mache nur meine Arbeit!«

»Das tue ich auch!«

Ihm war gar nicht klar, dass er sie in den Arm genommen hatte, bis sie plötzlich eng an seinem Körper lag. Er sah auf sie herab und erkannte zornig, dass er ihre Oberarme fest umklammert hielt.

Und plötzlich konnte er sie spüren, die ganze wunderbare Frau. Ihre Brüste lagen warm an seiner Brust, ihr Bauch schmiegte sich weich an seinen harten Unterleib, und ihre herrlich straffen Schenkel lehnten sich an seine Beine an.

Obwohl sie furchtbar wütend war, hatte sie noch nie so prachtvoll ausgesehen wie in diesem Augenblick. Ihre weit aufgerissenen grünen Augen leuchteten im Dämmerlicht des Raums, und sie atmete zwischen feuchten, halb geöffneten Lippen keuchend ein und aus.

Ohne nachzudenken, neigte er den Kopf, zog sie noch enger an seine Brust und gab ihr einen Kuss.

Er liebkoste ihren Mund, bis sie ihn etwas öffnete, erforschte mit der Zungenspitze eine Reihe kerzengerader Zähne und ließ auch nicht von ihr ab, als ein empörtes Wimmern über ihre Lippen drang. Er küsste sie hart und voller Leidenschaft, bis sie ihren Mund noch weiter öffnen musste, weil sie anders nicht genügend Luft bekam, und schob seine Zunge noch ein Stück-

chen tiefer in die feuchte Wärme ihrer Mundhöhle hinein.

Es war eine Zumutung. Die reinste Vergewaltigung. Und einfach wunderbar. Er ließ seine Zunge weiter über ihre Zähne wandern, bis sich irgendwann die Starre ihres Körpers legte und sie weich in seinen Armen lag.

Zuerst war Kari zu schockiert gewesen, um sich zu bewegen. Und als sie begonnen hatte, sich zu wehren, hatte sie erkennen müssen, dass er ihr an Kraft weit überlegen war. Wie konnte er es wagen, sie so zu beleidigen? Sie hasste diesen Kerl.

Doch dann hasste sie mit einem Mal sich selbst noch mehr.

Weil ihr der Kuss plötzlich gefiel.

Könnte sie ihm Brutalität zum Vorwurf machen, während dies in Wahrheit ein unendlich sanfter Angriff auf sie war? Ihre Münder waren noch immer verschmolzen, aber seine Zunge war nicht länger hart und rau, sondern samtig weich und sinnlich, und die Stöße waren nicht mehr willkürlich und strafend, sondern lockend und geübt.

Sie spürte, wie ihr Körper sich dem süßen Angriff willenlos ergab.

Ohne dass er sie dazu gezwungen hätte, schlang sie ihm die Arme um die Taille, und als er sein hartes Glied an ihren Nabel presste, wurde ihr bewusst, dass auch sie selber vor Verlangen feucht und heiß geworden war. Ihre Bluse spannte über ihren Brüsten, und sie sehnte sich danach, dass er mit seinen Lippen über ihre harten Nippel strich.

Er küsste sie erneut, streichelte noch einmal mit der Zunge ihren Mund, zog sie eng an seine Brust, machte sich dann aber langsam von ihr los und ließ nur noch eine Reihe zarter Küsse auf ihre geschwollenen Lippen regnen, ehe er entschlossen einen Schritt nach hinten tat.

Sie wünschte sich, sie könnte sich einfach in Luft auflösen, denn er stand vollkommen reglos da und sah auf sie herab.

Sie hatte ganz bestimmt nicht reagiert. Oh nein, sie hatte ganz bestimmt nicht reagiert! Trotzdem wagte sie es kaum, ihn anzusehen, denn er bildete sich vielleicht ein, sie hätte ihn zurückgeküsst oder zumindest Spaß an seinem Kuss gehabt. Zögernd hob sie ihren Kopf und blickte ihn vorsichtig an.

»Was war mein größter Fehler, Kari?«, fragte er. »Thomas in Misskredit zu bringen? Mitschuld an deiner Fehlgeburt zu haben? Dich zu begehren? Oder dich dazu zu bringen, dass du mich ebenfalls begehrst?«

Er nahm seinen Mantel von der Couch und ging zur Tür. »Eines Tages wirst du zugeben, weshalb du wirklich derart wütend auf mich bist.«

Damit trat er in den Flur hinaus.

Zurück in seiner dunklen Wohnung, marschierte er geradewegs zum Telefon. Er hatte sich lange quergestellt. Aber heute Abend hatte er Kari Stewart geküsst, richtig geküsst, und deshalb hatte er es sich jetzt anders überlegt.

Er wählte eine Nummer in St. Louis, und beim dritten Klingeln kam sie an den Apparat.

»Pam, ich bin's, Hunter. Du hattest recht. Ich war ein fürchterlicher Sturkopf. Jetzt kannst du allerdings die Scheidung haben.«

7

Er hatte beschlossen, den Abend der Wahl zu Hause zu verbringen.

Ihm war klar, dass irgendetwas nicht mit ihm in Ordnung war. Er war ein gesunder, heißblütiger Mann. Trotzdem wollte er kein Bad in der Menge, sondern hockte lieber mutterseelenallein daheim. Sah sich lieber die Abendnachrichten an, als auf eine Party zu gehen.

Es zog ihn vor den Fernseher wie einen Perversen in ein Pornokino, und wie jeden Abend zog ihr Anblick ihn in seinen Bann. Inzwischen waren ihre Art zu reden, ihre Mimik und ihre Bewegungen ihm wunderbar vertraut. Den blumigen Duft von ihrem Haar hätte er überall erkannt. Die Textur ihrer Haut hatte sich ihm in die Fingerkuppen eingebrannt. Er kannte den Geschmack von ihrem Mund. Und er begehrte sie.

Während sie ihn, wie sie unumwunden zugegeben hatte, rundherum verachtete.

Was, wenn sie sich unter völlig anderen Umständen begegnet wären? Wenn er sie erst zwei Jahre nach Wynnes Tod zum ersten Mal getroffen oder wenn es Wynne niemals gegeben hätte? Das wäre sogar noch besser gewesen. Dann hätten sie sich sofort gemocht.

In der Fantasie war schließlich alles möglich, oder nicht?

Er hätte sie ein paarmal zum Essen eingeladen. Sie hätten sich über ihre Arbeit, aktuelle Themen, Filme, Bücher unterhalten, er hätte ihr sein Repertoire an Witzen erzählt, sie hätte ihn unglaublich amüsant gefunden, und sie hätten entdeckt, dass es eine überraschend große Zahl an Gemeinsamkeiten zwischen ihnen gab.

Eines Abends hätte sie gefragt, ob er noch auf eine Tasse Kaffee mit in ihre Wohnung kommen wollte. Hätte ihn mit einem einladenden Lächeln angesehen. Wenn er sie in den Arm genommen hätte, hätte sie sich willig an ihn geschmiegt und ihren Mund unter seinen Lippen sehnsüchtig geöffnet, denn sie hätte nach seinem Kuss gehungert und sich nach seinen Liebkosungen gesehnt.

»Ich sollte dir der Fairness halber sagen, dass ich schon einmal verheiratet war.«

»Was?« Sie würde ihren Kopf nach hinten fallen lassen, ihr Haar würde über seine Hände streichen, und er würde mit dem Mund sanft an ihrem Hals herabgleiten.

»Ich bin geschieden.« Er würde seine Hand mit einer ihrer Brüste füllen und ihren Namen seufzen, während er mit seinem Daumen über ihren kieselharten Nippel glitt. »Ich bin schon seit einer halben Ewigkeit allein. Aber seit ich dir begegnet bin … nun, so wie für dich habe ich noch nie für eine Frau empfunden. Ich will dich, Kari. Ich brauche deine Weichheit und Süße als Teil von meinem Leben. Lass mich dich lieben.«

Dann würde sie seine Hand nehmen, um ihn ins Schlafzimmer zu führen, und …

Das Klingeln seines Telefons ließ ihn zusammenfahren. Er riss den Hörer von der Gabel und starrte ihn stirnrunzelnd an. »McKee.«

»Sie meinen, Herr Bezirksstaatsanwalt«, brüllte Guy über den Lärm im Hintergrund hinweg. »Sie haben die Wahl vollkommen mühelos gewonnen. Natürlich waren Sie auch der haushohe Favorit, aber eben wurden die endgültigen Ergebnisse der Wahl bekannt gegeben, und jetzt sind Sie offiziell der Bezirksstaatsanwalt.«

»Danke, dass Sie extra anrufen.«

»Sie haben diese Woche einen Doppelsieg errungen. Erst die Verurteilung des Jungen, der seinen Alten abgestochen hat. Und jetzt die Wahl.«

Hunter war im Zwiespalt, ob die Todesstrafe für einen sechzehnjährigen Jungen als echter Sieg bezeichnet werden konnte, doch dies war nicht der rechte Augenblick, um dem Enthusiasmus seines Assistenten einen Dämpfer aufzusetzen, deshalb meinte er: »Sagen Sie bitte allen, die geholfen haben, danke.«

»Kommen Sie denn nicht zu Ihrer Siegesfeier?«

»Nein.«

»Aber meine Güte, McKee, wird sind alle in der Wohnung von irgendwem gelandet. Ich habe keine Ahnung, wer hier lebt, allerdings gibt es jede Menge zu essen und zu trinken und …« Er senkte seine Stimme auf ein verschwörerisches Flüstern. »Sie kennen doch Marilyn aus dem Büro des Steuergutachters, bei der man aufgrund von ihrer Oberweite immer die Befürchtung hat, dass sie vornüberfällt. Sie brennt schon den ganzen

Abend darauf, Sie zu sehen, falls Sie wissen, was ich damit sagen will.«

Hunter rief vor seinem geistigen Auge das Bild eines langbeinigen Rotschopfs mit einem Hang zu engen Pullis auf. Kurz flackerte Verlangen in ihm auf, aber er hatte keine Ahnung, ob das eine Folge seiner Träumerei von Kari oder des Gedankens an die gute Marilyn aus dem Büro des Steuergutachters war. »Ich weiß nicht, Guy.«

»Sie werden sich morgen hassen, wenn Sie ein solches Angebot ausschlagen. Glauben Sie mir, Kumpel, die Frau ist wirklich heiß.«

Hunter musste lachen. »Wenn das so ist, wie kann ich dann nein sagen?« Vielleicht war eine wilde Nacht mit einer willigen Sexbombe genau das, was er brauchte. Was gab es wohl für einen besseren Weg, um eine Frau aus seinen Gedanken zu verbannen, als den, dass er sich in einer anderen verlor?

»Also, wo ist diese Wohnung?«

Guy nannte ihm die Adresse.

»Falls Marilyn jemanden braucht, der sie nach Hause fährt«, fügte Hunter vieldeutig hinzu, »sagen Sie ihr, dass sie mich in zehn Minuten draußen treffen soll.«

»In Ordnung.« Er konnte Guy durch den Hörer grinsen hören. »Sie braucht garantiert eine Mitfahrgelegenheit.«

Ehe er sich eines Besseren besinnen konnte, schnappte sich Hunter seinen Autoschlüssel und die Jacke und machte sich auf den Weg. Die gut bestückte Marilyn wartete tatsächlich wie versprochen brav am Straßenrand. Wie leicht man heutzutage einen Treffer landen

konnte, überlegte er. Wo hatten sich zu seiner Highschool-Zeit Mädchen wie Marilyn versteckt?

»Hi.« Sie öffnete die Beifahrertür und glitt geschmeidig auf den Sitz.

»Hi.«

Sie trug einen Pulli, der genauso eng wie all ihre anderen Pullis war. Wenn er sich nicht täuschte, hatte sie nicht viel darunter an. Ihr Parfüm war schwer und süß und rief unglücklicherweise die Erinnerung an billig gemachte, schwülstige französische Filme in ihm wach.

»Es ist unglaublich nett von Ihnen, dass Sie mich nach Hause fahren. Die Party war durchaus nett, aber dann ist der Ehrengast nicht aufgetaucht«, stellte sie mit einem Augenzwinkern fest. »Die Dinge gerieten ein bisschen außer Kontrolle, und deshalb war es nett, dort wegzukommen«, fügte sie hinzu.

Er fragte sich erbost, ob sie auch noch andere Adjektive kannte außer »nett«. Und genauso böse überlegte er, ob diese Scharade wirklich nötig war. Er hätte nicht gedacht, dass sie sich noch mit ihm unterhalten wollen würde. Warum konnte sie nicht einfach sagen: »Ich bin froh, dass Sie mich nach Hause fahren, um mit mir ins Bett zu gehen. Ich weiß, das ist ein gutes Mittel, wenn man eine andere Frau vergessen will.«

Dann hätte er die Freiheit zu erwidern: »Ja, genau, und ich weiß deine Offenheit zu schätzen, uh, Marilyn? Ja, Marilyn. Du verstehst, dass es mir nur um eine schnelle Nummer geht. Einfach um ein bisschen Spaß. Ohne Gespräche. Ohne Emotionen. Mir wurde gesagt, du wärst genau die Richtige für so etwas.«

Doch er sagte nichts davon. Stattdessen blickte er sie

lächelnd an und meinte. »Sie müssen mir sagen, wie ich fahren muss.«

Was ihr erheblich leichter fiel, als sie sich an seine Seite schmiegte und dabei wie zufällig eine ihrer legendären Brüste unter seinen Ellenbogen schob. Außerdem legte sie eine Hand auf seinen Oberschenkel und rieb aufreizend daran herum.

Die leichte Verärgerung, die er deshalb empfand, nahm mit jedem Kilometer, den sie fuhren, zu. Auch wenn das sicher unfair war, richtete er sie gegen die arme Marilyn. Er mochte weder ihre Haar- noch ihre Augenfarbe, und ihr beachtlicher Busen kam ihm plötzlich nicht mehr wohl gerundet und begehrenswert, sondern aufgedunsen, billig und vor allem übertrieben üppig vor.

Eine schlankere, kompaktere Gestalt mit weichen, femininen Rundungen, wilden blonden Locken sowie leuchtend grünen Augen. Das war es, was ihm gefiel.

Er wollte, dass Kari Stewarts Hand mit dem Reißverschluss von seiner Hose flirtete. Und erst, als er sich vorstellte, sie wäre es, kam er etwas in Fahrt.

»Ummmm«, murmelte Marilyn und drückte zu.

Er hielt vor ihrem Haus, ging um den Wagen herum, um ihr die Tür zu öffnen, und atmete tief durch, weil der Geruch ihres Parfüms, der ihm einfach zuwider war, noch immer in seinen Lungen hing.

Marilyn war alles andere als raffiniert, dafür aber unglaublich beweglich, und beim Aussteigen gelang es ihr, gleichzeitig mit ihrem Handrücken über seinen Schritt zu streichen, ihre Brust an seinen Oberkörper anzuschmiegen und ihm leise zuzuraunen: »Meine Mitbe-

wohnerin ist heute Nacht nicht da«, bevor sie sich mit wogenden Hüften in Bewegung setzte und vor ihm zur Haustür ging.

Plötzlich war er wütend auf sich selbst. Was war nur mit ihm los? Weshalb wollte er sie nicht? Warum brannte sein Körper nicht vor Lust?

Um sich zu beweisen, dass es nicht an seiner hoffnungslosen Schwärmerei für eine andere lag, packte er Marilyn am Arm, drehte sie unsanft zu sich um, presste seinen Mund auf ihre Lippen, und nach einem Augenblick der Überraschung küsste Marilyn ihn voller Leidenschaft zurück.

Ihr Mund war schlaff und nass. Er hatte das Gefühl, als würden ihre Finger wie Spinnen über ihn kriechen. Der Kuss war einfach abstoßend und widerlich. Er versuchte, sich nicht anmerken zu lassen, dass er angeekelt war, machte sich aber gewaltsam von den saugenden Lippen los, trat einen Schritt zurück und musste sich beherrschen, denn sonst hätte er sich mit dem Handrücken ihren Spuckerest vom Mund gewischt.

»Es ist schon spät, und morgen ist ein ganz normaler Arbeitstag«, erklärte er ihr lahm.

Marilyn zog eine unglückliche Grimasse. »Sie kommen nicht mit rein?«, jammerte sie. »Ich dachte, Sie wollten, uh, Sie wissen schon, noch etwas trinken oder so.«

Er zwang sich zu einem Grinsen und fragte in gespielt spitzbübischem Ton: »Schon beim allerersten Date?«

»Tja, nun.« Das Protokoll bei Dates war Marilyn anscheinend völlig fremd. Wahrscheinlich hatte sie noch nie gehört, dass es dafür irgendwelche Regeln gab.

»Vielleicht rufen Sie mich ja mal an.« Sie trat wieder auf ihn zu, legte eine Hand auf den Aufschlag seiner Jacke und fügte in hoffnungsvollem Ton hinzu: »Dann wäre es nicht mehr das erste Date, nicht wahr?«

Er würde sich bestimmt nicht festlegen. Deshalb legte er ihr sanft die Hand unter das Kinn und sagte einfach: »Gute Nacht.«

Das könnte sie interpretieren, wie sie wollte, dachte er.

Er hatte sich wie ein Schwein benommen. Auch wenn sie selber offensichtlich kein Moralapostel war, hasste er sich dafür, wie er mit ihr umgesprungen war. Sie hatte nichts getan. Er selber war der Schuft.

Er kam sich vor wie ein verdammter Narr, als er sie allein vor ihrer Haustür stehen ließ. Falls irgendwer etwas davon erführe, hätte er sich völlig lächerlich gemacht. Doch er glaubte nicht, dass Marilyn sich damit brüsten würde, dass er nicht zu ihr ins Bett gekrochen war.

Und warum hatte er nicht die geringste Lust dazu gehabt?

Weil er wusste, dass es nichts geändert hätte. Er wäre am nächsten Morgen aufgewacht, hätte sich gehasst und sich auch weiterhin nach einer anderen verzehrt. Das Zusammensein mit Marilyn hätte sein Verlangen nach der anderen nicht gemildert. Hätte die Leere, die in seinem Herzen herrschte, auch nicht ausgefüllt.

Er wollte keinen Sex mit Marilyn. Er wollte Leidenschaft und Liebe mit der Frau, die seine größte Feindin war.

»Das ist ein wirklich tolles Essen, Kari. Woher wusstest du, dass ich Geburtstag habe?«

»Ich habe es mir zur Aufgabe gemacht, es rauszufinden.« Sie sah Mike Gonzales lächelnd dabei zu, wie er sich einen Bissen seines dicken Steaks zwischen die Lippen schob. Das Essen in einem der besten Restaurants der Stadt war etwas ganz Besonderes für ihn. Seine Frau und er hatten gerade ihr erstes Kind bekommen, und mit dem, was er verdiente, kamen sie mit Mühe hin. »Wie geht es Becky und dem Baby?«, fragte sie.

»Ich glaube, gut«, erklärte er mit vollem Mund. »Allerdings ist Becky ziemlich deprimiert, aber meine Mutter meint, dass das nicht anders zu erwarten war.« Er lachte auf. »Sie steckt bis über beide Ohren in Windeln und Fläschchen und Hitzewallungen. Ich schätze, da hat sie das Recht, manchmal ein bisschen gereizt zu sein.«

»Wahrscheinlich«, pflichtete ihm Kari bei und rührte lustlos in ihrem Krabbensalat herum. Immer, wenn jemand von Babys sprach, verspürte sie einen Schmerz, der sich wohl niemals völlig legen würde. Schließlich stünde sie jetzt selbst kurz vor dem Ende ihrer Schwangerschaft.

»Guck nicht hin, aber dein Erzfeind hat gerade das Lokal betreten.«

Statt Mikes Vorschlag zu befolgen, drehte sie sich um. Hunter McKee wurde gerade an einen Tisch am anderen Ende des Raums geführt. Er traf sich dort mit mehreren Würdenträgern der Stadt und der Bezirksregierung.

Anscheinend hatte er ihre Gegenwart gespürt, denn auch er drehte sich um und sah ihr direkt ins Gesicht.

Ihre letzte Begegnung war inzwischen ein paar Wochen her. Beide verharrten völlig reglos, doch schließlich wurde Kari klar, wie lange sie einander bereits anstarrten, und während er noch nickte und sich zu den anderen Männern setzte, wandte sie sich eilig wieder ab.

Sie war vollkommen verstört und schalt sich eine Närrin, weil sie sich von seinem bloßen Anblick derart durcheinanderbringen ließ. Was zum Teufel war der Grund dafür? Wahrscheinlich würde jede Frau von seinem guten Aussehen aus dem Gleichgewicht gebracht. Er trug einen grauen Anzug, der wie angegossen an dem durchtrainierten Körper lag. Sein Haar war vom Wind zerzaust, und sie wusste, aus der Nähe röche er nach teurem Aftershave und frischer Luft.

Doch sie hatte auch schon andere attraktive Männer kennengelernt, ohne dass ihr Herzschlag derart aus dem Takt geraten war.

Nein, was sie am beunruhigendsten an dem Mann empfand, war die Art, wie er sie ansah. Nicht, als ob sie seine Feindin wäre, mit der er schon unzählige Male im Clinch gelegen war. Nein, der feingemeißelte Mund und die leuchtenden Augen drückten keinerlei Verachtung oder Häme aus.

Er sah sie an wie eine Frau, mit der er ein Geheimnis teilte, eine Frau, mit der er schon intim gewesen war.

Und damit hatte er eindeutig recht. Denn es gab einfach kein anderes Wort, um die Art zu beschreiben, auf die er an dem Abend in ihrem Apartment mit ihr umgegangen war. Sie hasste ihn dafür, dass er ihr den Kuss aufgezwungen hatte, doch vor allem hasste sie sich selbst, weil sie sich noch immer ganz genau daran erin-

nern konnte, wie der Kuss gewesen war. Immer wieder dachte sie daran zurück.

Auch jetzt zitterte ihre Hand, als sie nach ihrem Weinglas griff. Sie war kreidebleich geworden, doch in ihren Augen lag ein fieberhafter Glanz. Noch immer spürte sie den harten Druck von seinen Lippen und die dominante, maskuline Art, auf die ihr Mund von seiner Zunge in Besitz genommen worden war. Die straffen Linien seines Körpers hatten sich in ihren Körper eingebrannt, und sosehr sie das Zusammensein vergessen wollte, konnte sie es einfach nicht. Weil sich die Erinnerung daran nicht bannen ließ.

»Meine Güte, Kari«, meinte Mike, als er ihre unglückliche Miene sah. »Wenn dich sein Erscheinen derart fertigmacht, sollten wir vielleicht besser gehen.« Traurig blickte er auf sein erst halb gegessenes Steak.

Sie schüttelte den Kopf und setzte ein, wenn auch ein wenig angespanntes Lächeln auf. »Red doch keinen Unsinn. Schließlich habe ich dich wegen deines Geburtstags eingeladen. Möchtest du noch Wein?«

»Dann kriege ich dich heute Nachmittag wahrscheinlich nicht mehr richtig ins Bild«, warnte er sie grinsend, prostete ihr dabei aber fröhlich zu.

»Kein Problem.« Unbeabsichtigt sprach sie auch den nächsten Gedanken aus. »Ich bin sowieso schon länger nicht mehr wirklich scharf.« Was ganz eindeutig nicht an seiner Arbeit lag.

Sie aßen auf, Kari bezahlte, und sie wandten sich zum Gehen. Dabei kamen sie an Hunters Tisch vorbei, und er legte seine Stoffserviette neben seinen Teller und stand höflich auf.

»Hallo, Kari.«

Der durchdringende Blick, mit dem er sie bedachte, brachte sie auch diesmal aus dem Gleichgewicht. Sie fühlte sich bedroht und nahm automatisch eine abwehrende Haltung ein. »Herr Bezirksstaatsanwalt, ich habe Sie seit der Wahl noch nicht gesehen. Ich nehme an, ich sollte Ihnen gratulieren.«

»Vielen Dank.«

»Sie brauchen mir nicht zu danken. Schließlich haben Sie sich diesen Posten hart erarbeitet. Aber wenigstens haben Sie ja kein Problem damit, Kinder zu ermorden, wenn's der Karriere dient, nicht wahr?«

Diejenigen, die in Hörweite der beiden saßen, versanken in dem verlegenen Schweigen, das sich immer auszubreiten schien, wenn sich jemand öffentlich blamierte. Niemand außer Hunter wusste von der Fehlgeburt. Alle nahmen an, sie spräche ausschließlich von dem Prozess, der mit der Todesstrafe für einen Teenager geendet hatte, denn dagegen hatte sie auch schon in ihren Nachrichtenbeiträgen heftig protestiert.

Trotzdem überschritt sie mit dieser Bemerkung eindeutig die Grenzen dessen, was ihr aufgrund ihres Berufs möglicherweise noch gestattet war. Wäre sie ein Mann gewesen, hätte Hunter alles Recht der Welt gehabt, ihr eine zu verpassen. So aber presste er nur die Lippen aufeinander, spannte jeden Muskel seines Körpers an und bedachte sie mit einem kalten Blick.

Sie nickte ihm kurz zu, wandte sich mit einem höflichen »Meine Herren« in Richtung der anderen Männer ab und ging dann an ihm vorbei zur Tür. Mike stolperte ihr entgeistert und verlegen hinterher. Ihm war

klar, wenn Pinkie etwas von dem Vorfall hörte, wäre in der Redaktion die Hölle los.

Was noch untertrieben war. Denn unglücklicherweise hörte der Geschäftsführer des Senders vor dem Redakteur davon. Einer von Hunters Kollegen rief ihn kaum zwei Stunden später an, und sofort ließ er in der Redaktion verkünden, er wolle Pinkie und Kari sehen.

»Hast du eine Ahnung, was er von uns will?«, wollte Pinkie von ihr wissen, während er den mit einem Teppich ausgelegten Flur im zweiten Stock hinunterschlurfte, wo von all dem Treiben und dem Lärm der Redaktion nichts mehr zu hören war.

Als sie aus dem Restaurant gekommen war, hatte sie sich grässlicher als je zuvor gefühlt. Sie kannte sich selbst einfach nicht mehr. Die alte Kari Stewart hätte sich niemals so schlecht benommen, hätte niemals einen derart boshaften und unhöflichen Satz geäußert, nicht mal gegenüber ihrem allerschlimmsten Feind.

Was war nur mit ihr los? Sie hatte das Gefühl, wie wenn sich die alte Kari jeden Tag ein bisschen mehr in ihre Einzelteile auflöste, sie sie nicht wieder zusammenbekäme und bald nicht mehr als sie selber zu erkennen sein würde. Diese Vorstellung machte ihr Angst.

Warum nur hatte sie nicht auf Pinkie gehört? Er hatte recht gehabt. Sie hatte sich zum Ziel gesetzt, einen Menschen zu zerstören, und zerstörte dabei hauptsächlich sich selbst.

»Ich glaube, ich kann mir denken, weshalb er uns sprechen will«, erwiderte sie so leise, dass er sie kaum verstand.

Pinkie machte halt und sah sie an. »Erzähl du es mir. Ich höre es lieber erst von dir.«

Nachdem sie mit ihrem Bericht geendet hatte, brachte ihr der alte Freund jede Menge neuer Flüche bei. »Was zum Teufel hast du dir dabei gedacht?«, schrie er sie an.

Sie wich vor seinem Zorn zurück. »Ich habe gar nicht nachgedacht. Ich habe nur …«

»Heb dir die Erklärungen am besten auf. Du wirst sie nämlich brauchen«, schnauzte er und zerrte sie ins Vorzimmer des Chefs.

Die Sekretärin führte sie ins Allerheiligste und machte diskret die Tür hinter den beiden zu. Neben dem Geschäftsführer des Senders waren auch noch der Verkaufsleiter sowie der Präsident des Unternehmens da. Keiner der drei hatte ein Lächeln im Gesicht.

»Bitte setzen Sie sich«, forderte der Geschäftsführer sie auf. »Ich habe heute einen Telefonanruf von einem alten Freund bekommen und konnte kaum glauben, was er mir erzählt hat. Ich kann nur für Sie hoffen, Ms Stewart, dass er das, was Sie beim Mittagessen zu unserem Bezirksstaatsanwalt gesagt haben, falsch verstanden hat.«

Sie fuhr sich nervös mit der Zunge über die Lippen, sah Pinkie entschuldigend an und schüttelte den Kopf. »Das hat er nicht.«

Pinkie dachte, er wäre allein, als er den versteckten Flachmann aus der untersten Schublade von seinem Schreibtisch zog. Er nahm einen möglichst großen Schluck, wischte sich den Mund mit dem Handrü-

cken ab, hob den Kopf und sah, dass Kari in der Tür des Zimmers stand. Nach Ende der Zehn-Uhr-Nachrichten waren alle anderen heimgegangen, und die Redaktion war menschenleer.

»Lass nicht zu, dass sie mir das antun, Pinkie.«

Er hatte sie nicht mehr gesehen, seit sie das Büro des Geschäftsführers verlassen hatten, weil sofort nach seiner Rückkehr in die Redaktion die nächste Krise über ihn hereingebrochen war. Es hatten neunzig Sekunden Material für die Sechs-Uhr-Sendung gefehlt. Sollten sie die Story über den blinden Schreibmaschinenlehrer bringen oder lieber die über die schwangere Elefantenkuh im Zoo?

Er hatte diesen und die unzähligen anderen Brände, die es im Verlauf der Produktion einer Nachrichtensendung gab, gelöscht, sich dabei aber die ganze Zeit gefragt, wohin Kari sich verkrochen haben mochte, um ihre Wunden zu lecken, ohne dass es jemand mitbekam. Wo auch immer sie gewesen war, waren ihr die Tränenspuren noch deutlich anzusehen.

Er hielt ihr den Flachmann hin, doch sie schüttelte den Kopf, während sie sich müde auf den Stuhl vor seinem Schreibtisch fallen ließ. Also nahm er einfach selbst noch einen Schluck, schraubte den Behälter wieder zu und legte ihn zurück in sein Versteck.

»Das hast du dir selber angetan, Kari.« Er lehnte sich auf seinem Stuhl zurück. »Ich habe dich gewarnt, aber du hast ja nicht auf mich gehört.«

»Ich werde mich bei ihm entschuldigen, wenn's sein muss, öffentlich.«

»Das solltest du auf alle Fälle tun. Trotzdem werden

sie es sich nicht noch mal anders überlegen. Sie sind total sauer auf dich. Und das sollten sie auch sein. Für das, was du zu diesem Mann gesagt hast, gibt es einfach keine Entschuldigung.«

»Also gut. Ich gebe zu, ich habe einen Fehler gemacht.« Sie unterdrückte einen Schluchzer. »Aber mich deshalb für drei Monate zu suspendieren! Ist das nicht ein bisschen hart? Ich dachte, vielleicht schicken sie mich für ein, zwei Wochen heim. Und jetzt gleich drei Monate! Das werde ich nicht überleben, Pinkie. Mein Job bedeutet mir alles. Ich habe meinen Mann und mein Baby verloren. Meine Arbeit ist das Einzige, was mir noch bleibt.«

Sie legte ihre Hände flach auf seinen Schreibtisch und beugte sich flehend vor. »Sprich mit ihnen, Pinkie. Erzähl ihnen, was ich wegen dieses Kerls alles erleiden musste.«

»Nein.«

Sie riss ihre Hände zurück, als hätte sie sich am Holz des Tischs verbrannt. »Du wirst mir nicht helfen?«

»Dieses Mal nicht, Baby. Es tut mir leid.«

»Warum nicht?«

Seufzend fuhr sich Pinkie mit der Hand durch das Gesicht. »Weil ich denke, dass du diese Auszeit brauchst. Du bist nicht mehr derselbe Mensch wie früher, Kari. Und zwar schon seit geraumer Zeit.«

Sie hielt seine Kritik nicht aus, nicht nachdem sie bereits von den anderen derart gerüffelt worden war. »Ich mache meine Arbeit gut«, erklärte sie erbost. »Die Einschaltquoten sind phänomenal.«

»Nicht mehr. Weißt du noch, wie ich zu dir ge-

sagt habe, ich wäre deine persönlichen Angriffe gegen McKee allmählich leid? Nun, den Zuschauern scheint es inzwischen ebenso zu gehen. Die Einschaltquoten gehen runter, und ich gehe sicher davon aus, dass du einer der Gründe dafür bist.«

Sie war in ihrem Stolz verletzt, wusste aber, dass Pinkie recht hatte. Hunter hatte die Zustimmung der Leute, und sie hatten ihn inzwischen offiziell zum Bezirksstaatsanwalt gewählt. Ihre fortgesetzten Seitenhiebe gegen ihn nahmen die Zuschauer wahrscheinlich eher gegen sie selbst als gegen diesen Typen ein.

»Mir ist klar, dass ich den Ton meiner Beiträge ändern muss«, räumte sie leise ein, während sie unglücklich die Hände rang.

»Das Politikressort wurde bereits jemand anderem zugewiesen, Kari. Und zwar auf Anordnung des Chefs.«

Panik, nackte, todbringende Panik wogte in ihr auf. »Dann gib mir meinen alten Job zurück.«

Pinkie schüttelte den Kopf. »Das kann ich nicht. Sally sitzt dort fest im Sattel.«

»Weil sie mit einem von den Bossen schläft!«, schrie ihn Kari an.

»Was ihm offenbar gefällt«, brüllte er zurück. »Aber das hat nichts damit zu tun. Ich persönlich kann ihre Gutmenschen-Tour nicht ausstehen, allerdings machen die Einschaltquoten deutlich, dass sie unseren Zuschauern gefällt. Ich weiß nicht, ob sie sie nicht vor allem wegen ihrer großen Titten lieben, doch sie lieben sie. Ich habe dich gewarnt. Ich habe dir gesagt, dass du dir gründlich überlegen sollst, ob du diesen Wechsel willst.«

»Halt mir bitte keinen Vortrag! Schließlich bist du nicht mein Vater.«

»Nein, aber ich dachte, ich wäre dein Freund.« Er bekam ein vor Zorn rotes Gesicht und atmete tief durch. »Kari, wenn du jemand anderes wärst, hätte ich deinen Arsch schon vor einer halben Ewigkeit an einen Baum genagelt. Ich habe es hingenommen, dass du im Rahmen deines Rachefeldzugs gegen unseren Staatsanwalt einen Bock nach dem anderen geschossen hast. Wenn ich nicht dein Freund wäre, hätte ich dich schon vor Wochen an die Luft gesetzt.«

»Und jetzt wirst du mir nicht mehr helfen?«, fragte sie.

»Oh doch, das tue ich. Und zwar auf die denkbar beste Art.«

»Indem du sie dazu bringst, die Suspendierung aufzuheben?«

Er stieß einen Seufzer aus. »Nein. Indem ich dafür sorge, dass du wirklich eine Auszeit nimmst. Du solltest diese Wochen nutzen, um in aller Ruhe nachzudenken und die Dinge wieder aus dem richtigen Blickwinkel zu sehen. Du bist regelrecht besessen von diesem McKee. Das ist einfach nicht gesund. Du gibst alleine ihm die Verantwortung für alles, was im letzten Jahr in deinem Leben schiefgelaufen ist.«

»Mein Gott.« Wütend sprang sie auf. »Bist du plötzlich sein Wahlkampfleiter, oder was?«

»Nein.« Pinkie bemühte sich verzweifelt, nicht vollends die Beherrschung zu verlieren. Doch auch er war außer sich vor Zorn. »Aber der Mann macht auch nur seinen Job. Er hat die ganze Zeit nichts anderes ge-

macht. Seit er Dinge über Thomas gesagt hat, die du nicht hören wolltest, siehst du ihn offenbar als deinen Erzfeind an.«

»Weil das lauter Lügen waren!«, tobte sie. »Hätte ich etwa stumm danebenstehen sollen, als er meinen Mann derart verleumdet hat?«

Pinkie sah sie traurig an. Dann aber starrte er einen langen Augenblick auf seinen Schreibtisch, hob erneut den Kopf und fragte sie in ruhigem Ton: »Bist du dir ganz sicher, dass das lauter Lügen waren?«

Sie zuckte zusammen, wie wenn er ihr einen Schlag verpasst hätte. »Natürlich bin ich das. Du …du glaubst doch wohl nicht, dass Thomas Geld gestohlen hat?«

»Das kann ich nicht sagen. Aber ich weiß, dass er nicht der Heilige war, für den du ihn gehalten hast. Er war auch nur ein Mensch und hatte seine Fehler. Die du einfach nicht gesehen hast.«

»Glaubt du, dass er Nutten eingeladen hat, wenn er geschäftlich unterwegs war? Glaubst du diese widerlichen Dinge, die McKee behauptet hat?«

Er wusste, dass es schmerzlich für sie würde, doch es war allerhöchste Zeit, dass sie erfuhr, wie es wirklich gewesen war. »Ich wusste, dass er Frauengeschichten hatte. Das wusste jeder außer dir.«

Sie verschränkte die Arme vor dem Bauch und beugte sich auf ihrem Stuhl nach vorn, als ob sie Schmerzen hätte. »Bitte sag, dass das nicht wahr ist, Pinkie«, schluchzte sie, während ihr ein Strom von Tränen über die Wangen rann.

Er schüttelte den Kopf. »Ich weiß nichts Genaues. Aber wenn es so viel Gerede gibt, ist meist auch ir-

gendetwas dran. Du warst unglaublich verletzlich, als du Thomas so kurz nach dem Tod deines Vaters getroffen hast. Er war genau das, was du damals brauchtest, stark, gutmütig und fürsorglich. Ich war froh, dass du ihn hattest. Wirklich froh.«

Sie sank wieder auf ihren Stuhl. »Die Ehefrau ist immer die Letzte, die etwas davon erfährt, nicht wahr? Ich komme mir wie eine Vollidiotin vor.«

»Das darfst du nicht. Wynne hat dich geliebt. Seine Eskapaden hatten nichts mit euch beiden zu tun. Du hast ihn geliebt, warst glücklich und wärst es wahrscheinlich auch noch jahrelang geblieben, wenn er nicht plötzlich gestorben wäre. Doch er ist nun einmal nicht mehr da.«

Er kam hinter seinem Schreibtisch hervor und nahm tröstend ihre Hand. »Du hast Thomas' Sünden dem Falschen angelastet, Kari. McKee hatte keine andere Wahl, als die Wahrheit ans Licht zu zerren.« Er dachte über seine nächsten Worte nach. »Ich glaube, das hat ihm genauso wenig Spaß gemacht wie dir.«

Sie legte kurz den Kopf auf seinen Arm, machte sich dann aber wieder von ihm los, und obwohl sie nicht mehr weinte, sah sie vollkommen erledigt aus. »Vielleicht brauche ich wirklich etwas Zeit für mich. Ich muss sehr viel nachdenken und mir über meine Gefühle klar werden.« Sie stand auf und ging zur Tür.

»Was wirst du jetzt tun?«

Sie sah durch ihn hindurch, antwortete vage: »Weiß noch nicht«, verließ sein Büro, ging durch die leere Redaktion und verschwand dann in der Dunkelheit.

Als es bei Bonnie klingelte, war der letzte Mensch, den sie vor ihrer Wohnungstür erwartet hätte, Pinkie Lewis. »Hast du was zu trinken?«, fragte er sie, ohne auch nur hallo zu sagen oder eine Erklärung dafür abzugeben, weshalb er um diese Zeit bei ihr erschien.

Bonnie band gereizt den Gürtel ihres Morgenmantels enger. »Was ist los? Streiken die Theker, oder was?«

»Hast du was zu trinken oder nicht?«

»Whiskey?«, fragte sie barsch.

»Pur. Am besten einen doppelten.«

Gleich, nachdem ihr letztes Kind vom College abgegangen war, hatte Bonnie sämtliche Möbelstücke, die die Spuren der Verwüstung durch drei Söhne getragen hatten, entsorgt und sich mit einer neuen Einrichtung dafür belohnt, dass sie ihre Kinder ganz alleine groß gezogen hatte und in all den Jahren nie auch nur ein Cent für sie selbst übrig gewesen war.

Pinkie warf seinen Mantel über die Lehne eines Stuhls, flegelte sich auf die Couch, zog seine Krawatte aus, ließ sie achtlos auf die Sofakissen fallen und streifte auch noch seine Schuhe ab. Durch sein zerknittertes Erscheinungsbild wurde die perfekte Ordnung in der Wohnung ruiniert, doch zu ihrer Überraschung stellte Bonnie fest, dass ihr die plötzliche Unordnung durchaus gefiel. Weil die Wohnung bereits viel zu lange allzu aufgeräumt gewesen war.

Sie reichte ihm sein Whiskeyglas, setzte sich neben ihn, legte ihren Arm auf der Rückenlehne ab und zog ihre nackten Füße unter sich. »Ich verdanke diesen Besuch doch wohl nicht etwa der Tatsache, dass du deine Leidenschaft für mich nicht mehr zügeln kannst?«

Er bedachte sie mit einem säuerlichen Blick. »Ich habe heute Abend keine Lust, mit dir zu streiten. Ich fühle mich total beschissen. Die Geschäftsleitung hat Kari für drei Monate suspendiert.« Er erzählte ihr die Einzelheiten, und als sein Bericht geendet hatte und sie nichts erwiderte, fuhr er zu ihr herum. »Sag etwas.«

»Wahrscheinlich konnte ihr nichts Besseres passieren.«

Ein wenig besänftigt nippte er erneut an seinem Glas. »Das habe ich auch zu ihr gesagt. Außerdem dachte ich, dass es das Beste wäre, ihr endlich auch ihre Illusionen über ihren toten Ehemann zu nehmen.«

»Du hast ihr von seinen Verhältnissen erzählt?«

»Nicht direkt. Ich habe sie nur darauf aufmerksam gemacht, dass es vielleicht stimmt, was McKee behauptet hat.«

»Und wie hat sie es aufgenommen?«

»Was denkst du, wie sie es aufgenommen hat? Sie hat den Mann zu einem Heiligen gemacht.«

»Dann ist es allerhöchste Zeit, dass sie erkennt, dass kein Mann wirklich heilig ist.« Das trug ihr den nächsten säuerlichen Blick ihres Besuchers ein.

»Sie hat sich völlig irrational verhalten und McKee dic Schuld an allem gegeben, was in den letzten Monaten geschehen ist. Sie hat sich total auf ihn eingeschossen. Das ist doch wohl nicht normal.«

»Oder vielleicht sogar vollkommen normal«, kam Bonnies rätselhafter Kommentar.

»Was soll das heißen?«

»Ich glaube, dass mehr hinter dieser ganzen Sache steckt, als auf den ersten Blick zu sehen ist.«

Er sah sie böse an. »Weißt du, es geht mir wirklich auf den Keks, wenn du derart in Rätseln sprichst. Warum sagst du nicht einfach, was du denkst?«

»Also gut. Hass kann manchmal ein ebenso leidenschaftliches Gefühl wie Liebe sein. Oder anders herum. Oft kann man diese beiden Emotionen nicht voneinander unterscheiden.«

Er runzelte die Stirn. »Du glaubst, dass sie sich so benimmt, als ob sie ihn hassen würde, weil sie ihn in Wahrheit liebt?« Zum ersten Mal an diesem Tag huschte die Spur eines Lächelns über sein Gesicht. »Du solltest ihr besser nicht erzählen, was du denkst.«

»Das habe ich auch nicht vor. Sie soll ruhig allein dahinterkommen. Und falls dieser Hunter McKee so entschlossen ist, wie ich vermute, wird er ihr dabei behilflich sein.«

»Glaubst du etwa, dass sie ihm gefällt?«

»Glaubst du das etwa nicht?«

Pinkie stieß ein unverbindliches Knurren aus, während er den Rest von seinem Whiskey trank.

»Noch einen?«, fragte Bonnie ihn.

»Nein, danke.« Er stellte sein Glas auf den Couchtisch und stand auf. »Ich sollte langsam wieder gehen.« Er zog seine Schuhe an, hängte sich die Krawatte um, griff nach seinem Mantel und zottelte in Richtung Tür.

»Pinkie.«

Er blieb wieder stehen, drehte sich um und sah, dass auch Bonnie aufgestanden war.

»Warum bist du heute Abend hergekommen?«

Er bedachte sie mit einem bösen, kämpferischen Blick. »Ich habe mich beschissen gefühlt, brauchte ei-

nen Drink, deine Wohnung liegt auf meinem Weg nach Hause, und du bist ein Kumpel, mit dem ich problemlos einen trinken kann.«

Ihr Lächeln war nicht das des guten Kumpels, sondern das der klugen Frau. »Mit mir kann man eine Menge Dinge tun.« Sie löste den Gürtel ihres Morgenmantels und zuckte mit den Schultern, bis das Stück zu Boden fiel.

Wenn sie gewusst hätte, dass die Verführung ihres Liebsten heute Abend in die letzte Phase gehen würde, hätte sie ein anderes Nachthemd ausgewählt. Doch das zarte Pink war durchaus schmeichelhaft für ihren reifen, bereits abgeschminkten Teint, und das spitzengesäumte Oberteil lag fest um ihre vollen Brüste, und so hielten sie der Schwerkraft ohne Mühe stand.

Pinkie hatte das Gefühl, als schwelle seine Zunge an. Er riss seinen Blick von den großen, dunklen Nippeln hinter der Spitze los. »Hör zu, Bonnie. Denk jetzt bitte nicht … uh …«

Seine Stimme versagte ihren Dienst, als sie die Träger ihres Nachthemds von den Schultern streifte und das Nachtgewand von ihrem Körper gleiten ließ. Sie wusste, für den *Playboy* hätte es wahrscheinlich nicht gereicht, aber trotzdem sah sie auch nicht gerade übel aus.

Dass Pinkie nichts sagte, irritierte sie. Warum sagte er nicht einfach irgendwas, sondern starrte sie nur mit großen Augen an? Sie stemmte die Hände in die Hüften und marschierte auf ihn zu. »Ich wette, ohne deine Klamotten siehst du auch nicht gerade super aus. Doch wenn du bereit bist, das Risiko einzugehen, bin ich es auch.«

Sie schälte ihn mit ein paar Handgriffen aus seinem Hemd. Darunter trug er ein altmodisches, breit geripptes Baumwollunterhemd, aber, diplomatisch wie sie war, unterdrückte sie ein Lächeln, während sie ihm die Kleidungsstücke über den kantigen Schädel zog. Auch seine breite Gürtelschnalle machte ihr nicht die geringste Angst. Sie zog den Gürtel auf, schob seine Hose bis auf seine Knie, beugte sich vor und küsste seine Lippen, während sie die Hand in seine Unterhose schob. Wieder musste sie ein Lächeln unterdrücken. Denn es hatte funktioniert!

Sie machte auf dem Absatz kehrt, marschierte Richtung Schlafzimmer und rief ihm über die Schulter zu: »Also, kommst du mit ins Bett, oder bleibst du lieber mit runtergelassener Hose im Wohnzimmer stehen?«

»Mr Lewis? Pinkie?«

»Ja?« Er war stinksauer. Er fand keinen Kameramann, und irgendein Verrückter hatte sich in weniger als zehn Blocks Entfernung mit drei Geiseln in einem Apartment verbarrikadiert. Er hatte versucht, jemanden über Funk zu finden, bisher aber keinen Erfolg gehabt.

Als er jetzt den Kopf hob, fiel die Asche seiner Zigarette auf sein Hemd und brannte ein winziges Loch hinein. Bonnie würde ihm die Hölle heißmachen. Denn schließlich hatte sie das Hemd erst heute Morgen frisch für ihn gebügelt.

Um ein Haar hätte er all seine Probleme vergessen, doch dann sah er, wer da vor seinem Schreibtisch im Redaktionsraum stand. »Hallo, McKee.«

»Haben Sie gerade zu tun?«

Was für eine Frage. Lachend drückte Pinkie seine Zigarette aus. »Warum warten Sie nicht in meinem Büro?« Er wies mit dem Kopf in Richtung des verglasten kleinen Raums, als eine krächzende Stimme über Funk von ihm wissen wollte: »Pinkie, haben Sie versucht, uns zu erreichen?«

»Allerdings, das habe ich«, brüllte er ins Mikrofon.

Fünf Minuten später betrat er sein Büro, einen Stapel Skripte in der Hand, und Hunter sprang auf.

»Was kann ich für Sie tun, McKee?«, wollte er von seinem Besucher wissen, während er in seinen Skripten blätterte und mit einem roten Füller Streichungen vornahm. »Ich wünschte, irgendjemand würde diesen Journalisten die englische Sprache beibringen.«

»Ich bin anscheinend zu einem ungünstigen Zeitpunkt aufgetaucht.«

»Nein, nein. Heute ist es hier noch ruhig, ob Sie es glauben oder nicht. Also, was führt Sie zu mir?«

»Ich glaube, das wissen Sie.«

Pinkie hielt im Blättern inne und sah Hunter unter seinen dichten Brauen hinweg forschend an. Er sah aus, als hätte er nicht gut geschlafen. Selbst hinter den Brillengläsern wirkten seine Augen müde, und auch die vertikalen Linien links und rechts von seinem Mund sahen weniger wie Lach- als vielmehr wie Sorgenfalten aus.

»Ja, wahrscheinlich«, meinte er nachdenklich und schrie erbost: »Jetzt nicht!«, weil jemand mutig oder dumm genug gewesen war, in den Raum zu platzen, ohne dass er dazu aufgefordert worden war.

»Ich habe schon länger keinen Bericht von ihr in den

Nachrichten gesehen«, setzte Hunter unbehaglich an. »Ich bin letzte Woche bei ihr zu Hause vorbeigefahren, aber sie war nicht da. Es sah aus, als wäre sie schon eine ganze Weile nicht mehr dort gewesen. Deshalb habe ich heute Morgen hier beim Sender angerufen. Man hat mir erklärt, sie arbeite nicht mehr hier.«

»Das stimmt. Allerdings nur vorübergehend. Hoffe ich.«

»Ist sie krank?«

»Nein. Sie wurde für drei Monate suspendiert.«

Pinkie konnte sehen, dass der Staatsanwalt erleichtert war, da ihr gesundheitlich nichts fehlte, ihm aber die Nachricht von der Suspendierung sichtlich naheging.

»Warum wurde sie suspendiert?« Als Pinkie nichts erwiderte, sprang Hunter zornig auf. »Verdammt, ich habe ihnen gesagt, dass es keine Rolle spielt, was sie zu mir gesagt hat. Sie hat sich schriftlich bei mir entschuldigt. Das hat vollkommen genügt.«

Er kehrte dem Schreibtisch den Rücken zu und starrte durch die Glaswand auf das Treiben in der Redaktion, ohne dass er wirklich etwas davon sah. Dann fuhr er wieder herum und stieß zwischen zusammengebissenen Zähnen aus: »Ich will sie sehen. Wo ist sie?«

»Keine Ahnung.«

Im Bruchteil einer Sekunde stand er wieder vor dem Schreibtisch, stützte sich mit beiden Händen auf der zugemüllten Platte ab und beugte sich drohend zu Pinkie vor. »Ich will sie sehen«, wiederholte er. »Sagen Sie mir, wo sie ist.«

Es hatte ihn tatsächlich schlimm erwischt, dachte Pinkie, als er seine vor Zorn funkelnden Augen sah.

»Ich weiß nicht, wo sie ist«, wiederholte er in ruhigem Ton. »Ich habe versucht, sie am Morgen nach der Suspendierung zu erreichen, aber da hatte sie ihr Telefon schon abgestellt. Und nachmittags hat mir ein Bote einen Umschlag mit dem Schlüssel ihrer Wohnung und der Bitte, ihre Blumen zu gießen, überbracht. Das ist alles. Sie meinte, sie würde sich wieder melden.«

»Das ist drei Wochen her! Und seither hatten Sie keinerlei Kontakt zu ihr?«

»Nein.«

»Vielleicht ist ihr etwas passiert.«

»Das glaube ich nicht. Sie ist irgendwo hingefahren, um allein zu sein. Um sich über ein paar Dinge klar zu werden.«

»Was für Dinge?«

»Vielleicht können Sie mir das ja sagen.«

Abgesehen von einem leichten Zucken seines Mundwinkels blieb Hunters Miene völlig ausdruckslos. »Falls Sie etwas von ihr hören, geben Sie mir dann Bescheid?«

»Warum?«

»Das habe ich doch schon gesagt. Weil ich sie sehen will.«

»Warum?«

»Das geht Sie, verdammt noch mal, einen feuchten Kehricht an!«

Lächelnd stand Pinkie auf und sammelte die Skripte wieder ein. »In genau dreiundfünfzig Minuten muss ich eine Nachrichtensendung bringen, Mr McKee. Ich kann es mir nicht leisten, noch mehr meiner wertvollen Zeit Ihnen und Ihren persönlichen Problemen

zu schenken.« Er stapfte zur Tür seines Büros. »Aber kommen Sie ruhig wieder mal vorbei.« Damit segelte er in die Redaktion hinaus, wo er einen ganzen Schwall von Terminvereinbarungen und Befehlen auf seine Untergebenen niederprasseln ließ.

8

Breckenridge in Colorado war das ganze Jahr über ein malerischer Ort. Die Flecken selbst im Sommer nicht geschmolzenen Schnees, die oben auf den Bergen lagen, sahen wie riesengroße weiße Blüten aus, und die majestätischen Gipfel hatten ganzjährig die weiß funkelnden Wintermützen auf. Auch außerhalb der Skisaison war es eine reizende kleine Stadt. In der Hauptstraße reihten sich Läden und Boutiquen aneinander, in denen es das ganze Jahr verführerische Dinge gab, und die jahrhundertealten Gebäude, viele von ihnen im Zuckerbäckerstil, hoben sich vor dem leuchtend blauen Sommerhimmel ebenso malerisch wie von der schneebedeckten Umgebung ab.

Kari kam zum Skifahren nach Breckenridge, seit sie auf der Highschool gewesen war. Im Sommer hatte sie den Ort jedoch noch nie besucht. Aber es gefiel ihr, dass jetzt keine langen Schlangen hungriger Sportler in den Restaurants auf einen der begehrten Tische warteten, dass kein grauer Schneematsch auf den Straßen lag und es keinen Stau an der einzigen Ampel des kleinen Städtchens gab.

Es war unglaublich friedlich. Und genau das brauchte sie.

Sie saß auf der Veranda hinter ihrem Haus und betrachtete den Sonnenuntergang. Der Schnee auf dem Gipfel glitzerte und nahm einen zart rosigen Farbton an, als die Sonne hinter dem Berg versank.

Inzwischen war sie seit über zwei Monaten hier. Niemand außer ihr hatte bemerkt, dass Thomas' erster Todestag gewesen war. Und auch die Trauer, die sie selbst empfunden hatte, war nicht größer gewesen als sonst. Das vergangene Jahr hatte die scharfen Kanten ihres Schmerzes stumpf gemacht. Was sie am traurigsten machte, war, dass sie ihn nicht mehr so deutlich vor sich sehen konnte wie noch ein paar Monate zuvor. Der Klang seiner Stimme war verblasst, und seine Gesichtszüge tauchten inzwischen leicht verschwommen in ihren Träumen auf.

Weshalb es an der Zeit für einen endgültigen Abschied war.

Wer hatte alles von Thomas' »Frauengeschichten«, wie Pinkie es genannt hatte, gewusst? Wie hatte sie so blind sein können dafür, dass auch er ein ganz normaler Mann mit Stärken und Schwächen gewesen war? Sie hatte versucht, voller Verbitterung an ihn zurückzudenken, aber das gelang ihr nicht.

Er hatte sie geliebt. Egal, was er sonst getan hatte, er hatte sie auf jeden Fall geliebt. In der Phase ihres Lebens, in der sie ihm begegnet war, hatte sie genau jemand wie ihn gebraucht. Und wahrscheinlich hatte sie dem Ego eines Mannes in fortgeschrittenem Alter gutgetan. Sie hatten einander gutgetan in der Zeit, die ihnen vergönnt gewesen war. Wie könnte sie also je böse auf ihn sein?

Sie hatte wieder einen klaren Kopf und das Gefühl, dass sie endlich im Reinen mit sich war. Ihr Körper hatte sich von den Strapazen des vergangenen Jahres ebenfalls erholt, sie fühlte sich herrlich ausgeruht und würde nächste Woche wieder ihre Arbeit aufnehmen.

Aber was war, wenn sie sie nicht wiederhaben wollten? Was, wenn es keinen Job mehr für sie gab? Was, wenn sie zum dritten Mal in ihrem Leben zu einem kompletten Neuanfang gezwungen war?

Sie stand auf und streckte sie. »Darüber werde ich mir Gedanken machen, wenn es so weit ist«, sagte sie sich laut. Ganz egal, was ihr die Zukunft brächte, wäre sie dafür bereit.

Die Leere des Kühlschranks und der Speisekammer machten deutlich, dass sie schon seit Tagen nicht mehr einkaufen gegangen war. Doch plötzlich hatte Kari einen Riesenappetit und beschloss, sich anzuziehen und in ein Restaurant zu gehen. Sicher würde ihre Rückkehr in das öffentliche Leben alles andere als leicht. Deshalb ginge sie am besten jetzt schon wieder unter Leute und gewöhnte sich daran.

Sie zog einen Jeansrock, ein paar flache Stiefel, einen kurzärmligen Baumwollpulli und darüber eine braune Wildlederjacke an. Hier oben in den Bergen war es abends oft empfindlich kühl.

Es war kein weiter Weg bis in die Stadt, aber bis sie endlich gemütlich in einer kleinen Nische eines der besten Restaurants des Ortes saß, stieß ihr Magen rebellische Knurrgeräusche aus, und sie bestellte sich ein schamlos unbescheidenes Mahl.

Während sie noch auf das Essen wartete und einen

Schluck aus ihrem Weinglas nahm, trat er durch die Tür.

Es war, als wäre er nur ihretwegen hier und wüsste ganz genau, wo sie zu finden war. Er kam in das Lokal, sah sich kurz im schummrigen Licht der Kerzen um, lenkte seinen Blick auf ihr Gesicht und ließ auch nicht davon ab, als die Empfangsdame des Restaurants höflich vor ihn trat. Er gab ihr eine Antwort, sie sah über ihre Schulter, lächelte und nickte mit dem Kopf.

Er ging an der Frau vorbei und kam direkt auf Kari zu.

Eilig stellte sie ihr Weinglas ab, damit er nicht sah, dass ihre Finger zitterten. Sie hätte sich am liebsten abgewandt, war aber wie gebannt von seinem Blick. Sein Gesicht war völlig ausdruckslos, doch trotzdem wirkte es, wie wenn er sicher wusste, was er täte, hätte er sie erst erreicht.

Er trat an ihren Tisch. »Wenn Sie mir nicht gestatten, mich dazuzusetzen, wird es sicher ziemlich peinlich, denn ich habe dem Mädchen am Empfang erklärt, Sie würden mich erwarten.«

Kari überraschte es nicht sonderlich, dass er hier erschienen war. Sie hatte ihn nicht unbedingt an diesem Abend in dem Restaurant erwartet, aber dass er kommen würde, hatte sie aus irgendeinem Grund gewusst.

»Da ich Sie nicht noch einmal in Verlegenheit bringen möchte, setzen Sie sich besser hin.«

Das Licht der Kerze auf dem Tisch tanzte in ihrem Haar, flackerte in ihren Augen und schimmerte auf ihrem Mund. Er fand, sie hätte noch nie so reizvoll aus-

gesehen wie in diesem Augenblick. Trotzdem wäre Kari sicher nie draufgekommen, dass sein Herz genauso schnell und unregelmäßig wie das ihre schlug.

»Sind Sie sicher, dass Sie nichts dagegen haben?«

Sie gab ihm keine Antwort, schob dann ihre Jacke und die Handtasche zur Seite und machte ihm auf diese Weise Platz.

Er setzte sich neben sie, faltete die Hände auf dem Tisch, drehte nur den Kopf in ihre Richtung … und sie starrten einander, ohne sich zu rühren und mit angehaltenem Atem, an.

»Möchten Sie Ihre Bestellung aufgeben, Sir?«

Auch während er mit dem Ober sprach, sah er sie weiter an. »Ich nehme dasselbe wie die junge Dame. Dazu hätten wir gerne eine Flasche Wein. Eine, die zu …« Er sah Kari fragend an. »Was essen wir?«

»Forelle.«

»Eine, die zu Forelle passt.«

»Sehr wohl, Sir. Danke.«

Der Ober zog sich wieder zurück, und sie starrten einander weiter reglos an.

»Sie sehen anders aus als sonst«, stellte sie schließlich freimütig fest.

»Sie auch.«

»Ich habe Sie noch nie in etwas anderem als Anzug und Krawatte gesehen.« Heute trug er eine Freizeithose und ein Hemd. Der Kragen seiner Popelin-Windjacke war hochgeklappt und die Ärmel bis zur Mitte seiner Unterarme aufgerollt. Jetzt zog er die Jacke aus und legte sie neben ihre Sachen auf die Bank. Mit seinem Outfit hätte er problemlos ins GQ gepasst, nur sah die

Garderobe an ihm deutlich besser aus als an den Models in dem Magazin.

»Ihre Nase ist etwas verbrannt«, bemerkte er, worauf sie sich lachend an die Nasenspitze griff. »Haben Sie in der Sonne gelegen?«

»Nur ein bisschen. Mir wird sehr schnell kalt, und meistens ist es hier oben in den Bergen zu kühl für ein ausgedehntes Sonnenbad. Aber ich habe lange Spaziergänge gemacht.«

Wieder verstummten sie. Er dachte, wie süß ihre verbrannte Nase war, und sie fragte sich, ob das drahtige dunkle Haar, das in seinem Hemdausschnitt zutage trat, seine gesamte Brust bedeckte oder nur einen Teil.

»Der Wein, Sir«, bot der Ober zögernd an, nachdem er bereits eine ganze Weile neben ihrem Tisch gestanden hatte, ohne dass es ihnen aufgefallen war.

Hunter kostete den Wein, und dann bekam auch Kari etwas von der goldenen Flüssigkeit, von der sie hätte schwören können, dass sie schon durch ihre Adern rann, in ein frisches Glas geschenkt. Sie probierte ebenfalls und nickte lächelnd mit dem Kopf, dabei hatte sie nicht wirklich viel geschmeckt. Auch von der Forelle würde sie wahrscheinlich nicht viel schmecken, denn der Hunger, aufgrund dessen sie eine fast übertriebene Bestellung aufgegeben hatte, hatte sich auf wundersame Art gelegt.

Sie nippten erneut an ihrem Wein und starrten auf die Kerze auf dem Tisch, als gäbe ihre Flamme die Antworten auf sämtliche Geheimnisse des Universums preis.

»Woher haben Sie gewusst – ach, egal. Ich weiß, wer

Ihnen erzählt hat, wo ich bin.« Aber vielleicht hatte sie ja voreilige Schlüsse aus seinem Erscheinen gezogen. Deshalb fügte sie hinzu: »Aber vielleicht sind wir ja auch zufällig im selben Restaurant.«

Er schüttelte den Kopf. »Nein, das sind wir nicht.«

Sie sah wieder die Kerze an. »Sie haben Pinkie gefragt, wo ich bin.« Das war keine Frage, sondern eine Feststellung.

»Ja.«

»Ich habe ihn erst letzte Woche angerufen, und er musste mir versprechen dichtzuhalten.«

»Ich habe ihm so lange in den Ohren gelegen, bis er irgendwann klein beigegeben hat.« Er hatte es sich angewöhnt, täglich auf dem Weg nach Hause bei der Redaktion vorbeizufahren und Pinkie zu fragen, ob er endlich wüsste, wo sie war. Und genauso hatten Pinkie und auch Bonnie es sich angewöhnt, so lange zu warten, bis er da gewesen war.

Endlich, letzten Mittwoch, hatte Pinkie eine Neuigkeit gehabt.

»Breckenridge!«, hatte Hunter überrascht gerufen. Er war davon ausgegangen, dass Kari in Tibet oder auf Tahiti war und nicht in so einem nahe gelegenen Ort wie Breckenridge. Er war seit Monaten das reinste Nervenbündel, und jetzt hatte sich herausgestellt, dass sie die ganze Zeit nur siebzig Meilen von ihm entfernt gewesen war.

»Bitte. Sie dürfen nicht böse auf mich sein.«

Jetzt sah sie direkt in die graugrünen Tiefen seiner Augen. »Ich bin Ihnen nicht böse«, hauchte sie. »Nicht mehr.«

Man hatte ihm schon viele Dinge vorgehalten, Dummheit aber hatte nie dazu gehört. Sie brauchte nicht deutlicher zu werden. Er verstand auch so.

Sie hatte ihm verziehen.

Er hatte das Gefühl, wie wenn sich die Enge seiner Brust löse und wie wenn er zum ersten Mal seit Wochen wieder richtig Luft bekäme. Er hatte einen Knoten in der Brust gehabt, seit ihm klar geworden war, dass sein Tun ihre Welt zerstören würde, eine Welt, die bereits vorher völlig aus dem Gleichgewicht geraten war. Jetzt hätte er am liebsten laut gelacht.

Stattdessen griff er abermals nach seinem Glas, und als sie dasselbe tat, stießen sie auf ihren Waffenstillstand an und warfen sich einander über die Ränder ihrer Gläser hinweg ein warmes Lächeln zu.

Er brauchte seine gesamte Willenskraft, um sich nicht zu ihr vorzubeugen, sie zärtlich auf den Mund zu küssen, mit den Fingern durch ihr dichtes Haar zu fahren und mit seinen Lippen die Konturen ihres seidig weichen Halses und des V-Ausschnitts ihres Pullovers nachzuziehen.

Er hatte lange, schmale, starke Hände, und mit den paar dunklen Härchen auf dem Rücken waren sie einfach wunderschön. Kari fielen auch die Handgelenke auf. Sie waren nicht zu dick, und am rechten trug er eine goldene Uhr. Am liebsten hätte sie die Hand gepackt und sie aus nächster Nähe angesehen.

Sie nahmen ihre Mahlzeit ohne Eile ein. In dem Restaurant war nicht viel los, und das Personal war aufmerksam, ließ seinen Gästen aber jede Menge Zeit.

Der Salat war frisch und knackig, die gebackenen

Kartoffeln heiß und locker und mit einer kalorienreichen Creme gefüllt, und der Fisch duftete verführerisch nach frischen Kräutern und war rundherum perfekt gegrillt.

Trotzdem wäre Kari um ein Haar an einem Bissen Fisch erstickt, als Hunter von ihr wissen wollte: »Seit wann leben Pinkie und Bonnie eigentlich zusammen?«

Schließlich fand das Essen seinen Weg in ihrer Speiseröhre, sie spülte mit einem Schluck von ihrem Weißwein nach, betupfte sich den Mund mit ihrer Serviette und fragte zurück: »Der Pinkie und die Bonnie, die ich kenne, leben zusammen?«

Er zuckte mit den Schultern. »Davon gehe ich zumindest aus. Schließlich fahren sie abends immer zusammen nach Hause, und vor ein paar Tagen habe ich gehört, wie sie zu ihm gesagt hat, dass *sie* keine Milch mehr haben und deshalb auf dem Heimweg schnell noch welche holen sollen. Klingt nach Zusammenleben, finden Sie nicht auch?«

»Milch?«, stieß Kari quietschend aus. Dann ließ sie sich gegen die gepolsterte Rückenlehne ihres Sitzes fallen und fing schallend an zu lachen. »Dieser gemeine Schuft! Als ich mit ihm gesprochen habe, hat er nichts davon erzählt. Bestimmt wollte er nicht hören, dass ich sage: ›Habe ich es nicht die ganze Zeit gesagt?‹«

Hunter schob seinen Teller vor und lehnte sich ebenfalls entspannt zurück. »Ich gehe davon aus, dass Sie seit geraumer Zeit daran gearbeitet haben, dass die beiden zusammenkommen.«

»Seit beinahe zwei Jahren. Ich wusste die ganze Zeit,

dass sie wie geschaffen füreinander sind. Sie ist total verrückt nach ihm und braucht einfach jemanden, um den sie sich kümmern kann. Und falls jemand es braucht, dass sich ein anderer um ihn kümmert, dann Pinkie. Aber er war eben wieder einmal furchtbar starrsinnig.«

Hunter blickte in ihr lächelndes Gesicht. »Sie mögen ihn sehr, nicht wahr?«

Sie wandte sich ihm zu. Er war ihr ganz nah, und sein harter Oberschenkel war nur einen Fingerbreit von ihrem Bein entfernt. Sie konnte ihn nicht spüren, doch sie wusste, er war da. »Oh ja. Er ist der Freund, den jeder haben sollte.« Sie trank einen Schluck von ihrem Wein. »Auch wenn es manchmal ganz schön wehtun kann, wenn man solche Freunde hat.«

»Inwiefern?«

»Sie sagen einem die Wahrheit, während andere einem sagen, was man hören will.« Seufzend machte sie für einen Moment die Augen zu. »Wissen Sie, ich hatte mich darauf verlassen, dass Pinkie mir aus der Klemme helfen würde, in die ich mich selbst gebracht hatte. Aber er hat mich dazu gezwungen, die Strafe wie ein braver kleiner Soldat zu akzeptieren.«

»Kari.«

Sie machte die Augen wieder auf.

»Es tut mir leid, dass ich der Grund für Ihre Suspendierung war. Bitte glauben Sie mir, ich hatte nichts damit zu tun.«

»Ich weiß.« Ihre Stimme war so weich und ruhig wie die Finger, die sie sanft auf seinen Arm legte. Sie war genauso überrascht wie er, dass sie ihn freiwillig

berührte. Sie starrte auf ihre Hand, fand aber keinen echten Grund, um sie von seinem harten, starken Unterarm zu ziehen. »Nichts von alledem war Ihre Schuld, Hunter. Ich muss Sie um Entschuldigung bitten für das, was ich an dem Tag in dem Restaurant zu Ihnen gesagt habe.«

»Das haben Sie bereits in Ihrem Brief getan.«

»Der furchtbar gestelzt und förmlich war«, räumte sie unumwunden ein und fügte, als er gleichmütig mit den Schultern zuckte, verlegen hinzu: »Die Szene, die ich gemacht hatte, war mir entsetzlich peinlich, und ich wusste einfach nicht, was ich schreiben sollte.« Tränen schimmerten in ihren Augen, und mit zitternder Stimme meinte sie: »Sie hätten mir dafür eine Ohrfeige verpassen sollen.«

»Sie dürfen sich deshalb keine Vorwürfe mehr machen, Kari. Es spielt keine Rolle mehr.« Er drückte ihr aufmunternd die Hand.

»Möchten Sie auch noch eine Nachspeise?«

Kari war dankbar, dass der Ober ihre Unterhaltung unterbrach. Ihr war schwindlig, aber das lag ganz eindeutig nicht an dem getrunkenen Wein. Es ging alles einfach viel zu schnell. Sie mussten langsam machen. Schließlich hatte sie sich gerade erst mit Thomas' Tod, seiner Untreue, der Unterbrechung ihrer Karriere, ihrer gesamten Zukunft auseinandergesetzt.

Sollte sie sich da sofort in ein neues Gefühlschaos stürzen? Sie nutzte die Gelegenheit, das Essen noch ein wenig auszudehnen, denn sie hatte keine Ahnung, was passieren würde, wenn sie zusammen mit Hunter das Restaurant verließ.

»Ja, bitte. Ich würde gern noch einmal in die Karte sehen«, sagte sie schnell. »Es muss an der Bergluft liegen, doch seit ich hier bin, esse ich wie ein Scheunendrescher.« Sie hoffte, dass sie fröhlich und vor allem unbekümmert klang, aber Hunter fiel wahrscheinlich nicht darauf herein. Er sah sie mit einem leichten Lächeln an, als wüsste er genau, dass ihr Wunsch nach einem Nachtisch eine Verzögerungstaktik war.

Sie sahen gemeinsam in die Karte. »New Yorker Käsekuchen«, stellte Hunter fest.

»Klingt lecker«, meinte Kari. »Vielleicht mit Erdbeeren?«

Als der Ober nickte, wollte Hunter von ihm wissen: »Was ist der Unterschied zwischen New Yorker und normalem Käsekuchen?«

»Fünfundsiebzig Cent«, gab der Mann scherzhaft zurück, und sie beide lachten.

»Ich nehme immer nur das Beste. Also einen New Yorker Käsekuchen mit Erdbeeren für die Dame, für mich ein Stück Apfelkuchen und dazu zwei Tassen Kaffee.«

»Mit Vanilleeis oder ohne?«, wollte der Ober wissen, während er die Bestellung auf seinem Block notierte.

Hunter wandte sich an Kari. »Möchten Sie Vanilleeis in Ihren Kaffee?«

»Nein, danke«, erwiderte sie ernst.

»Ich meinte, zum Apfelkuchen«, klärte der Ober sie geduldig auf.

»Oh, zum Apfelkuchen! Bitte mit Vanilleeis.«

Als der Mann kopfschüttelnd den Tisch verließ, brachen die beiden abermals in schallendes Gelächter aus,

und Kari ging sogar so weit und lehnte kichernd ihren Kopf an seine Schulter an. Wahrscheinlich hatte sie einen leichten Schwips, aber es fühlte sich fantastisch an.

Während sie ihm in die Augen sah, schienen ihre beiden Blicke miteinander zu verschmelzen.

»Bisher habe ich Sie nur einmal lachen sehen. An dem Tag im Gericht, als Ihr Kameramann etwas zu Ihnen gesagt hat. Das Geräusch hat mir gefallen«, stellte er leise fest.

»Ich habe Sie noch nie lachen gesehen.«

»Dann erleben wir heute Abend offenkundig viele Dinge zum ersten Mal.«

Sein rauer Flüsterton fand seinen Weg in ihren Körper, breitete sich dort bis in ihre erogenen Zonen aus, und da es völlig sinnlos wäre, gegen all die kleinen Feuer anzukämpfen, die mit einem Mal in ihrem Innern loderten, genoss sie einfach das herrliche Gefühl.

»Es ist eine Schande, den letzten Bissen zu vergeuden, aber wenn ich den noch esse, platze ich«, stellte sie ein paar Minuten später fest.

»Wir können ja fragen, ob er uns die Reste einpackt. Dann können Sie sie zum Frühstück essen.«

»Nein, danke. Erinnern Sie sich noch an die Extrapfunde, die man vor der Kamera hat?«

»Ich kann mich noch an jeden Satz erinnern, den Sie an dem Tag gesagt haben.«

Das konnte sie auch. Sie war in sein Büro marschiert, neugierig, doch selbstbewusst, denn sie hatte nicht geahnt, welchen Einfluss dieser Mann auf ihr Leben nehmen würde. Und das tat er noch immer. Sie hatte

das Gefühl, dass sein bisheriger Einfluss im Vergleich zu dem, was wahrscheinlich noch käme, geradezu lächerlich gering gewesen war.

War sie vielleicht naiv? Standen sie wirklich im Begriff, einen aufregenden Neuanfang zu wagen? Oder hatte vielleicht nur der Wein sie kühn und verantwortungslos gemacht?

»Wo ist Ihre Brille?«, fragte sie ihn plötzlich.

»In meiner Jackentasche. Ich brauche sie schließlich nur, um etwas zu sehen.«

Sie lachte, und er fuhr fort: »Bis zu einer Entfernung von einem Meter kann ich auch ohne Brille sehen.«

»Und Sie dachten nicht, dass der Abstand zwischen uns mehr als einen Meter betragen würde?«

»Ich dachte, wenn Sie erlauben, dass ich mich zu Ihnen setze, setze ich mich direkt neben Sie.«

Sie lenkten ihren Blick nervös auf die Tischdecke zurück, und er verfluchte sich. *Mach langsam. Werde erst einmal ihr Freund.* »Sollen wir gehen?«

Sie murmelte ein Ja, sie standen auf, und ehe er ihr helfen konnte, hatte sie sich bereits ihre Jacke um die Schultern gelegt und die Hand nach der Rechnung ausgestreckt.

Entschlossen nahm er ihr den Zettel ab.

»Ich habe die Absicht, meinen Teil der Rechnung zu bezahlen«, meinte sie.

»Ich lade Sie ein«, erklärte er ihr mit einem solchen Nachdruck, dass jede Widerrede zwecklos war, und fragte: »Wie bitte?«, als sie etwas murmelte, was er nicht ganz verstand.

»Ich habe gesagt, dass Sie entsetzlich herrisch sind.«

Er warf den Kopf zurück und lachte.

Draußen vor dem Restaurant wollte er von ihr wissen: »Soll ich Sie zu Fuß oder mit dem Auto heimbringen?«

Dann wusste er also, dass sie zu dem Restaurant gelaufen war. Doch das sollte sie nicht überraschen. Denn wenn er sie wirklich hatte finden wollen, hatte er wahrscheinlich nichts dem Zufall überlassen, sondern alles ganz genau geplant.

»Sie brauchen mich gar nicht zu begleiten.«

Er stopfte die Hände in die Jackentaschen, blickte in Richtung der Berge und zählte langsam bis zehn. »Wir werden jetzt doch wohl nicht anfangen, irgendwelche Spielchen miteinander zu spielen. Nicht nach allem, was wir bereits durchgemacht haben.«

Fast hätte sie es abermals vermasselt, nachdem sie bereits bei der Rechnung ins Fettnäpfchen getreten war. *Verdammt, sei doch nicht so furchtbar abweisend.* »Es ist ein ganz schönes Stück zu laufen«, warnte sie ihn scherzhaft. Hoffentlich verstand er, dass der Satz bereits ein großes Zugeständnis war.

»Ich glaube, ich werde es trotzdem schaffen«, stellte er lächelnd fest und nahm ihren Arm, als er mit ihr über die Straße ging. Ohne auch nur zu fragen, wo sie wohnte, führte er sie die Anhöhe hinauf.

Er passte sich mit seinem Tempo an sie an, und sie liefen in angenehmem Schweigen nebeneinander durch die Dunkelheit. Es war eine herrlich ruhige Nacht. Schließlich aber stellte sie die Frage, die ihr schon den ganzen Abend durch den Kopf gegangen war: »Warum sind Sie hierhergekommen, Hunter?«

»Ich habe Urlaub.« Dieses Mal schlug sein Versuch, amüsant zu sein, eindeutig fehl.

»Und da haben Sie rein zufällig Breckenridge als Urlaubsort gewählt?«

»Nein, das war kein Zufall.« Er blieb stehen. Sie standen einander mitten auf der Straße direkt gegenüber. Sie war menschenleer, doch es wäre auch egal gewesen, wenn noch andere Leute unterwegs gewesen wären, denn in diesem Augenblick gab es für sie nur sie zwei.

»Pinkie hat mir erzählt, dass Sie hier sind, und ich habe sofort in meinem Büro angerufen und gesagt, ich nähme diese Woche frei. Ich bin einzig mit dem Ziel hierhergekommen, Sie zu finden. Heute Nachmittag, gleich nachdem ich angekommen war, habe ich das Haus gesucht, in dem Sie wohnen. Ich bin mehrmals daran vorbeigefahren und habe Sie gesehen, als Sie herausgekommen sind. Ich hatte nicht die Absicht, mich heute schon bei Ihnen zu melden, aber dann habe ich es nicht mehr ausgehalten und bin Ihnen in das Restaurant gefolgt.«

Er trat einen Schritt näher und fuhr leise fort: »Ich weiß, der Tod Ihres Mannes liegt jetzt ein Jahr zurück. Nach allem, was ich darüber gelesen habe, ist das die letzte Hürde. Jetzt sollten Sie bereit sein für einen Neuanfang.« Er legte ihr die Hände auf die Schultern und fügte eindringlich hinzu: »Ich wollte Sie sehen, mit Ihnen reden, Zeit mit Ihnen verbringen.«

»Warum, Hunter?«

Er sah sie durchdringend an. »Du weißt, warum.«

Auch sie blickte ihn reglos an, während sie ihm eine

möglichst ehrliche Antwort gab. »Irgendetwas ist da zwischen uns. Ich habe keine Ahnung, was. Erst dachte ich, es wäre Hass, zumindest von meiner Seite aus, aber jetzt bin ich mir nicht mehr sicher. Jedes Mal, wenn ich Sie gesehen habe, hat mich das völlig aus dem Gleichgewicht gebracht. Ich habe mich in Ihrer Gegenwart immer unbehaglich gefühlt bis …« Sie brach ab und blickte auf den Boden.

»Bis wann?«

»Bis heute Abend.« Sie hielt ihren Kopf auch weiterhin gesenkt und sprach in den Kragen ihrer Jacke, bis er sanft ihr Kinn mit seinem Zeigefinger anhob und sie zwang, ihn wieder anzusehen.

»Dann glaubst du also nicht, dass es dir etwas ausmacht, wenn ich ein paar Tage bleibe?«

»Ich weiß nicht«, erklärte sie ernst. »Erwarten Sie lieber nicht zu viel. Erwarten Sie am besten gar nichts. Meine Gefühle für Sie waren immer ambivalent. Und das sind sie noch immer.«

Sein Grinsen drückte eine gewisse Wehmut aus. »Wenigstens bist du völlig ehrlich.« Er drückte ihre Hände und wollte von ihr wissen: »Sag mir bitte eins. Als ich heute Abend auf dich zugekommen bin, was hast du da gedacht?«

Sie hatte einen dicken Kloß im Hals und sah ihn einen Moment lang reglos an. »Ich habe mich gefreut.«

Sie hätte eine Reaktion erwartet, aber er enttäuschte sie. Sein Gesicht verriet nicht im Geringsten, was er dachte. Sie hätte erwartet, dass er lächeln, sie umarmen und kurz auf die Wange küssen würde oder vielleicht sogar leidenschaftlich auf den Mund.

Doch alles, was er sagte, war: »Du zitterst ja.«

»Mir ist kalt.«

»Hier.« Er nahm ihr die Jacke von den Schultern und half ihr hinein.

»Danke«, sagte sie höflich und wollte sich gerade abwenden, als er sie mit einem »Warte« wieder vor sich zog, ein wenig in die Knie ging, um auf Augenhöhe mit ihr zu sein, und nach den beiden Seiten ihrer Jacke griff. Im Dunkeln war es etwas schwierig, aber am Ende hatte er die beiden Hälften ihres Reißverschlusses eingehakt und zog ihn, während er langsam seine Beine wieder durchdrückte, bis über ihre Brust. Was eine durch und durch sinnliche Geste war.

Irgendwie gelang es ihm, ihr näherzukommen, ohne dass er einen Schritt nach vorne tat. Er beugte sich einfach weiter vor, bis kaum genügend Raum zwischen ihren Körpern war, um noch an dem Reißverschluss zu ziehen. Seine Hände glitten an ihrer Taille vorbei, über ihren Bauch, und als er sie über ihre Brüste schob, breitete sich dort ein Gefühl der Hitze aus. Sie überlegte, was sie wohl täte, wenn er die Hände unter ihre Jacke schieben und ihre Brust umfassen würde.

Sie wusste, was sie täte. Sie würde sich ihm entgegenrecken, weil der Wunsch, von ihm liebkost zu werden, beinahe schmerzlich war.

Er aber zog den Reißverschluss bis fast unter ihr Kinn und erklärte ihr in ruhigem Ton: »So. Jetzt solltest du dich besser fühlen.«

Sie hatte keine Ahnung, ob dem tatsächlich so war. Sie hatte das Gefühl, als stünde ihr gesamter Körper unter Strom. Nie zuvor in ihrem Leben war sie derart

verwirrt und orientierungslos gewesen. Sie sehnte sich danach, seinen Leib zu spüren. Sehnte sich danach, ihn nackt zu sehen, während er mit seinen Händen über ihren Körper strich.

»Ich schaffe dich besser erst einmal ins Haus.«

Sein ruhiger Ton bewahrte sie davor, sich an ihn zu schmiegen und ihn anzuflehen, dass er sie in die Arme nahm. Dann hätte sie sich vollends lächerlich gemacht. Denn wenn sie schon erotische Gedanken hegte, wie ging es dann erst ihm? Sie hatte kaum eingeräumt, dass sie seine Gesellschaft als angenehm empfand, er aber hatte keinen Hehl daraus gemacht, dass er extra hierher nach Breckenridge gekommen war, um sie zu sehen und mit ihr allein zu sein. Und seine angespannte Miene machte deutlich, dass er seine Erregung nur mühsam bezwang.

Aber war sie bereit, mit einem anderen Mann als Thomas wirklich intim zu sein?

Heute Abend, morgen Abend, bald, in ferner Zukunft, überhaupt jemals? Gott, sie konnte es nicht sagen. In der einen Minute wogte glühendes Verlangen in ihr auf, und in der nächsten bebte sie vor lauter Angst davor, eine neue Beziehung einzugehen. Und Sex würde für sie immer Bestandteil einer festen Beziehung sein.

Was, wenn er versuchte, ihr zum Abschied einen Kuss zu geben?

Eine Sorge, die an diesem Abend völlig unbegründet war. Denn vor ihrer Haustür strich er ihr nur sanft mit dem Daumen übers Kinn. »Das war eins der vergnüglichsten Abendessen, die ich je erlebt habe. Danke und schlaf gut.«

Dann ging er den Weg, den er gekommen war, zurück in Richtung der schlafenden Kleinstadt.

Das Erste, was sie am nächsten Morgen machte, war das Erste, was sie jeden Morgen tat, seit sie hierhergekommen war. Sie rollte sich aus dem Bett, trat an das nach Osten weisende Fenster ihres Schlafzimmers und zog die Jalousien hoch.

Sie hatte länger als sonst geschlafen und sah blinzelnd in das helle Sonnenlicht. Sie gähnte, streckte sich und schüttelte die blonden Locken aus. Und erst als sie die Augen richtig öffnete, bemerkte sie, dass Hunter an dem Hydranten auf der anderen Straßenseite lehnte und grinsend zu ihr herübersah.

Ihr entfuhr ein Quietschen, als sie eilig ihren Morgenmantel packte und vor ihren Körper hielt. Was völlig idiotisch war, denn schließlich hatte er sie längst in dem Denver-Broncos-T-Shirt, das ihr Nachthemd war, gesehen. Es war das bequemste Kleidungsstück zum Schlafen, herrlich weich und von unzähligen Wäschen völlig ausgebleicht. Voller Entsetzen fiel ihr ein, dass das Ding nur knapp bis zu ihren Oberschenkeln reichte, doch da kam er schon fröhlich winkend über die Straße gelaufen.

»Oh, mein Gott«, entfuhr es ihr, als sie durch das Zimmer rannte und sich zufällig im Spiegel sah. Während er bereits an ihrer Haustür klopfte, zog sie eilig ihren Morgenmantel an und öffnete ihm.

»Guten Morgen«, begrüßte er sie.

»Guten Morgen.« Sie stellte einen nackten Fuß auf den anderen, weil die kühle Bergluft ihre Zehen traf. »Wie lange haben Sie da draußen schon gestanden?«

»Lange genug, dass der Kaffee kalt geworden ist und Ihre Nachbarn was zum Reden haben.«

»Um diese Jahreszeit gibt es hier draußen keine Nachbarn.«

»Gut«, stellte er lächelnd fest. »Dann hast du bestimmt auch kein Problem damit, mich hereinzubitten.«

Sie bedachte ihn mit einem entnervten Blick, bevor sie einen Schritt zur Seite trat. »Ist das die Art, wie Sie die Geschworenen auf Ihre Seite ziehen?«, fragte sie ihn ohne jede Bosheit.

»Übung macht den Meister.« Er hatte eine Papiertüte dabei, deren Inhalt er schwungvoll auf dem Tisch entlud. »Ich habe lauwarmen Kaffee und relativ frische Doughnuts mitgebracht.«

»Klingt wirklich lecker«, meinte sie zweifelnd, nahm sich aber eins der klebrigen Teilchen und biss vorsichtig hinein. »He, das Ding ist wirklich lecker. Ich liebe Schokoglasur.« Sie leckte sich die Finger ab.

»Das hatte ich mir gedacht.« Er knüllte die leere Papiertüte zusammen, warf sie in einem perfekten Bogen in den Mülleimer, und als er sich wieder umdrehte, zog ihn der Anblick ihrer Zunge, die über die Spitze ihrer Finger flackerte, in seinen Bann. Oh, er wünschte sich, dass diese Zunge etwas mit ihm täte, was in manchen Bundesstaaten nach wie vor verboten war.

Dabei hatte er sich noch immer nicht ganz von dem Moment erholt, in dem sie sich im Sonnenlicht geräkelt hatte. Weil das lächerliche T-Shirt, das sie trug, verführerischer war als jedes noch so durchsichtige Negligé. Hatte sie eine Ahnung, was für einen aufreizenden Anblick sie mit durchgebogenem Rücken und mit katzen-

haft gereckten Gliedern bot? Er hatte dabei nicht nur die spitzenbesetzte Seide ihres Slips, sondern auch die Konturen ihrer Brüste überdeutlich gesehen.

Er räusperte sich laut. »Soll ich den Kaffee aufwärmen, oder willst du frischen kochen?«

»Ich habe kein Kaffeepulver mehr. Sie können den Kaffee in der Mikrowelle auf der Anrichte heiß machen.«

Sie verputzten die Doughnuts in Rekordzeit, und während sie an dem aufgewärmten Kaffee nippten, sah sich Hunter in dem Zimmer um. Es hatte eine hohe kathedralenartige Decke, eine warme Holzvertäfelung und einen mit einer Reihe bunter Flickenteppiche verzierten Parkettboden und einen steinernen Kamin. Die Möbel waren teuer und geschmackvoll, aber nicht angeberisch.

Von diesem zentral gelegenen Raum aus konnte Hunter auch den Erker mit dem Esstisch, die kleine Küche und den Flur, durch den man, wie er annahm, in das oder die Schlafzimmer gelangte, sehen. Es war ein ziemlich kleiner Raum, doch aufgrund der wunderbaren Aussicht, die die bodentiefen Fenster boten, fühlte er sich luftig und geräumig an.

»Das ist ein hübsches Haus. Gehört es dir?«

»Nein. Es gehört Freunden meines Vaters. Es ist ihr Ferienhaus. Sie haben uns angeboten, es zu nutzen, wann wir wollen. Ich habe dieses Privileg nie ausgenutzt, aber ich wusste, dass es für sie in Ordnung wäre, wenn ich diesen Sommer herkomme.« Sie hockte auf der Sofalehne und blickte aus dem Fenster. »Im Winter kann man hier vor dem Kamin sitzen und zusehen, wie es draußen schneit.«

»Fährst du Ski?«

»Ja, allerdings nicht besonders gut.«

Er lief neugierig durch den Raum, blieb immer wieder einmal stehen, um sich irgendetwas anzusehen, und blätterte mit dem Daumen die Zeitschriften auf dem Couchtisch durch. Sie fand es geradezu erstaunlich, wie gelassen ihr Besucher war. Er hatte sich ihr praktisch aufgedrängt, bevor sie sich auch nur den Schlaf hatte aus den Augen waschen oder ihre erste Tasse Kaffee trinken können. Richtete sich einfach häuslich bei ihr ein und gab ihr nicht einmal eine Erklärung für diesen Besuch zu fast noch nachtschlafender Zeit.

Aber sie hatte auch keine erbeten, oder?

Obwohl sie hier, an Beinen und Füßen nackt, mit nichts als ihrem Nachthemd, wild zerzaustem Haar und vom Schlaf verquollenen Augen saß, fühlte sie sich durchaus wohl und fragte sich, warum.

Lag es daran, dass auch er sich wohl zu fühlen schien? Oder daran, dass sie in Gedanken so mit ihm beschäftigt war, dass kein Raum für etwas anderes blieb?

Er sah schlank und muskulös und ungeheuer männlich aus, wie er so durchs Zimmer tigerte. Die Daunenweste, die er wegen der kühlen spätsommerlichen Morgenluft getragen hatte, lag inzwischen achtlos über einem Stuhl. Sein Hemd im Westernschnitt schmiegte sich eng an seinen Oberkörper an. Seine Stiefel waren abgewetzt und passten ausgezeichnet zu den alten Jeans, deren enger Sitz nicht den geringsten Zweifel am Geschlecht des Trägers offen ließ und ihren Blick mit großer Regelmäßigkeit in Richtung seiner straffen Oberschenkel zog.

Wahrscheinlich trug er seine Brille, weil er mit dem Wagen hergekommen war. Sie erinnerte sich daran, dass sie einen fremden Wagen an der Straße hatte stehen sehen. Und dass von dem hellen Sonnenlicht eine Reihe feuerroter Streifen in sein windzerzaustes Haar gezeichnet worden war.

»Was ist denn das?« Er beugte sich über den Kartentisch, auf dem ein Puzzle ausgebreitet war.

»Das habe ich mitgebracht«, erklärte sie, zog ihren Arm von der Rückenlehne der Couch und trat zu ihm an den Tisch. »Ich wusste, dass ich mir hier irgendwie die Zeit vertreiben muss. Also habe ich einen Stapel Bücher mitgebracht, die ich immer schon mal lesen wollte, ohne dass ich je dazu gekommen wäre. Und das Puzzle ist eben ein weiteres Projekt.« Sie griff nach einem Teil, sah es sich einen Moment lang an und legte es an seinen Platz.

»Sehr gut.« Er lächelte auf sie herab. »Machst du öfter Puzzle?«

»Jetzt zum ersten Mal. Aber inzwischen habe ich jede Menge Übung.«

Das Puzzle war für sie ein besonderes Symbol. Anders als die meisten anderen Leute hatte sie es nicht von außen angefangen, sondern von der Mitte aus und arbeitete sich langsam, aber sicher in Richtung der Außenränder vor.

Weil die Mitte für ihr eigenes Zentrum stand, für die Dinge, an die sie glaubte, ihre Moral- und Wertvorstellungen, ihre Gedanken, ihre Überzeugungen, die Teile ihrer Persönlichkeit, die sie während ihrer Kindheit entwickelt hatte, die sie zu dem Menschen machten, der sie war.

Damit hatte sie begonnen, als sie nach Breckenridge gekommen war. Und langsam, Tag für Tag, hatte sie dem Puzzle weitere Teile hinzugefügt. Sie hatte die erschreckende Kindheitserfahrung des Verlustes ihrer Mutter, das Leben mit ihrem Vater, ihre Collegezeit, den Anfang ihrer Karriere, die Entwicklung ihrer Freundschaft mit Pinkie, die Begegnung mit Thomas noch einmal durchlebt, sich an möglichst viele besondere Tage ihres gemeinsamen Lebens zurückerinnert, das Grauen seines Todes nochmals durchgemacht, eine Chronologie ihrer Begegnungen mit Hunter McKee erstellt, und langsam, aber sicher, hatten die zahllosen Teile dieses Puzzles ein konkretes Bild geformt.

Inzwischen war es fast komplett. »Wenn es fertig ist, werde ich das Gefühl haben, dass ich mich besser kenne.« Sie hatte den Gedanken nicht laut aussprechen wollen. Eilig sah sie auf. Sicher hielt er sie für eine Närrin. Aber offenbar verstand er diese Form der Eigentherapie, denn er nickte mit dem Kopf. Sie hoffte, er würde sie nicht bitten, ihm genauer zu erklären, was sie damit meinte, und er tat es nicht.

»Du hast Schokolade am Mund«, stellte er stattdessen leise fest.

Sie blickte wie gebannt in seine Augen. Sie verströmten ein herrlich warmes Licht und hüllten ihr gesamtes Wesen, innen wie außen, darin ein. »Ach ja?«

»Uh-huh, hier.«

Er tupfte ihr das Stück Glasur mit der Fingerspitze aus dem Mundwinkel, ließ es auf seiner Zungenspitze schmelzen, und sie war völlig fasziniert und gleichzeitig erregt, weil diese Geste ungeheuer sinnlich war.

Sie starrte noch immer auf seinen Mund, als er ihr die Hände auf die Schultern legte und sie an sich zog.

»Kari?«

Ihre Augen glitten an seinem Gesicht herauf.

»Hm?«

»Als ich dich zum ersten Mal geküsst habe, warst du halb ohnmächtig. Beim zweiten Mal war ich so wütend, dass ich nicht wusste, ob ich dich küssen oder erwürgen sollte. Ich war blind vor Zorn und wusste kaum, was ich da tat.«

Er umfasste zärtlich ihr Gesicht. »Glaubst du, dass wir es uns schuldig sind, uns noch mal zu küssen, wenn wir beide genau wissen, was wir tun?«

9

Sie verharrte völlig reglos. Blinzelte nicht mal. Er nahm seine Brille ab, legte sie auf den Kartentisch und hob erneut seine warmen Hände an ihr Gesicht. Seine Fingerspitzen waren sanft, als er sie über ihre Wangenknochen gleiten ließ, während er mit seinen Daumen über ihre Lippen strich.

Seine Augen waren noch immer geöffnet, ihre Lider aber wurden schwer und fielen flatternd zu. Sein Atem traf auf ihren Mund. Er war feucht und warm und verströmte einen herben Kaffeeduft. Sie hatte das Gefühl, als verginge eine halbe Ewigkeit, bis es endlich zu einer Berührung kam.

Mit geschlossenen Lippen strich er in einem hypnotisierenden Rhythmus über ihren Mund, knabberte sanft daran herum, umfing dann ihre Unterlippe mit den Zähnen und glitt mit seiner Zunge darüber hinweg.

In Karis Kopf explodierten Hunderte von Raketen. Bisher hatte sie gedacht, dass es eine solche Reaktion auf einen Kuss höchstens in Kinofilmen gab. Das Gefühl war ihr vollkommen neu. Entweder die Männer, von denen sie sich bisher hatte küssen lassen, waren alle furchtbar einfallslos, oder sie hatten sich an irgendeinen

Ehrenkodex gebunden gefühlt, der für Hunter offenbar nicht galt.

Hatte sie bisher in Männern immer eher den Wunsch, sie zu beschützen, als ehrliche Leidenschaft geweckt? Hatte sie den Eindruck bei ihnen erweckt, etwas wie Lust wäre ihr fremd? Oder war dieser Teil ihrer Natur jetzt erst zum Leben erwacht? Sie wurde zum ersten Mal wie eine Frau geküsst, und zwar von einem Mann, der sich hervorragend darauf verstand. Hunter machte einen Kuss zu einem unverhohlen sexuellen Paarungsritual.

Er drückte seinen Mund auf ihre Lippen, löste ihn und presste dann erneut. Jedes Mal, wenn ihre Münder sich begegneten, öffnete er seine Lippen etwas weiter, bis am Schluss die feuchte Hitze seiner Mundhöhle deutlich zu spüren war. Sie ging willig darauf ein, öffnete ebenfalls den Mund und sog begierig seine Wärme in sich auf.

Seine Bewegungen waren perfekt getimt und aufeinander abgestimmt. Er legte seinen Kopf ein wenig schräg, saugte sanft an ihrem Mund, bis der mit seinem Mund verschmolz, schob seine Zunge zwischen ihre Zähne, strich mit seinen Händen über ihre Wangen, ihre Arme, ihren Rücken und zog sie in einer warmen, innigen Umarmung eng an seinen Bauch.

Ihre nackten Füße stießen gegen seine Stiefel, denn sie schob sich instinktiv noch näher an ihn heran. Ihr Körper machte, was er wollte, denn er sehnte sich danach, ihn gründlich zu erforschen, und so schlang sie ihm die Arme um den Hals, und er stieß ein zufriedenes Knurren aus.

Gott, sie brauchte diese Form der Zärtlichkeit und Leidenschaft!

Sie liebte es, dass er sie in den Armen hielt, liebte es, dass sie sich gegenüber seiner Männlichkeit wehrlos und feminin vorkam. Er hatte die kühle Luft von draußen mit hereingebracht. Sie hing in seinen Kleidern, seinem Haar und seiner Haut. Was für ein köstlicher Kontrast zu der verschlafenen Wärme ihres eigenen Leibs. Er verströmte einen maskulinen Duft nach Zitronenschalen, zerdrücktem Herbstlaub, Rauch.

Vor allem war er hart. Sie genoss diesen Beweis seines Verlangens und schmiegte ihre Weichheit an ihn an. An jedem Punkt, an dem ihre Körper sich ergänzten, riefen die Unterschiede eine elektrische Spannung in ihr wach. Das Kratzen seines Barts an ihrem Kinn und um ihren Mund herum weckte glühende Erregung in ihr.

Eine verruchte Zunge liebte ihren Mund, und ihr gesamter Körper reagierte auf jeden kühnen Stoß. Die Dämme, hinter denen sich ihre Lust seit Jahren staute, barsten, sodass es wie flüssiges Feuer durch ihre Adern rann.

Dann änderte sich mit einem Mal das Tempo. Seine Zungenschläge wurden langsam und beherrscht. Sie wollte diese wissenden Liebkosungen am ganzen Körper spüren, an ihren Brüsten, ihrem Bauch und ihren Schenkeln. Wollte, dass er mit ihr schlief.

Doch als er den Gürtel ihres Morgenmantels löste und die beiden Hälften auseinanderschob, wurde ihr bewusst, wie schnell sie die Kontrolle über das Geschehen verloren hatte und wie weit sie schon gegangen war. Sie wurde starr vor Schreck, bohrte ihm die Finger

in den Nacken, riss den Mund von seinen Lippen los und presste ihr Gesicht an seine Brust.

»Ich will dich nur im Arm halten, Kari.« Sein ungleichmäßiger Atem fächelte warme Luft auf ihren Kopf. »Ich will dich an mir spüren, aber weiter werde ich nicht gehen. Das verspreche ich.«

Sie schien sich wieder ein wenig zu entspannen, und er legte eine Hand unter ihr Kinn und hob ihren Kopf ein wenig an. Ihre Augen waren noch immer geschlossen. Ihr Mund war rot, geschwollen und wie mit frischem Tau benetzt. Die Ader in der kleinen Vertiefung ihres schlanken Halses ahmte seinen eigenen raschen Pulsschlag nach.

Der Anblick rief beinahe schmerzliches Verlangen in ihm hervor. Doch zugleich empfand er eine bisher völlig unbekannte Zärtlichkeit für diese wunderbare Frau.

Er küsste sie noch einmal vorsichtig auf den Mund. Sie wich nicht vor ihm zurück, sondern verwob ihre Finger fest mit seinem dichten Haar, und so schob er seine Hände langsam unter ihren Morgenrock, und als sich der Kuss vertiefte und er seine Zunge abermals das Wunder ihres Mundes spüren ließ, zog er sie an seine Brust zurück.

Er spreizte seine Hände sanft auf ihrem Rücken. Durch den Baumwollstoff des T-Shirts drang die Hitze ihres Leibs. Er wusste, ihre Haut wäre so weich wie Seide, doch er wagte nicht, das T-Shirt hochzuschieben und sie direkt zu berühren. Gott, auch wenn er alles dafür gäbe, genau das zu tun.

Ihre Brüste schmiegten sich an seinen Oberkörper an, und er stöhnte leise auf. Weil die Härte ihrer Nip-

pel durch den Stoff hindurch zu spüren war. Obwohl der raue Stoff von seiner Jeans an ihren nackten Schenkeln rieb, als er sein Knie zwischen ihre Beine schob. Er wünschte sich, er könnte ihre eng verschlungenen Beine sehen. Bereits der Gedanke daran, wie sie ihren Unterleib in Richtung seiner Hüfte schob, rief ein herrliches Gefühl des Schwindels in ihm wach.

Was hielt sie wohl von der Ausbuchtung im Schritt von seiner eng sitzenden Jeans? Sie musste sie ganz einfach spüren, denn schließlich schmiegte sie sich eng an das verführerische Dreieck ihres Slips. Auch dieses Bild bekam er einfach nicht mehr aus dem Kopf – die Art, wie sie sich im Sonnenlicht geräkelt hatte, wie sie ihren Rücken durchgedrückt, die Arme ausgestreckt, die Beine gespreizt und den Kopf zurückgeworfen hatte, hatte auf ihn wie die personifizierte Sinnlichkeit gewirkt.

Er wollte sie berühren, überall. Wollte weiter mit der Zunge die Geheimnisse von ihrem Mund erforschen, während er mit seinen Händen über ihren Körper glitt. Wie würde sie wohl reagieren, wenn er seine Hände …

Nein. Falls er auch nur einen kleinen Teil von ihrer nackten Haut berührte, würde er sie überall liebkosen wollen. Dann würden seine Hände nicht auf ihrem Rücken bleiben, sondern weiter in tiefere Regionen wandern, um den süßen Hintern zu umfassen, der ihm schon bei ihrem ersten Treffen aufgefallen war. Und wie es dann weitergehen würde – Himmel! Denk am besten gar nicht erst daran – denn sie würde sich anschließend hassen, wenn sie gleich aufs Ganze ging.

Sie würde sich dafür verachten, dass sie derart schnell

mit ihm intim geworden war. Und ihn würde sie als Opportunist beschimpfen, weil er von der Tatsache profitiert hätte, dass sie fast drei Monate völlig allein gewesen war. Er war früh am Morgen bei ihr aufgetaucht, als sie am verletzlichsten und noch halb nackt gewesen war, und sie würde ihm vorwerfen, er hätte sie schon wieder schamlos ausgenutzt.

Er konnte praktisch hören, welche Vorhaltungen sie ihm machen würde. Und, verdammt, sie hätte damit sogar recht. Er machte wirklich viel zu schnell. Vielleicht reagierte sie nur deshalb so auf ihn, da sie schon zu lange ohne einen Mann gewesen war.

Diese Möglichkeit verletzte seinen Stolz, führte aber dazu, dass er seine Hände unter ihrem Morgenrock hervorzog und sie zärtlich, aber ohne Leidenschaft auf ihre Schultern sinken ließ. Außerdem riss er den Mund vom Wunder ihres Mundes los.

Sie hob ihre schweren Lider und sah aus verhangenen grünen Augen zu ihm auf.

Bestimmt war er ein Narr, weil er die Liebkosung derart rüde unterbrochen hatte. Denn möglicherweise war sie ja bereit. Vielleicht … oh nein, ganz sicher nicht.

Lächelnd fragte er: »Und, was hast du heute vor?«

Aus seinem widersprüchlichen Verhalten wurde sie nicht schlau. Nachdem sie sich auf eine Art geküsst hatten, die ihre Nervenenden beben und ihren gesamten Körper hatte schmelzen lassen, hätte sie damit gerechnet, dass ein kraftstrotzender Mann wie er sie fragen würde: »Wo ist das Schlafzimmer?« oder »Hast du etwas dagegen, wenn wir nicht extra ins Schlafzimmer

gehen?«, um sie dann einfach mit sich auf den Fußboden zu ziehen.

Sie blinzelte verwirrt. Dann aber wurde ihr Blick allmählich wieder klar, sie konnte wieder den Boden unter ihren Füßen spüren, und endlich ging ihr die Bedeutung seiner Worte auf. »Vor?«, stieß sie mit rauer Stimme aus und versuchte es noch mal. »Was ich heute vorhabe?«

Er strich ihr ein paar Haarsträhnen aus dem Gesicht. »Ja. Aber was es auch immer ist, wäre es okay, wenn ich dir dabei Gesellschaft leisten würde?«

»Ich, uh, ich muss einkaufen.« Sie setzte ein schwaches Lächeln auf. »Klingt nicht wirklich aufregend, nicht wahr?«

Das plötzliche Leuchten seiner Augen überraschte sie, und sein wölfisches Grinsen rief einen erregten Schauder in ihr wach. »Alles, was wir zusammen tun, kann aufregend sein, Kari. Hast du das noch nicht festgestellt?«

Er wartete im Wohnzimmer, bis sie geduscht und angezogen war, und stieß einen langgezogenen Pfiff aus, als sie wiederkam.

Sie stemmte die Hände in die Hüften und fragte flirtbereit: »Was macht dich mehr an? Die Jeans oder der Pferdeschwanz?«

»Beides gleich. Vergiss nicht, in letzter Zeit habe ich dich immer nur geschminkt vor irgendwelchen Kameras gesehen.«

»Wie schnell man manche Dinge offenbar vergisst. Du hast mich erst vor einer Stunde direkt nach dem Aufstehen gesehen.«

Sein Blick wurde verhangen. »Das werde ich ganz sicher nie vergessen.«

Sie verschwand in der Küche, um die Einkaufsliste zu erstellen, konnte aber kaum den Bleistift halten, denn sie war noch immer furchtbar aufgeregt. Unter der Dusche hatte sie versucht, ihre Hochstimmung zu zügeln, doch die Gefühle gingen einfach mit ihr durch. Sie war so glücklich wie ein Kind im Frühling. Nein, verbesserte sie sich. Es kam ihr vor, als hätte Hunter ihr zum ersten Mal gezeigt, was es hieß, eine Frau zu sein. Und wie wunderbar das war!

Dann aber stieg plötzlich eine andere Empfindung in ihr auf. Sie hatte die ganze Zeit in ihrem Unterbewusstsein gelauert. Und jetzt blieb ihr keine andere Wahl, als sich ihre Existenz offen einzugestehen.

Der Kugelschreiber fiel aus ihrer schlaffen Hand.

Sie hatte Schuldgefühle. Denn zum ersten Mal seit Thomas' Tod hatte sie jede Menge Spaß und genoss das Zusammensein mit einem Mann.

»Weißt du, das ist vollkommen natürlich.«

Sie zuckte zusammen und fuhr herum. Hunter stand dicht hinter ihr, hatte sich aber so leise bewegt, dass sie nicht gehört hatte, wie er hereingekommen war. »Was?«, fragte sie atemlos.

»Dass du Schuldgefühle hast.« Er fasste sie nicht an, hätte es aber eindeutig gewollt. »Es ist vollkommen natürlich, dass man trauert, wenn man einen geliebten Menschen verloren hat, Kari. Aber es ist genauso natürlich, dass man irgendwann mit seinem Leben weitermacht, es wieder genießt, wieder anfängt zu lachen und sich vielleicht noch einmal neu verliebt.«

Wahrscheinlich hätte sie keine Schuldgefühle, wenn sie sich zu jemand anderem hingezogen fühlen würde. Wäre Hunter älter, kahlköpfig und pummelig, hätte sie bestimmt keine Gewissensbisse, weil er ihr gefiel. Doch das war er nicht. Er war jung und attraktiv und sehr potent. Wenn er jemand wäre, mit dem sie eine zärtliche Freundschaft entwickeln könnte, wäre das für sie wahrscheinlich kein Problem. Aber sie stellte ihn sich als Geliebten vor. Und da sie bisher nur mit ihrem Ehemann intim gewesen war, kam ihr die leidenschaftliche Reaktion auf Hunter wie ein Verrat an Thomas vor.

»Ich habe nicht die Absicht, irgendwen in deinem Leben zu ersetzen, Kari. Ich habe die Absicht, meinen eigenen Platz darin zu finden«, führte Hunter aus.

»Du hast einmal gesagt, dass du keine Gedanken lesen kannst. Das war eindeutig gelogen.«

»Aber es war die einzige Lüge, die ich dir jemals aufgetischt habe.«

Sowohl das Thema als auch die Tatsache, dass sie ein aufgeschlagenes Buch für ihn war, brachten sie aus dem Gleichgewicht. Deshalb wandte sie sich wieder ihrer Liste zu. »Cremegefüllte Schokokekse oder Vollkornkekse mit Erdnussbutter?«

»Warum nicht einfach beides?«

»Wegen der verfluchten zusätzlichen Pfunde vor der Fernsehkamera. Ach, was soll's. Wir nehmen beides.« Sie kratzte mit dem Stift auf dem Papier herum. »Wenn Pinkie mich zum Abnehmen in eine Klinik schickt, kann der Sender die Rechnung übernehmen. Was brauchen wir sonst noch?«

»Tomatensauce, Oregano, Zwiebeln, Paprika …«

Während sie schrieb, spähte er über ihre Schulter auf die Liste, und sie drehte sich auf dem kleinen Flecken um, den er ihr zwischen dem Schrank und seinem harten Körper ließ. »Und wofür brauchen wir das ganze Zeug?«

»Für das Abendessen, das ich heute für dich kochen werde.«

»Du kannst kochen?«

»Spaghetti. Und du?«

»Spaghetti«, gab sie lachend zurück, und er stellte schulterzuckend fest: »Dann werden wir in Zukunft eben jede Menge Spaghetti essen, irgendwelche Restaurants besuchen oder uns eine Überdosis an cremegefüllten Schokokeksen und Vollkornkeksen mit Erdnussbutter zu Gemüte führen.«

Lachend stellten sie die Einkaufsliste fertig, doch als er darauf bestand, dass sie mit seinem Wagen fuhren, bedachte sie ihn mit einem strengen Blick. »Ich bin durchaus in der Lage, in den Bergen zu fahren.«

»Und ich bin ein elendiger Chauvinist. Also halt die Klappe und steig ein.«

»Du kannst manchmal wirklich furchtbar herrisch sein.«

Er fuhr so gut, wie er auch alles andere tat. Es gefiel ihr zu beobachten, wie seine Hände auf dem lederbezogenen Lenkrad lagen, denn vor ihrem geistigen Auge rief ihr Anblick das verruchte Bild von diesen Händen überall an ihrem nackten Körper auf, und während der Motor des schnittigen Sportwagens vernehmlich pochte, pochte es auch überall in ihr.

Er bemerkte ihren Blick und stellte fest: »Ich würde zu gern wissen, was du gerade denkst.«

»Ich habe nur gedacht, wie ähnlich du und dein Wagen euch seid.«

Er zog überrascht die Brauen hoch. »Könntest du das ein bisschen genauer erklären?«

Sie betrachtete die geschmeidige Symmetrie von seinem Körper und dachte an die ungeheure Kraft in jedem Zentimeter seines straffen Leibs und das aufbrausende Temperament, das sich unter der glatten Oberfläche verbarg. »Nein, ich glaube nicht.«

»Also bitte.«

»Nein.«

»Dann werde ich dir auch nicht sagen, wie sensationell du aussiehst. Werde dir nicht sagen, dass ich mir bis heute Morgen fast sicher war, dass deine Schenkel genauso perfekt wie deine Waden und Knöchel sind, und es inzwischen mit Bestimmtheit weiß. Ich werde dir nicht erzählen, dass dein Hintern in Jeans sogar noch hübscher ist als in einem Rock. Oder dass ich es liebe, wie deine Brüste unter dem T-Shirt aussehen und wie es sich anfühlt, wenn du sie an meinen Körper presst. Dass mir deine Haarfarbe im Sonnenlicht fast so wie bei Kerzenlicht gefällt. Oder dass dein Gesicht so zart und so leicht zu lesen ist wie das von einer ABC-Schützin. Ich werde dir auch nicht sagen, dass deine Augen die schönsten Augen sind, in die ich je geblickt habe. Und was deinen Mund betrifft, sollte es genügen zu sagen, dass er schon seit Monaten eine Hauptrolle in meinen Träumen spielt. Gibt es sonst noch irgendwas, was ich nicht sagen sollte?«

Er lenkte den Wagen auf den Parkplatz vor dem Supermarkt, blieb mit quietschenden Reifen stehen, schaltete den Motor ab und wandte sich ihr zu. »Nun?«

Sie musste schlucken. »Nein. Ich glaube, das deckt alles ab, was du nicht sagen solltest.«

»Oh, eins noch.« Er nahm ihre Hand und sah ihr in die Augen. »Ich bin froh, dass ich hier mit dir zusammen bin«, gab er unumwunden zu und sah sie mit dem überwältigenden Lächeln an, mit dem er Richter und Geschworene bezwang und dem wahrscheinlich bereits eine Unzahl anderer Frauen verfallen war.

Sie machte es ihm nach und sah ihn mit einem ebenso strahlenden Lächeln an. »Ich auch.«

Er zwinkerte ihr zu. »Hast du deine Liste? Dann ziehen wir mal los.«

Er war nach Dillon gefahren, das kaum mehr als eine Ansammlung von Mietshäusern und -wohnungen für Wintersportfreunde war. Die Preise für lebensnotwendige Güter waren dort horrend, aber noch immer ein wenig günstiger als in Breckenridge.

Es war eine neue Erfahrung, in Gesellschaft eines Mannes die Gänge zwischen den Regalen abzuklappern. Als Kari mit Thomas zusammengelebt hatte, hatte immer die Hauswirtschafterin die Einkäufe erledigt, und in den Zeiten vor und nach der Ehe war sie stets allein in irgendeinen Supermarkt gerannt, hatte nur das Allernötigste in ihren Einkaufskorb geworfen und war wieder hinausgestürzt.

Hunter kaufte impulsiv. »Hast du das schon mal probiert?«

»Was?«

Er blickte auf das Etikett, das auf der Dose klebte, ohne den fremdsprachigen Aufdruck zu verstehen. »Ich bin mir nicht sicher.« Er warf die Dose in den Einkaufswagen, den sie schob.

Während sie Salatköpfe zusammendrückte, schälte er eine Orange, warf die Schalen unauffällig in den nächsten Mülleimer, fütterte Kari mit einem Stück und schob sich selbst zwei in den Mund. »Du hast doch wohl die Absicht, für die Apfelsine zu bezahlen, oder?«, fragte sie gespielt empört, während ihr der Saft aus den Mundwinkeln rann.

»Natürlich«, erwiderte er kauend, beugte sich dicht neben ihr Ohr und flüsterte ihr zu: »Wenn mich irgendwer erwischt.«

Sie verschluckte sich an ihrem Bissen und fing an zu husten. »Ich dachte, du stehst auf der Seite von Recht und Ordnung und sperrst die bösen Buben immer ein.«

Er zwickte ihr fröhlich in die Nase. »Nicht, wenn ich im Urlaub bin.«

»Warum bist du eigentlich Staatsanwalt geworden? So clever, wie du bist, würdest du doch als Strafverteidiger sicher sehr viel mehr verdienen.«

»Danke für das Kompliment.« Er betrachtete eine Tüte Marshmallows, legte sie dann aber wieder ins Regal. »Du hast recht. Wahrscheinlich würde ich viel mehr verdienen, wenn ich mich selbstständig gemacht hätte, statt in den Staatsdienst zu gehen.«

»Und warum hast du das nicht gemacht?« Ginge sie dieser Sache auf den Grund, löste sich vielleicht ein Teil der zwiespältigen Gefühle, die sie ihm entgegenbrachte, in Wohlgefallen auf.

»Ich schätze, meine Eltern haben mich einfach zu gut erzogen. Sie haben mir von klein auf beigebracht, dass es einen Unterschied zwischen richtig und falsch gibt und dass man die Verantwortung für alles übernehmen muss, was man im Leben tut. Ich glaube nicht, dass ich jemanden verteidigen könnte, von dem ich wüsste, dass er ein Verbrechen begangen hat. Versteh mich bitte nicht falsch. Ich respektiere Strafverteidiger und die Arbeit, die sie leisten. Sie sind wichtig, und unser System könnte ohne sie nicht funktionieren. Nur ist das, was sie tun, einfach nicht das Richtige für mich.«

»Du bist sehr ehrgeizig«, stellte sie leise fest. Sie war stehen geblieben, und er wartete, bis sie ihn ansah, ehe er ihr eine Antwort gab.

»Ich gebe zu, das bin ich. Aber das sehe ich nicht als Fehler an.«

»Nicht mal, wenn der Ehrgeiz übertrieben ist?«

»Findest du meinen Ehrgeiz übertrieben?«

Sie wandte sich ab. »Ich fand ihn übertrieben. Aber jetzt …« Sie sah ihn wieder an. »Jetzt bin ich mir nicht mehr sicher. Hast du politische Ambitionen?«

Er blickte sie mit einem verschmitzten Lächeln an. »Warten wir es ab. Erst mal möchte ich ein möglichst guter Bezirksstaatsanwalt sein.«

»Das bist du«, gab sie unumwunden zu.

Abermals wogten in Hunter Leidenschaft und Zärtlichkeit für dieses wunderbare Wesen auf. Sie war nicht nur eine begehrenswerte Frau, sondern auch ein Mensch, den zu kennen es sich lohnte. Denn sie war bereit, ihre Fehler einzuräumen sowie anderen Fehler zu verzeihen. »Danke«, sagte er.

Einen Moment lang sahen sie einander reglos an, dann aber setzte sie sich wieder in Bewegung und bat ihn: »Erzähl mir was von dir.«

Er war in Utah aufgewachsen, sein Vater hatte eine Versicherungsagentur betrieben, seine beiden Eltern lebten noch, eine seiner Schwestern war verheiratet, die andere studierte. »Ich bin das zweite Kind und von Natur aus ziemlich starrsinnig.«

»Kein Kommentar.«

Er lachte fröhlich auf. »Ich würde mich freuen, wenn du meine Familie kennenlernen würdest.«

»Ich mich auch.«

»Und wie steht es mit dir?«

»Was, wie steht es mit mir?«

»Was hast du für eine Familie, wie hat deine Kindheit ausgesehen und so?«

Sie hatten ihre Einkäufe bezahlt und waren zum Mittagessen in ein Fast-Food-Restaurant gefahren. Die Hamburger waren dünn, die Pommes frites schlaff und fettig, und die Milchshakes hatten zu viel Schaum. Doch all das fiel ihnen gar nicht auf.

Sie erzählte ihm vom Tod der Mutter, als sie zehn gewesen war, und davon, dass ihr Vater ganz alleine hatte dafür sorgen müssen, dass während ihrer Teeniezeit nichts aus dem Ruder lief. »Ich habe ihn abgöttisch geliebt. Er hat sich unglaublich bemüht, mir Vater und Mutter gleichzeitig zu sein. Was für ihn bestimmt nicht einfach war.«

»Womit hat er seinen Lebensunterhalt verdient?«

»Er war Journalist bei einer Zeitung. Dort habe ich meine Liebe zu diesem Metier entdeckt. Ich habe ihn

jeden Tag nach der Schule in der Redaktion getroffen, und es hat mir ein Gefühl der Überlegenheit verliehen, die Nachrichten immer schon zu lesen, wenn sie frisch aus der Druckerei kamen. Meine Begeisterung dafür, immer etwas von den Dingen zu erfahren, sobald sie passieren, hat sich bis heute nicht gelegt.«

»Muss ein schwerer Schlag für dich gewesen sein, als du auch ihn verloren hast.«

»Das war es. Ich habe mich total allein und wurzellos gefühlt, bis ich erst Pinkie und dann Thomas traf.«

Der Name war ihr einfach so herausgerutscht. Eilig blickte sie auf Hunter, doch er sah sie lächelnd an. »Fertig mit essen?«, fragte er, begleitete sie zurück zum Wagen und fuhr wieder in die Berge nach Breckenridge.

Sie verstauten die Lebensmittel und brachten den Rest des Nachmittags mit einer Spazierfahrt zu. Sie fuhren einfach ziellos durch die Gegend, und als sie wieder vor ihrer Haustür waren, wollte sie von ihm wissen: »Wo wohnst du überhaupt?«

Er nickte mit dem Kinn in Richtung des westlichen Stadtrands. »In einem Apartment drüben bei Peak 8. Kennst du die Vier-Uhr-Abfahrt?«

»Ja. Gehört das Apartment dir?«

»Nein, ich habe es für eine Woche gemietet. Es ist lange nicht so chic wie deine Bleibe. Was hast du heute zum Abendessen vor?«

»Was hast du denn vor?«

Sein Grinsen war jungenhaft, und sie dachte, sicher hätten seine Mutter und die Schwestern ihn fürchterlich verwöhnt. »Ich hatte gehofft, du würdest mich einladen.«

»Okay.« Sie nickte, als sie aus dem Wagen stieg. »Aber nur, wenn du den Abwasch machst.«

»Dann koch bloß etwas Einfaches«, rief er, legte den ersten Gang ein und schoss den Berg hinab.

Sie machte eine Dose Chili warm, kippte Nachos in eine Schüssel, und kurz bevor er kam, zog sie einen langen, weit schwingenden, bunt bedruckten Rock und eine blaue Bauernbluse an. Es war die einzige unpraktische Garderobe, die sie eingepackt hatte, aber heute hatte sie endlich einmal einen Grund, sie anzuziehen. Wie lange war es her, seit ein Mann bei ihr zu Gast gewesen war? Die weibliche Frivolität fühlte sich herrlich an. Sie pflückte sogar eine Seidenblume aus einem der Arrangements im Haus und steckte sie sich hinter das Ohr.

Das anerkennende, beinahe lüsterne Lächeln, mit dem er sie bedachte, als sie an die Haustür kam, verriet, dass ihre Mühe nicht umsonst gewesen war.

Nach dem Essen räumte er pflichtschuldig die Teller in die Spülmaschine, und dann nahmen sie einander gegenüber vor dem Puzzle Platz. Als sie merkte, dass er besser war als sie, verzog sie beleidigt das Gesicht.

»Hör zu, wenn du jedes Mal schmollst, wenn ich ein Teil einsetze …«

»Ich schmolle nicht!«, fuhr sie ihn an.

»Es sieht aber so aus.« Er griff über den Tisch, strich mit einem Finger über ihre Unterlippe, und sie hatte das Gefühl, als hätte er ihr einen elektrischen Schlag versetzt.

Sobald er seine Hand zurückzog, vergrub sie die Zähne in der Lippe, wie wenn sie seine Berührung festhalten oder ausmerzen wolle.

»Wie gut bist du im Bergsteigen?«

»Super«, prahlte sie. »Warum?«

»Ich dachte, wir könnten morgen wandern gehen, wenn du damit einverstanden bist.«

Dann stand er zu ihrer Enttäuschung auf und zog seine Jacke an. Nachdem sie all die Wochen vollkommen allein gewesen war, erschien ihr das Haus inzwischen immer, wenn er sie verließ, erschreckend leer. »In Ordnung. Um wie viel Uhr?«

»Schlaf am besten erst mal aus. Sagen wir, um elf?«

»Okay. Ich werde sogar was zu essen einpacken.«

Er öffnete die Tür, drehte sich noch einmal zu ihr um, nahm sie flüchtig in den Arm und ging. Traurig schloss sie hinter dem Besucher ab, zog sich die Blume aus dem Haar, warf sie auf den Boden und hasste sich dafür, weil es sie derart störte, dass er sogar ohne Gute-Nacht-Kuss heimgegangen war.

»Alles in Ordnung?«

»Sicher«, keuchte sie. »Und bei dir?«

»Bestens. Wenn du eine Pause machen willst, sag einfach Bescheid.«

Als hätte sie nur auf diesen Satz gewartet, warf sie sich ins Gras. »Bescheid.«

Er setzte sich neben sie, und während mehrerer Minuten ruhten sie sich keuchend aus. Schließlich aber hob er seinen Kopf von seinen Knien und sah sie an.

Sie hatte sich mit ausgebreiteten Armen und angezogenem Knie rücklings auf dem Abhang ausgestreckt. Bereits als sie morgens losgegangen waren, hatte sie einfach entzückend ausgesehen. Sie trug die Haare offen

und hatte eine kurze Hose, Kniestrümpfe und Wanderstiefel sowie ein Pepitahemd und eine hellbeige Sweatshirt-Jacke an.

Ungefähr auf halbem Weg den Berg hinauf hatte sie sich die Jacke ausgezogen und die Ärmel um den Bauch gebunden, weshalb jetzt die Schwellung ihrer Brüste deutlich unter ihrem dünnen Hemd zu sehen war. Eine kühle Brise wehte über sie hinweg, ihre Nippel zogen sich zusammen, und er stieß ein leises Stöhnen aus.

Sie schlug ein Auge auf und sah ihn fragend an. »Lebst du noch?«

»Kaum«, gab er zu. »In dieser Höhe ist die Luft schon ganz schön dünn. Wie wäre es mit was zu trinken?«

Sie setzte sich auf, und er angelte nach dem Picknickkorb, den er den ganzen Weg getragen hatte, machte eine Limodose auf und hielt sie ihr hin. Sie nahm einen möglichst großen Schluck, gab sie ihm zurück, und er leerte sie mit einem Zug.

»Ich hätte nicht gedacht, dass du dir gleich den höchsten Berg aussuchst«, stieß sie knurrend aus, während sie sich die schmerzenden Waden rieb.

»Man sollte eben alles, was man tut, auch richtig machen«, gab er gut gelaunt zurück und wühlte in dem Korb. »Was hast du uns zu essen eingepackt?«

Sie saßen in einem kleinen Fichtenwald, hatten sich aber während des gesamten Aufstiegs an einer der Skiabfahrten orientiert.

»Käse, kalten Braten, Chips und Schokoriegel.«

Er nahm die Dinge nacheinander aus dem Korb, fing gierig an zu essen und sie sah ihm dabei zu. Es hatte ihr

beinahe den Atem verschlagen, als er kurz vor elf vor ihrer Tür erschienen war. Genau wie sie hatte er Shorts und Wanderstiefel an, wodurch die straffe Muskulatur seiner leicht behaarten Beine vorteilhaft zur Geltung kam. Als ihm während ihres Aufstiegs heiß geworden war, hatte er sein blaues Baumwollhemd fast bis zur Taille aufgeknöpft, und sie hatte das faszinierende Muster drahtigen dunklen Haars erblickt, das seinen Oberkörper überzog. Jedes Mal, wenn sie in seine Richtung sah, zog sich ihr Innerstes zusammen, und zwischen ihren Schenkeln fing etwas zu pochen an. Was ihr entsetzlich peinlich war. Da es jedoch gleichzeitig herrlich erregend war, konnte sie sich nicht entscheiden, ob sie diese Gefühle lieber unterdrücken oder eher genießen und ihn weiter ansehen sollte, während er ihr gegenüber in der Sonne lag.

Wenn das Sonnenlicht auf seine Haare fiel, brannte es rötliche Strähnen in den dunkelbraunen Schopf, und seine von herrlich dichten Wimpern eingerahmten Augen sahen wie ein Teil des Waldes aus, denn ihr dunkles Grün wies unzählige graue Schatten sowie braune Sprenkel auf.

Als sie aufgegessen hatte, lehnte sie sich gegen einen Baum, machte die Augen zu und atmete die reine Bergluft ein. Dabei spannte sich ihr Hemd und lenkte Hunters Blick zurück auf ihre Brust.

»Du trägst nicht oft einen BH, oder?«

Sie riss die Augen auf und starrte ihn entgeistert an. »Was?«

Er richtete sich langsam auf, schob sich auf dem Hinterteil über das Gras, bis er direkt neben ihr saß, stützte

sich mit einer Hand über ihrem Kopf gegen den Stamm des Baums und beugte sich so dicht vor ihr Gesicht, dass er beinahe gegen ihre Nasenspitze stieß. »An dem Tag, als du im Zeugenstand ohnmächtig geworden bist, hattest du keinen an. Das hat mich überrascht.«

»Mich hat es überrascht, als ich wieder zu mir kam und du …« Plötzlich brach sie ab.

»Und ich dich geküsst habe?«, beendete er ihren Satz.

»Ja.«

»Und du meinen Kuss erwidert hast?«

»Ich bin noch immer nicht überzeugt, dass ich das wirklich getan habe.«

»Du hast es auf jeden Fall getan«, gab er ruhig zurück, wobei sein Blick auf ihre Lippen fiel. »Weißt du, warum ich an dem Tag deine Bluse aufgeknöpft habe?«

Mit einem leisen Stöhnen drehte sie den Kopf, vergrub ihr Gesicht an seinem Ellbogen und kniff die Augen zu. »Du hast behauptet, du hättest versucht, mich wiederzubeleben.«

»Was nur einer der Gründe war.«

»Dann hast du mich mehr als einmal angelogen.«

»Wobei man diese Lüge wahrscheinlich als Notlüge bezeichnen kann.« Seine Hand befingerte den Kragen ihres Hemds. »Ich konnte mich einfach nicht beherrschen. Ich wollte dich ansehen, Kari.« Er schloss seine Hand um ihren Nacken und glitt an der schlanken Säule hinab. »Und das will ich noch immer.« Der Klang seiner Stimme war ebenso verführerisch wie die kühle Brise, die flüsternd durch die dichten Äste über ihren Köpfen drang.

Eilig knöpfte er den ersten Knopf der Bluse auf. »Und auch heute hast du nichts unter deiner Bluse an.«

»Nein.«

»Genau wie gestern Abend.«

Sie schüttelte den Kopf an seinem Arm.

»Deshalb habe ich dich gestern Abend nicht geküsst. Wenn ich dich berührt hätte, hätte ich nicht mehr aufhören können. Dann hätte ich deine Brüste fühlen und küssen müssen. Und wie es dann weitergegangen wäre, weißt du genauso gut wie ich.«

Seine Finger glitten hinab zum zweiten Knopf. Er spielte kurz damit, und als sie nicht versuchte, ihn daran zu hindern, machte er auch ihn und dann den dritten und den vierten auf.

Als er den Stoff zur Seite schob, schlug ihm ihr süßer Blumenduft entgegen, und er klappte verzückt die Augen zu, denn ihre Haut war wirklich so lebendig, warm und glatt wie in seiner Fantasie.

Er umfasste ihre feste Brust. Sie passte genau in seine Hand, und er knetete sanft mit seinen Fingern an der Wölbung herum. »Kari, Kari«, stöhnte er. »Du fühlst dich fantastisch an.« Er schob seine Hand auf ihre andere Brust und streichelte sie auf dieselbe liebevolle Art.

Zärtlich glitt sein Daumen über ihre Brustwarze. Diese Berührung machte sie kieselhart, und er murmelte Liebkosungen an ihrem Hals, während er sie zwischen Daumen und Zeigefinger rollte und dann leicht mit seinen Fingerspitzen über die Verhärtung strich.

Als sie plötzlich leise schluchzte, machte er die Augen wieder auf und sah, dass eine Träne über ihre Wange rann. Sofort hielt seine Hand in der Bewegung inne,

und er blickte sie ängstlich an. »Kari, was ist los? Tue ich dir weh?«

»Nein«, wisperte sie, ohne dass sie ihr Gesicht von seinem Ellenbogen nahm.

»Habe ich dich beleidigt? Ich schwöre dir, ich …«

»Nein.«

»Was ist es dann? Warum weinst du dann? Willst du, dass ich aufhöre?«

Endlich hob sie den Kopf und sah ihn aus tränenfeuchten Augen an. »Genau das ist es. Ich will nicht, dass du aufhörst. Es fühlt sich einfach herrlich an.« Erschaudernd fügte sie hinzu: »Und ich weiß nicht, was ich davon halten soll.«

Blitzschnell kniete er sich vor sie, umfasste ihren Kopf mit beiden Händen und zog ihren Mund bis auf einen Millimeter an seinen Mund heran. »Dann denk einfach nicht darüber nach. Denk einfach nicht mehr nach.«

10

Er küsste sie hungrig auf den Mund. Dieses Mal verzichtete er auf das sanft-verführerische Vorspiel und legte von Anfang an seine gesamte wilde Leidenschaft in die Berührung ihres Munds. Und auch ihre Lippen gaben umgehend dem Drängen seiner Zunge nach, als er sie in die süße Öffnung schob.

Seine Liebkosung ihrer Brüste hatte Karis Sinne aus ihrem Dornröschenschlaf geweckt. Sie empfand dieselbe ungezähmte Leidenschaft wie er. Es gab keine Schuldgefühle, Vorbehalte, Zweifel mehr. Sie gab sich ganz der Hitze seines Kusses hin, denn ihr Hirn hatte die Herrschaft abgegeben, und sie wurde nur noch von ihrem Gefühl regiert.

Ohne auch nur einmal von ihren Lippen abzulassen, zog Hunter sie mit sich auf den Boden und nahm sie derart besitzergreifend in die Arme, dass es sie nicht überrascht hätte, ließe er niemals wieder von ihr ab. Doch in diesem Augenblick war ihr das vollkommen egal.

Er drückte sie auf den dicken Grasteppich und rollte sich mit ihr herum, bis sie auf ihm lag. Eines ihrer Knie landete bei dieser Drehung zwischen seinen Beinen, und er klemmte es entschlossen zwischen seinen

harten, schlanken Schenkeln fest und zog es gegen seinen Unterleib, bis sie sich daran rieb.

»Oh Gott, Kari«, stieß er aus. »Ich begehre dich bereits seit einer halben Ewigkeit.«

Er drehte sich erneut mit ihr herum, bis sie auf dem Rücken und er halb auf ihr lag. Er hatte sich über Monate hinweg zu Zurückhaltung gezwungen, doch er hatte sie gewollt, seit er sie zum ersten Mal gesehen hatte, und jetzt endlich wäre es so weit.

Er neigte seinen Kopf und gab ihr einen neuerlichen tiefen Kuss. Ihr Mund gab und nahm mit derselben Ungezwungenheit, und er schob seine Hand zwischen ihre Körper, knotete die Ärmel ihrer Jacke auf, zog ihre Bluse aus den Shorts, schob die beiden Hälften auseinander, machte sich von ihren Lippen los und sah auf sie herab.

Flecken hellen Sonnenlichts tanzten erotisch über ihre Brüste, und aufgrund des Lichtes und der Schatten, die sie spielerisch auf ihren Körper malten, sah sie wie ein Kunstwerk aus. Doch sie war viel besser als ein Kunstwerk, denn sie war ein Mensch aus Fleisch und Blut, wisperte begehrlich seinen Namen und streckte sehnsüchtig die Arme nach ihm aus.

Er verschlang sie gierig mit den Augen. Aber wenn er sie nicht gleich berührte, würde er vergehen. Er legte ihr die Hände auf die Brüste und ergötzte sich an ihrer straffen Haut, den weichen Rundungen, der Zartheit ihrer Brustwarzen. »Du bist einfach wunderschön.« Er strich sanft mit seinem Daumen über einen der korallenroten Nippel, und die Reaktion auf seine zarten, kreisenden Bewegungen war wunderbar. »Ah, sieh dich nur an.«

Mit seiner freien Hand riss er sein Hemd aus seinem Hosenbund, machte auch die letzten beiden Knöpfe auf und presste seinen nackten Oberkörper fest auf ihre Brust.

»Hunter. Oh, das fühlt sich gut an«, stöhnte sie.

Die Reibung ihrer Nippel an der dicht behaarten Männerbrust rief unzählige unbekannte herrliche Gefühle in ihr wach. Sie spürte die stählerne Härte seiner Muskeln unter seiner warmen, pulsierenden Haut, und als er sich an ihr heraufschob, seinen Kopf neigte und ihre Brüste küsste, schlang sie ihm begehrlich ihre Arme um den Hals.

Erst war seine Berührung beinahe zögerlich. Seine Lippen saugten sanft an ihrer Haut, doch es war eindeutig nicht genug, und so zog er ihre Brust in seinen Mund, massierte den Nippel mit der Zunge, bewegte den Kopf von links nach rechts und dann an ihr herab.

Gierig folgte er der flachen Einkerbung hinab zu ihrem Bauch. Seine heißen Lippen und die kühne Zunge hinterließen eine feuchte Spur auf ihrer Haut, unter der sie sich in einer Orgie der Gefühle wand. Dann küsste er lüstern ihren Nabel, schob sich vorsichtig an ihr herab, bis seine Schultern zwischen ihren Schenkeln lagen, und streckte die Beine zwischen ihren Beinen aus.

Karis Blut fing an zu kochen. Alle ihre Sinne waren geweckt, und ihre Nervenenden kribbelten. Verglichen mit der Hitze seines Leibs erschien ihr der Boden plötzlich kühl. Der Geruch zerdrückten Sommergrases stieg ihr in die Nase, eine milde Brise wehte über ihren Kör-

per, und das Sonnenlicht, das durch die Bäume fiel, hüllte ihr Gesicht in eine wunderbare Wärme ein.

Hunter setzte die Verführung ihres Nabels fort, und wieder wogte eine Unzahl von Gefühlen in ihr auf. Ihre nackten Beine rieben ruhelos an seinen Schenkeln, ihr Becken fing wie von alleine an zu kreisen, und er glitt mit seiner Hand von ihrer Brust in Richtung ihres Unterleibs und presste und rieb im Rhythmus ihrer eigenen Bewegungen an ihr herum.

»Kari? Liebling? Soll ich …?«

Sie vergrub ihre Hände in seinen Haaren und stieß ein undeutliches Stöhnen aus.

Er öffnete den Reißverschluss von ihren Shorts und enthüllte den zartgelben Slip. Ein mit Seidenfaden aufgestickter Schmetterling breitete die Flügel über ihrem Venushügel aus.

Er presste seinen Mund sanft auf den Schmetterling und küsste ihn.

Ihr entfuhr ein spitzer Schrei, denn durch diesen Kuss wurde sie in eine völlig neue Welt katapultiert. Dann schluchzte sie leise auf, denn sie wurde von einem Glücksgefühl wie von einer Million winziger Pfeile durchbohrt. Eine herrliche Zuckung folgte der anderen und hallte noch lange der ersten Explosion in ihrem Innern nach.

»Oh Gott.«

Sie rollte sich auf den Bauch und vergrub den Kopf in den verschränkten Armen. Sie zitterte noch immer am ganzen Leib, gleichzeitig jedoch hatte ihr Gehirn die Arbeit wieder aufgenommen, und sie lag lange völlig reglos da und kämpfte gegen die wunderbare Faul-

heit und die köstliche Schwere ihres Leibes an. Sie wollte sich nicht so fantastisch fühlen. Sie hatte sich vollkommen lächerlich gemacht und keine Ahnung, wie sie diesem Mann je wieder ins Gesicht sehen sollte, ohne vor Scham zu vergehen.

Er legte eine Hand auf ihren Rücken und tätschelte ihn leicht.

Er sagte lange nichts, wofür sie wirklich dankbar war, und schließlich meinte er: »Ich muss mal kurz verschwinden. Aber ich bin sofort wieder da.«

Sie spürte, dass er sich erhob, hörte seine Schritte, als er sie verließ, rollte sich auf den Rücken und sah, wie er hinter einem Busch verschwand. Trotz allem, was geschehen war, zauberte seine Diplomatie ein Lächeln auf ihr Gesicht. Auch ihr hätte ein Besuch des Badezimmers gutgetan.

Mit zitternden Händen schloss sie ihre Shorts und ihre Bluse, kämmte mit den Fingern ihr zerzaustes Haar und wischte sich mit den Handrücken die infolge ihrer Tränen, wie sie wusste, grauenhaft verschmierte Wimperntusche ab.

Als sie ihn wieder näher kommen sah, räumte sie die Reste ihres Picknicks ein und legte sie wieder in den Korb.

»Wir sollten uns allmählich auf den Rückweg machen.« Eilig stand sie auf und klopfte sich den Hintern ihrer Hose ab. »Hier oben wird es früher dunkel als unten im Dorf.« Sie band sich wieder ihre Sweatshirt-Jacke um und wandte sich zum Gehen, aber Hunter packte ihren Arm und zwang sie, sich zu ihm umzudrehen.

»Wir gehen nirgends hin, bevor wir nicht geredet haben. Seit wir uns zum ersten Mal begegnet sind, gab es zwischen uns ein Riesenmissverständnis nach dem anderen. Aber ich werde nicht zulassen, dass das hier auch ein Missverständnis wird.«

Sie wagte nicht, ihm ins Gesicht zu sehen, deshalb blickte sie entschlossen auf den dritten Knopf von seinem Hemd. Er hatte es ordentlich wieder zugemacht und in seinen Hosenbund gesteckt. »Ich weiß nicht, was passiert ist. Ich …«

»Du hattest einen Orgasmus«, stellte er mit ruhiger Stimme fest. Sie starrte ihn entgeistert an, doch seine Miene drückte weder Selbstgefälligkeit noch Häme, sondern sanfte Freude aus. »Ich weiß nicht, was für ein Problem du damit hast, Kari. Warum regst du dich so darüber auf?«

»Weil mir so etwas noch nie passiert ist.«

Er gab sich die größte Mühe, nicht zu lächeln, schaffte es aber nicht ganz. »Dann sollte ich dir wohl gratulieren.«

»Ich meine, natürlich hatte ich auch vorher schon Orgasmen«, meinte sie entnervt. »Nur eben nicht so. Nicht so …«

Sie wusste nicht, wie sie erklären sollte, dass sie völlig die Kontrolle über sich verloren hatte. Dass sie das Gefühl gehabt hatte, als glitte sie auf einen Abgrund zu und hätte einfach nicht gewusst, wie sich der Sturz bremsen oder die Lawine stoppen ließ. Würde sie sich vielleicht noch mehr zur Närrin machen, wenn sie diese Dinge sagte? Weil sich das Gefühl im Grunde einfach nicht beschreiben ließ. »Es ging alles so schnell,

sogar ohne … na, du weißt schon. Du musst denken …«

»Würdest du mich bitte selber denken lassen?« Er zog sie an seine Brust. »Ich denke, du bist eine leidenschaftliche Frau, die infolge der traurigen Geschehnisse des letzten Jahres nach körperlicher Liebe ausgehungert war.«

»Genau das ist es«, schrie sie auf. »Ich ertrage es nicht, wie eine sexuell verhungerte Witwe dazustehen, die sich vom ersten Mann, der …«

»Hör mir zu.« Er schüttelte sie leicht. Der harte Klang von seiner Stimme zwang sie abermals, ihm ins Gesicht zu sehen. »Ich fand es wunderschön. Und ich bin verdammt froh, dass ich derjenige war, der dir diese Reaktion entlocken dufte. Falls irgendein anderer Mann auch nur in deine Nähe gekommen wäre, hätte ich ihn wahrscheinlich eigenhändig umgebracht und dadurch eines der Gesetze übertreten, die mir so wichtig sind. Du warst einfach wunderbar. In Ordnung? Hast du mich verstanden? Was muss ich sonst noch sagen, damit du nicht mehr so schuldbewusst und argwöhnisch guckst?«

In diesem Augenblick wurde ihr klar, was sie für ihn empfand.

Er hätte auch einfach selbstzufrieden reagieren und sich damit brüsten können, dass er ihren Körper und ihre Gefühle kontrollieren konnte. Aber das hatte er nicht getan. Stattdessen hatte er ihr das Gefühl gegeben, dass die Reaktion, die sie gezeigt hatte, nicht sein, sondern ihr eigener Triumph gewesen war.

Tränen schimmerten in ihren Augen, doch sie lächel-

te, als sie ihn bat: »Sag, dass du heute Abend deine besonderen Spaghetti für mich kochst.«

Auch er entspannte sich und sah sie mit einem breiten Grinsen an. »Komm her.«

Er zog sie erneut an seine Brust, umfasste ihren Hinterkopf, presste ihr Gesicht an seinen Hals und legte sein Kinn auf ihren blonden Haaren ab. Sein anderer Arm lag wie ein Band aus Stahl um ihren Rücken, und ein paar Minuten blieben sie im Schutz der Bäume stehen und wiegten sich sanft hin und her.

Dann ließ er sie wieder los, küsste sie kurz auf die Nasenspitze und erklärte: »Du hast recht. Es fängt schon an zu dämmern. Also lass uns gehen.«

Als er kam, saß sie gemütlich auf der Couch und sah sich Sally Jenkins' Beitrag in den Sechs-Uhr-Nachrichten an. Sie hielt ihm die Tür auf, denn er war mit einer Tüte voller Lebensmittel und zwei Flaschen Wein bepackt. Er beugte sich gut gelaunt über die Tüte, gab ihr einen Kuss und wollte von ihr wissen: »Bin ich zu früh oder zu spät?«

»Zu früh. Aber danke für die Unterbrechung. Ich habe mir gerade im Fernsehen angesehen, wie meine größte Konkurrentin ihren Auftritt vermasselt hat.«

»Diese Sally?«, fragte er, marschierte in die Küche und stellte seine Sachen auf der Arbeitsplatte ab.

»Du weißt ganz genau, von wem ich spreche. Sally Jenkins. Dem neuen Liebling der Massen. Der schönsten Frau im Fernsehen.«

Er streckte seinen Kopf ins Wohnzimmer. »Rieche ich da irgendetwas Ranziges? Vielleicht Eifersucht?«

»Ich gebe zu, ich werde grün vor Neid, wenn ich sie sehe.« Sie machte den Fernseher aus, ging zu ihm in die Küche, und er reichte ihr lachend ein Glas Wein.

»Du hast keinen Grund, eifersüchtig auf sie zu sein. Sie kann dir nicht das Wasser reichen. Ohne ihre Titten wäre sie ein Nichts.«

»Dann hast du sie also bemerkt.«

»Wer könnte die wohl übersehen?«

»Ja«, pflichtete ihm Kari bei. »Auch einem der Typen aus der Verkaufsabteilung sind sie aufgefallen. Zumindest war das der Stand der Dinge, als man mich beurlaubt hat.« Sie lehnte sich gegen die Arbeitsplatte und strich mit dem Finger über den Rand von ihrem Glas. »Was, wenn sie mir meinen Job nicht wiedergeben, Hunter?«

Er hörte den ängstlichen Ton, in dem sie sprach, unterbrach die Suche nach Töpfen und Pfannen, umfasste zärtlich ihr Gesicht und gab ihr einen warmen Kuss. »Das werden sie. Aber selbst wenn nicht, würdest du auf jeden Fall was Neues finden. Und auch das bekämst du ohne Mühe hin.«

»Danke. Das habe ich gebraucht.« Dann stellte sie spontan ihr Weinglas auf den Tisch, schlang ihm die Arme um die Taille und legte ihren Kopf an seine Brust. »Ich brauche dich.«

Obwohl sie diese Worte nur geflüstert hatte, hatte er verstanden, schob sie von sich fort und sah ihr ins Gesicht. »Wofür?«

Diese Gegenfrage hätte sicher jeden Puls beschleunigt. Ihrer überschlug sich fast.

Sie schämte sich noch immer für die Dinge, die am

Nachmittag geschehen waren, und damit Hunter nicht dächte, dass sie vollkommen verzweifelt war, legte sie den Kopf ein wenig schräg und meinte kess: »Damit sich jemand meiner Strafzettel erbarmt. Diesen kleinen Gefallen kannst du mir doch sicher tun. Schließlich bist du Bezirksstaatsanwalt.«

Lachend hob er sie hoch und knurrte ihr ins Ohr: »Das kriege ich auf alle Fälle hin. Aber solche Gefallen sind teuer.« Er streichelte schamlos ihr Hinterteil, um ja keinen Zweifel daran aufkommen zu lassen, welcher Preis genau dafür zu zahlen war.

Er überließ ihr die Zubereitung des Salats, rührte hochkonzentriert seine besondere Spaghettisauce an, und während diese köchelte, trugen sie ihren Wein ins Wohnzimmer, kuschelten sich auf die Couch, und er legte sich ihre nackten Füße in den Schoß.

»Keine Schuhe?«, fragte er.

»Ich glaube, ich habe mir heute eine Blase eingehandelt.«

Er blickte auf die weich fallende Seidenhose, die sie trug. Sie hatte die Farbe von Vanilleeis. Auch der farblich passende Seidenpulli hing locker an ihr herab. Er hatte weite Ärmel sowie einen überdimensionalen U-Boot-Ausschnitt, der ihr neckisch von der linken Schulter glitt. »Dein Outfit gefällt mir«, lobte er, während er mit einem Zeigefinger über ihre nackte Schulter strich.

»Hm, ich frage mich, warum.«

»Wenn du das Ding im Fernsehen trägst, werden die Einschaltquoten sicher in die Höhe schießen.«

»Meinst du?«

Er runzelte die Stirn. »Wenn ich es genau bedenke,

lass es lieber sein. Schließlich will ich nicht, dass dich Tausende von Männern anstarren.«

»Wärst du dann etwa eifersüchtig?«

»Allerdings.« Er sah sie mit einem reuelosen Lächeln an. »Hast du in letzter Zeit mal mit Pinkie telefoniert?«

Sie schüttelte den Kopf und blickte auf den rubinroten Wein in ihrem Glas. »Ich wollte ihn anrufen und mit seinem Liebesleben aufziehen, aber …«

»… dann hätte er das anders herum vielleicht ebenfalls getan. Und das hättest du nicht gewollt.«

Abrupt blickte sie wieder auf. »Himmel, wie machst du das?«

»Was?«

»Woher weißt du immer, was ich denke? Es macht mich verrückt, wenn du das tust.«

»Tut mir leid. Aber das war ja wohl ganz einfach. Natürlich würde er dich fragen, ob ich dich gefunden habe, und dann hättest du ihm irgendwas erzählen müssen. Was hättest du zu ihm gesagt, Kari? Was hättest du ihm über uns erzählt?«

»Ich weiß es nicht.«

Er schob ihre Füße neben sich, stand auf und stapfte in die Küche. Sie blieb auf dem Sofa sitzen, verzog unglücklich das Gesicht, lief ihm dann aber hinterher.

Er rührte die Spaghettisauce um.

»Ich habe dir gesagt, dass du keine zu großen Erwartungen haben sollst.«

Er hatte die Schultern zornig angezogen, entspannte sie jetzt allerdings etwas und drehte sich zu ihr um. »Die habe ich auch nicht.«

Aus irgendeinem Grund hatte sie plötzlich Lust, mit

ihm zu streiten. »Doch, die hast du. Du erwartest, dass ich mit dir schlafe.«

»Falsch!«, schrie er sie an. Auch er war am Ende seiner Geduld. Er hatte über Monate die Regeln des Anstandes befolgt und Zurückhaltung gewahrt. Aber verdammt, er hielt es einfach nicht mehr aus. Bei ihm war bereits der Notstand ausgebrochen, als er gleich nach seiner Ankunft hier in Breckenridge zu ihr in das Restaurant gegangen war. »Ja, das ist es, was ich *will.* Doch ich habe beim besten Willen keine Ahnung, was ich von dir *erwarten* soll.«

»Warum sagst du das?«

»Warum? Weil das alles von Anfang an entsetzlich schwierig war. Seit ich dir zum ersten Mal begegnet bin, hast du mir das Leben schwer gemacht.«

»Warum bist du dann hier?«

»Das würde ich selber gerne wissen.«

Sein Zorn feuerte ihren Zorn noch weiter an. »Angenommen, ich ginge tatsächlich mit dir ins Bett. Wie würde es dann weitergehen?«

»Wahrscheinlich würde ich dich einen ganzen Monat dort behalten wollen.«

Von Hunters Löffel tropfte rote Sauce auf den Boden. Wütend warf er ihn auf den Herd und trat auf Kari zu. »Ich habe in meinem ganzen Leben noch keiner Frau zuliebe einen derartigen Eiertanz vollführt. Und weißt du was? Ich bin es einfach leid. Ich musste mir immer genau überlegen, was ich zu dir sage, nur damit du es nicht falsch verstehst.«

Er packte ihre Schultern und riss sie hart an seine Brust. »Aber jetzt ist mir scheißegal, wie du das hier auf-

fasst. Denn es ist das, was ich empfinde.« Zur Betonung seiner Worte zog er ihren Bauch eng an seinen Unterleib.

»Ich begehre dich, Kari. Ich will dich nackt sehen und so wild, wie du heute Nachmittag auf dem Berg gewesen bist. Nur will ich beim nächsten Mal, wenn das passiert, tief in dir vergraben sein, am eigenen Körper spüren, was du empfindest, und deine Gefühle mit dir teilen. So. War das derb und bildlich genug, damit du mich verstehst? Du hast einfach das Talent, immer nur zu hören, was du hören willst, und deine Ohren vor allem anderen zu verschließen. Aber ich glaube nicht, dass du meine letzten Sätze falsch verstehen kannst.«

Er ließ sie so plötzlich wieder los, dass sie taumelte. Ein paar Tage zuvor hatte er in einem der Schränke eine Flasche Scotch entdeckt. Die nahm er jetzt heraus, schenkte sich großzügig in ein Saftglas ein und leerte es in einem Zug.

Plötzlich hätte sie am liebsten laut gekichert. Thomas hätte niemals derart die Geduld verloren. Hunters Jähzorn stimulierte sie genau wie einer seiner Küsse, und am liebsten hätte sie ihn zu sich umgedreht, ihm eine schallende Ohrfeige verpasst und dann mit derselben Leidenschaft geküsst.

»Hunter?«

»Was?«, fuhr er sie an.

»Sag mir, wann ich den Tisch decken soll.«

Sie musste sich ziemlich Mühe geben, um ihn zu besänftigen, doch als sie sich zum Essen setzten, war auch seine gute Laune wiederhergestellt. Er öffnete die zwei-

te Flasche Wein, machte einen kleinen Scherz, und als sie seine Spaghettisauce in den höchsten Tönen lobte, blickte er sie lächelnd an. Er war aufbrausend, aber nicht nachtragend. Was ihr an ihm gefiel.

Nach dem Essen räumten sie die Teller weg und fuhren mit der Arbeit an dem Puzzle fort. Dieses Mal jedoch lehnte sich Hunter faul zurück, überließ das Puzzeln ihr und beobachtete, wie sich Kari, während sie sich konzentrierte, auf die Unterlippe biss. Immer, wenn ihr eine Strähne ihrer Haare vor die Augen fiel, schob sie sie gedankenlos zurück.

Sie hatten die Kerzen vom Esstisch auf den Kartentisch gestellt, und als Kari sich vornüber beugte, glühte ihre nackte Schulter in dem goldenen Licht. Ihre Haut wirkte wie glänzender Satin, und am liebsten hätte er, um auch diesen Teil von ihr zu kosten, vorsichtig an ihrem Schulterblatt genagt.

Der Pullover, den sie trug, war sicher das verführerischste Kleidungsstück, das sie besaß. Vor allem, da sie wieder einmal nichts darunter trug. Immer, wenn sie sich bewegte, konnte er die sanfte Schwellung ihrer Brüste sehen. Sie war sexy, ohne dass sie sich extra darum bemühte, und ihr ganz besonderer Reiz lag in ebendieser Unaufdringlichkeit.

Er dachte an Marilyn und lachte leise auf. Wie hatte er jemals denken können, er könne sein Verlangen nach Kari durch eine andere stillen, vor allem durch eine so marktschreierische Person wie Marilyn? Wie dumm er doch gewesen war.

Kari sah von ihrem Puzzle auf. »Habe ich etwas verpasst? Was ist so lustig?«

»Ich habe nur an einen Abend gedacht, den ich lieber vergessen würde«, stellte er mit einem neuerlichen leisen Lachen fest.

»Ach?«

»Mein Verstand hatte kurzfristig ausgesetzt.«

»Das ist alles?«

»Das ist alles, was du von mir zu hören bekommst.«

Sie schüttelte den Kopf, als zweifele sie an seinem Verstand, und wandte sich wieder dem Puzzle zu.

Sie hielt die drei letzten Teile in der Hand. Nun, da sie im Begriff stand, es fertigzustellen, hatte sie beinahe Angst davor. Dann müsste sie sich dem Bild stellen, das sie sah. Nicht dem Bild der bunten Luftballons, das im Verlauf der Abende entstanden war, sondern dem Bild von sich selbst, für das es stand.

Hunter McKee.

Anfangs hatte sie ihn als Feind gesehen. Inzwischen aber wusste sie, sie liebte diesen Mann.

Sie legte eins der Puzzleteile ab. Blieben nur noch zwei.

Es war nicht gerade einfach, ihn zu lieben. Er war furchtbar ehrgeizig und hatte ein aufbrausendes Temperament. Aber er stand auch für Gerechtigkeit, die typisch amerikanische Robustheit und die altmodischen Werte, an denen auch sie selber hing. Er hatte ihr heute Abend unverblümt erklärt, er wolle mit ihr schlafen. Doch das hatte sie bereits gewusst. Hatte es, wie sie rückblickend erkannte, schon seit langer Zeit gewusst. Vielleicht hatte sie ihn absichtlich dazu gebracht, ihr seine Gefühle zu gestehen.

Aber liebte er sie auch?

Sie glaubte, ja. Ein Mann wie er brauchte nicht über ein Jahr auf eine Frau zu warten. Doch das hatte er getan. Trotz der Dinge, die sie ihm angetan, über ihn gesagt und ihm an den Kopf geworfen hatte, hatte Hunter sie gesucht. Und war es wirklich wichtig, falls er sie nicht liebte? Thomas hatte ihr mit schöner Regelmäßigkeit gesagt, dass er sie liebte, gleichzeitig jedoch zahlreiche Verhältnisse gehabt. Musste sie also erneut die Worte hören, oder reichten Hunters Taten als Beweis für seine Liebe aus?

Sie schob das nächste Teil an seinen Platz.

Es war schwer gewesen, einen Gott zu lieben. Doch sie hatte ihren Ehemann wie einen Gott geliebt. Das konnte sie sich inzwischen eingestehen. Pinkie hatte recht gehabt – sie hatte ihn als ihren Ritter in schimmernder Rüstung angesehen, der aus ihrer Sicht perfekt gewesen war.

Aber es war einschüchternd, mit einem rundherum perfekten Mann zu leben. Hatte sie nicht ständig Angst davor gehabt, irgendwas zu tun, was Thomas nicht gefiel? Hatte sie jemals gewagt, frei etwas zu äußern, was nicht voll und ganz der Meinung ihres Ehemanns entsprach? Hatte sie sich nicht die ganze Zeit bemüht, seine Anerkennung zu gewinnen, und ständig das Gefühl gehabt, dass sie unzulänglich war?

Hätte sie jemals zuvor dieselbe körperliche und emotionale Reaktion gezeigt wie heute Nachmittag? Niemals. Auch wenn Thomas Prostituierte zu sich eingeladen hatte, hätte ihn eine derartige Leidenschaft bei seiner Ehefrau gestört. Das hätte zu ihrer Beziehung einfach nicht gepasst, und das hatte sie instinktiv gewusst.

Die Liebe zu Hunter legte ihr ganz sicher keine derartigen Beschränkungen auf. Sie hatte ihren Ehemann geliebt, aber jetzt liebte sie wieder, und es war ein völlig anderes herrliches Gefühl. Deshalb war es an der Zeit, ihrer alten Liebe einen besonderen Platz in ihrer Erinnerung zu geben und sich ganz darauf zu konzentrieren, was ihr diese neue Liebe bot.

Sie drückte das letzte Teil des Puzzles fest und betrachtete das Bild.

Sie glitt mit den Fingern über die Ballons, sah sie sich von allen Seiten an, hob dann aber den Kopf in Richtung des Mannes, der ihr schweigend gegenübersaß.

»Alle Teile passen«, stellte sie mit rauer Stimme fest.

»Ist es jetzt okay, wenn ich dir sage, dass ich dich liebe? Und zwar seit dem Tag, als du in mein Büro marschiert gekommen bist, Kari.«

»Ich glaube, ich habe kurz danach begonnen, dich zu lieben. Das hat mich total wütend auf dich gemacht.«

»Das war mir klar.«

Sie blickte ihn verwundert an. »Das war dir klar? Warum hast du dann nicht eher etwas gesagt?«

»Weil du einfach noch nicht so weit warst. Aber jetzt bist du es. Ich liebe dich, und du liebst mich.«

Wie in Trance erhob sie sich von ihrem Platz, ging um den Tisch herum, und er zog sie auf seinen Schoß und schlang ihr die Arme um den Bauch.

Einzig ihre Zungenspitzen berührten sich zu einem endlos süßen, liebevollen Kuss.

»Du schmeckst einfach wunderbar«, murmelte er dicht an ihrem Mund, fächelte mit seiner Zunge über

ihre Zähne, nahm sich immer mehr von ihr und gab genauso viel zurück.

Durch den Seidenpulli knetete er zärtlich ihre Brust, und sofort wurde ihr Nippel hart. Er flüsterte ihr süße Kosenamen zu, richtete sich auf, schob die Hände vorsichtig unter ihr Oberteil und glitt über ihr warmes Fleisch.

»Das wollte ich schon den ganzen Abend«, raunte er ihr zu.

»Mach einfach, was du willst«, gab sie in demselben rauen Ton zurück, als er ihre Brüste in die Hände nahm und die Knospen zwischen seinen Fingerspitzen rieb.

»Zieh deinen Pullover aus. Ich möchte meine Hände an deinem Körper sehen.«

Während seine Hände blieben, wo sie waren, zog sie ihren Pulli über ihren Kopf.

»Gott.«

Der Anblick seiner großen sonnengebräunten, leicht behaarten Hände auf dem glatten weißen Fleisch war Erotik pur. Sie stieß ein leises Keuchen aus, denn unter der Berührung seiner Finger wurden ihre Nippel hart.

Dann sah sie, wie er seine Lippen um die Warze schloss und wie sich die Muskeln seines Kiefers wechselweise anspannten und lockerten, während er liebevoll mit seiner Zunge über die Erhebung strich. Seine Augen waren zugefallen, und die dichten Wimpern, die auf seinen Wangenknochen lagen, sahen wie zwei dunkle Fächer aus. Rötliche Strähnen glitzerten in seinem braunen Haar, als sie ihre Hände tief in seinem Schopf vergrub, seinen Kopf an ihren Busen drückte und die

Hoffnung hegte, dieser wunderbare Augenblick ginge niemals vorbei.

Es war beinahe mehr, als sie ertrug. Sie drückte ihre Stirn auf seinen Kopf und stieß eine Reihe unerhörter Worte aus. Worte, die sie niemals vorher ausgesprochen hatte. Weil sie schamlos und empörend waren. Worte, die ihn dazu brachten, sich von ihrer Brust zu lösen, ihren Mund erneut mit seinen Lippen zu umfassen und ihr einen Kuss zu geben, der sie regelrecht verbrennen ließ.

Er stand auf und nahm sie auf den Arm. Obwohl er noch nie in ihrem Schlafzimmer gewesen war, fand er mühelos den Weg, legte sie aufs Bett, breitete ihr blondes Haar wie einen Fächer auf der Decke aus, strich ihr mit den Fingern über Brust und Bauch und richtete sich wieder auf.

»Falls du Probleme mit dem Anblick nackter Männer hast, machst du besser die Augen zu«, warnte er sie lächelnd, während er aus seinen Kleidern stieg.

»Ich habe kein Problem damit, dich nackt zu sehen. Ich habe sogar schon davon geträumt.« Sie hob erwartungsvoll den Kopf.

Stöhnend kämpfte er mit seinem Gürtel. Karie bog den Rücken durch und reckte ihm ihre Brüste verführerisch entgegen. »Machst du das mit Absicht?«, fragte er.

Sie lachte fröhlich auf. »Na klar.«

»Habe ich mir's doch gedacht«, stieß er knurrend aus, während er mit dem Reißverschluss von seiner Hose rang.

»Das ist alleine deine Schuld. Du hast mir gesagt, wo-

mit ich rechnen muss«, schnurrte sie. »Und jetzt kann ich es einfach nicht mehr erwarten.«

Fluchend streifte er die Hose ab, trat sie achtlos fort, schob die Daumen in den Bund von seinen Boxershorts und entledigte sich auch noch dieses Kleidungsstücks.

Beim Anblick seines harten Glieds rang sie unweigerlich nach Luft, und sofort brach er die hektischen Bewegungen ab, setzte sich langsam neben sie und nahm ihre Hand.

»Hab keine Angst vor mir, Kari. Das würde ich nicht ertragen.«

»Ich habe keine Angst«, erwiderte sie atemlos und strich ihm sanft die Sorgenfalten aus der Stirn. »Du bist einfach wunderschön.«

Er hatte die Worte nicht gehört, las sie ihr aber von den Lippen ab.

»Ah, meine Geliebte.«

Seufzend zog er sie in seine Arme, vergrub sein Gesicht in ihrem vollen Haar und sog den Duft, so tief es ging, in seine Lungen ein. Dann zog er sie noch enger an sich, presste ihre Brüste fest an seinen Oberkörper, ihre Hüfte dicht an seinen Unterleib und breitete die Hände vorsichtig auf ihrem Rücken aus.

»Hilf mir, meine Hose auszuziehen.«

Sie löste sich von ihm, knöpfte ihre Hose auf und streifte sie mit seiner Hilfe ab. Er legte sie ordentlich ans Fußende des Betts und wandte sich ihr wieder zu. Dieses Mal hatte ihr Slip den Ton von Elfenbein. Er gab ihr Zeit zu protestieren, als er seine Finger um das Gummiband des Höschens legte, und als sie nichts sagte,

schob er es ihr über Hüfte, Schenkel, Knie und Füße, bis sie völlig unbekleidet vor ihm lag.

Ein leises, durch und durch zufriedenes Knurren stieg aus seiner Brust, als sein Blick auf ihren Körper fiel. Seine Hände glitten über ihre langen, seidig weichen Schenkel zu dem weichen Büschel goldenen Haars, und als seine Lippen seinen Fingern folgten, sprach sie seufzend seinen Namen aus.

Er legte sich neben sie und drückte einen warmen, feuchten Kuss auf ihren halb offenen Mund, während seine Hände ihre Form, die Weichheit ihrer Haut, jede Rundung und Vertiefung ihres Leibes feierten.

Er küsste ihren Hals und ihre Ohren, zog mit seiner Zunge die Konturen ihres Halses nach, presste fiebrig heiße Küsse auf die Fülle ihrer Brüste, luftig leichte auf die Nippel, spreizte ihre Beine und schob seine Finger in den Tau, der ihm verriet, wie groß auch ihr Verlangen war. »Kari«, stöhnte er, kniete sich zwischen ihre Beine, legte ihre Schenkel sanft auf seinen Schenkeln ab, schob seine Hände unter sie und hob ihre Hüfte an.

»Ich weiß, es ist lange her, seit du zum letzten Mal mit einem Mann zusammen warst. Sag Bescheid, falls ich dir weh tue.«

»Das wirst du nicht.« Sie umfasste seine Schultern und zog ihn auf sich herab, als er sich in die weiche Spalte schob.

Er war sehr dick und hart, und sie war sehr eng und klein, nahm ihn aber willig in sich auf. Trotzdem drang er nicht sofort ganz in sie, sondern schob sich langsam, Zentimeter für kostbaren Zentimeter, in die warme Feuchtigkeit hinein. Als er ganz in ihr vergraben war,

sah er ihr lächelnd ins Gesicht und alles, was zu sagen war, drückten seine Augen aus.

Seine Stöße waren lang und sicher, ausgedehnt und wunderbar. Mit jedem einzelnen von ihnen wurde Kari klarer, was es hieß, eine von einem Mann geliebte Frau zu sein. Zum ersten Mal in ihrem Leben wurde ihr ihr wahres Wesen offenbart. Nach dieser Form einer Verbindung hatte sie sich immer schon gesehnt. Jetzt hatte sie die Antworten auf alles, was ihr bisher noch nicht klar gewesen war.

Als er nicht mehr an sich halten konnte, sorgte er dafür, dass sie jede noch so leise Zuckung von ihm spürte, und während sie ihn in ihrer Liebe badete, füllte er sie mit seinem Feuer an.

11

Sie war froh, dass er noch schlief. Nach einer Nacht der grenzenlosen Liebe hatte sie vor ihm erwachen wollen, um ihn sich in aller Ruhe ansehen zu können, ohne dass er etwas davon mitbekam. Als sie auf ihn heruntersah, umspielte ein zufriedenes Lächeln ihren Mund. Was für ein attraktiver Liebhaber er war!

Sein strubbeliges Haar und seine Brauen hoben sich dunkel von seinem Gesicht und von dem Kissen ab. Oh, sie liebte seine Brauen. Es waren die dicken, nicht ganz gleichmäßigen Brauen eines Mannes, der intelligent und durch und durch integer war. Vielleicht war seine Nase eine Spur zu lang, aber sie war schmal und wohlgeformt.

Sie schalt sich stumm dafür, dass sie wie eine Närrin dachte, aber schließlich war sie hoffnungslos in diesen Kerl vernarrt. Hätte jemals irgendwer behauptet, dass sie eines Tages nackt neben dem Bezirksstaatsanwalt von Denver – ihrem Erzfeind – liegen würde, hätte sie gedacht, der Mensch hätte den Verstand verloren oder einen schlechten Scherz gemacht.

Doch jetzt lag sie nackt neben diesem Mann und hätte nirgends anders sein wollen als genau an diesem Ort.

Der nächtliche Bartwuchs warf seinen Schatten auf die untere Hälfte seines Gesichts. Wahrscheinlich wäre er mit einem Bart ausnehmend attraktiv. Aber dann wären die Vertiefungen zu beiden Seiten seines Munds – die sie während eines besonders zärtlichen Moments in der vergangenen Nacht als Grübchen bezeichnet hatte – genau wie sein festes Kinn verdeckt. Außerdem wäre es eine Schande, die sinnliche Oberlippe hinter einem Schnauzer zu verstecken. Nein, sein Gesicht war viel zu fein gemeißelt, um es hinter dichtem Haarwuchs zu verstecken, überlegte sie.

Hätte sie nicht befürchtet, ihn dadurch zu wecken, hätte sie zärtlich seinen Mund berührt. Er war ein Instrument, das unendliche Freude schenkte, und er hatte einen sicheren Instinkt für ihre Wünsche und Bedürfnisse. Schmetterlinge flatterten in ihrem Bauch, als sie sich daran erinnerte, wie ihr Leib von seinen Lippen und von seiner Zunge in die Freuden der sinnlichen Begierde eingewiesen worden war.

Wie gerne hätte sie auch seine Brust berührt. Als sie unter seinem Arm hervorgeglitten war, hatte er sich auf den Rücken gerollt, einen Arm über den Kopf geworfen, der andere hatte ausgesehen, als hätte er ihn gerade nach ihr ausgestreckt, und die Hand, die auf dem Laken lag, bildete eine lose Faust. Sie wusste aus Erfahrung, dass seine Brustbehaarung kitzelte. Die flachen braunen Nippel, die sich in dem dichten Wald versteckten, reagierten ebenso empfindlich auf Berührungen wie ihre eigenen Brustwarzen. Das hatte sie letzte Nacht unter seiner geduldigen Anleitung gelernt.

Das Haar auf seinem straffen, muskulösen Bauch bil-

dete eine schmale Linie, die an seinem Nabel vorbei bis hinab zu seinem Geschlechtsteil führte und es wie ein Nest umschloss. Ihr Blick wanderte in Richtung seines Unterleibs, und beinahe erleichtert nahm sie wahr, dass er unter ihrer Bettdecke verborgen war.

Während sie an das endlose Vergnügen dachte, das er ihr bereitet hatte, machte sie die Augen zu und holte zitternd Luft. Doch auch Hunter hatte seinen Spaß gehabt. Es erfüllte sie mit Stolz, als sie sich daran erinnerte, wie oft auch er gekommen war. Und die ganze Zeit hatte er sie fest im Arm gehalten und ihr liebevolle Worte zugeraunt.

Weil er selbstsüchtig und leidenschaftlich, aber gleichzeitig auch selbstlos, rücksichtsvoll und zärtlich war. Kein Moment der letzten Nacht war wie der andere gewesen, doch jede einzelne Berührung hatte sie auf wunderbare Art erregt, und sie wusste, wenn sie sich von diesem Mann bis an ihr Lebensende lieben ließe, stellte sich niemals Routine oder Langeweile ein.

Ihr Blick wanderte ein letztes Mal an ihm herauf, und als sie merkte, dass er sie beobachtete, stieg ihr eine leichte Schamesröte ins Gesicht. »Wie lange bist du schon wach?«

»Lange genug, um das hier zu bekommen.« Er schlug die Decke auf, sie sah ihn an, und die Röte ihrer Wangen nahm noch zu. Er aber nahm ihre Hand, küsste sie, legte sie auf seine Brust und streichelte sie zart. »Tut mir leid. Ich wollte dich nicht in Verlegenheit bringen.«

»Nach der letzten Nacht hätte ich nicht gedacht, dass mir jemals wieder irgendetwas peinlich sein könnte.«

Er hatte das Lächeln eines Wolfs, zugleich aber einen sanften, liebevollen Blick. »Warum also die jungfräuliche Röte in deinem Gesicht? Vielleicht, weil es inzwischen hell ist? Oder wegen meiner unverhohlenen Erregung?«

Sie starrte vor sich auf das Bett. »Ein bisschen von beidem, nehme ich an. Es ist total lächerlich, ich weiß, aber trotzdem empfinde ich dir gegenüber noch immer eine gewisse Schüchternheit.«

Er atmete tief ein, legte eine Hand an ihr Gesicht und massierte mit dem Daumen ihre Unterlippe. »Das brauchst du nicht, Kari. Ich möchte, dass du dich mit mir ebenso vertraut machst wie ich mich letzte Nacht mit dir.« Dann fügte er hinzu: »Du darfst mich ruhig auch anfassen.« In ihren Augen blitzte nackte Panik auf, und er schränkte mit einem leisen Lachen ein: »Aber fürs Erste reicht mir auch ein Guten-Morgen-Kuss.«

Er schlang eine Hand um ihren Hals, zog ihr Gesicht zu sich herab und gab ihr einen Kuss. Ihre Münder waren ebenso vertraut wie ihre Körper in der letzten Nacht. Er schob seine Zunge tief in sie hinein, sie bewegte sinnlich ihre warmen Lippen, und als sie sich endlich wieder voneinander lösten, blickte er ihr ins Gesicht und stieß einen abgrundtiefen Seufzer aus. »Warum siehst du morgens nicht total zerknittert aus wie viele andere Frauen?«

Sie setzte sich halb auf, stemmte die Hände in die Hüften und stellte grimmig fest: »Ich weiß nicht, ob ich das als Kompliment auffassen soll. Wie viele andere Frauen hast du schon so früh am Morgen gesehen?«

Hunter betrachtete gerade ihre hübschen straffen Brüste und brauchte deshalb eine Weile, bis er von ihr wissen wollte: »Höre ich da etwa eine leichte Eifersucht heraus?«

»Nein.« Sie schwang die Beine auf den Boden und zog ihren Morgenmantel an.

»Was hast du vor?«

»Ich werde mich erst mal präsentabel machen«, gab sie über die Schulter zurück, während sie in Richtung Badezimmer lief. »Schließlich will ich sichergehen, dass ich zumindest mit all den Frauen, in deren Betten du schon wach geworden bist, konkurrieren kann.«

Ein paar Minuten später kehrte sie in einem bodenlangen leichten Morgenrock mit Reißverschluss zurück. Ihr noch nasses Haar verströmte den Duft von Wildblumen, und Hunter, der selbst gerade aufgestanden war, nahm sie in den Arm, presste seine Lippen fest auf ihren Mund, massierte ihr Hinterteil und wollte von ihr wissen: »Kriege ich wenigstens ein Frühstück für all meine Bemühungen?«

Sie biss ihn in die Lippen. »Du bist einfach ein unverbesserlicher Chauvinist.«

»Aua!«

»Geschieht dir recht. Der Bart ist furchtbar kratzig.«

»Ich werde dir verzeihen, wenn du mir einen Rasierer leihst.«

»In der Dusche.«

Er leckte sich die Lippe und ging ins Bad. Kari sah das Laken, das er sich wie eine Toga umgeschlungen hatte, über den Boden schleifen, und brach in fröhliches

Gelächter aus. In ihrem ganzen Leben war sie nie so glücklich gewesen wie in diesem Augenblick.

Kari briet den Speck und ging gerade ins Schlafzimmer zurück, um ihn zu fragen, wie er seine Eier haben wollte, als er ihr bereits entgegenkam.

Er hatte sich das Haar mit einem Handtuch abgerubbelt, und die feuchten Strähnen lagen kreuz und quer auf seinem Kopf. Er roch nach heißem Wasser, Seife und sauberer, feuchter Haut und trug nichts als die Jeans, in der er am Vorabend bei ihr erschienen war. Seine Füße waren nackt, er hatte sich das Handtuch, mit dem er sich die Haare abgetrocknet hatte, um den Hals gelegt, und das dunkle Haar auf seiner Brust war noch ein bisschen nass und gelockter als zuvor.

Die Woge des Verlangens, die bei seinem Anblick in ihr aufstieg, brachte sie dazu, dass sie mitten im Wohnzimmer stehen blieb. Ihre Kinnlade klappte herunter, und sie nahm ihn nur noch verschwommen wahr.

Sein breites Grinsen machte einem Ausdruck der Verwirrung Platz. »Was ist los?«, fragte er sie erschreckt.

»Nichts«, stieß sie mit einem leisen Keuchen aus. »Ich … du … so, wie du gerade aussiehst … das ist alles.«

»Komm her.«

Sie warf sich ihm begierig an die Brust, schlang ihm die Arme um den Hals und jeder Rest von Schüchternheit verflog, als sie sich an seinen Körper schmiegte und ihn küsste. Denn er schmeckte einfach köstlich und sie konnte nicht genug bekommen von dem herrlichen Geschmack.

»Kari«, stöhnte er. Sie hatte von seinen Lippen abgelassen, nagte sanft an seinem Hals und das Kratzen ihrer

Zähne auf der dünnen Haut brachte ihn fast um den Verstand. »Hör nicht auf, Baby. So gefällst du mir. Gott, du bist einfach wunderbar …«

Sie glitt mit ihren Händen über seine Seiten, seine harten Rippen und die muskulöse Brust. Ihre Fingerspitzen flirteten mit seinen Nippeln, und sobald sie die gewünschte Härte hatten, feuchtete sie sie mit ihrer Zungenspitze an.

Sein Kopf krachte gegen die Wand, und er zog eine Grimasse, weil seine Ekstase beinahe schmerzlich war. Obwohl sie letzte Nacht begeistert auf alles eingegangen war, hatte sie nie selbst die Initiative ergriffen, sondern abgewartet, was er tat. Von dem überraschend wilden Zug, den sie plötzlich zeigte, fühlte er sich keineswegs in seiner Männlichkeit bedroht. Und deshalb wartete er ab, wie es wohl weiterging.

Karis Hände glitten über seinen Bauch, spielten mit dem Haar in Höhe seines Nabels, erforschten kurz das kleine Loch, öffneten den Knopf von seiner Jeans und zogen den Reißverschluss herab.

»Ja, Kari, ja.«

Sie schob eine Hand in seine Hose und legte sie um sein hartes, warmes Glied.

Hunter atmete zischend aus. Fluchte. Seufzte ihren Namen. Ihre Zärtlichkeit war umso süßer, weil sie völlig unschuldig war. Ihre Fingerspitzen strichen federleicht, flink, neugierig über seinen Schaft.

Nie zuvor in seinem Leben hatte eine Frau eine solche Leidenschaft in ihm entfacht. Für sie wollte er härter, kraftvoller, stärker sein als je zuvor.

Sie ließ sich auf die Knie fallen.

»Gütiger Himmel«, stöhnte er. Wahrscheinlich würde er vor Lust vergehen, aber bei Gott, wie selig wäre dieser Tod.

Als er es nicht mehr ertrug, kniete er sich neben sie, riss den Reißverschluss von ihrem Morgenmantel auf, zerrte ihn ihr vom Leib, gemeinsam gingen sie zu Boden und mit einem schnellen, zielsicheren Stoß nahm er sie in Besitz.

Sie schrie ihre Freude laut heraus, reckte sich ihm entgegen und nahm jeden seiner Stöße gierig auf.

Sie kamen sofort und explosiv, und anschließend schmiegten sie sich keuchend aneinander an.

Noch immer tief in ihr drinnen, rieb er mit der Nase an ihrem Ohr herum. »Dein Timing ist wirklich der Hit.«

Sie fuhr ihm gemächlich mit der Hand über das Haar. »Was willst du damit sagen?«

Er gab ihr einen sanften Kuss. »Warum hast du dieses kleine Experiment nicht durchgeführt, als wir noch bequem im Bett gelegen haben? Dann hättest du dir die Landung auf dem harten Fußboden erspart.«

Sie grinste wie ein kleines Mädchen, das man erwischt hatte, als es nicht brav gewesen war. »Tja, zumindest weiß ich jetzt, woher das alte Sprichwort kommt.«

»Welches alte Sprichwort?«

»Das von dem Hammer und dem Amboss, zwischen die man geraten kann.«

Leise lachend knabberte er an ihrem Hals. »Das wird dir gleich noch mal passieren.«

»Hm? Was?« Sie stieß einen verträumten Seufzer aus, als er ihre Brust massierte, seinen Kopf neigte und vor-

sichtig mit seiner Zungenspitze über ihre Brustwarze fuhr. Als er aber seine Hüfte gegen ihren Unterkörper drückte, riss sie überrascht die Augen auf.

Er sah sie lächelnd an. »Das.« Dann aber zog er sich wieder zurück, stand auf und zog sie neben sich. »Aber wie auch immer, ich werde mich als Gentleman erweisen und dich erst ins Bett tragen.«

Küssend erreichten sie das Schlafzimmer, wo er sie in die Kissen fallen ließ. »Ich dachte, du wolltest frühstücken«, murmelte sie, die Lippen dicht an seiner Brust.

»Das werde ich«, erklärte er und schob sich über sie. »Und zwar jetzt gleich.«

Er streckte sich der Länge nach zwischen ihren Beinen aus. Seine Wange lag auf ihrem Bauch, seine Arme waren fest um ihren Leib geschlungen, und sie lag in herrlicher Erschöpfung unter ihm, trug nichts als seine Brille, die auf ihrer Nasenspitze lag, und trommelte leicht mit ihren Fingern auf seinen Schultern und seinem Rücken herum.

»Inzwischen habe ich wahrscheinlich alles gelernt, was es zu lernen gibt.«

»Worüber?« Er blies sanft auf den weißen Pfirsichflaum auf ihrem Bauch, der nur aus allernächster Nähe überhaupt zu sehen war.

»Über das Vorspiel.«

Lachend hob er den Kopf, legte sein Kinn auf ihren Bauch und rieb damit ihre Haut. »Und, was denkst du?«

»Dass ich zu erledigt bin, um mich jemals wieder zu bewegen«, gab sie schläfrig zurück. »Langsam glaube

ich, du hast es ernst gemeint, als du gesagt hast, wenn du mich je ins Bett bekommst, behältst du mich einen ganzen Monat da.«

»Vielleicht tue ich das wirklich.«

Ihr Bauch vibrierte, als sie leise lachte. »Dann musst du mir aber Essenspausen einräumen.«

»Ich habe dich mit Mittagessen versorgt.«

Sie öffnete ein Auge und blickte an sich herab dorthin, wo er lag. »Zwei schlabberige Vollkornkekse und ein Stück kalter Speck gehen wohl kaum als Mittagessen durch.«

Er kletterte an ihr herauf und ließ einen Kuss auf ihre Lippen fallen. »Worüber beschwerst du dich? Ich bin derjenige, der vor lauter Überanstrengung völlig entkräftet sein müsste. Hast du vielleicht mitgezählt, wie oft ich …«

»Genau das ist es, was ich meine. Du nimmst mich jetzt schon als selbstverständlich hin«, erklärte sie, wobei sie einen so köstlichen Schmollmund zog, dass er sich gezwungen sah, sie so lange zu küssen, bis er ganz verschwunden war.

»Damit willst du wahrscheinlich sagen«, meinte er, nachdem sein Mund endlich gesättigt war, »dass ich dich zu einem üppigen Abendessen ausführen soll.«

»Zu einem möglichst üppigen und teuren. Mit zwei Vorspeisen und doppeltem Dessert.«

»In Ordnung«, seufzte er. »Aber bevor ich dich aufstehen lasse, will ich erst noch gucken, ob ich vielleicht irgendetwas übersehen habe.«

Er nahm ihr seine Brille ab, setzte sie selber auf, und als er auf ihre Brüste sah, fiel ihm die Kinnlade herun-

ter, wie wenn er völlig überrascht wäre. »Du hast zwei von diesen Dingern?«

Kari wollte etwas antworten, bekam aber vor lauter Lachen kein Wort heraus.

Während seine Zunge genüsslich Kreise auf den Innenseiten ihrer Schenkel zog, stellte sie mit einem Seufzer, der das weiche Haar auf seinem Bauch zerzauste, fest: »Das, was wir hier tun, ist unglaublich verrucht und dekadent.«

»Auf jeden Fall.« Sein Mund bewegte sich auch weiter schamlos über ihren Leib.

»Du gibst es also zu?«, fragte sie ihn atemlos, während sie mit ihren Fingern seine Rückenmuskeln zu durchbohren schien.

»Ich gebe zu, dass ich dich liebe.«

»Oh Gott.« Er küsste sie auf die denkbar intimste Art. »Ich werde von deiner Liebe sterben.«

»Nein, das wirst du nicht. Du wirst davon neu geboren.«

Seine Zunge war teuflisch und agil, sinnlich und verführerisch, ungezügelt und vor allem ohne jede Scham. Sie rollte ihren Kopf über die pelzige Mitte seines Bauchs und stieß unterdrückte Schreie der Ekstase aus, während Woge um Woge glühend heißer Lust über ihr zusammenschlug.

Doch selbst das war nicht genug. Er schob sich wieder über sie, sie legte ihm die Arme um den Hals, und als er in sie eindrang, fühlte es sich an, wie wenn sich die Blütenblätter einer exotischen Blume fest um seinen Schwanz schließen würden.

»Dir gegenüber bin ich völlig schamlos.« Er fing an, sich in ihr zu bewegen, und sie legte die Hände fest auf sein perfekt geformtes Hinterteil und zog ihn noch enger an sich heran.

»Zwischen zwei Menschen, die sich lieben, sollte es auch keine Scham geben.«

»Aber ist es nicht eine Schande, stundenlang nichts anderes zu tun als das?«

»Was sollte man sonst an einem verregneten Nachmittag im Urlaub tun?« Er brachte die Worte kaum heraus, als er gleichzeitig mit Kari kam.

Später lagen sie in ihrem warmen Bett und blickten in den dichten Regen, der vom Himmel fiel. Schwere Tropfen hingen vom Dachvorsprung wie von einem Kronleuchter herab, und silberne Rinnsale bahnten sich ihren Weg über die Fensterscheiben, während sie, den Rücken an seinen Bauch geschmiegt, unter der Decke lag. Ihre Beine waren verschlungen, er hielt sie im Arm und hatte sein Kinn auf ihrer Schulter abgelegt.

»Kari?«

»Hm?«

»Es tut mir wirklich leid, dass du dein Baby verloren hast.«

Sie lag vollkommen reglos da. Es überraschte sie, dass er ausgerechnet jetzt über dieses heikle Thema sprach. Doch sie brauchte ihn nicht anzusehen, um zu wissen, dass er ehrliches Bedauern über den von ihr erlittenen Verlust empfand. Sie hörte es seiner Stimme deutlich an.

»Ich weiß. Mir tut es auch leid. Sehr.«

»Aber du gibst nicht mehr mir die Schuld daran, oder?«

»Nein. Natürlich nicht. Du warst einfach ein praktischer Sündenbock für meinen Schmerz.«

Er trommelte mit seinen Fingern leicht auf ihrem Bauch herum. »Eines Tages wirst du ein Baby haben. Vielleicht sogar mehr als eins.«

Obwohl sie lächelte, klang ihre Stimme traurig. »Ja, vielleicht.«

Er hielt im Trommeln inne. »Du hast doch keinen dauerhaften Schaden davongetragen, oder? Ich meine, es gibt nichts, was dich daran hindern würde, Kinder zu bekommen, oder?«

Sie zog seine Hand zurück und drückte sie auf ihre eigene Hand. »Nein.«

Die plötzliche Entspannung seiner Muskeln verriet seine Erleichterung darüber, dass sie noch Kinder haben könnte und dass er sie offen auf die Fehlgeburt hatte ansprechen können, ohne dass es deswegen zu einem Streit oder zu neuerlichen Vorwürfen gekommen war. »Dann wirst du auch noch ein Kind bekommen«, meinte er im Ton größter Entschiedenheit.

Sie lachte leise auf. »Du scheinst dir ziemlich sicher zu sein. Nur braucht man dafür zwei. Bietest du dich etwa für den Job des Vaters an?«

Unter einem Haufen blonder Locken fand sein Mund ihr Ohr. »Stets zu Diensten, Ma'am.«

Das war er tatsächlich. Und zwar schon in diesem Augenblick.

Er zog sie noch enger an sich und drang in sie ein. Dabei glitten seine Finger über ihren Bauch, bahnten

sich einen Weg durch die dunklen Locken zwischen ihren Schenkeln, und er streichelte sie innerlich und äußerlich, bis sie nach einer Reihe tiefer Stöße kam.

Danach lehnte sie sich keuchend vor Erschöpfung an ihn an. Eine dünne Schweißschicht glitzerte auf ihrer Haut, und noch während die köstlichen Nachbeben sie sanft erschaudern ließen, drehte sie sich zu ihm um.

Mit seinem leicht verhangenen Blick, dem zufriedenen Lächeln im Gesicht und den feuchten braunen Strähnen in der Stirn sah er unglaublich sexy aus.

Die Gefühle, die sie bei seinem Anblick überfluteten, riefen beinahe so etwas wie Ehrfurcht in ihr wach. »Warum hat es so lange gedauert, bis ich wusste, dass ich dich liebe?«

»Ich bin nur froh, dass du es inzwischen weißt.«

»Hunter, ich liebe dich.«

»Ich liebe dich auch.«

Sie legte ihr Gesicht an seine Brust, und er vergrub die Hände tief in ihrem Haar und hielt sie fest.

Pinkie blickte in die Schüssel vor ihm auf dem Tisch und verzog angewidert das Gesicht. »Was zum Teufel soll das sein?«

»Dein Frühstück«, antwortete Bonnie ihm in scharfem Ton.

»Zum Frühstück trinke ich am liebsten eine Bloody Mary.«

»Zum Frühstück isst du am besten Müsli mit Naturjogurt. Ich habe dir sogar extra noch ein bisschen Kleie darübergestreut.«

»Sieht wie Vogelfutter aus. Oder wie Vogel …«

»Pinkie!«

»Oh, verdammt.« Er griff nach seinem Löffel und schob sich etwas von dem Müsli in den Mund. Ihm war klar, sie würde ihn nicht eher seine Morgenzigarette rauchen lassen, bis das Müsli alle war. »Schmeckt einfach ekelhaft. Gib mir wenigstens eine Tasse schwarzen Kaffee, damit ich das Zeug runterspülen kann.«

»Wie sagt man?«

»Bitte«, knurrte er.

Sie stellte ihm den Kaffee hin und setzte sich zu ihm an den Tisch. »Wann wirst du mich heiraten?«

Er verschluckte sich an seinem Kaffee und hätte ihr das kochende Getränk fast ins Gesicht gespuckt. »Heiraten? Wer hat was von Heiraten gesagt?«

»Ich.«

»Vergiss es.«

»Warum?«

»Weil ich nicht heiraten will.«

»Nenn mir einen guten Grund, es nicht zu tun.«

»Du schnarchst.«

»Du auch.«

»Siehst du? Willst du etwa, dass zwei Leute in einem Bett liegen und schnarchen? Wir bekämen nie ein Auge zu.«

»Wir haben in den letzten Wochen sowieso kaum je ein Auge zugemacht. Das bringt mich gleich zum nächsten guten Argument. Was, wenn ich schwanger würde?«

Der Löffel hielt auf halbem Weg zu seinem Rachen inne. »Nie im Leben. Dafür bist du viel zu alt.«

»Na, danke.«

»Gern geschehen.«

»Wir passen zueinander«, fuhr Bonnie beharrlich fort.

»Wir streiten uns die ganze Zeit.«

»Nur, weil du so entsetzlich stur bist.«

»Und du nicht?«

»Wir haben viel gemeinsam.«

»Zum Beispiel unser fortgeschrittenes Alter.«

Sie legte spöttisch eine Hand auf seinen Schenkel und drückte genüsslich zu. »Pinkie Lewis, du hast dich nicht wie jemand im fortgeschrittenen Alter aufgeführt, seit du mit mir schläfst. Erst letzte Nacht hast du mich total fertiggemacht.«

Ein Lächeln huschte über sein Gesicht, dann aber legte er die Stirn in Falten und sah sie argwöhnisch an. »Du versuchst mich umzubringen. Ja, genau. Du willst mich heiraten, dann mit einem der Sex-Marathons, die du so liebst, erledigen und meine Lebensversicherung kassieren.«

Sie brach in brüllendes Gelächter aus. »Ein schlechtes Argument. Welche Versicherungsgesellschaft wäre wohl so dumm, *deinen* Körper zu versichern?«

Bevor er ihr eine Antwort geben konnte, klingelte es an der Tür. »Wer könnte das sein?«, überlegte Bonnie, und sobald sie in den Flur gegangen war, zündete sich Pinkie eine Zigarette an und sog den Rauch so tief es ging in seine ausgehungerten Lungen ein.

»Oh, mein Gott«, entfuhr es Bonnie. »Wie schön, dich zu sehen. Komm rein.«

Pinkie dachte, dass es einer ihrer Söhne war, dann aber ließ er vor Überraschung seine Zigarette fallen, als

Kari durch die Küchentür gesegelt kam und ihn stürmisch in die Arme nahm.

»Hi! Ich bin so froh, euch zwei zu sehen. Gott. Drei Monate. Kaum zu glauben. Was ist das?«, sprudelte es aus ihr heraus, wobei die letzte Frage dem Inhalt der vor Pinkie stehenden Schüssel galt.

»Sie zwingt mich die ganze Zeit, solches Zeug zu essen.« Er bedachte Bonnie mit einem todbringenden Blick. »Sie hat mich nämlich auf Diät gesetzt.«

Lachend nahm Kari den beiden gegenüber Platz und sah sie nacheinander an. »Ich sollte wütend auf euch sein, weil ihr mir nichts von eurem ›Arrangement‹ erzählt habt«, meinte sie.

»Wir werden sogar heiraten«, erzählte Bonnie ihr.

»Den Teufel werden wir tun«, wandte Pinkie sofort ein.

»Ich finde, das ist eine fantastische Idee.« Kari glaubte nicht, dass Pinkie wirklich gegen eine Eheschließung war. Denn trotz seines grimmigen Gesichts sah er wie ein glücklicher Kobold aus.

Aber starrsinnig, wie er nun einmal war, erklärte er: »Ich finde die Idee vollkommen lächerlich. Sie ist total verrückt. Du solltest die perversen Bücher sehen, die sie immer mit ins Bett bringt.«

»Das würde ich sehr gern«, gab Kari lachend zu.

»Du widerlicher Heuchler!« Bonnie schlug ihm auf den kahlen Fleck auf seinem Kopf. »Bisher hast du dich nicht über die Bücher beschwert, sondern hast begeistert alles, was da drin steht, ausprobiert.«

Kari lachte noch mehr.

»Sie nörgelt ständig an mir rum«, fuhr Pinkie mit wei-

nerlicher Stimme fort. »Iss dies, iss das da nicht. Denk an deinen Blutdruck. Wie viel hast du heute schon getrunken?«

Ohne darauf einzugehen, wollte Kari von Bonnie wissen: »Und wie sieht's mit dem Rauchen aus?«

»Oh, auch meine Zigaretten hat das Monster rationiert«, antwortete Pinkie, bevor Bonnie die Gelegenheit zu einer Erwiderung bekam. »Ich musste sie auf fünf Päckchen am Tag herunterfahren.«

Beide Frauen lachten, Bonnie beugte sich zu ihm herab, küsste ihn vernehmlich auf die Wange, ließ besitzergreifend einen Arm auf seiner Schulter liegen und sah wieder Kari an. »Du wirkst total erholt.«

»Ach ja? Das muss an der Bergluft liegen«, gab sie scheu zurück.

Aber Pinkie war eindeutig zu gewieft, um ihr diese Erklärung abzukaufen, denn er wollte sofort von ihr wissen: »Wer hat dir übrigens erzählt, dass ich, uh, bei Bonnie eingezogen bin?«

»Wer hat es denn gewusst?«, fragte sie zurück.

Pinkie sah sie grinsend an. »Er hat dich gefunden!«

Sie lachte glücklich auf. »Ja, er hat mich gefunden.« Dann schlang sie sich die Arme um den Bauch, wie, um ihr Glück dort festzuhalten, und fügte strahlend hinzu: »Und er ist einfach wunderbar, und wir sind geradezu absurd, wahnsinnig, unsterblich und hoffnungslos ineinander verliebt.«

Bonnie schlug krachend auf die Tischplatte. »Habe ich es doch gewusst.«

»*Du* hast es gewusst?«, hakte Pinkie nach. »*Ich* habe ihn doch wohl nach Breckenridge geschickt.«

»Es ist mir total egal, wem ich dieses Glück verdanke, euch zwei oder meinem Schutzengel. Auf alle Fälle ist er … oh, er ist …«

»Ich glaube, wir haben verstanden«, stellte Pinkie trocken fest. Schließlich wollte er auf keinen Fall den Eindruck eines Softies machen, aber seine Augen waren verdächtig feucht, und unter der Tischplatte drückte er erleichtert Bonnies Hand. Es bedeutete ihm alles, dass sein Schützling endlich wieder glücklich war. »Ich freue mich für dich, Schätzchen. Und wo ist der Inbegriff der Männlichkeit im Augenblick?«

»Er wäre gerne mitgekommen, musste allerdings erst mal ins Büro. Er meinte, dass sich die Akten wahrscheinlich auf seinem Schreibtisch türmen.« Inzwischen hatte Bonnie ihr eine Tasse Kaffee eingeschenkt, aber ohne auch nur einen Schluck zu trinken, stellte sie sie wieder auf den Tisch zurück. »Apropos, habe ich selbst noch einen Schreibtisch in der Redaktion? Ich bin extra hierher statt zum Sender gekommen, weil ich mich nicht zum Narren machen wollte, falls ihr keinen Job mehr für mich habt.«

Pinkie hob seine Kaffeetasse an den Mund, und Bonnie entschuldigte sich diplomatisch und zog sich ins Schlafzimmer zurück, um sich zu Ende anzuziehen. »Wie kommst du darauf, dass du keinen Job mehr hast? Sie haben dich schließlich nicht gefeuert, und ich bin nach wie vor der zuständige Redakteur. Oder war es zumindest noch, als ich Freitagabend heimgefahren bin. Ich habe also noch immer die Macht, zu heuern und zu feuern, wie man so schön sagt.«

»Aber ich habe die Lächelnde Sally jeden Abend in

den Nachrichten gesehen. Und als wir das letzte Mal miteinander gesprochen haben, hast du mir erklärt, ihr hättet meinen Job im Politikressort jemand anderem gegeben. Nicht, dass ich den wiederhaben wollte«, fügte sie eilig hinzu. »Ich glaube, jetzt würde es mir noch schwerer fallen, in Berichten über unseren Bezirksstaatsanwalt unvoreingenommen zu sein.« Sie sah Pinkie mit einem strahlenden Lächeln an, wurde dann aber sofort wieder ernst. »Also, habe ich noch einen Job?«

Er lehnte sich auf seinem Bugholzstuhl zurück, der im Grunde viel zu klein für seinen kugelrunden Körper war. »Ich habe mir ein paar Gedanken gemacht. Lass mich dir erzählen, was dabei rausgekommen ist.«

»Ich höre.« Obwohl sie nicht ungeduldig wirken wollte, schlug das Herz ihr bis zum Hals. Dies wäre der Augenblick der Wahrheit. Würde Pinkie ihr genug vertrauen, um ihr eine neue verantwortungsvolle Position, die ihrem Talent und ihrer Erfahrung würdig war, anzuvertrauen? Oder würde er ihr einen derart unwichtigen Posten geben, dass sie gezwungen wäre, zu kündigen und irgendeinen anderen Weg zu gehen?

Er zog an seiner Zigarette und blickte mit zusammengekniffenen Augen durch den Rauch. »Deine besondere Stärke war immer die *menschliche* Art, wie du an die Dinge herangegangen bist. Egal, ob du einen Film besprochen oder den Bezirksstaatsanwalt von Denver in der Luft zerrissen hast, hast du immer zu den Zuschauern gesprochen, als würdest du dich über den Gartenzaun hinweg mit deinen Nachbarn unterhalten. Deine Art zu sprechen ist natürlich und kein bisschen geziert. Du redest nicht um den heißen Brei herum. Das mögen

die Leute. Weil es dich für sie zu einem realen Menschen macht. Ich rede nicht nur von Glaubwürdigkeit, wie sie auch ein Cronkite oder Brinkley hat. Du bist das, was die Zuschauer sehen. Du bist einfach *echt.*«

Er atmete tief ein und fuhr dann fort. »Deshalb habe ich daran gedacht, dir keine feste Position zu geben, sondern dich Human-Interest-Storys machen zu lassen. Sachen, die den Menschen wirklich nahegehen. Wenn es zum Beispiel eine Katastrophe gibt, berichten wir in den normalen Nachrichten über die Katastrophe, aber du würdest dazu noch eine Geschichte machen, bei der es um die betroffenen Menschen geht. Verstehst du, was ich meine?«

Sie war bereits furchtbar aufgeregt, und das war ihr deutlich anzusehen. »Ja, ja. Das gefällt mir, Pinkie. Das gefällt mir sogar sehr.«

»Also gut, dann hör mir zu. Die Bosse werden dich mit Argusaugen beobachten. Ich brauche dir nicht extra zu sagen, dass du etwas wiedergutzumachen hast. Also sei in den ersten Wochen lieber etwas vorsichtig.«

»Das bin ich. Versprochen.«

Er sah ihr glückliches Gesicht, das Blitzen ihrer Augen und stieß einen Seufzer aus. »Ich wünschte, ich könnte dir glauben. Aber, verdammt, Kari, du weißt wahrscheinlich nicht mal, wie man das Wort Vorsicht schreibt.«

Die Gegensprechanlage summte.

»Verdammt.«

Hunter steckte bis über beide Ohren in Papierkram. All die Akten und Schreiben, die seine Sekretärin wäh-

rend seines Urlaubs nicht hatte bearbeiten können, warteten jetzt auf ihn, und er wollte die Arbeit so schnell wie möglich fertig kriegen, damit er nicht zu spät nach Hause kam. Denn wahrscheinlich wartete Kari bereits auf ihn.

»Ich habe gesagt, ich möchte nicht gestört werden, außer wenn es wirklich wichtig ist«, knurrte er erbost.

»Tut mir leid, aber hier steht Mrs McKee.«

Er war kurz verwirrt. Sein erster Gedanke war, dass seine Mutter zu Besuch gekommen war. Aber das war unwahrscheinlich, denn sie war nur selten ohne seinen Vater unterwegs, und wenn die beiden ihn hätten besuchen wollen, hätten sie ihn vorher angerufen und Bescheid gesagt. Und außer seiner Mutter gab es nur noch eine Mrs McKee, die als Besucherin in Frage kam.

»Schicken Sie sie rein.« Er stand auf, knöpfte seine Anzugjacke zu und baute sich in dem Moment vor seinem Schreibtisch auf, in dem Pam den Raum betrat.

Sie sah fantastisch aus. Ihr noch immer glänzendes rabenschwarzes Haar reichte ihr gerade bis zum Kinn, bog sich an den Enden leicht nach innen und lag wie ein glatter Helm um ihren Kopf. Ihr Körper war geschmeidig und grazil wie eh und je. Sie hatte eindeutig kein Gramm zu viel. Sie war größer als Kari und auf eine völlig andere Weise attraktiv. Während Kari weibliche Verletzlichkeit ausstrahlte, war Pam ganz die kühle Frau von Welt. Kari wirkte selbst vor der Kamera warm und zugänglich, Pam hingegen wahrte stets eine erhabene Distanz.

Grinsend streckte Hunter beide Arme aus und trat auf sie zu. »Das ist aber eine Überraschung.«

Sie nahm seine Hände und nickte lachend mit dem Kopf. »Das kann ich mir denken.« Dann warf sie einen Blick auf den mit Papieren übersäten Tisch und stellte fest: »Anscheinend hast du alle Hände voll zu tun.«

Mit einem reumütigen Lächeln drehte er sich um und bot ihr einen Sitzplatz an. »Du hast mich in einem ungünstigen Augenblick erwischt. Bei mir türmen sich die Akten, denn ich war letzte Woche nicht da.«

»Oh?« Genau wie in seiner Erinnerung zog sie vielsagend eine ihrer dunklen Brauen hoch.

»Urlaub«, erklärte er ihr knapp. Er wollte nicht über das Thema sprechen und nahm schweigend auf der Kante seines Schreibtischs Platz.

Sie sah ihn aus ihren dunklen Augen an, die mehr Wärme versprachen, als sie tatsächlich zu geben in der Lage war. »Du siehst gut aus, Hunter.«

»Du auch.« Was die Wahrheit war. Ihr schickes Kostüm betonte vorteilhaft ihre makellose Figur, und wie immer war sie tadellos frisiert. »Prachtvoll wie eh und je.«

Als sie lachte, strichen ihre Haare über ihre Wangen. »Und du bist nach wie vor derselbe alte Schmeichler.« Dann legte sie den Kopf zur Seite und sah ihn forschend an. »Ich hatte das Gefühl, dass du es ziemlich eilig hattest, als du bei mir angerufen hast. Ich bin neugierig. Gibt es einen speziellen Grund dafür, dass du plötzlich mit der Scheidung einverstanden bist?«

Er bedachte sie mit einem möglichst ausdruckslosen Blick. »Ja.«

»Hm«, meinte sie kühl. »Eine Frau?«

»Ja.«

»Bist du glücklich?«

»Sehr.« Und zwar ohne jede Einschränkung. Er war glücklicher als je zuvor. »Und du?«

Sie zuckte mit den Schultern. »Meine Arbeit ist ungemein befriedigend.«

Was ihr beider Problem gewesen war. Als er ihr begegnet war, hatte sie im letzten Jahr Medizin studiert, und ihre Intelligenz, ihr Mut und auch ihr Ehrgeiz hatten ihn gereizt.

Doch ebendieser Ehrgeiz hatte ihre Ehe irgendwann zerstört. Wie jeder Mann hatte er sich gewünscht, wenigstens ein bisschen von der Frau gebraucht zu werden, mit der er zusammen war. Er war kein Chauvinist, auch wenn er das Kari gegenüber scherzhaft behauptete. Sein Problem war nicht die Karriere seiner Frau gewesen. Er hatte ein Problem damit gehabt, dass ihre Karriere für sie wichtiger als alles andere und selbst als ihre Ehe war.

Im Verlauf der Zeit hatte ihre Beziehung weniger wie eine Ehe als wie ein Wettstreit ausgesehen, in dem es darum gegangen war, wer von ihnen beiden zuerst in dem von ihm gewählten Feld ganz oben war. Als sich ihm die Chance geboten hatte, sich in einer anderen Stadt beruflich zu verbessern, hatte sie sich rundheraus geweigert, ihren Posten in einem großen Krankenhaus ihm zuliebe aufzugeben und mit ihm hierher nach Denver umzuziehen. Was aus seiner Sicht eine Entscheidung für ihre Karriere und gegen ihn gewesen war. Eine bittere Pille, die zu schlucken ihm zu Anfang ziemlich schwergefallen war.

»Du bist entsetzlich stur«, erklärte sie ihm jetzt. »Du

hast drei Jahre gewartet, bis du dich endlich bei mir gemeldet und in die Scheidung eingewilligt hast.«

»Du weißt, dass ich es hasse, in irgendeiner Hinsicht zu versagen. Vor allem nicht in der wichtigsten Bindung, die ich je in meinem Leben eingegangen bin. Was eine Ehe in meinen Augen ist.« Er sah sie mit einem schiefen Lächeln an. »Aber schließlich musste ich mir eingestehen, dass wir versagt haben. Oder dass ich versagt habe. Und jetzt bin ich bereit, das Scheitern unserer Beziehung zu akzeptieren und wieder nach vorn zu sehen.«

»Ich habe nie gedacht, dass einer von uns beiden versagt hat. Wir haben uns einfach auseinanderentwickelt, weiter nichts.«

Offenkundig war ihr neuester Freund ein Seelenklempner, dachte Hunter wenig nett. Trotzdem meinte er: »Wahrscheinlich hast du recht«, denn er hatte keine Lust zu einem neuerlichen Streit. Außerdem war ihre Meinung ihm inzwischen vollkommen egal.

»Ich habe dir das hier mitgebracht.« Sie zog einen großen Umschlag aus der Handtasche und drückte ihn ihm in die Hand. »Anscheinend hatten die Anwälte deine neue Adresse nicht. Deshalb haben sie beide Kopien an mich geschickt.«

»Das endgültige Scheidungsurteil?«, fragte er, ohne den Umschlag zu öffnen.

»Unterschrieben, abgestempelt und persönlich überbracht. Mehr kannst du nicht verlangen.«

Sie stand auf, und er nahm ihren Arm und brachte sie zur Tür. »War schön, dich zu sehen, Pam.«

Sie sah ihm ins Gesicht. »War auch schön, dich zu

sehen, Hunter. Schließlich hatten wir auch gute Zeiten miteinander, oder nicht?«

Es war nicht zu überhören, dass sie irgendetwas brauchte, was ihr Ego rettete. Seit sie nicht mehr Teil von seinem Leben war, hatte er kein Problem damit. Und wahrscheinlich fielen ihm, wenn er sich bemühte, wirklich ein paar gute Augenblicke ein, bevor alles schiefgelaufen war.

»Wir hatten wirklich gute Zeiten. Tut mir leid, dass wir uns nicht glücklich machen konnten.« Doch er ginge sicher nicht so weit zu behaupten, es täte ihm leid, dass alles so gekommen war. Denn er war froh, dass er nicht mehr mit Pam zusammen war. Weil es inzwischen Kari gab. »Viel Glück, Pam.«

»Das wünsche ich dir auch, Hunter. Leb wohl.« Sie stellte sich auf die Zehenspitzen und küsste ihn zum Abschied auf die Wange und strich ihm sanft über das Haar.

Kari tänzelte gut gelaunt die Stufen vor seinem Büro hinauf. Sie hatte kurz in einem Delikatessenladen an der Ecke angehalten und zwei Sandwiches mit Corned Beef geholt, obwohl sie nicht mal wusste, ob Hunter so was aß. Aber beschäftigt, wie er war, würde er sich sicher freuen, sie kurz zu sehen. Die wenigen Stunden, seit sie sich getrennt hatten, kamen ihr bereits wie Tage vor. Außerdem konnte sie einfach nicht bis heute Abend warten, um ihm von ihrem neuen Job beim Sender zu erzählen, und das am Telefon zu tun, wäre einfach unbefriedigend.

Der Flur im Erdgeschoss war menschenleer. Wahr-

scheinlich waren die meisten Leute gerade in der Mittagspause, überlegte sie. Auch Hunters Sekretärin war nicht da. Ihr Schreibtisch war mit Memos und unbeantworteten Schreiben übersät, die elektrische Schreibmaschine aber war vorübergehend ausgestellt.

Also trat Kari einfach vor die Tür seines Büros, klopfte einmal an und ging, ohne auch nur eine Antwort abzuwarten, zu ihm hinein.

12

Es war eine Szene wie aus einem schlechten Film: Die arglose Geliebte kam dazu, während ihr Mann in den Armen einer anderen lag.

Die Schuldigen machten sich erschrocken voneinander los. Die betrogene Geliebte hatte die Situation mit einem Blick durchschaut und wünschte sich, der Boden täte sich unter ihren Füßen auf. Sie fiele einfach tot um. Oder, besser noch, der Mann, der sie betrogen hatte, würde langsam und qualvoll dahingerafft.

Passend zum Drehbuch war die andere Frau betörend schön. Ihr dunkles Haar und die mandelförmigen Augen verliehen ihr das exotische Aussehen der klassischen Verführerin. Und von ihnen dreien schien sie die Einzige zu sein, die nicht um Fassung rang.

Sie trat auf Kari zu. »Ausgehend von Hunters schuldbewusster Miene nehme ich an, Sie sind der Grund dafür, dass er es plötzlich derart eilig mit der Scheidung hatte.« Sie streckte eine ihrer schlanken Hände aus. »Hallo. Ich bin Pam McKee.«

Kari ignorierte die ihr angebotene Hand und starrte Hunter an. »Sie ist deine *Frau*?«

»Sie war es bis vor einer Woche.«

Kari hatte das Gefühl, als fiele ihr Körper einfach in

sich zusammen, und sie fragte sich, ob ihr das wohl anzusehen war. Sie beneidete die andere Frau darum, dass sie derart gelassen blieb.

Dann drehte Pam sich wieder um. »Leb wohl, Hunter.«

»Leb wohl.«

»Tut mir leid«, fügte sie noch hinzu, wobei sie auf Kari wies.

»Das werde ich schon klären.«

Die beiden sahen einander traurig lächelnd an, dann glitt Pam an ihr vorbei, und Hunter und sie warteten schweigend ab, bis das Klappern der Absätze nicht mehr zu hören war.

»Darauf würde ich mich lieber nicht verlassen«, fauchte sie.

»Worauf?«

»Dass du diese Sache mit mir klären wirst. Ich wünsche dir noch ein schönes Mittagessen.« Sie warf ihm den Beutel mit den Broten hin, und auch wenn es ihn einige Mühe kostete, gelang es ihm, die Tüte aufzufangen, bevor sie auf den Boden fiel.

Kari machte auf dem Absatz kehrt, doch mit zwei langen Schritten hatte er sie eingeholt, packte ihren Arm, zwang sie stehen zu bleiben, und herrschte sie an: »Du wirst nicht einfach aus dem Zimmer stürzen, irgendwelche falschen Schlüsse ziehen und das Schlimmste denken.«

Sie zerrte an ihrem Arm, doch er ließ sie nicht los. »War das deine Art, es mir heimzuzahlen?«

»Es dir heimzuzahlen? Wovon zum Teufel redest du? Was hätte ich dir heimzahlen sollen?«

»All die negativen Berichte, die ich über dich gebracht habe.«

Er fing an zu fluchen. »Ich spiele keine kleinlichen Rachespielchen wie du.«

»Ach nein? Dann hast du also nicht gedacht, es wäre sicher witzig, mich dazu zu bringen, mit einem verheirateten Mann ins Bett zu gehen?«

»Ich war nicht mehr verheiratet!«, schrie er sie an.

Die Worte hallten durch den leeren Flur, und er zog sie zurück in sein Büro und warf die Tür hinter ihr zu. »Ich war nicht mehr verheiratet«, wiederholte er ein bisschen ruhiger. »Also, haust du jetzt einfach wütend ab oder benimmst du dich wie eine Erwachsene und lässt mich dir die Sache erklären?«

Endlich gelang es ihr, ihren Arm aus seiner Umklammerung zu befreien. Da sie wusste, dass sie nicht an ihm vorbei das Büro verlassen könnte, wenn er sie nicht gehen lassen wollte, trat sie vor das Fenster und starrte blind in den mittäglichen Verkehr hinaus. Dabei presste sie ihre Stirn gegen das kühle Glas, denn sie spürte, dass sie Kopfschmerzen bekam. Wie hatte ihr Schicksal in so kurzer Zeit eine derartige Wendung nehmen können?

»Pam und ich leben schon seit drei Jahren nicht mehr zusammen«, setzte Hunter an.

»Du hast gesagt, dass sie bis vor einer Woche deine Frau gewesen ist.«

»Wir waren offiziell getrennt. Unsere Ehe war vorbei, nur war ich einfach zu stur, das zuzugeben.«

»Warum? Hast du sie noch geliebt?«

»Nein, Kari«, stieß er seufzend aus. »Ich habe es gehasst, mir eine Niederlage einzugestehen.«

Sie blickte ihn über ihre Schulter an. »*Das* kann ich mir vorstellen. Sprich weiter.«

»Die Tatsache, dass ich noch verheiratet war, wurde erst an dem Abend wichtig, als ich zu dir nach Hause kam und dich geküsst habe. In dem Moment wurde mir klar, dass ich dich will und dass es etwas Ernstes ist. Deshalb habe ich sofort, als ich wieder in meiner Wohnung war, Pam angerufen und erklärt, dass ich endlich mit der Scheidung einverstanden bin. Sie hat mich noch nicht mal nach dem Grund dafür gefragt, denn sie wollte die Scheidung schon seit einer halben Ewigkeit. Ich habe ihr gesagt, dass sie den Antrag so schnell wie möglich stellen soll.«

Sie lachte verächtlich auf. »Und ich Idiotin habe mir tatsächlich eingebildet, du hättest geduldig darauf gewartet, dass ich über Thomas hinwegkomme, bevor du mir Avancen gemacht hast. Dabei hast du in Wahrheit nur gewartet, bis du selbst geschieden warst, und dich auf diese Art vor möglichen ›Komplikationen‹ geschützt.«

Er packte ihre Schultern und drehte sie unsanft wieder zu sich herum. »Ich habe darauf gewartet, dass du über Thomas hinwegkommst. Du musstest erst mal mit dir selbst ins Reine kommen, bevor du bereit für etwas Neues warst.«

»Und warum hast du mir dann nichts von Pam erzählt?«

Er seufzte erneut. Das war eine gute Frage. Auf die es unglücklicherweise keine gute Antwort gab. Er hatte einen Fehler gemacht, der ihn jetzt teuer zu stehen kam.

»Wir hatten schon genug am Hals, Kari, und es war einfach nicht wichtig. Hör mir zu«, bat er sie eindringlich, denn sie wandte sich schon wieder von ihm ab. »Ich hätte nie mit dir geschlafen, solange ich nicht geschieden war, oder zumindest nicht, ohne es dir vorher zu sagen. Die Scheidung wurde in der Woche ausgesprochen, bevor ich hörte, dass du nach Breckenridge geflüchtet warst. Pam war kein Thema zwischen uns. Sie hatte schon seit Jahren keinen Platz mehr in meinem Leben. Jede Erwähnung meiner Ehe hätte die Situation nur noch komplizierter gemacht. Sonst nichts.«

Er umrahmte ihr Gesicht mit seinen Händen, zog es dicht an sich heran und zwang sie, ihm in die Augen zu sehen. »Es tut mir leid. Ich hätte es dir sagen sollen. Aber das ist alles, was mir leidtun muss. Ich liebe Pam nicht mehr. Ich habe sie schon seit Jahren nicht mehr geliebt.«

»Warum war sie heute hier?«

»Sie hat gespürt, dass ich es mit der Scheidung eilig hatte, und mir deshalb die Papiere gebracht. Sie wurden versehentlich an sie geschickt.«

»Bist du dir vollkommen sicher, dass sie über dich hinweg ist?«

»Absolut. Sie hat mir einen Abschiedskuss auf die Wange gegeben, um den ich nicht gebeten und den ich nicht erwidert habe. Das war alles, was du gesehen hast, als du hereingekommen bist. Ich bin noch nicht einmal sentimental, weil es jetzt endgültig vorüber ist. Es ist alles so furchtbar lange her. Du bist die Frau, die ich liebe, Kari. *Du.*«

Seine Stimme hatte einen verzweifelten Klang, und

er drückte seine Hände fester an ihr Gesicht. »Warum streiten wir uns darüber? Weißt du nicht inzwischen, wie wichtig du mir bist?«

Dann küsste er sie besitzergreifend auf den Mund. Sie musste ganz einfach verstehen, dass er sie nicht belog. Er legte seinen Kopf ein wenig schräg, strich über ihre Lippen und drang begierig mit der Zunge in sie ein.

Sein Verlangen nach ihr hatte eindeutig nicht abgenommen, merkte sie. Sie schmiegte ihren weichen Leib an seinen harten Körper an, als er sie in die Arme nahm, und stieß ein leises Stöhnen aus. Er war bereits voll und hart, und sie begehrte ihn. Trotzdem riss sie ihren Mund von seinen Lippen los und presste ihre Stirn an seine Brust. »Hunter, nein, nein.«

Er atmete keuchend ein und aus, während er mit seinen Händen über ihren Rücken strich. »Danke«, raunte er ihr zu. »Zum jetzigen Zeitpunkt würde meine Karriere einen Skandal wahrscheinlich nicht verkraften, und es hätte garantiert einen Riesenskandal gegeben, wenn meine Sekretärin aus der Mittagspause gekommen und uns beide bei einer, uh, unangemessenen Beschäftigung erwischt hätte.«

Sie konnte sein Lächeln an ihrer Schläfe spüren. Er hatte sie eindeutig nicht verstanden. »Das habe ich nicht gemeint, Hunter.«

Sie glitt aus seinen Armen, trat neben seinen Schreibtisch und zog mit einem Finger die Maserung der blank polierten Platte nach.

»Was hast du dann gemeint, Kari?«, fragte er sie leicht verärgert, und sie drehte sich wieder zu ihm um.

»Dass wir so nicht weitermachen können.«

Er tat gar nicht erst so, als würde er sie nicht verstehen. »Und warum nicht?«

»Weil es alles viel zu schnell gegangen ist.«

»Für mich nicht.«

»Aber für mich.« Sie atmete tief ein, und der Stoff von ihrer Bluse spannte sich über ihrer Brust.

Er wünschte sich, das wäre ihm nicht aufgefallen, denn sofort wogte erneut glühendes Verlangen in ihm auf. »Was stört dich?«, fragte er.

»Oben in Breckenridge war es leicht, den Kopf zu verlieren. Dort waren wir allein. Wir mussten niemandem Rechenschaft über unser Tun ablegen als uns selbst. Aber hier unten hast du dein Leben, und ich habe meins.«

»Warum können wir diese Leben nicht verbinden?«

»Du weißt genau, warum. Du bist eine Person des öffentlichen Interesses. Und das bin ich auch.«

»Wahrscheinlich bin ich einfach dumm. Aber was genau willst du mir damit sagen?«

»Dass ich nicht durch die Gegend schleichen und eine heimliche Affäre haben will.«

»Ich hatte auch nicht vor, irgendwo herumzuschleichen oder ein Geheimnis aus unserem Verhältnis zu machen.«

»Du würdest es also überall herumerzählen?«

»Auf jeden Fall.«

»Dann kennst du mich schlecht. Ich werde ganz bestimmt nicht einfach zu dir ziehen oder so. Und ich kann einfach nicht glauben, dass du auch nur einen Augenblick gedacht hast, ich würde so was tun.«

»Das habe ich ganz sicher nicht gedacht. Ich will dich heiraten.«

Das brachte sie erfolgreich zum Verstummen. Ihr klappte die Kinnlade herunter, und sie starrte ihn entgeistert an. »Mich heiraten? Aber wir kennen uns doch kaum.«

Er zog die Brauen hoch. »Wenn man die letzte Woche nimmt, glaubst du dann nicht auch, dass diese Bemerkung jeder Grundlage entbehrt?«

»Ich meine nicht sexuell«, erklärte sie ihm schärfer als beabsichtigt.

»Ich auch nicht«, gab Hunter genauso scharf zurück.

Doch dies war nicht der rechte Augenblick für einen Wutanfall. Er atmete tief durch und fuhr mit ruhiger Stimme fort. »Ich weiß, was du für ein Mensch bist. Du hättest dich niemals so freizügig mir gegenüber im Bett verhalten, wenn du mich nicht lieben würdest.«

Sie spreizte ihre Hände. »Ich liebe dich, aber verstehst du nicht, Hunter? Ich war total euphorisch, als du mich derart umworben hast. Das gebe ich zu. Es war romantisch und wunderbar und genau das, was ich brauchte. Aber wir können doch wohl keine dauerhafte Beziehung eingehen, nur, weil wir uns sexuell zueinander hingezogen fühlen.«

»Gottverdammt!« Sein Zorn gewann die Oberhand über die guten Absichten, und er raufte sich erbost das Haar. »Ja, ich fühle mich sexuell zu dir hingezogen. Und zwar schon seit dem Tag, als du zum ersten Mal in diesem Büro erschienen bist. Ich konnte meinen Blick kaum von deinen Beinen und deinen Brüsten lösen. Doch schon damals war es mehr als das. Ich fing an, dich zu lieben, und habe dich über ein Jahr geliebt, *ohne* mit dir ins Bett zu gehen.«

»Aber ich dich nicht«, stieß sie mit weinerlicher Stimme aus. »Was, wenn es mir wirklich nur um Sex geht, wenn ich wirklich nur die sexuell ausgehungerte Witwe bin, die auf den ersten Typen reagiert hat, der in ihre Nähe kam?«

Er kniff die Augen zusammen, ließ den Blick abschätzend über ihren Körper wandern und wollte von ihr wissen: »Willst du etwa behaupten, alles, was wir getan haben, hättest du auch mit einem anderen getan?«

Sie wurde puterrot, und das war ihm Antwort genug. »Versuch's auf eine andere Tour, Kari. Dieses Argument kaufe ich dir nämlich nicht ab.«

Sein zorniger, wissender Blick war mehr, als sie ertrug. »Das wollte ich bestimmt nicht sagen. Es ist nur einfach so, dass du dich ein Jahr lang an die Gefühle gewöhnen konntest, die du mir entgegenbringst. Ich hatte dafür nur ein paar Tage, deshalb brauche ich ganz einfach noch ein bisschen Zeit.«

Er stemmte die Hände in die Hüften. »Weißt du, was du da redest?« Ohne eine Antwort abzuwarten, fuhr er wütend fort: »Das ist alles vollkommener Quatsch. Du willst mich nur dafür bestrafen, dass ich dir das mit Pam verschwiegen habe.«

»Das ist nicht wahr!«

»Ach nein?«

»Nein! Auch ich habe diese blöden Rachespielchen satt.« Sie rieb sich die pochende Stirn. »Hunter, ich brauche einfach Zeit, um mich an all das zu gewöhnen. Pinkie hat mir ein neues Projekt gegeben. Das wollte ich dir erzählen.«

»Oh, verstehe.« Genau das war sein wunder Punkt.

Konflikte wegen des Berufs hatten bereits seine erste Ehe zerstört. »Als du am Boden warst, als du nicht sicher wusstest, ob du noch einen Job hattest, konntest du mich lieben. Aber jetzt, da du mit deiner Arbeit weitermachen kannst, brauchst du mich nicht mehr.«

Sie wich vor ihm zurück, wie wenn er ihr einen Schlag versetzt hätte, und in ihren Augen stiegen Tränen auf. »Ich nehme an, so sieht es für dich aus, aber so ist es nicht. Ich liebe und ich brauche dich.«

Sofort war er bei ihr und nahm sie in den Arm. »Warum bist du so furchtbar starrsinnig, Kari? Warum kannst du die Dinge nicht einfach nehmen, wie sie sind? Es ist total verrückt. Wir lieben uns. Warum musst du das ständig hinterfragen? Sag, dass du mich heiratest.«

»Das kann ich jetzt noch nicht. Bitte verstehe mich und hab etwas Geduld mit mir.« Sie hob den Kopf und sah ihm ins Gesicht, widerstand aber dem Drang, die braune Haarsträhne zurückzustreichen, die ihm in die Stirn gefallen war.

»Pinkie hat heute Morgen etwas gesagt, womit er den Nagel auf den Kopf getroffen hat. Er meinte, ich wüsste wahrscheinlich nicht mal, wie man das Wort Vorsicht schreibt. Ich habe meinen Vater von ganzem Herzen geliebt. Und als er gestorben war, habe ich mich Hals über Kopf in Thomas verliebt. Aber ich war viel zu abhängig von ihm, um wirklich glücklich zu sein. Nach seinem Tod war ich völlig am Boden zerstört. Ich habe nicht nur um ihn getrauert, sondern hatte vielmehr das Gefühl, als wäre auch ein Stück von mir gestorben.«

Er wischte ihr eine Träne von der Wange, unterbrach sie aber nicht.

»Du weißt, dass ich immer alles hundertprozentig mache, so wie ich auch beschlossen habe, dich zu hassen. Darauf habe ich meine gesamte Energie verwandt. Und jetzt liebe ich dich, Hunter. Nur muss ich diesmal etwas vorsichtiger sein. Als ich sah, dass eine andere Frau in deinen Armen lag, dachte ich, ich würde sterben.«

»Du kennst den Grund dafür.«

»Ja, doch das beweist nur, dass ich recht habe. Ich gehe schon wieder nach dem alten Muster vor. Ich mache mich von dir und deiner Liebe viel zu schnell viel zu abhängig. Falls es zwischen uns nicht klappen würde, wäre die Enttäuschung mehr, als ich ertragen kann.«

»Mein Liebling, zwischen uns wird ganz bestimmt nichts schiefgehen.«

Beinahe hätte der sanfte Ernst in seinem Blick sie überzeugt. Aber sie behauptete auch weiter ihre Position. »Dann halten wir bestimmt auch eine kurze Pause aus.«

»Eine Pause?«

»Eine Beziehungspause«, stieß sie krächzend aus.

»Du meinst, wir sollen erst mal wieder bloße Freunde werden, die sich hin und wieder sehen?«

»Etwas in der Art.«

Er ließ seine Arme sinken, trat ans Fenster, starrte so wie vorher sie hinaus, und als er sich wieder zu ihr umdrehte, war seine Miene völlig ausdruckslos.

»Nein, Kari. Ich bin auf meine Art genauso stur wie du. Ich kann nicht nur dein guter Kumpel sein. Ich brauche keinen zusätzlichen Freund. Ich brauche eine erfüllte Beziehung zu einer Frau. Einer Geliebten und Ehefrau. Wenn ich dich also überhaupt noch sehe, wer-

de ich dich so lange bedrängen, bis du wieder mit mir in die Kiste steigst. Dann würdest du dich davor fürchten, mich zu sehen und …« Er hob hilflos die Arme, ehe er sie wieder fallen ließ. »… dann stünden wir beide furchtbar unter Druck. Und das will ich nicht.«

Sie wischte sich die Tränen fort. »Dann heißt es also alles oder nichts?«

»Ja«, stimmte er mit einem abgrundtiefen Seufzer zu. »Ich schätze, das heißt es. Ich liebe dich.«

»Ich weiß.«

»Aber ich bin zum letzten Mal zu dir gekommen. Deshalb musst du zu mir kommen, falls es irgendwie zwischen uns weitergehen soll.«

»Ich weiß.«

Sie wandte sich zum Gehen, sah ihn aber noch einmal über ihre Schulter hinweg an. Wahrscheinlich war sie eine hoffnungslose Närrin, denn am liebsten wäre sie zu ihm zurückgerannt, hätte ihm die Arme um den Hals geschlungen und ihn angefleht, sie niemals wieder loszulassen. Doch sie durfte ihr Leben nicht schon wieder einem anderen Menschen anvertrauen. Erst musste sie lernen, auch auf eigenen Füßen zu stehen.

Sie verließ das Büro und ging den menschenleeren Korridor hinab.

Sie war schon jetzt allein.

Das Nachrichtenteam von WBTV nahm sie ebenso begeistert wieder auf wie das Publikum. Nach der ersten Woche, in der sie erneut auf Sendung war, trafen Briefe für sie ein. Die Zuschauer waren froh, sie endlich wiederzusehen. Was sie als äußerst schmeichelhaft

empfand, denn für gewöhnlich hatten Fernsehzuschauer ein sehr kurzes Gedächtnis und gewöhnten sich schnell um.

Obwohl Pinkies Kommentare nach den ersten drei Beiträgen zurückhaltend ausfielen, wusste Kari, dass er durch und durch zufrieden mit ihr war. Sie brachte eine Geschichte über eine Familie von Trapezkünstlern, die weiter im Zirkus auftraten, obwohl es in ihrer Truppe schon zu einer Reihe tödlicher Unfälle gekommen war. Während Pinkie sich den Film ansah, brannte seine Zigarette ab, ohne dass er es bemerkte. Und wenn sie es schaffte, ihn derart in ihren Bann zu ziehen, gelänge ihr das bei den Zuschauern auf jeden Fall.

Ihre Abende brachte sie ruhig zu Hause zu. Sie hatte aufgehört zu zählen, wie oft sie schon nach ihrem Telefon gegriffen hatte, um Hunter anzurufen. Bisher aber hatte sie es nicht getan. Denn wenn sie ihn anriefe und er dann zu ihr käme, wüsste sie genau, was dann geschähe. Dann landeten sie ganz bestimmt in ihrem Bett und fingen noch mal ganz von vorne an. Er würde sie wieder bitten, ihn zu heiraten, doch dazu war sie jetzt noch nicht bereit.

Und was, wenn sie ihn anriefe, und er wäre nicht daheim? Dann würde sie sich fragen, wo er war und mit wem er sich womöglich traf. Deshalb ließ sie es besser einfach sein.

Sie sehnte sich nach ihm. Vermisste seinen ausgeprägten Sinn für Humor, seine intelligenten Bemerkungen und sogar sein aufbrausendes Temperament. Am besten dachte sie gar nicht darüber nach, denn dann sehnte sich ihr Körper schmerzlich nach der Berüh-

rung seines Leibs. Erst Hunter hatte ihr das ganze Ausmaß der Sinnesfreuden gezeigt, zu denen sie fähig war. Niemals vorher hatte jemand ihre Pobacken, die Kniekehlen oder Fußsohlen geküsst. Als sie an die erotischen Freuden dachte, die er ihr bereitet hatte, stieg ihr die Schamesröte ins Gesicht, gleichzeitig jedoch brannte sie darauf, sie alle wieder zu erleben, und zwar im Zusammensein mit diesem Mann.

Sie machte langsam Fortschritte und kam sich jeden Tag ein bisschen stärker und selbstsicherer vor. Trotzdem hatte sie das angestrebte Maß an Souveränität noch nicht erreicht. Wenn es so weit wäre, würde sie sofort zu Hunter fahren, und dann würde er sie niemals wieder los.

»Kari Stewart?«

»Ja.«

»Ich muss …«

»Tut mir leid, aber Sie müssen bitte etwas lauter sprechen. Ich kann Sie kaum verstehen.«

Ob das ein Perverser war? Es passierte öfter, dass sie obszöne Anrufe bekam. Zu Beginn ihrer Karriere hatte ihr das Angst gemacht. Inzwischen aber wusste sie, wie damit umzugehen war. Sie hatte bereits ungezählte unmoralische Angebote sowie dreiundzwanzig Heiratsanträge bekommen, und auch dieser Anrufer hatte die raue, atemlose Stimme, wie sie für Perverse typisch war.

»Ich kann nicht lauter sprechen«, flüsterte er. »Ich habe Ihnen eine Story anzubieten. Haben Sie Interesse oder nicht?«

Auch das war sie gewohnt. Immer wieder riefen irgendwelche Irren bei ihr an und meldeten alles Mögliche von russischen Invasoren im Waschsalon an der Ecke bis hin zu Raumschiffen, die auf Schulhöfen gelandet waren.

»Ich habe immer Interesse an einer guten Story«, sagte sie mechanisch. Ein gestresster Produktionsassistent kam an ihren Schreibtisch und drückte ihr das Skript für ihren nächsten Beitrag in die Hand. »Fünfzehn Sekunden«, rief er ihr tonlos in Erinnerung, und als sie nickte und das Okay-Zeichen mit Daumen und mit Zeigefinger machte, zog er sich wieder zurück. »Ich bin gerade sehr beschäftigt«, sprach sie in den Hörer. »Warum geben Sie mir nicht Ihren Namen und Ihre Telefonnummer? Dann ruft einer von unseren Redakteuren Sie morgen zurück.«

»Nein, das geht nicht. Die Sache kann nicht warten.« Es war nicht zu leugnen, dass der Anrufer verängstigt klang. Abrupt hörte Kari auf, mit ihrem roten Kugelschreiber Anmerkungen zu dem Text zu machen, den sie in den Händen hielt. »Ich will nur mit Ihnen reden, sonst mit niemandem.«

»Worüber? Sagen Sie es mir.« Sie zwang sich, ruhig zu klingen, obwohl sich ihr Herzschlag merklich beschleunigte. Vielleicht war der Typ ja nicht verrückt.

»Haben Sie von den Babys gehört, die aus dem Krankenhaus gestohlen worden sind?«

Während der letzten fünfzehn Monate waren auf mysteriöse Weise drei Neugeborene von der Entbindungsstation eines Krankenhauses verschwunden. Man ging von Entführungen aus, hatte aber das FBI nicht ein-

geschaltet, da kein Lösegeld gefordert worden war. Die Polizei stand noch immer vor einem Rätsel, denn bisher hatte sie nicht die geringste Spur. »Ja, was ist mit ihnen?« Sie griff nach einem Block, um sich Notizen zu machen, falls der Mann ihr wirklich Informationen gab.

»Vielleicht weiß jemand, den ich kenne, darüber Bescheid.«

Nicht jemand, den er kannte, sondern der Anrufer selbst. Wobei sie sich nicht sicher war, ob die Person, mit der sie sprach, wirklich männlich war. Es klang, als hätte sie ein Taschentuch über die Sprechmuschel gelegt. »Und warum haben Sie dann bei mir angerufen? Warum spricht diese Person nicht selbst mit mir?«

»Ich … das kann sie nicht. Sie hat Angst, dass sie dann Schwierigkeiten kriegt.«

Adrenalin rauschte in ihren Adern. Dies könnte die größte Story ihrer Karriere werden. »Würde sie denn mit mir sprechen, wenn ich ihr versichern würde, dass ihre Anonymität gewahrt bleibt?«

»Können Sie das denn?«

»Natürlich. Könnten wir uns irgendwo treffen? Ohne dass es jemand mitbekommt.«

»Sie will nicht ins Fernsehen. Das wäre der reinste Selbstmord. Vielleicht lege ich besser wieder auf. Ich habe es mir anders überlegt.«

»Nein, bitte, warten Sie!«, bat sie ihn aufgeregt. »Wenn Sie … ich meine, die Person, von der Sie sprechen … falls sie irgendwas von diesen Babys weiß, sollte sie das nicht erzählen? Sagen Sie ihr, dass sie mich nur mal treffen soll. Es kann schließlich nicht schaden, darüber zu reden. Es würde ja niemand erfahren.«

Es folgte ein Augenblick der Stille. Offenbar dachte der Anrufer über ihren Vorschlag nach. »Und Sie hätten keine Kamera, keinen Kassettenrekorder, nichts dabei?«

»Nein, versprochen.«

»Also gut«, stimmte er vorsichtig zu. »Kommen Sie in die Tiefgarage für das Krankenhauspersonal. Wissen Sie, wo die ist?«

»Ich werde sie auf alle Fälle finden.« Sie brauchte nicht zu fragen, von welchem Krankenhaus er sprach. Denn das war ihr bereits klar. »Wann?«

»Um neun. Zweites Untergeschoss, Reihe B, der vierte Wagen aus Richtung der nördlichen Einfahrt. Falls Sie nicht alleine sind, wird er wieder fahren.«

»Sagen Sie ihr, ich bin um neun Uhr da.«

Wortlos legte der Anrufer auf, und sie saß während einiger Sekunden reglos da und starrte das Skript in ihren Händen an. Mit einem Mal erschien es ihr fürchterlich banal. Denn jetzt hatte sie eine *echte* Story, eine Story, mit der sie beweisen könnte, dass Pinkies Vertrauen in sie gerechtfertigt gewesen war.

Sie sprang von ihrem Stuhl, um ihn zu informieren, ehe sie sich eines Besseren besann. Vielleicht ließe er sie ja nicht gehen. Vielleicht täte er den Anruf als die Tat eines Verrückten ab oder schickte den Kollegen, der schon über die Fälle berichtet hatte, hin. Dann wäre alles vermasselt, denn der Informant hatte ihr erklärt, er spräche nur mit ihr.

Vor allem würde Pinkie ganz bestimmt nicht wollen, dass sie allein zu diesem Treffen fuhr. Am besten, sie behielte diese Sache erst einmal für sich. Vielleicht

stellte sich der Anruf ja tatsächlich noch als schlechter Scherz heraus.

Trotzdem hielt sie die Spannung kaum bis neun Uhr aus.

Um neun Uhr fünfzehn lief sie ungeduldig neben ihrem Wagen auf und ab. Um neun Uhr dreißig schalt sie sich, weil sie auf diesen Kerl hereingefallen war. Statt gemütlich zu Hause über das neue Bettzeug nachzudenken, das sie sich kaufen wollte, neues Papier in ihren Küchenschränken auszulegen, von Hunter zu träumen oder irgendetwas anderes Sinnvolles zu tun, brachte sie den Abend in einer verlassenen Tiefgarage zu.

Langsam wurde ihr unheimlich.

Sie drehte sich um, um zu ihrem Wagen zurückzugehen, und wäre beinahe mit dem jungen Mann zusammengestoßen, der im selben Augenblick hinter einem Betonpfeiler hervorgetreten kam. Sie griff sich ans Herz und rang erschreckt nach Luft. Vielleicht hatte ja tatsächlich ein Perverser, der von ihr besessen war, dieses Treffen inszeniert.

»Hi.«

Es war der Anrufer. Er hatte seine Stimme während des Gesprächs verstellt, aber trotzdem erkannte sie sie wieder. »Hallo«, grüßte sie atemlos zurück.

»Ich habe Sie beobachtet, um sicherzugehen, dass Sie alleine sind.«

Sie versuchte zu lächeln, doch sie war noch immer starr vor Schreck. Wie dumm sie doch gewesen war. Niemand wusste, wo sie war. Ihr Verschwinden würde frühestens auffallen, wenn sie morgen früh nicht in der Re-

daktion erschien. Doch es würde ihr nichts nützen, ließe sie ihn merken, dass sie vollkommen verängstigt war.

»Was wollten Sie mir sagen?«, fragte sie in einem Ton ungeduldiger Autorität.

Er fuhr sich mit der Zunge über die Lippen, wischte sich die Hände an den Hosenbeinen ab, und ihre Anspannung ließ etwas nach. Er war offensichtlich noch nervöser als sie selbst.

Er ging an ihr vorbei und öffnete die Tür eines VW-Käfer. »Können wir im Wagen reden? Falls uns jemand sieht …«

Obwohl sie wusste, dass auch das nicht gerade clever war, setzte sie sich auf den Beifahrersitz, und er machte die Tür hinter ihr zu, umrundete den Wagen und nahm selbst hinter dem Lenkrad Platz.

Er umklammerte das Steuer, nagte an seiner Unterlippe und sah sie ängstlich an. »Danke, dass Sie gekommen sind.«

»Danke, dass Sie mich angerufen haben.« Keiner von ihnen tat noch so, als wäre er nur mit dem Anrufer bekannt.

»Ich musste einfach mit jemandem reden und hatte keine Ahnung, an wen ich mich wenden soll. Wissen Sie, ich will nicht, dass mich die Cops in die Zange nehmen oder so.«

In diesem Augenblick fing Kari an, ihm zu vertrauen. Er wagte nicht, ihr direkt ins Gesicht zu sehen, was ihr verriet, dass das Treffen mit einer »Berühmtheit« ihn fast ebenso nervös machte wie die Informationen, derentwegen sie am Mittag von ihm angerufen worden war. Er war vielleicht Anfang zwanzig, hatte wirres blondes,

vielleicht eine Spur zu langes, aber frisch gewaschenes Haar und einen klaren Teint, wies aber noch die Narben jugendlicher Akne auf. Er trug eine graue Hose, ein schlichtes weißes Hemd und Turnschuhe.

»Wie heißen Sie?«, fragte sie in einem Ton, der sein Vertrauen wecken sollte.

Was anscheinend auch geschah.

»Grady. Grady Burton. Aber Sie werden meinen Namen nicht in Ihrer Story bringen, oder?«

»Bisher habe ich noch keine Story. Wenn ich Sie allerdings nicht namentlich erwähnen soll, werde ich das auch nicht tun. Versprochen.«

Er ließ die Schultern sinken und umklammerte das Lenkrad nicht mehr ganz so fest. »Ich glaube, Sie sind in Ordnung, Ms Stewart.«

»Nennen Sie mich Kari. Und jetzt erzählen Sie mir, was Sie wissen.«

»Ich bin mir nicht sicher, ob es überhaupt was zu bedeuten hat.«

»Vielleicht nicht, doch erzählen Sie es trotzdem.«

»Ich bin Krankenpfleger und arbeite gelegentlich auch auf der Entbindungsstation. Wissen Sie, da gibt es diesen Arzt, einen stinkreichen, arroganten Arsch. Fährt einen dicken Porsche, hält sich für den lieben Gott und erwartet, dass alle anderen vor ihm auf dem Boden kriechen. Aber wie dem auch sei, er und diese Schwester, tja, erst dachte ich, die beiden hätten etwas miteinander.« Er wurde puterrot. »Ich meine …«

»Ich weiß, was Sie meinen.«

»Sie haben sich immer heimlich getroffen, sich in leeren Zimmern eingesperrt und so. Natürlich gab es des-

wegen Gerede, doch es gibt ständig Gerede darüber, wer, uh, wer es gerade mit wem treibt. Und dann verschwindet plötzlich dieses Kind.«

Er zog eins seiner Knie an und wandte sich ihr zu. »Ein paar Tage, bevor es passierte, hatte ich gehört, wie der Arzt eine seltsame Bemerkung der Schwester gegenüber gemacht hatte, hatte mir aber nichts weiter dabei gedacht. Und dann, als das Kind verschwand, dachte ich, ich hätte mir das alles eingebildet, und weshalb hätte ich meinen Job riskieren sollen? Also habe ich den Mund gehalten. Aber dann verschwand das zweite Kind.« Er pfiff und machte eine gleitende Bewegung mit der Hand. »War plötzlich einfach nicht mehr da. Unweigerlich habe ich eins und eins zusammengezählt, und als das dritte Kind verschwand, habe ich Gewissensbisse gekriegt.«

Sie lächelte ihn an. »Sie haben genau das Richtige getan, Grady. Warum erzählen Sie mir nicht, was Sie gehört und gesehen haben? Wenn möglich in der Reihenfolge, in der es abgelaufen ist. Seien Sie so genau, wie es Ihr Gedächtnis zulässt. Haben Sie etwas dagegen, wenn ich mir Notizen mache?«

»Nein. Aber ich werde keine Namen nennen.«

»Okay.«

Er sprach eine halbe Stunde, und je länger er erzählte, umso aufgeregter wurde sie. Er wusste offenkundig mehr, als ihm selbst bewusst gewesen war. »Werden Sie das in den Nachrichten bringen?«, fragte er am Schluss.

»Ich weiß nicht. Ich muss mit dem Produzenten reden, doch die Sache muss an die Öffentlichkeit, Grady.

Wer auch immer diese Leute sind, haben sie sich mehrerer schwerer Verbrechen schuldig gemacht. Man muss sie sofort stoppen.«

»Das dachte ich auch.«

»Kann ich Sie anrufen?«

Er runzelte die Stirn. »Nein«, sagte er mit unsicherer Stimme. »Aber ich verspreche Ihnen, wenn ich noch was höre oder sehe, gebe ich Ihnen sofort Bescheid.«

»Bitte tun Sie das. Gibt es jemanden, der das, was Sie erzählt haben, bestätigen kann?«

»Bestätigen?«

»Es wäre einfach besser, wenn ich zwei Quellen zitieren könnte.«

»Tja, es gibt da jemanden. Nur traut sie sich nicht, mit Ihnen zu reden.«

»Wer ist sie?«

»Alles, was ich sagen werde, ist, dass sie Krankenschwester ist und hier mehr zu sagen hat als ich.«

»Und sie hat diese Dinge ebenfalls gehört?«

»Sagen wir einfach, sie hegt denselben Verdacht wie ich.«

»Wenn ich ihr Fragen stellen würde, würde sie sie wenigstens mit ja oder nein beantworten?«

»Ich glaube schon. Auf alle Fälle meinte sie, ich könnte Ihnen eine Telefonnummer geben, aber keinen Namen.« Er zog einen Zettel aus der Tasche und hielt ihn Kari hin.

»Ihnen beiden ist bewusst, dass sich das Krankenhaus, falls wir diese Story bringen, in ein Hornissennest verwandeln wird.«

»Ja.«

Sie tätschelte ihm aufmunternd die Hand. »Viel Glück, Grady, und vielen Dank.«

Im Aussteigen hielt sie noch einmal inne, denn ihr fiel noch eine letzte Frage ein: »Es gibt unzählige Journalisten hier in Denver. Warum haben Sie sich ausgerechnet an mich gewandt?«

Er fing an zu grinsen. »Ich wusste, dass ich Ihnen trauen kann. Hier im Krankenhaus ist dieser Typ. Er meinte, Sie hätten ihn nicht verpfiffen, als er Ihnen die Zimmernummer eines Patienten gegeben hat.«

Sie lächelte. »Sie werde ich genauso wenig verpfeifen. Das verspreche ich.«

Pinkie stieß einen langgezogenen Pfiff zwischen den Zähnen aus. Er saß am Schneidetisch und sah sich den fertigen Film auf einem der Monitore an. »Ich sollte dir den Allerwertesten versohlen dafür, dass du dich ganz allein mit diesem Kerl in einer Tiefgarage getroffen hast. Tu nie wieder etwas derart Dummes, ja? Wer war der Mann?«

»Nennen wir ihn *Deep Throat*.«

»Haha, sehr witzig. Um Gottes willen, er hätte auch ein Vergewaltiger sein können, der es auf dich abgesehen hatte.«

»Der Gedanke ging mir auch durch den Kopf«, gab sie unumwunden zu. »Aber er war kein Vergewaltiger, und das, was er mir erzählt hat, ist das reinste Dynamit. Also, wirst du den Beitrag bringen?«

»Warum tust du mir immer so was an? Warum bringst du mir ständig irgendwelche Storys, bei denen ich, wenn ich sie bringe, Kopf und Kragen riskiere?«

Die Story schien ihm wirklich zu gefallen, denn sonst hätte er sich niemals derart aufgeregt. Kari sah ihn lächelnd an. »Weil ich einfach gut bin, darum.«

»Ich dachte, du wärst inzwischen aus dem Gröbsten raus. Mein Magen fing gerade an, sich zu beruhigen. Und jetzt kommst du mit dieser Story an. Warum fährst du nicht einfach zu McKee, springst mit ihm in die Kiste und kommst morgen mit einer netten, harmlosen Geschichte über eine pensionierte jungfräuliche Grundschullehrerin?«

Kari verschränkte die Arme vor der Brust. »Hör auf, mich zu beleidigen. Bringst du die Geschichte oder nicht?«

»Auf das Wort eines kleinen Angestellten hin?«

»Woher weißt du, dass er ein kleiner Angestellter ist?«, forderte Kari ihn heraus. »Er könnte ja auch der Chefarzt sein.« Pinkie runzelte drohend die Stirn. »Also gut, ich gebe zu, er steht ziemlich weit unten in der Rangordnung, aber seine Erzählung wurde von einer Krankenschwester bestätigt.«

»Und wie heißt die Frau?«

»Sie hat sich geweigert, ihren Namen zu nennen, mir aber versichert, dass sie schon ziemlich lange in dem Laden ist und dort auch einiges zu sagen hat.«

Fluchend starrte er die Wand an. »Also gut. Ich werde deine Story bringen. Du hast oft genug ›angeblich‹ und ›möglicherweise‹ eingeflochten, dass man uns nichts anhaben kann. Aber dir ist ja wohl klar, dass sich die Bullen wie die Frösche auf einen Junikäfer auf dich stürzen werden, oder?«

»Alles, was ich weiß, steht in dem Bericht.«

»Du hast also nichts ausgelassen?«

»Nein.«

»Das wird ihnen nicht gefallen. Und das werden sie dir auch nicht glauben.«

»Was ist los?«, Bonnie streckte neugierig den Kopf durch die Tür des Schneideraums.

»Ich werde mich heute Abend hemmungslos betrinken und will keine Widerrede hören, verstanden?« Pinkie fuchtelte drohend mit dem Zeigefinger vor ihrem Gesicht herum.

Sie küsste ihn lächelnd auf den Mund. »Ich liebe dich auch.«

Bevor er mit ihr zusammen den Raum verließ, blickte er noch einmal auf den Monitor und stieß einen Seufzer des Bedauerns aus. »Ich habe das ungute Gefühl, dass ich es noch fürchterlich bereuen werde, dir grünes Licht gegeben zu haben, aber die Sache ist einfach zu gut, um sie unter den Teppich zu kehren.«

Kari hatte es sich in ihrem Polstersessel bequem gemacht und verfolgte gebannt ihren Bericht, der in den Sechs-Uhr-Nachrichten kam. Die Bilder gaben nicht viel her. Es gab nur eine Außenansicht des Krankenhauses sowie Filmausschnitte aus dem Archiv von den Tagen, als die Kinder verschwunden waren.

Das, was sie sagte, würde für Furore sorgen. Sie hatte aus zwei zuverlässigen Quellen, dass möglicherweise Angestellte des Krankenhauses in die Entführungen – die sie so nannte, weil es keine bessere Bezeichnung gab – verwickelt waren.

Was eine phänomenale Story war.

Vor lauter Aufregung bekäme sie wahrscheinlich kaum etwas herunter, aber trotzdem machte sie sich ein Omelett und hatte es kaum aus der Pfanne auf den Teller gekippt, als es plötzlich klingelte.

Sie trat an die Tür und sah durch den Spion.

Hunter! Ihr Herz fing an zu rasen. Sie hatte ihn seit einundzwanzig Tagen nicht gesehen. Die längsten drei Wochen ihres Lebens, dachte sie und machte ihm eilig auf.

Doch sie hatte sich zu früh gefreut.

Denn er war außer sich vor Zorn.

13

Wortlos schob er sich an ihr vorbei, und sie machte die Tür hinter ihm zu und drehte sich ängstlich zu ihm um. Die Augen hinter seiner Brille blitzten, sein Körper war zum Zerreißen angespannt, und mit der gerunzelten Stirn und den geballten Fäusten sah er aus, als hätte er einen furchtbar anstrengenden Tag gehabt.

»Hast du eine Vorstellung davon, was du diesmal angerichtet hast?«

»Hallo, Hunter. Ich freue mich auch, dich zu sehen.«

Sie sah ihn mit einem provozierenden Lächeln an. Als sie aus der Redaktion gekommen war, hatte sie ihr schickes Kleid gegen ein überdimensionales Sweatshirt eingetauscht, sich die Ärmel bis zu den Ellbogen hochgeschoben und ihr Haar zu einem losen Knoten aufgesteckt, der in Auflösung begriffen war.

Ihre äußere Gelassenheit war das effektivste Mittel gegen seinen Zorn. Sie brachte ihn wieder zur Besinnung, und mit einem Mal vergaß er seine Wut und sah nur noch die Frau, die ihm gegenüberstand. Sie sah einfach hinreißend aus. Verlangen – wild und verzehrend wie ein Buschfeuer – loderte in ihm auf.

Er packte sie am Sweatshirt, riss sie an seine Brust,

vergrub seine andere Hand in den wirren Strähnen ihres Haars und zog ihr Gesicht zu sich heran.

»Ich begehre dich so sehr, dass es mich umbringt.«

Gierig bewegten sich seine Lippen über ihrem Mund, und seine Zunge eroberte ihr Eigentum zurück.

Kari tat noch nicht mal so, als setzte sie sich gegen diesen Überfall zur Wehr. Es war ihr vollkommen egal, dass er anscheinend wütend auf sie war. Aus welchem Grund auch immer er erschienen war – sie war glücklich, ihn zu sehen. Sie ließ ihren Kopf nach hinten fallen, gab sich seinen beinahe schmerzlichen Küssen hin und fuhr ihm mit den Fingern durch das dichte braune Haar.

Nach der ersten stürmischen Eroberung wurden seine Küsse sanft, er ließ den Kragen ihres Sweatshirts los, schob den dicken Stoff an ihr herauf, bis nur noch sein dünnes Hemd zwischen seinem Leib und ihren nackten Brüsten lag, seufzte ihren Namen, strich mit einer Hand über die warme Fülle und massierte mit dem Daumen ihren Nippel, bis er hart wie ein kleiner Kiesel war.

»… fühlt sich … so gut an …«, murmelte er unzusammenhängend.

»Oh, Hunter, ja.« Sie legte ihm die Hände ans Gesicht und küsste ihn erneut.

Er umfasste ihr Hinterteil, zog sie noch dichter an sich heran, und sie stellte sich auf ihre nackten Zehenspitzen und schmiegte sich an seine Härte an. Ein ums andere Mal tauchte seine Zunge in die heiße Süße ihres Mundes ein. Der Kuss wirkte wie eine schamlose Beschwörung, und sie stieß ein leises Stöhnen aus.

Dann aber ließ er sie plötzlich wieder los, trat einen Schritt zurück und kehrte ihr den Rücken zu.

Kari fühlte sich zurückgewiesen und empfand ihre Bereitschaft, sich ihm sofort wieder hinzugeben, als erniedrigend. Sie zog ihr Sweatshirt wieder über ihren Bauch und hob eine zitternde Hand an ihren Mund. Ihre Lippen fühlten sich gequetscht und geschwollen an, und zu ihrem Entsetzen kämpfte sie vergeblich gegen die in ihren Augen aufsteigenden Tränen an.

Als er ihr leises Schluchzen hörte, drehte er sich sofort wieder zu ihr um und sah sie unglücklich an. »Oh Baby, nicht. Ich kann dich jetzt nicht weiterküssen.« Mit unendlicher Zärtlichkeit strich er mit dem Rücken seines Zeigefingers über ihren Mund, zog dann aber die Hand zurück. »Weil ich dann mit dir schlafen will«, erklärte er in einem rauen Flüsterton. »Was ebenfalls unmöglich ist.« Er nahm seine Brille ab, rieb sich die Augen, und als er sie wieder öffnete, sah er sie müde an.

»Kari, hast du eine Ahnung, was du mit deiner Story über das Krankenhaus angerichtet hast?«

Sie öffnete den Mund, um etwas zu sagen, klappte ihn dann aber einfach wieder zu. Sie hätte nicht erwartet, dass ihn die Geschichte derart aus der Fassung bringen würde, und wusste deshalb einfach nicht, was die richtige Antwort auf die Frage war. »Ich bin mir sicher, dass ich dort in ein Wespennest gestochen habe.«

Er stieß ein resigniertes Lachen aus, blickte kurz unter die Decke, wandte sich ihr dann aber wieder zu. »Ein bisschen mehr als das. Du hast monatelange verdeckte Ermittlungen zunichte gemacht.«

Sie bedachte ihn mit einem verständnislosen Blick, und als sie seine frustrierte Miene sah, ließ sie sich auf die Sofalehne sinken, rang unglücklich die Hände und begann am ganzen Leib zu zittern. »Ihr hattet verdeckte Ermittler in dem Krankenhaus?«

Er nickte. »Und jetzt hast du mit deinem Bericht alle Fortschritte, die wir bisher erzielt haben, mit einem Schlag zunichte gemacht. Jetzt wird niemand mehr mit uns reden. Jetzt werden alle aus Furcht vor Repressalien dichtmachen. Die Beamten werden mir jetzt nichts mehr nützen. Sie hatten gute Fortschritte gemacht, nur, dass ihre Arbeit jetzt zum Teufel ist.«

»Tut mir leid«, sagte sie mit ehrlichem Bedauern. »Das habe ich nicht gewusst.«

»Du hättest mich vorher fragen sollen, ob du diese Sache bringen kannst«, fuhr er sie an.

Sie sprang von der Couch, denn es hatte ihr gerade noch gefehlt, dass er ihr vorschrieb, wie sie ihre Arbeit tat. »Ich frage keinen Menschen außer Pinkie, ob ich eine Story bringen kann.«

»Er war nicht befugt, dir diese Story zu genehmigen.«

»In unserer Redaktion hat er das Sagen und nicht Sie, Herr Bezirksstaatsanwalt.« Er bekam ein vor Zorn rotes Gesicht, und eilig fügte sie hinzu: »Tut mir leid. Das hätte ich nicht sagen sollen.« Sie nahm wieder auf der Sofalehne Platz und blickte zu ihm auf. »Aber eine solche Story kann man nicht so einfach unterdrücken, Hunter. Sie ist das reinste Dynamit.«

»Gut für die Einschaltquoten, nehme ich an.«

»Allerdings!« Zur Hölle damit, an seine Vernunft zu

appellieren. Wenn er mit harten Bandagen kämpfen wollte, täte sie das eben auch.

»Und eure Einschaltquoten sind wichtiger als monatelange Polizeiarbeit?«

»Nein, natürlich nicht. Aber woher hätte ich wissen sollen, dass du dort Leute eingeschleust hattest? Woher hätte ich wissen sollen, dass ich eure Ermittlungen mit meiner Story sabotiere?«

»Dachtest du, ich hätte das Verschwinden dreier Babys einfach mit einem Schulterzucken abgetan, den Eltern erklärt, es täte mir sehr leid, aber ich könnte die Kinder nicht finden und wünschte ihnen mehr Glück beim nächsten Mal? Denkst du, wenn ich nicht vor Gericht verhandele, sitze ich hinter meinem Schreibtisch und drehe Däumchen?«

Sie reckte trotzig das Kinn, als sie seinen herablassenden Ton vernahm. »Du brauchst dich für deine Arbeit ebenso wenig vor mir zu rechtfertigen wie ich mich vor dir für meinen Job.«

»Verdammt, Kari, dies hier ist kein Wettstreit zwischen uns beiden. Hier geht es um etwas völlig anderes. Ist dir klar, worüber wir hier reden? Wir reden von drei verschwundenen Babys, sechs verzweifelten Eltern und einer ganzen Armee frustrierter Ermittler.«

In diesem Augenblick erlosch ihr Kampfgeist. Er hatte recht. Sie benahm sich einfach kindisch, denn hier ging es nicht um sie und ihn. »Ich habe gesagt, es tut mir leid, Hunter, und das tut es mir wirklich. Natürlich ist mir der Ernst der Lage klar. Zu denken, dass jemand, *irgendjemand* Säuglinge aus einer Entbindungsstation gestohlen hat …« Sie erschauderte. »Ich fühle mit

den Eltern. Deshalb wollte ich die Story bringen. Hast du dir schon überlegt, dass meine Geschichte eure Ermittlungen nicht unbedingt behindern muss, sondern sie vielleicht sogar voranbringt?«

Auch Hunters Ärger war verflogen. Er schüttelte den Kopf und sah dabei entsetzlich müde aus. »Dieses Mal nicht. Wir haben einen Verdächtigen, den wir seit Monaten beobachten. Er hat plötzlich große Geldsummen auf seinem Konto, deren Herkunft unklar ist. Doch das reicht für eine Festnahme nicht aus. Wir brauchen Beweise, Fakten, Daten. Jetzt wird er in Deckung gehen, seine Spuren verwischen, und wir erwischen ihn vielleicht nie mehr.«

Er trat auf sie zu und sah sie durchdringend an. »Kannst du mir helfen, Kari?«

»Nicht mehr, als ich es bereits getan habe. Alles, was ich weiß, habe ich in dem Bericht gebracht.«

»Hat deine Quelle den Namen des Arztes oder der Schwester genannt?«

Sie schüttelte nachdrücklich den Kopf. »Nein. Das schwöre ich.«

»Wer war dein Informant?«

Sie bedachte ihn mit einem traurigen, entschuldigenden Blick. »Bitte frag mich nicht nach seinem Namen, Hunter. Du weißt, dass ich ihn dir nicht nennen kann.«

»Das hier ist kein Spiel, Kari. Du musst mir seinen Namen nennen. Vielleicht ist dein Informant ja der Schuldige. Vielleicht hat er ein schlechtes Gewissen und will alles gestehen, traut sich aber nicht.«

»Nein, er hat nichts mit den Entführungen zu tun.

Und wenn ich sage ›er‹, benutze ich das als unpersönliches Pronomen. Es ist kein Hinweis auf sein Geschlecht.«

»Du hast die Aussage einer einzigen Person …«

»Zwei. Ich habe zwei Quellen. Eine habe ich persönlich getroffen, und die andere hat am Telefon bestätigt, was die erste mir gesagt hatte. Sie haben beide Angst.«

»Wir werden sie beschützen, bis wir genügend Beweise haben, um die Verdächtigen zu verhaften. Ihre Namen werden nicht genannt. Das verspreche ich.«

»*Ich* habe meinen Quellen schon versprochen, dass ich sie nicht nennen werde, Hunter. Deshalb kann ich es auch nicht tun.«

»Selbst wenn du dafür ins Gefängnis gehen musst?«, fragte er sie ruhig.

Ihr wurde schwindelig. »Ins Gefängnis?«

Hunter stapfte vor dem Sofa auf und ab. »Als ich heute Abend herkam, war ich total wütend auf dich. Weil die monatelange harte Arbeit der Ermittler vergeblich war. Aber verglichen mit dem Chief Detective, der die Leitung der Ermittlungen zu diesen Fällen hat, bin ich ein echter Schlappschwanz. Der Kerl ist beinhart, Kari. Ich habe mich bei ihm für dich verwendet und ihn gebeten, mich erst mit dir reden zu lassen. Dafür habe ich ihm versprochen, dass du ihm gleich morgen früh die Namen deiner Informanten nennst.«

»Das hättest du ihm nicht versprechen sollen. Weil ich sie ihm nicht nennen kann.«

»Und mir?«

»Dir kann ich sie auch nicht nennen.«

Er zog sie erneut an seine Brust und drückte ihr Ge-

sicht an seinen Hals. »Kari, gib doch bitte ein einziges Mal im Leben nach. Gib mir eine Telefonnummer, eine Adresse, irgendetwas, was mich weiterbringt.«

Sie klammerte sich an ihm fest, kniff die Augen zu und berührte mit den Lippen die Haut an seinem Hals. »Und wenn ich es nicht tue?«

»Dann werden sie dich wegen Strafvereitelung einsperren.«

Sie hob den Kopf und sah ihn aus tränennassen Augen an. »Du würdest zulassen, dass sie mich ins Gefängnis werfen?«

Er sah ihr ins Gesicht und nahm die Angst in ihren liebreizenden Zügen wahr. Doch obwohl sich sein Herz schmerzlich zusammenzog, antwortete er: »Ich habe keine andere Wahl.«

Sie machte die Augen zu, aber die Tränen fanden trotzdem einen Weg und rannen ihr ungehindert über das Gesicht. »Nein, wahrscheinlich nicht.«

Er nahm sie noch fester in die Arme und beugte sich schützend über sie. Wie zart und klein sie war. Barfuß reichte sie ihm gerade einmal bis zum Hals. Das Bedürfnis, sie zu schützen, war überwältigend, doch sie nahm ihm die Möglichkeit, es tatsächlich zu tun. Ohne das Gesicht aus ihrem Haar zu heben, sagte er: »Ich habe ihnen gesagt, dass sie dich morgen nicht extra mit einem Streifenwagen abzuholen brauchen, weil du freiwillig kommst.«

»Danke.«

»Neun Uhr morgen früh. Am besten treffen wir uns in meinem Büro.«

»Neun Uhr«, wiederholte sie, schlang ihm die Arme

um die Taille und spürte die vertraute Muskulatur unter der gespannten Baumwolle von seinem Hemd. Langsam glitt sie mit den Händen über seinen Rücken. Er fühlte sich so stark an, und sie wünschte sich, er übertrüge einen Teil von seiner Kraft und seinem Mut auf sie.

»Überleg es dir noch mal. Bitte«, flehte er in einem Ton, der ihr verriet, wie groß seine Verzweiflung war. »Wie zum Teufel kannst du denken, ich könnte dich in eine Gefängniszelle sperren?«

»Wie zum Teufel kannst du denken, ich könnte meine ethischen Grundsätze als Journalistin einfach über Bord werfen?«

Fluchend trat er einen Schritt zurück, neigte den Kopf und gab ihr einen langen, tiefen Kuss. Allerdings rührte die Leidenschaft in diesem Fall nicht von Verlangen, sondern eher von Angst, und als sie sich wieder voneinanderlösten, sahen sie sich reglos an.

Dann ging er, wie er gekommen war, und trat ohne ein Wort in den Flur hinaus.

Um acht Uhr fünfundfünfzig war sie in seinem Büro. Sie hatte das Risiko nicht eingehen wollen, zu spät zu kommen, denn dann hätten sie vielleicht tatsächlich einen Streifenwagen losgeschickt. Darüber, dass sie gleich verhaftet und in eine Zelle verfrachtet werden würde, dächte sie am besten gar nicht nach.

Hunters Sekretärin nahm sie in Empfang und führte sie mit ernster Miene in den Raum. Sobald sie über die Schwelle trat, sprang Hunter auf, kam um den Schreibtisch herum und nahm fürsorglich ihren Arm. Sah sie

etwa aus, als ob sie gleich in Ohnmacht fiele?, überlegte sie.

Der Mann, der vor dem Schreibtisch saß, schien weniger darauf bedacht zu sein, ihr ihre Angst zu nehmen, und brachte ihr noch nicht mal die geringste Höflichkeit entgegen, sondern verzog die dicken Lippen zu einem triumphierenden Lächeln, als er sich von seinem Platz erhob. Der Kerl machte ihr Angst und stieß sie ab.

Er war klein und stämmig, hatte öliges, mit Schuppen übersätes schwarzes Haar und ein unrasiertes Kinn. Er sah aus, als würde er mittags Frikadellenbrötchen mit jeder Menge Knoblauch essen und gäbe währenddessen noch obszöne Kommentare über Frauen ab.

Sie hatte bereits von Lieutenant Harris gehört. Er galt als guter und gewiefter Polizist, der sich wie eine Bulldogge in die Fälle verbiss und über einen messerscharfen Verstand verfügte, der genauso einschüchternd wie der stechende Blick aus seinen schwarzen Augen war.

»Lieutenant Harris, Ms Stewart«, stellte Hunter sie einander ohne großes Aufhebens vor.

»Ms Stewart«, grüßte der Cop gedehnt.

»Lieutenant Harris«, murmelte sie.

Hunter führte sie zu einem Stuhl, und ehe ihre Beine ihren Dienst versagten, nahm sie eilig Platz. Sie hoffte, dass der Lieutenant nicht bemerkte, wie nervös sie war, aber Hunters besorgter Blick verriet, dass es ihr deutlich anzusehen war. Er sah aus, als hätte er in der vergangenen Nacht genauso wenig Schlaf bekommen wie sie selbst.

Harris lehnte sich auf seinem Stuhl zurück und legte einen Knöchel auf dem Knie des anderen Beines ab. »Sie stecken ganz schön in der Klemme, Ms Stewart«, stellte er beinahe genüsslich fest.

»Das hat mir Mr McKee bereits erklärt.« Sie gratulierte sich dazu, dass ihre Stimme überraschend kühl und gelassen klang.

»Aber Sie können Ihren Kopf ganz einfach aus der Schlinge ziehen«, fuhr Harris fort. »Mit wem haben Sie im Krankenhaus geredet?«

»Das kann ich Ihnen nicht sagen.«

Er stellte seinen Fuß wieder auf dem Boden ab und beugte sich zu Kari vor. »Sie würden also vorsätzlich Beweise zurückhalten, die für laufende Ermittlungen der Polizei von Bedeutung sind?«

»Ich habe keine Beweise.«

»Das zu beurteilen überlassen Sie am besten uns. Sagen Sie uns, was Sie wissen.«

»Das habe ich bereits getan. In meinem Bericht. Gucken Sie ihn sich ruhig noch einmal an, falls Sie sich nicht mehr genau an alles erinnern können. Ich kann Ihnen sogar eine Kopie des Textes geben.«

»Dann werden Sie also nicht mit uns kooperieren?«

»Ich versuche es. Ich habe Ihnen gerade angeboten …«

»Ich habe gehört, was Sie mir angeboten haben«, schnauzte er sie an. »Ich will den Namen Ihres Informanten.«

»Tut mir leid. Den kann ich Ihnen nicht nennen.«

»Dann werden Sie ins Gefängnis wandern, Lady.«

»Ich nehme an, das werde ich«, pflichtete sie ihm trotzig bei. Sie hasste es, wenn man sie ›Lady‹ nannte,

und starrte ihn zornig an. Doch er starrte nicht weniger erbost zurück, und schließlich wandte sie sich als Erste ab.

»Waren Sie schon einmal im Gefängnis, Ms Stewart? Natürlich nicht, eine nette junge Frau wie Sie. Nun, wollen wir doch mal sehen, ob ich Ihnen beschreiben kann, wie es dort ist. Als Erstes …«

»Es reicht, Harris«, fiel Hunter ihm ins Wort. »Jetzt übernehme ich.«

»Aber …«

»Ich habe gesagt, jetzt übernehme ich«, brüllte er ihn an. Der Detective machte deutlich, dass er unzufrieden war, indem er demonstrativ den Raum verließ, und als die Tür hinter ihm zugefallen war, nahm Hunter auf dem frei gewordenen Stuhl direkt vor Kari Platz. »Du wirst uns keinen Namen nennen, stimmt's?«

»Nein.«

»Kari, denk an die Eltern dieser Babys.«

»Das tue ich«, erklärte sie ihm unglücklich.

»Ach ja? Tust du das wirklich? Kannst du dir vorstellen, wie es ist, wenn man ins Krankenhaus geht und dort ein Kind bekommt, das anschließend spurlos verschwindet? Nicht zu wissen, was aus dem Kind geworden ist, das ein Produkt der Liebe seiner Eltern ist?«

»Bitte hör auf.«

»Du hast ein Kind verloren …«

»Hör auf!«

»… aber du hast es nie gesehen. Stell dir vor, du hättest dein Baby ein- oder zweimal im Arm gehalten, an deiner Brust gestillt …«

»Hunter, nicht.«

»Stell dir vor, du hättest Stunden damit zugebracht, das Kinderzimmer einzurichten, immer wieder umzuräumen und sehnsüchtig darauf zu warten, dass endlich dein Baby in der Wiege schläft. Und dann ohne dieses Kind heimkommen zu müssen ...«

Sie sprang auf und stapfte ziellos durch den Raum, als wäre sie in einem unsichtbaren Käfig eingesperrt und sähe sich nach einem Fluchtweg um. »Du bist grausam. Ich weiß, was diese Eltern durchmachen. Doch ich muss mein Versprechen halten.«

»Was ist mit diesen Babys passiert, Kari? Vielleicht wurden sie auf dem Schwarzmarkt an kinderlose Paare verkauft, die sie lieben werden. Vielleicht werden sie aber auch für seltsame medizinische Experimente benutzt. Oder sie werden großgezogen und dann für Kinderpornos missbraucht. Oder sie wurden an perverse alte Männer verhökert, die ...«

»Oh, bitte hör auf«, flehte sie ihn weinend an und hielt sich die Ohren zu. »Warum tust du mir das an?«

»Weil ich, verdammt noch mal, die Frau, die ich liebe, nicht ins Gefängnis stecken will und deshalb jede Taktik anwende, die es mir vielleicht erspart, diesen Schritt zu gehen.« Er umfasste ihre Schultern. »Zwing mich nicht, das zu tun, Kari«, bat er sie eindringlich.

»Oh Liebling, ich habe keine andere Wahl.« In dem Versuch, die Spuren der Erschöpfung und des Stresses fortzuwischen, berührte sie sanft die Linien links und rechts von seinem Mund. »Es zerreißt mir das Herz, wenn ich an diese Familien denke, Hunter. Du kennst mich gut genug, um das zu wissen.«

Sie machte sich aus seinen Armen los, sah ihm al-

lerdings weiter ins Gesicht. »Aber wenn ich den Namen eines Informanten nennen würde, wäre das das Ende meiner Karriere. Dann würde ich mein Ansehen bei den Kollegen verlieren und mein Wort wäre keinen Pfifferling mehr wert. Niemand würde mir je wieder vertrauen. Ich habe ein Versprechen gegeben, das ich nicht brechen kann.«

Sein Kopf fiel nach vorn, als hätte sie eine Sehne in seinem Hals durchtrennt. Mehrere Sekunden starrte er reglos den Boden an. Dann stieß er einen abgrundtiefen Seufzer aus, marschierte zur Tür und zog sie auf.

»Harris«, rief er harsch. Der Detective lungerte auf einem Stuhl, stand jetzt aber wieder auf und kam durch das Vorzimmer geschlurft. »Sie können sie jetzt mitnehmen«, erklärte er ihm brüsk. Hätte er nicht derart schnell gesprochen, hätte er die Worte einfach nicht herausgebracht.

Kari trat durch die Tür, Harris schnipste mit den Fingern, und zwei uniformierte Polizisten traten auf sie zu. Sie sah Harris mit unverhohlener Verachtung an, bevor sie in den Flur und durch die Tür nach draußen geleitet wurde, wo ein Streifenwagen stand.

Harris machte ein schmatzendes Geräusch. »Sie hat es nicht anders gewollt. Aber ein paar Stunden hinter Gittern, und sie wird es sich noch einmal überlegen. Da gehe ich jede Wette ein.« Er riss den Mund zu einem Gähnen auf. »Ein ganz schön kesses kleines Ding, finden Sie nicht auch?«

Bevor er seine Faust in Harris' Bierbauch krachen lassen konnte, ging Hunter zurück in sein Büro und knallte die Tür hinter sich zu.

Bis der ganze Papierkram abgeschlossen war, hatte sich bereits herumgesprochen, was geschehen war. Die Nachricht von ihrer Verhaftung hatte sich unter den Journalisten wie ein Lauffeuer verbreitet, und so drängten sich, als Kari in ihre Zelle geleitet wurde, zahllose Reporter und Fotografen im Gefängnisflur.

Sie wurde mit Fragen bombardiert, Blitze explodierten vor ihrem Gesicht, und die sonnenhellen Lampen der Videokameras machten sie fast blind. Die Szene erinnerte sie an die Tage, nachdem Thomas der Unterschlagung öffentlicher Gelder bezichtigt worden war. Nur, dass man in diesem Fall auf ihrer Seite war.

»Kari!«, rief eine bekannte Stimme.

Sie drehte den Kopf und entdeckte Mike Gonzales. Er hatte seine Kamera geschultert, sah aber nicht durch den Sucher, sondern blickte Kari mit vor Aufregung blitzenden Augen direkt an.

»Was ist los, Mike?«, versuchte sie sich über den allgemeinen Lärm hinweg Gehör zu verschaffen und verrenkte sich den Hals, um den Kollegen nicht aus den Augen zu verlieren, als eine Polizistin sie entschlossen weiterzog.

»Du bist eine Heldin! Sämtliche Journalisten der Stadt stehen hundertprozentig hinter dir. Pinkie setzt Himmel und Hölle in Bewegung, um dich rauszuholen. Nach dieser Geschichte ist der Name McKee keinen Pfifferling mehr wert.«

»Aber …«

»Bitten gehen Sie weiter, Ms Stewart«, drängte die Polizistin, während sie sie weiter durch die Menge schob.

Die Ereignisse des Morgens und das, was Mike er-

zählt hatte, verwirrten sie derart, dass sie erst mehrere Minuten später tatsächlich begriff, dass sie auf dem Weg in eine Zelle war.

»Ich habe meinen Mann angerufen, als ich gehört habe, dass Sie hier eingeliefert werden«, erklärte ihr die Wärterin. »Ich kann einfach nicht glauben, dass Sie wirklich vor mir stehen.«

Kari massierte sich die Arme, denn sie hatte eine Gänsehaut. »Ich wünschte mir, wir hätten uns unter anderen Umständen kennengelernt.« Sie sah die Frau mit einem schwachen Lächeln an.

Die Aufseherin schüttelte erbost den Kopf. »Das ist wirklich der Gipfel. Ich kann einfach nicht glauben, dass man Sie hier einsperrt, während man gleichzeitig irgendwelche Kriminellen laufen lässt.«

»Ich mache Ihnen deshalb keinen Vorwurf.« Was tat sie da? Tröstete ihre Kerkermeisterin? Fast hätte sie laut gelacht. *Werde ich vielleicht hysterisch?*, überlegte sie und kämpfte gegen das Lachen an. »Außer mir ist niemand hier«, bemerkte sie, als sie an einer leeren Zelle nach der anderen vorüberging.

»Nicht in diesem Teil. Der Bezirksstaatsanwalt hat angeordnet, dass wir Sie hier unterbringen«, erklärte ihr die andere Frau.

»Verstehe«, meinte sie. Auch wenn sie das nicht wirklich tat.

Die Wärterin hielt ihr die Tür der letzten Zelle auf. »Sie haben sogar ein Fenster«, stellte sie freundlich wie ein Page fest, der den Hotelgast auf die schöne Aussicht hinwies, die das Zimmer bot. »Falls Sie irgendetwas brauchen, rufen Sie mich einfach«, fuhr sie fort.

»Danke«, sagte Kari, doch dann wurde ihr bewusst, wie lächerlich das klang. Versuchte sie, den Preis für die charmanteste Bewohnerin des Zellenblocks zu kriegen, oder was?

Die Frau drückte die schwere Tür ins Schloss, und Kari zuckte zusammen, als das Krachen von Stahl auf Stahl an ihre Ohren drang. Etwas Quälenderes als das Zuklappen des Riegels außen an der Tür hatte sie nie zuvor gehört. Sie hatte das Gefühl, wie wenn sie von dem Geräusch wie von einem Pfeil durchbohrt würde. Wie schaffte man es, nicht verrückt zu werden, wenn man hinter Gittern saß?

»Könnten Sie mir wohl ein Autogramm geben, bevor Sie wieder gehen?«, fragte die Wärterin.

»Ja, natürlich.« Ihre Zähne klapperten.

»Schreiben Sie bitte ›für Gus‹. Dann flippt er sicher völlig aus.«

»In Ordnung.«

»Ich sitze vorn an meinem Tisch. Denken Sie daran, Bescheid zu sagen, falls Sie etwas brauchen.«

Das Geräusch von ihren Gummisohlen wurde immer leiser, und danach war Kari ganz allein mit einem Hocker, einer Pritsche, einem Waschbecken und einem kleinen Schrank. Die Zelle war blitzblank. Sie wirkte neu. Nüchtern. Und entsetzlich kalt.

Zitternd legte sie sich auf die Pritsche und zog die Decke über sich. Was wohl ihr Vater von dieser Sache gehalten hätte? Und Thomas? Er wäre entsetzt gewesen, davon war sie überzeugt.

Sie rollte sich auf die Seite, zog die Knie an die Brust und brach in Tränen aus.

»Du weißt, was ich für die Kleine empfinde.« Pinkie schwenkte grüblerisch sein Scotch-Glas über der Plastiktischdecke, während Bonnie am Herd stand und Frikadellen briet.

»Sie ist eine erwachsene Frau, Pinkie. Sie ist kein kleines Mädchen mehr, und sie steht für etwas ein, woran sie glaubt. Es war ihre eigene Entscheidung. Du hättest ihr nicht helfen können, selbst wenn sie das zugelassen hätte, aber das hätte sie auf keinen Fall.«

»Ich weiß, ich weiß«, knurrte er ärgerlich und schwenkte weiter den Alkohol in seinem Glas. »Warum ist sie nur so furchtbar stur?«

»Sie ist eben überzeugt davon, dass sie das Richtige tut.«

»Verdammt, das bin ich auch. Ich habe heute Morgen als Allererstes den Anwalt des Senders kontaktiert. Die Bosse stehen hundertprozentig hinter ihr. Der Anwalt hätte sie innerhalb weniger Stunden auf Kaution freibekommen können, aber nein.« Krachend stellte er sein Scotch-Glas auf den Tisch. »Stur, wie sie nun einmal ist, hat sie den einen Telefonanruf, den sie führen darf, benutzt, um mir zu sagen, dass ich vor morgen nichts unternehmen soll.«

»Hat sie dir einen Grund dafür genannt?«

»Sie meinte, sie wollte wenigstens ihren Standpunkt deutlich machen. Sie will sich nicht erst querstellen und sich dann freikaufen. Ich glaube, sie will einfach, dass ihre Informanten sehen, dass sie bereit ist, Opfer zu bringen, um sie zu beschützen.«

»Das ist wirklich bewundernswert.«

»Bewundernswert, haha!«, schrie er Bonnie an. »Sie

muss die Nacht im Gefängnis verbringen! Was hat sich McKee bloß dabei gedacht? Wie kann er ihr so etwas antun?«

»Er macht nur seine Arbeit.« Resigniert schaltete Bonnie den Herd wieder ab. Sicher hätte Pinkie sowieso nicht den geringsten Appetit. »Ich kann mir vorstellen, dass er sich wegen dieser Sache hundeelend fühlt.«

Sie trat neben seinen Stuhl, umfasste sein Gesicht und bettete seinen Kopf an ihrer Brust.

»So elend wie ich kann er sich gar nicht fühlen«, murmelte er. »Nicht mal der Whiskey hilft.« Er schob sein Glas zur Seite, presste sein Gesicht in Bonnies mütterliche Wärme und schlang ihr die Arme um den Leib.

Sie strich ihm sanft über den Kopf. »Keine Angst. Sie kommt bestimmt zurecht. McKee wird nicht zulassen, dass ihr irgendwas passiert. Schließlich liebt er sie.«

»Glaubst du?«

»Ich weiß es ganz genau.«

Er bewegte seinen Kopf an ihrer Brust. »Ich bin froh, dass du heute Abend mit mir zusammen bist, Bonnie. Ich brauche dich.«

Bonnie schloss die Augen und presste die Lippen fest zusammen, damit ihr kein Freudenschrei entfuhr. Ihr Herz schwoll vor lauter Glück und Liebe an, und sie stellte mit rauer Stimme fest: »Wenn du mich heiraten würdest, könntest du immer mit mir zusammen sein. Dann wäre ich immer für dich da.« Sie drückte ihre Brustwarze an seinen Mund, strich sanft über seine Lippen und fügte hinzu: »Ich tue dir gut, Pinkie.«

Unter der feuchten Liebkosung seines Mundes wurde ihr Nippel hart. »Ich dir anscheinend auch.«

Sie schob seinen Kopf zurück und sah ihm ins Gesicht. »Sehr sogar.«

Er zog sie auf seinen Schoß. »Wenn das so ist, warum machst du dann nicht einen ehrbaren Mann aus mir?«

Er brachte ihr Lachen dadurch zum Verstummen, dass er sie küsste, bis ihr schwindlig war.

Kari hörte ein Geräusch und richtete sich eilig auf. Von der Anspannung taten ihr alle Muskeln weh. Ihr war noch immer entsetzlich kalt, denn sie hatte stundenlang reglos in derselben Position unter der Decke auf der harten Pritsche gekauert und vergeblich gegen das Entsetzen angekämpft, das sie befallen hatte, als die Tür der Zelle hinter ihr ins Schloss gefallen war.

Doch die lauten Schritte auf dem Beton riefen eine völlig neue Furcht in ihrem Innern wach. Denn sie kamen direkt auf ihre Zelle zu.

Der Besucher warf einen langen Schatten auf den Boden, und als er direkt vor ihrer Zelle stehen blieb, riss sie panisch die Augen auf. Das Klappern der Schlüssel wurde fast vom lauten Klopfen ihres Herzens übertönt. Ihr Besucher drehte sich noch einmal dorthin um, wo die Wärterin an einem Schreibtisch saß, und dabei fiel das Licht auf sein Gesicht.

»Hunter!«, rief sie atemlos.

14

Er betrat die Zelle, und mit einer fließenden Bewegung sprang sie auf und warf sich ihm an die Brust. Er hielt sie fest, sprach wie ein Mantra immer wieder ihren Namen aus und nagte sanft an ihrem Hals.

»Bist du okay?«

»Halt mich, halt mich einfach fest«, flehte sie ihn an.

»Solange du willst.«

Ohne noch ein Wort zu sprechen und ohne sich zu rühren, klammerten sie sich aneinander, und sie schob sich dabei so dicht an ihn heran, dass sie fast mit ihm verschmolz. Sein Körper war herrlich stark und warm und bot ihr in diesem lebendigen Albtraum ein Gefühl von Sicherheit.

Die Minuten vergingen in vollkommener Stille, doch in seiner Umarmung löste sich die Dunkelheit allmählich auf, das Gefühl der Gefangenschaft nahm ab, und sie bekam zum ersten Mal seit Stunden wieder richtig Luft.

Schließlich machte sie sich widerstrebend von ihm los. »Was machst du hier?«

»Offiziell vernehme ich einen Häftling. Inoffiziell biete ich Hilfe und Trost – und Liebe – an.« Er gab ihr einen warmen Kuss. »Hast du etwas gegessen?«

»Sergeant Hopkins hat mir vorhin mein Abendessen gebracht. Aber das wollte ich nicht.«

»Ich werde dir etwas anderes besorgen.« Er wollte sich zum Gehen wenden, doch sie klammerte sich an seinen Arm und schmiegte sich weiter an ihn an. »Nein, lass mich nicht allein. Bitte nicht. Halt mich weiter fest.«

Er drückte sie sanft zurück auf ihre Pritsche, setzte sich auf den Rand des schmalen Betts und blickte in ihr im Schatten liegendes Gesicht. Er hatte Sergeant Hopkins absichtlich darum gebeten, das Licht nicht anzuschalten. Er hatte freien Zugang zu den Zellen, wenn es um eine Befragung ging. Das war allerdings nicht der Grund, aus dem er um diese Zeit hierhergekommen war. Er überschritt die mit seinem Amt einhergehenden Befugnisse, indem er mitten in der Nacht hier erschienen war, und selbst auf die Gefahr hin, den Argwohn der Wärterin zu wecken, dehnte er die Grenzen des Erlaubten lieber im Dunkeln aus.

»War es sehr schlimm?«, fragte er sie sanft.

Sie griff nach seiner Hand und drückte sie an ihr Gesicht.

»Dass es so schlimm werden würde, hätte ich beim besten Willen nicht gedacht. Vielleicht hatte ich mir eingebildet, es wäre heldenhaft, die Nacht im Gefängnis zu verbringen. Vielleicht wollte ich die Aufmerksamkeit und den Ruhm. Aber in Wahrheit ist es ganz einfach erniedrigend. Ich hatte fürchterliche Angst. Ich weiß, dass das total idiotisch ist. Doch ich hatte eine Heidenangst davor, dass man mich wegen einer Laune des Schicksals oder wegen eines fürchterlichen Irrtums einfach hierbehält.«

Sie wirkte vollkommen hysterisch. Hunter hatte sie noch nie so aufgewühlt erlebt. »Pst, pst.« Er strich ihr tröstend die Haare aus der Stirn. »Das würde ich niemals zulassen.«

»Aber vielleicht hättest du mir nicht helfen können«, gab sie völlig irrational zurück. »Mir ist entsetzlich kalt.«

Ohne über die möglichen Konsequenzen nachzudenken, legte er sich neben sie und deckte sie beide zu. Wimmernd wie ein kleines verletztes Tier schlang sie ihm die Arme um den Hals und vergrub ihr Gesicht an seiner Brust.

»Ich liebe dich, ich liebe dich. Ich habe solche Angst. Halt mich fest.«

Er spürte ihren Schmerz, als hätte ihm jemand ein Messer in die Brust gebohrt. »Oh Gott, ich liebe dich auch.« Er nahm sie in den Arm und zog sie eng an sich.

Doch sie wollte ihm noch näher sein. Ihre Lippen glitten über sein Gesicht, und er küsste sie voller Leidenschaft zurück, wobei er seine Zunge in ihren nassen Mund schob.

Nach einer gefühlten Ewigkeit machte er den Mund von ihren Lippen los. »Großer Gott, das ist vollkommener Wahnsinn.« Er presste eine Reihe schneller, willkürlicher Küsse auf ihren schlanken Hals. »Ich könnte dich dafür erwürgen, dass du uns in diese Zwickmühle gebracht hast.«

Sie schmiegte sich erneut an seine Brust. »Das hätte ich verdient. Ich musste für mein Recht als Journalistin einstehen, meine Informanten nicht zu nennen, aber

ich habe festgestellt, dass ich nicht zur Märtyrerin geboren bin. Inzwischen ist mir klar, dass ich im Grunde meines Herzens ein furchtbarer Feigling bin. Wie halten die Verurteilten es aus, Tag für Tag und Jahr für Jahr in einer Zelle eingesperrt zu sein?«

»Die wenigsten sind so sensibel wie du, mein Schatz.«

»Ich werde einen Bericht über Gefangene machen. Ich werde ihre …«

Er stöhnte leise auf. »Vielleicht sollten wir dich erst einmal hier rausholen, bevor du überlegst, wie du die Aufmerksamkeit der Öffentlichkeit auf das schwere Los deiner Mitgefangenen lenken kannst.« Er legte eine Hand unter ihr Kinn und sah ihr ins Gesicht. »Warum hast du dich nicht vom Anwalt deines Senders auf Kaution rausholen lassen?«

»Wie hätte ich dann noch meinen Standpunkt deutlich machen sollen? Hier geht es um den ersten Zusatzartikel unserer Verfassung. Ich weiß, du denkst, ich wollte euch nur Ärger machen, wäre einfach starrsinnig und …«

»Ich respektiere dich für das, was du getan hast.«

Sie riss überrascht die Augen auf, und er schränkte mit einem leisen Lachen ein: »Das sage ich als Privatmann. Als Bezirksstaatsanwalt bin ich noch immer total sauer auf dich. Aber, Kari Stewart, ich liebe dich und alles, wofür du stehst.« Er drückte ihren Kopf wieder an seine Brust. »Weshalb hätte ich wohl sonst meine Karriere aufs Spiel gesetzt, indem ich hierhergekommen bin und mich zu dir auf die Pritsche gelegt habe? Dafür könnten sie mir an den Karren fahren.«

»Wegen sexuellen Missbrauchs einer weiblichen Gefangenen?«

»Etwas in der Art.«

Sie küsste ihn aufs Kinn. »Ich verspreche dir, dass ich dich nicht verpfeifen werde.«

Abermals verschmolzen ihre Münder, und es war derart befriedigend, dass es mehrere Minuten dauerte, bis ihnen der Ernst der Lage wieder ins Bewusstsein drang. »Vielleicht fahren sie dir ja wegen einer anderen Sache an den Karren«, stellte sie mit leiser Stimme fest, als sie an das Chaos dachte, das nach ihrer Verhaftung ausgebrochen war.

»Dafür haben deine Kohorten schon gesorgt. Ich wurde auf sämtlichen Titelseiten wie ein Unmensch dargestellt. Und ich glaube, dass du Johanna von Orleans als führende weibliche Kreuzzüglerin von ihrem Podest gestoßen hast. Du hast eine ganze Armee treuer Gefolgsleute im Rücken. Sie haben mich zu ihrem Hauptfeind ernannt und fallen gemeinsam über mich her.«

»Das tut mir leid, Hunter. Das tut mir wirklich leid. Ich wollte nicht, dass dies wie ein persönlicher Angriff auf dich wirkt.«

»Das ist mal etwas völlig Neues.«

Unweigerlich musste sie lachen. »Und was wirst du tun, damit dir die Öffentlichkeit verzeiht?«

»Ich werde herausfinden, was mit diesen Babys geschehen ist, und sie ihren Familien zurückbringen. Denn ich habe das sichere Gefühl, dass sie noch am Leben sind.«

»Das hoffe ich.«

Keiner von ihnen sagte noch etwas, und Kari lauschte glücklich dem Schlagen seines Herzens unter ihrem Ohr. Noch vor wenigen Minuten war ihr diese kleine Zelle bedrohlich und erschreckend vorgekommen. Jetzt aber, da sie in Hunters Armen lag, hatte ein Gefühl der Sicherheit, der Wärme und des Friedens die Kälte und die Finsternis verscheucht.

»Ich musste meine Uhr abgeben. Wie spät ist es?«

»Spät.«

»Du hattest dieses Rendezvous von Anfang an geplant, nicht wahr? Darum bin ich allein in einem Zellenblock.«

»Ja, ich hatte den Besuch geplant. Ich hätte dich unmöglich die ganze Nacht alleine im Gefängnis verbringen lassen können.«

»Und wie hast du Sergeant Hopkins deinen Besuch erklärt?«

Falls er die Aufseherin mit einem auch nur annähernd so spitzbübischen Lächeln angesehen hatte wie jetzt sie, wusste Kari, wie er vorgegangen war. »Ich habe einfach an ihre romantische Ader appelliert.«

»Kommt das nicht einer Bestechung gleich?«

»Höchstens einer emotionalen Bestechung, die sich nicht beweisen lässt.«

»Und auch für die Apfelsine, die du in dem Supermarkt gefuttert hast, hast du nie bezahlt.« Sie unterzog ihn einer gespielt nachdenklichen Musterung. »Ich glaube, wenn man dich ein wenig ermutigen würde, wärst du ganz schön korrupt.«

»Das bin ich offenkundig schon. Denn schließlich liege ich mit einer weiblichen Gefangenen in einer Zelle

und wünsche mir nichts sehnlicher, als mit ihr zu schlafen.«

Kichernd schmiegte sie sich enger an ihn an. »Ach ja?«

»Vergiss es, Kari, oder wir beide kriegen noch mehr Ärger, als wir bereits haben. Ist dir warm genug?«

»Hm, ja«, seufzte sie. »Bleib bitte genauso liegen. Rühr dich nicht. Schmale Betten haben ganz eindeutig nicht nur Nachteile.«

»Ich kann deine Brüste spüren.«

»Ach ja?«

»Ach ja. Habe ich dir je gesagt, dass du wunderschöne Brüste hast?«

»Ja.«

»Wenn wir das nächste Mal zusammen sind, werde ich mich ihnen ganz besonders widmen.«

»Darauf freue ich mich schon.«

Er verstärkte seinen Griff um ihre Taille, zog sie noch enger an sich heran und wanderte mit seinen Lippen durch ihr Haar. »Du hast mir gefehlt. Es hat mir gefehlt, mit dir zu schlafen, mitten in der Nacht die Hände nach dir auszustrecken und morgens die Augen aufzuschlagen und dich neben mir liegen zu sehen. Erinnerst du dich noch an den Nachmittag in Breckenridge?«

»Ich erinnere mich an alle Nachmittage dort. Du musst also schon etwas genauer sein.«

»Den, an dem es pausenlos geregnet hat.«

»Hm, ja.«

»Ja?« Seine Lippen glitten über ihre Nase und drückten einen Kuss auf ihren halb offenen Mund. »Und welcher Teil des Nachmittags hat dir am besten gefallen?«

»Alle gleich. Ich liebe es, wenn wir einander langsam und genüsslich mit Händen und Lippen erforschen. Ich liebe das Gefühl von deiner Haut und dem Haar auf deiner Brust und deinem Bauch. Das Wasser läuft mir im Mund zusammen, wenn ich nur daran denke, wie du schmeckst. Und ich liebe es, wenn ich dich in mir spüre. Denn du füllst mich völlig aus.«

Sie hörte sein schnelles, harsches Keuchen dicht an ihrem Ohr. »Du bist eng und warm«, raunte er in einem wunderbar verruchten Ton. »Du bist einfach perfekt für mich.« Dann fanden seine Lippen ihren Mund, er liebte sie mit seiner Zunge, und als sie sich endlich wieder voneinander lösten, legte er sein Kinn auf ihren Kopf und wies sie heiser an: »Jetzt mach die Augen zu und schlaf.«

»Aber du bleibst hier bei mir?«

»Ja, ich bleibe hier bei dir.«

»Ich liebe dich.«

»Ich liebe dich auch.«

Endlich schlug ihr Herz wieder im selben Takt wie seins, und glücklich schlief sie ein.

Als sie im Morgengrauen erwachte, war er nicht mehr da. Doch die Pritsche war noch warm, er hatte sein Versprechen also eingehalten und während der ganzen dunklen Nacht bei ihr gewacht.

Der Anwalt ihres Senders sah wie David Niven aus. Er hatte dieselbe lässig-elegante Manieriertheit, war ausnehmend elegant gekleidet, hatte sich sogar eine frische Nelke ins Knopfloch seines Jacketts gesteckt und sah sie mit einem charmanten Lächeln an, als er spä-

ter am Morgen zu ihr in die Zelle kam. »Guten Morgen, Ms Stewart.« Hätte er einen Hut getragen, hätte er ihn wahrscheinlich abgenommen und sich auch noch schwungvoll vor ihr verbeugt. »Sie werden wieder entlassen.«

Inzwischen fühlte sie sich deutlich wohler in der Zelle als vor Hunters nächtlichem Besuch. Trotzdem trat sie, als die gute Sergeant Hopkins ihr die Tür aufsperrte, eilig in den Flur hinaus. »Danke«, sagte sie atemlos, und der Anwalt führte sie am Arm den Korridor hinab. Am Tisch der Wärterin jedoch blieb sie noch einmal stehen.

»Möchten Sie noch immer ein Autogramm von mir?«

Die Polizistin strahlte. »Ich hätte Sie nicht noch mal mit der Bitte belästigen wollen. Danke, dass Sie daran gedacht haben.«

Kari schrieb ihren Namen und ›für Gus‹ auf das oberste Blatt eines Notizblocks, und als sie es dem Sergeant reichte, fragte sie: »Sind Ihre Schichten hier nicht ziemlich lang?«

»Ich habe eine Doppelschicht gemacht. Mr McKee hatte mich darum gebeten, mich um Sie zu kümmern, bis man Sie entlässt.«

Lächelnd nickte Kari mit dem Kopf, trat zusammen mit dem Anwalt aus der Tür des Zellenblocks und holte ihre Sachen wieder ab. Sie verglich den Inhalt des ihr überreichten Umschlags mit der Liste, die am Tag zuvor angefertigt worden war, unterschrieb, sammelte ihre Sachen ein und wandte sich zum Gehen.

Ehe sie jedoch den Raum verlassen konnte, brüllte eine laute Stimme: »Einen Augenblick!«

Sie machte auf dem Absatz kehrt. Lieutenant Harris starrte sie stirnrunzelnd an und streckte einen seiner kurzen, dicken Finger mit den abgebissenen Nägeln nach ihr aus. »Ich will noch kurz mit Ihnen reden.«

Wieder stieg die alte Panik in ihr auf. Wo war Hunter? Sperrten sie sie etwa wieder ein?

»Ms Stewart wurde gegen Kaution entlassen«, klärte ihn der Anwalt spröde auf.

»Das hier ist eine Sache zwischen ihr und mir«, erklärte Harris kämpferisch. Er scheuchte den Anwalt mit einer wegwerfenden Handbewegung fort und starrte weiter Kari aus seinen schwarzen Käferaugen an. »Was ist, kommen Sie mit?«

Er forderte sie eindeutig heraus. Und wie Pinkie und auch Hunter aus Erfahrung wussten, nahm sie aus Prinzip jede Herausforderung an. »Natürlich.« Zum Kummer ihres Anwalts folgte sie dem Lieutenant, und der Anwalt hatte keine andere Wahl, als ihnen hinterherzutrotten, um darauf zu achten, dass seiner Mandantin nicht erneut ein Unrecht widerfuhr.

Sie gingen eine Treppe hinauf, bogen nach rechts in einen Flur, Harris öffnete die Tür zu einem kleinen Raum, führte sie hinein und stellte grimmig fest: »Ich nehme an, Sie kennen sich.«

Die Frau mit dem eisengrauen Haar und den warmen braunen Augen hatte sie noch nie gesehen. Den wirren blonden Mopp und die von Aknenarben übersäten Wangen des Begleiters aber hätte Kari überall erkannt.

»Hi«, sagte Grady Burton. »Ich schätze, inzwischen stehe ich auf Ihrer schwarzen Liste, uh?«

Trotz ihrer Erschöpfung musste Kari lachen. »Sagen wir einfach, ich bin wirklich froh, Sie hier zu sehen.«

»Das hier ist, uh, Mrs Plummer«, stellte Grady ihr die Fremde vor. »Nachdem wir gehört hatten, dass Sie unseretwegen ins Gefängnis gegangen waren, haben wir uns gestern Abend getroffen und, uh, beschlossen, freiwillig zu kommen.«

»Das ist sehr rücksichtsvoll von Ihnen.« Kari sah die beiden lächelnd an. »Doch Sie haben genau das Richtige getan. Ich hätte Ihre Namen nicht genannt, aber ich glaube, die Polizei muss hören, was Sie zu erzählen haben.«

»Das glauben wir inzwischen auch«, pflichtete ihr Mrs Plummer bei.

»Dadurch, dass die beiden hier erschienen sind, sind Sie vom Haken«, klärte Harris Kari knurrend auf. »Ich lasse die Anzeige gegen Sie fallen.« Er ging offensichtlich davon aus, dass sie ihm vor lauter Dankbarkeit die Füße küssen würde, doch sie nickte einfach mit dem Kopf, und er runzelte erbost die Stirn. Er konnte fast jedem Angst einjagen, aber diese junge Dame war die Ruhe in Person. Deshalb fuchtelte er noch einmal mit einem ungepflegten Finger vor ihrem Gesicht herum und fügte schlecht gelaunt hinzu: »Halten Sie sich in Zukunft von mir fern.«

Sie blickte auf sein schuppenübersätes Haar. »Ich werde mir die größte Mühe geben.« Allerdings war ihr Sarkasmus bei jemandem wie ihm vollkommen vergeudet. Und vor allem hatte sie sich eindeutig geirrt. Er aß Knoblauch nicht zum Mittagessen, sondern schon zum

Frühstück. Der Gestank, der ihr aus seinem Mund entgegenschlug, war beinahe mehr, als sie ertrug.

Ohne weitere Verzögerung drängte der Anwalt sie zum Gehen.

Draußen vertrieb das helle Sonnenlicht die Kälte des Gefängnisses, und sie machte die Augen zu und sog die frische Luft so tief es ging in ihre Lungen ein.

Als sie die Augen wieder öffnete, kam eine Horde von Reportern auf sie zugestürmt und zielte mit Mikrofonen und mit Kameras auf sie.

»Passen Sie auf, was Sie sagen. Bestimmt wird jedes Wort zitiert«, raunte ihr der Anwalt zu.

Sie hatte sich mit der Nacht hinter Gittern arrangiert, aber könnte sie erklären, wie es sich angefühlt hatte, als hinter ihr die Tür ins Schloss gefallen war? Und wo steckte Hunter? Weshalb war er nicht zusammen mit dem Anwalt im Gefängnis aufgetaucht oder hatte wenigstens bei Lieutenant Harris im Büro gesessen, nachdem sie entlassen worden war? Doch sie hatte keine Zeit, um sich darüber Gedanken zu machen, denn ihre Kollegen feuerten bereits die ersten Fragen auf sie ab.

Sie verdrängte ihren Unmut und wandte sich selbstbewusst den anderen Journalisten zu.

»Wie war es im Gefängnis, Ms Stewart?«

»Ich würde es nicht weiterempfehlen.«

»Wurden Sie misshandelt?«

»Ganz im Gegenteil. Man hat es mir so bequem wie möglich gemacht.«

»Hat Lieutenant Harris Sie vernommen?«

Vorsicht, warnte sie sich selbst. Vielleicht hatte irgendwer gesehen, wie Hunter letzte Nacht in ihren Zellenblock gekommen war. Wenn sie das nicht erwähnte, riefe sie dadurch vielleicht den Argwohn der Kollegen hervor. »Ich habe gestern Abend mit Mr McKee gesprochen«, gab sie ausweichend zurück.

»Worüber?«

»Darüber, ob ich meine Informanten nenne. Aber das habe ich nicht getan.«

»Wir haben gehört, dass heute Morgen zwei Angestellte des Krankenhauses zur Polizei gegangen sind, um dort ihre Geschichte zu erzählen.«

»Ja, und darüber bin ich aus verschiedenen Gründen froh. Ich hätte keine allzu große Lust auf eine zweite Nacht hinter Gittern gehabt.« Alle lachten verständnisvoll. »Doch vor allem habe ich die Hoffnung, dass das, was sie der Polizei erzählen, vielleicht zu den verschwundenen Kindern führt.«

»Wenn Sie sich noch mal entscheiden müssten, würden Sie dann wieder die Namen Ihrer Informanten schützen?«

»Auf jeden Fall«, erklärte sie nachdrücklich. »Dies ist eins der strittigsten Themen unserer Zeit. Ich glaube an die Pressefreiheit, ich glaube an den Schutz und an die Unantastbarkeit der Privatsphäre des Einzelnen, aber gleichzeitig glaube ich an Gerechtigkeit. Auf keinen Fall billige ich das Verbrechen, Babys von der Entbindungsstation eines Krankenhauses zu entführen. Hätte ich persönlich irgendwelche Beweise gehabt, hätte ich sie, ohne zu zögern, dem Bezirksstaatsanwalt genannt. Aber meine Informanten haben es bis heute Morgen vorge-

zogen, anonym zu bleiben, und um die Identität meiner Quellen zu schützen, würde ich jederzeit noch einmal ins Gefängnis gehen.«

»Hat Mr McKee diese Vorkommnisse genutzt, um sich an Ihnen dafür zu rächen, dass er in der Vergangenheit des Öfteren von Ihnen angegriffen worden ist?«

»Habe ich Mr McKee je angegriffen?«, fragte sie in unschuldigem Ton, und wieder lachten alle auf.

»Es gab eine Zeit, in der Sie kaum ein gutes Haar an ihm gelassen haben«, stellte ein Reporter fest. »Sie haben damals praktisch behauptet, ihm wäre jedes Mittel recht, wenn es nur seiner politischen Karriere dient.«

Sie war erschöpft, und ihr war klar, dass sie erbärmlich aussah. Sie hatte sich für das Gefängnis angezogen, nicht für eine Pressekonferenz. Ihre Garderobe war zerknittert, und ihr Vierundzwanzig-Stunden-Make-up fühlte sich wie eine getrocknete, bröckelnde Schlammschicht an.

Bei dieser Frage aber war sie auf einen Schlag wieder hellwach. Bei ihren Überlegungen im Verlauf der Nacht war sie zu einem bruchstückhaften, unvollständigen Ergebnis gekommen, jetzt aber sah sie völlig klar. »Weil ich Mr McKee gegenüber damals voreingenommen war.«

»Wegen der Anschuldigungen, die er gegen Ihren verstorbenen Mann erhoben hat?«

»Ja.«

Ihr Anwalt baute sich schützend vor ihr auf. »Diese Fragen haben nichts mit der momentanen Situation zu tun. Ms Stewart hat Ihnen nichts mehr zu sagen.«

»Oh doch, das habe ich«, widersprach sie ihm, und sofort senkte sich vollkommene Stille über den Journalistentross. Selbst der Lärm der vorbeifahrenden Autos klang mit einem Mal gedämpft.

Noch vor ein paar Monaten hätte sie die Gelegenheit, Hunter McKee verbal zu attackieren, nach Kräften ausgenutzt. Nun aber nutzte sie die Chance, ihn zu verteidigen.

Statt den Kollegen zu erzählen, er brächte tote Männer in Verruf, machte ihre Witwen unschuldig zu Opfern und nutzte kontroverse Verfahren als Sprungbretter für seine eigene Karriere, würde sie sich auf seine Seite stellen. Dabei hätte sie die Macht, ihn endgültig zu ruinieren, indem sie enthüllte, dass er mitten in der Nacht heimlich in ihre Zelle geschlichen war.

Oh, ein süßeres Geheimnis hatte sie in ihrem ganzen Leben nicht gehabt.

Wie hatte sie jemals denken können, er wäre ein gemeiner Manipulator und ein elender Opportunist? Der Mann, den sie liebte, war durch und durch integer und hatte es bestimmt nicht nötig, irgendwelche politischen Spielchen zu spielen, damit er das Vertrauen der Öffentlichkeit gewann. Weil es das Gesetz verlangte, hatte er sogar die Frau, die er von Herzen liebte, ins Gefängnis gehen lassen. Gleichzeitig jedoch hatte er den persönlichen Ruin riskiert und die Nacht mit ihr zusammen hinter Gittern verbracht.

Die Reporter sahen zu ihr auf. Sie würden jedes Wort notieren, das sie sprach, sie würde zitiert, gefilmt, fotografiert. Noch vor einem Jahr hätte sie die Möglichkeit genutzt, Hunter zu zerstören. Jetzt aber war al-

les, was sie denken konnte, dass der Mann die Liebe ihres Lebens war.

»Es stimmt«, setzte sie an. »Früher habe ich einen persönlichen Groll gegen Bezirksstaatsanwalt McKee gehegt. Einen persönlichen Groll, mehr nicht. Und auf höchst unprofessionelle Art habe ich meinen Zugang zu den Medien genutzt, um ihn nach Kräften zu beleidigen.«

Heiße Scham wogte in ihrem Innern auf, und sie hoffte verzweifelt, sie bräche nicht in Tränen aus. »Anders als ich hat er in diesem Fall seine persönlichen Gefühle strikt von seinen beruflichen Verpflichtungen getrennt. Er hat seine Integrität gewahrt, egal, wie viel ihn das persönlich gekostet hat. Ich habe Informationen zurückgehalten, und er hat darauf auf die einzige ihm mögliche Weise reagiert.«

Sie sah ihren Kollegen die Enttäuschung an. Sie hatte ihre Gedanken sortiert, in Einklang miteinander gebracht und akzeptiert, bevor sie sie laut ausgesprochen hatte, weshalb das, was sie gesagt hatte, von Herzen kam. Nur war es eben nicht die Art von reißerischer Aussage, die gut für eine Titelseite war.

»Wenn Sie uns jetzt entschuldigen würden«, fiel der Anwalt ihr erneut ins Wort. »Ms Stewart hat eine anstrengende Nacht hinter sich.« Er legte eine überraschend starke Hand auf ihren Ellbogen und führte sie dorthin, wo sein Wagen stand.

Nachrichtentechnisch war es ein rekordverdächtiger Tag. Die Spätnachrichten brachten eine Reihe von Berichten über den Doktor und die Schwester, von denen

aus einem der größten Krankenhäuser der Stadt heraus Babys auf dem Schwarzmarkt verschachert worden waren. Die drei entführten und verkauften Kinder hatte man gefunden, und die Journalisten hatten die tränenreichen Eltern ausführlich interviewt. Der Arzt hatte sein Gesicht vor den Kameras versteckt, als er in Handschellen aus einem Streifenwagen ins Gefängnis geleitet worden war.

Es ärgerte Kari, dass all das ohne sie gelaufen war, aber Pinkie hatte sich geweigert, sie heute arbeiten zu lassen. Als sie in der Redaktion erschienen war, war er vollkommen ausgeflippt und hatte ihr noch nicht einmal gestattet, die Post auf ihrem Schreibtisch durchzugehen.

»Fahr nach Hause. Ruh dich aus. Bonnie und ich kommen nach der Arbeit kurz bei dir vorbei. Sieh zu, dass du verschwindest, ich habe alle Hände voll zu tun. Ist schon jemand unterwegs, um mit den Hus … Hoos … verdammt, wie heißen diese Leute noch? … zu reden? Ist jemand auf dem Weg dorthin? Los, Leute, kommt endlich in die Gänge.«

Als sie abends zu Kari kamen, trank Pinkie die zwei Whiskey, die Bonnie ihm genehmigte, während sie eine Tüte frischer Lebensmittel in ein selbst gekochtes Mahl verwandelte, und kaum, dass das Geschirr gespült und abgetrocknet war, ließen sie die junge Frau wieder allein.

Vor Kari dehnte sich ein endlos langer, leerer Abend aus. Sie hatte einen ausgiebigen Mittagsschlaf gemacht, sodass sie jetzt putzmunter war. Also versuchte sie zu lesen, konnte sich aber nicht auf die Worte konzentrieren,

im Fernsehen kam nur Mist, und da sie niemanden zum Reden hatte, blieb ihr nichts anderes zu tun, als sich Gedanken darüber zu machen, was mit Hunter war.

Warum hatte er sie noch nicht angerufen? Ihr war klar, er hatte alle Hände voll zu tun gehabt, aber er hätte sich doch sicher fünf Minuten nehmen können, um sie anzurufen und zu fragen, ob mit ihr alles in Ordnung war. Warum hatte sie noch nichts von ihm gehört?

Sie hing noch immer ihren Grübeleien nach, als es um kurz vor Mitternacht plötzlich bei ihr klingelte. Sie rannte in den Flur, und nach einem Blick durch den Spion seufzte sie erleichtert auf und öffnete die Tür.

»Darf ich reinkommen?«

Sie machte einen Schritt zur Seite.

»Darf ich vielleicht auch was trinken?«

Ohne auf ihre Zustimmung zu warten, trat er vor die kleine Bar, schenkte sich einen doppelten Whiskey ein und leerte das Glas mit einem großen Schluck.

Er sah vollkommen erledigt aus. Als er hereingekommen war, hatte er seine Jacke und die Weste, die an seinem Zeigefinger über seiner Schulter gehangen hatten, auf dem Sofa abgelegt. Sein Hemd warf schlaff und knitterig, seine Krawatte war gelockert, er war unrasiert, hatte eingefallene Wangen, dunkle Ringe unter den Augen und war sich anscheinend so oft mit den Fingern durch das Haar gefahren, dass es wirr in alle Richtungen stand. Sogar seine Brille wirkte plötzlich nicht mehr distinguiert, sondern wie ein erdrückendes Gewicht, das schwer auf seiner Nase lag.

Mit den Augen der Liebe betrachtet, hatte er nie besser ausgesehen.

Er blickte dorthin, wo sie noch immer mitten im Wohnzimmer stand, und der Hauch von einem Lächeln huschte über sein Gesicht. Sie trug eine farbverspritzte Bluse, eine Jeans mit einem Loch am Knie, und ihre blonden Locken waren wild zerzaust. Sie sah abgerissen, ungezwungen und unglaublich sexy aus.

»Leidest du noch unter irgendwelchen Nachwirkungen von der letzten Nacht?«

»Ich habe einen leicht verrenkten Hals.«

Er erinnerte sich daran, wie ihr Kopf an seiner Brust gelegen hatte, und fragte sie lächelnd. »Das ist alles?«

»Ja.« Ihr Blick huschte ruhelos durchs Zimmer, denn aus irgendeinem Grund war sie plötzlich unglaublich nervös. »Hast du die Nachrichten gesehen?«

»Ja.«

»Oh. Hast du auch den Bericht über mich gesehen?«

»Ja.«

»Hast du gehört, was ich über dich gesagt habe?«

»Ja.«

Bei seinem kühlen, gleichmütigen Ton brannten ihr die Sicherungen durch. Sie nahm eine möglichst arrogante Haltung ein, stemmte ihre Fäuste in die Hüfte und wollte von ihm wissen: »Was hast du davon gehalten? Verdammt, sag etwas!«

Er kam langsam auf sie zu, und während eines endlosen Moments sah er einfach auf sie herab. Dann legte er plötzlich eine Hand in ihren Nacken, zog ihr Gesicht zu sich heran und küsste sie mit einer derartigen Leidenschaft, dass ihr keine andere Wahl blieb, als dem heißen Drängen nachzugeben und den Mund zu öff-

nen, während er begierig seine Zunge zwischen ihre Zähne schob.

Zögernd glitten ihre Hände über seine Schultern, doch als seine Zungenspitze über die sensible Stelle direkt hinter ihren Schneidezähnen strich, vergrub sie ihre Finger in seinem verführerisch zerzausten Haar.

Er schlang ihr die Arme um den Leib und hielt sie mehrere Sekunden einfach fest. »Du bist einfach unmöglich, weißt du das?« Seine Hände strichen gierig über ihren Körper, und sie klammerte sich hilfesuchend an ihm fest.

»Ich liebe dich.«

»Ich weiß. Schließlich hast du es praktisch vor aller Welt verkündet. Gott, als ich den Bericht gesehen habe, habe ich …« Wieder küsste er sie besitzergreifend auf den Mund.

Als er endlich von ihr abließ, stieß sie keuchend aus: »Ich könnte dich umbringen, Hunter McKee. Wo hast du den ganzen Tag gesteckt? Warum hast du mich nicht angerufen? Ich war vor Sorge völlig außer mir.«

Zwischen einer Reihe Küsse, die er sanft auf ihr Gesicht und ihre Kehle regnen ließ, erklärte er: »Als Burton und Mrs Plummer heute Morgen in meinem Büro erschienen, war bei uns die Hölle los. Ich habe sie …«

»Oh ja, genau da«, seufzend gab sie dem Drängen seiner Hände nach und knabberte sanft an seinem Ohrläppchen.

»… Harris übergeben. Ich wusste, dass es nur noch eine Frage von Minuten wäre, bis du frei gelassen würdest. Aber ich hatte einfach keine Zeit, um dich abzuholen und deine Freilassung zu feiern.«

»Ich verzeihe dir«, wisperte sie an seiner behaarten Brust und riss die Knöpfe seines Hemdes auf. Sein Schlips lag bereits auf dem Boden, aber als er eine Hand an seine Brille legte, bat sie ihn. »Nein, lass die bitte auf.«

»Warum?«

»Damit du nichts verpasst«, gab sie scherzhaft zurück. »Was ist dann passiert?«

»Ich bin persönlich ins Krankenhaus gefahren und habe die betroffene Schwester mit den Aussagen der beiden konfrontiert. Sie … Gott, Kari, wie lange ist es her, seit wir zum letzten Mal miteinander geschlafen haben? Ich halte es …«

»Erzähl mir von der Schwester.«

»Der Schwester? Oh ja, der Schwester. Sie ist zusammengebrochen und hat angefangen zu reden. Deshalb habe ich sie mit einem Streifenwagen aufs Revier geschickt, um ihr Geständnis aufnehmen zu lassen, und habe mich auf die Suche nach dem Arzt gemacht.« Er streifte ihr die Bluse ab und legte eine Hand auf ihre Brust. »Es war ein ereignisreicher Tag.«

Mit langsamen, kreisenden Bewegungen schob er seine Zunge abermals in ihren Mund, sie schmiegte sich eng an seinen Leib und stieß gleichzeitig mit ihm einen Seufzer des Verlangens aus.

»Mach weiter … ah, Hunter.« Unter seinen Fingerspitzen wurden ihre Nippel hart. »Erzähl mir alles ganz genau.«

»Dann habe ich die Eltern der verschwundenen Babys angerufen und sie darüber informiert, dass Polizisten ihre Kinder in den von der Schwester genannten

Städten abholen. Morgen sind sie wieder mit ihnen vereint.«

»Du bist ein Held«, erklärte sie, während sie sein Hemd aus seiner Hose zog.

»Ende der Geschichte. Ich will dich. Genug geplaudert.« Seine heißen Lippen glitten über ihre Brust.

»Eins noch. Pinkie und Bonnie werden heiraten.« Ihre Finger spielten mit dem Haar in Höhe seines Bauchnabels.

»Alle Achtung.« Er öffnete den Reißverschluss von ihrer Jeans und kitzelte ihren Bauch.

»Er ist sauer auf dich, weil du mich ins Gefängnis gehen lassen hast.« Mit geschickten Fingern öffnete sie seinen Gürtel und danach den Reißverschluss.

»Ich kann auch nicht gerade behaupten, dass ich gut auf ihn zu sprechen bin.«

»Und warum nicht?«, schnurrte sie dicht an seinem Hals. Seine talentierten Finger wussten einfach ganz genau, wo sie sie berühren mussten, damit sie vor Verlangen schmolz.

»Weil er es einfach nicht schafft, dich vor Schwierigkeiten zu bewahren. Oh, mein Gott.« Auch ihre Finger waren wirklich talentiert, und mit unsicherer Stimme fuhr er fort: »Von jetzt an möchte ich, dass er dich nur noch Berichte zu möglichst unstrittigen Themen machen lässt.«

»Ach ja?«, stieß sie seufzend aus, denn seine Hände glitten sanft in ihren Slip und schoben ihn zusammen mit ihrer Jeans an ihr herab. »Und warum?«

»Weil wir heiraten werden und ich dich danach wohl kaum noch mal ins Gefängnis oder sonst wohin schi-

cken kann, wo ich nicht mit dir zusammen bin.« Er legte seine Hände um ihr Hinterteil, hob sie hoch, und sie schlang ihm die Beine um die Schenkel und nahm seine Härte in sich auf. »Nicht einmal für eine Nacht.«

Er fing an sich zu bewegen, doch bevor sie vor Vergnügen stöhnte, sagte sie noch einen letzten Satz:

»Du kannst wirklich furchtbar herrisch sein.«

Verruchte Begierde